ÁNGEL DE SKYE

Angel of Skye

FAMILIA MACPHERSON

MAY MCGOLDRICK

with

JAN COFFEY

Book Duo Creative

ENJOY!

Nikoo & Jim

Mary / Jane C

Para Cyrus y Samuel,
nuestros propios pícaros de las Highlands

Prólogo

Castillo de Drummond, octubre de 1502

Sus ojos azules como el hielo se clavaron en el castillo que se alzaba en el crepúsculo.

Silenciosos como la muerte, él y su compañía de asesinos treparon por la cresta hacia el puente levadizo que ya estaba abierto. Andrew recuperaría lo que era suyo. Se vengaría...

Fiona se levantó rápidamente del suelo de madera al oír el estruendo de los caballos que cruzaban el puente levadizo. De puntillas, estiró su cuerpo de cinco años y subió la barbilla con hoyuelos a la repisa de piedra que rodeaba la pequeña ventana, en un esfuerzo por ver a los jinetes que se acercaban a la luz del crepúsculo. Desde la rendija sin acristalar del muro del castillo, el brumoso viento otoñal barría húmedamente su pelo rojo como el fuego. No podía ver a los jinetes, pero oía el tintineo de sus armaduras de acero mientras cabalgaban hacia el patio interior del castillo.

Su padre venía a por ella.

—¿Puedo bajar, por favor, Nanna? —preguntó por enésima vez—. ¿Por favor, Nanna?

—Ya sabes lo que dijo tu mamá, niña —respondió la anciana, sonriendo ante la incontenible excitación de la pequeña. Era un gran día para ella. Era un gran día para todos ellos.

Fiona saltó de la ventana y cogió su pequeño taburete de al lado de la chimenea, lo llevó rápidamente hasta la ventana alta y se subió a él correteando. Cuando apoyó la cara en la abertura, una ráfaga de aire nocturno escocés la llenó de un estremecimiento de expectación.

Pero su madre había dado órdenes estrictas de que permaneciera en su habitación hasta que la llamaran.

Debe de ser muy importante, pensó entusiasmada la niña, tratando de distinguirlo entre los jinetes del patio. A la luz de las antorchas, pudo ver la variedad de tartanes de los hombres que desmontaban.

Aunque Fiona ni siquiera podía recordar cuándo había visto exactamente a su padre por última vez, se esforzó por recordar, mientras sus ojos escrutaban el mar de hombres que había debajo, qué aspecto tenía. Había sido muy pequeña la última vez. Pero había cosas de él que aún recordaba, vagamente. Su risa profunda y fácil. Su suave barba roja. La extraña cadena en forma de cinturón que podía sentir bajo su camisa. Su madre le había dicho a Fiona que su padre siempre llevaba eso, pero nunca le había dicho por qué.

—Tu papá es un hombre ocupado, Fiona —le había dicho su madre las veces que había preguntado por él. En toda su vida, Fiona había oído hablar de luchas contra los asquerosos ingleses que intentaban apoderarse de las tierras escocesas. Y toda su vida había oído a su madre decirle que papá tenía que ayudar. Su trabajo consistía en ayudar a mantener a salvo sus hogares y su país.

Pero ahora él venía a ellas, haciéndoles una visita especial, para llevarlas a ella, a su madre y a Nanna a su propio castillo. Para que estuvieran con él.

Durante la última semana, Fiona había seguido de cerca a Nanna en sus quehaceres. La niña se había esforzado mucho por ser más una ayuda que un estorbo. Al fin y al cabo, tenía muchas preguntas sobre la próxima visita, y Nanna era la única que le hablaba de ello.

Fiona deseaba poder recordar más cosas.

Desde que la niña podía recordar, nadie le hablaba de su padre. Había momentos en que su madre permitía a Fiona vislumbrar aquellos tiempos en que él había estado cerca. Y era durante esas charlas cuando Fiona oía hablar de su humor, de su valor, de la clase de hombre que era. Pero su madre nunca respondía a sus otras preguntas sobre él, así que seguía siendo un enigma.

A veces Fiona se preguntaba si su padre aún la quería. Se preguntaba si la echaba de menos tanto como ella a él. A veces incluso soñaba con él. Cuando lo hacía, él era como un ángel, flotando muy por encima de ella, lejos de ella, pero vigilándola. Podía verle, con su pelo rojo y su barba, ondeando a su alrededor como si le soplara una suave brisa.

Y ahora todo el mundo le decía a Fiona que no molestara a su madre.

La niña sabía que su madre no era la de siempre. Llevaba unos días muy callada y pasaba muchas horas sola en su habitación. Fiona la oía llorar. Nanna decía que a su madre le costaba creer que lo que había deseado durante tanto tiempo por fin se hiciera realidad. Pero Fiona sabía que tenía que ser algo más.

Durante el tiempo que pasaron juntas, Nanna le había contado que, por razones ajenas a su voluntad, los padres de Fiona no habían podido casarse hasta ahora, pero que su amor por fin había triunfado.

Por fin, su padre había dicho a los suyos que Fiona era su hija y que él y su madre iban a casarse. Fiona no estaba muy segura de lo que significaba estar casada, pero sabía que tenía que ser algo muy especial. Al fin y al cabo, ahora iba a tener un padre permanente. Pero, lo que era aún más importante, sabía que significaba que su madre no tendría que volver a estar triste. Nanna se lo había dicho.

Fiona empezó a contar las antorchas que se encendían en el patio. Sabía que su padre tendría guerreros con él. Nanna había dicho que el padre de Fiona tenía muchos que le asistían.

—Fiona, ven aquí para que pueda trenzarte ese pelo alborotado que tienes —regañó Nanna con suavidad, sonriendo pacientemente a la niña excitada. La habitación era cálida y confortable, y la anciana se sentía en paz con el mundo.

La niña se apartó de mala gana de su lugar junto a la ventana. Saltó del taburete y corrió por la habitación, arrojándose cariñosamente sobre el regazo de la mujer. Nanna rodeó a la niña con el brazo, devolviéndole el cálido abrazo.

Nanna había criado a la madre de la niña, igual que ahora ayudaba a criar a Fiona. Eran tan diferentes, madre e hija, y, sin embargo, tan iguales. Margaret siempre había sido la niña correcta, siempre reservada, siempre privada. Pero Fiona era diferente. No se guardaba nada. No ocultaba nada. Sin embargo, Nanna sabía que tenían algo en común; su amor era increíblemente profundo.

Fiona se retorció en su regazo, interrumpiendo el ensueño de la mujer. Nanna cogió el cepillo y empezó a pasarlo por la sedosa suavidad del pelo de la niña.

—Nanna, ¿de verdad mi pelo es del mismo color que el de papá? —preguntó, volviendo sus ojos brillantes hacia la mujer.

—Sí, hija. Así es.

—¿Y mis ojos, Nanna?

—No, niña. Tienes los ojos de color avellana de tu mamá. Los ojos de tu papá son del color de una mañana de marzo. Los tuyos cambian con tu humor y con el color del cielo.

—Pero me parezco a él, ¿verdad, Nanna? —preguntó esperanzada. Su madre siempre había dicho que Fiona se parecía a su padre.

—Sí, muchacha. Te pareces a él. Y tienes su ingenio. Y también su inquietud y su buen humor. Eres su propia hija, Fiona.

Nunca se había puesto en duda de quién era el hijo que Margaret había dado a luz. Él había estado aquí, en el castillo de Drummond, junto a ella, cuando Fiona había respirado por primera vez en este mundo. Nanna había visto las lágrimas de alegría que bañaban su hermoso rostro. Y luego, más tarde, Nanna había visto las lágrimas de tristeza en aquel rostro cuando tuvo que marcharse.

Mientras la mujer trenzaba los mechones de la niña, pensó en cuántas veces había hecho ella también esa misma sencilla tarea para su madre. Margaret Drummond, la mayor de las tres hijas de John, Lord Drummond, había crecido hasta convertirse en una de las doncellas más bellas y codiciadas de todo el reino. Como joven dama de la corte, Margaret había sido perseguida por príncipes, condes y Lairds, así como por caballeros de todo calibre. Pero había rechazado los encuentros que prometían seguridad y respetabilidad. En cambio, Margaret había aceptado un amor imposible. Se había dejado llevar por un hombre fuera de su alcance. Un hombre cuya vida y destino no podía controlar. Nanna la había visto crecer desde la infancia, y siempre había sabido que su protegida nunca aceptaría nada que no fuera la unión de dos almas. Para Margaret, por imposible que fuera, este amor era para siempre.

Margaret había conocido las consecuencias de la relación y había abandonado la sociedad de la corte cuando se encontró embarazada. Se había retirado al castillo de Drummond, lejos de las miradas indiscretas de los cotillas de la corte. Se había aislado, incluso de gran parte de su propia familia, contenta de criar sola a su hija, esperando todo el tiempo su regreso.

Y luego la había seguido, para estar con ella durante el dolor del parto, para compartir con ella las lágrimas y más tarde la alegría, para disfrutar de un breve resplandor de felicidad antes de que el mundo la alejara, como haría una y otra vez, pero siempre con la promesa de que volvería en cuanto pudiera.

Pero un día de verano se había marchado y no había vuelto. Esta vez había sido diferente. Su mundo lo había mantenido alejado. Habían pasado dos largos años antes de que la noticia de su inminente visita llegara al castillo de Drummond. Las escaramuzas, la política... todo había conspirado para mantenerlos separados hasta ahora.

Nanna sabía que, a lo largo de estos dos últimos años, Margaret se había aferrado a la certeza de que era amada por el hombre que había engendrado a su hija. Sin embargo, el tiempo había pasado y Nanna se preguntaba a menudo si él había cambiado.

Pero ahora... ahora estaba a punto de hacer realidad los sueños de Margaret. Sus sueños, pensó Nanna. Todos sus sueños.

El sonido del pestillo de la puerta sacó a la anciana de sus pensamientos y se incorporó de golpe. La puerta se abrió y Margaret entró corriendo en la habitación, empujando la pesada puerta de roble que se cerraba tras ella. Sus ojos recorrieron la habitación en busca de su hija. Al encontrarla en el regazo de Nanna, el rostro de Margaret reflejó visiblemente su alivio. Fiona se levantó de un salto y corrió a los brazos de su madre.

—Mamá, ¿es la hora? —preguntó vacilante la niña, presintiendo que algo iba mal.

—Oh, mi pobre bebé —respondió angustiada su madre, abrazando a la niña con fuerza contra sí. Al instante, volvió sus ojos preocupados hacia la mujer mayor—. Nanna, no tenemos tiempo. Baja por la escalera de atrás hasta el Gran Salón. Busca a Sir Allan y dile que suba inmediatamente. Luego sal a los establos y que preparen tres caballos.

—¿Qué ocurre, mi Lady? —preguntó la mujer mayor, corriendo al lado de su señora. Los ojos brillantes de Margaret brillaron hacia su hija; unos mechones sueltos de cabello rubio caían alrededor de su rostro perfecto, ahora lleno de evidente angustia—. Lo que he temido durante las últimas semanas, por fin ha ocurrido —respondió rápidamente, luchando por contener las lágrimas. Su rostro estaba enrojecido por el esfuerzo de contener mil emociones—. Debes llevarte a Fiona lejos de aquí. Pero antes, ve y haz lo que te he dicho. La enviaré abajo con Allan. Y, por favor, date prisa.

La mujer mayor se debatía entre el deseo de saber más sobre la angustia de su señora y la necesidad de cumplir la urgencia de su orden. Pero una mirada al miedo en los ojos de Margaret la catapultó a la acción, y salió rápidamente por la pequeña puerta de la parte trasera de la cámara.

Cuando la puerta se cerró tras la mujer que se retiraba, la mano de Margaret se dirigió al monedero de cuero que llevaba en el bolsillo del vestido. Envolviéndolo con los dedos, pudo sentir la frialdad mortecina del broche de Andrew y, junto a él, el anillo, cuyo calor le quemaba los dedos a través del cuero. Tenía que ocultarlos, y tenía que hacerlo ahora. Sus ojos recorrieron la habitación.

Oh, Dios, pensó. ¡Oh, Dios! Pero, ¿dónde?

Y entonces se acordó. Con un grito agudo, corrió por la habitación hasta la chimenea. Contando varias piedras desde la abertura, Margaret arrancó una de la pared. Fiona se quedó de pie en medio de la habitación, confusa, pero sabiendo en el fondo de su corazón que algo iba mal, terriblemente mal. Pudo ver el pequeño espacio oscuro que había tras la pared y observó cómo su madre sacaba un pequeño monedero de cuero del bolsillo de su vestido, introduciéndolo en el escondite. Rápidamente, Margaret devolvió la piedra al lugar donde había estado y se giró hacia su hija.

—Fiona, mi amor —dijo ella, cruzando el piso rápidamente—. Corre a buscar tu pesada capa y el morral de cuero que te regalé.

—Pero mamá —protestó la niña—. ¿Qué pasa?

—Vete, niña. Deprisa —dijo la madre en voz baja, intentando controlar el pánico en su voz—. Te lo explicaré enseguida.

Fiona corrió hacia las perchas que había junto a la puerta y se bajó la capa de invierno. Al volverse, pudo ver a su madre escribiendo furiosamente en la pequeña mesa de estudio. Tropezando con el arcón que había junto a su cama,

Fiona sacó el morral. Cuando la niña llegó a su lado, ya había doblado la carta y había vertido cera de vela sobre el papel, que luego selló con su anillo.

—Dame el morral, Fiona —dijo Margaret, tendiéndole la mano. Metió la carta en el morral y sacó la cruz con incrustaciones de rubíes y esmeraldas que colgaba de la cadena de oro que llevaba al cuello. Atrayendo a Fiona hacia sí, Margaret le colocó la cadena alrededor del cuello y la metió discretamente dentro del vestido.

—¡Mamá! —Fiona miró salvajemente a su madre. Desde que tenía memoria, su madre había llevado la cruz junto al corazón—. Dijiste que papá te la había dado.

—Sí, mi amor —respondió Margaret, con las lágrimas corriendo ahora libremente por sus mejillas—. Pero yo no lo necesitaré, y tú sí.

—Pero mamá, no lo entiendo. Ya viene, papá.

Margaret miró a la hija desconcertada. Apenas era una niña. ¿Cómo sobreviviría a esto?

—Escúchame, niña. Únicamente tenemos un momento —Margaret miró furtivamente a su alrededor. El tiempo se agotaba, pero ¿dónde estaban Nanna y Allan? Continuó—. Un hombre malvado ha entrado en nuestra casa. No es tu padre. ¿Me comprendes? Tu padre ni siquiera conoce los males que le rodean. Es inocente de esto.

Fiona intentó comprender las palabras de su madre. ¿Qué quería decir? Las palabras se arremolinaban en su cabeza. Papá no iba a venir. Inocente. ¿De qué? ¿Por qué su madre ya no necesitaba su cruz? ¿Quién era ese hombre malvado?

Fiona empezó a llorar, hipando y sollozando mientras su madre le metía el morral de cuero dentro de la ropa. Margaret envolvió entonces la pesada capa sobre los hombros de Fiona y le ató las correas de cuero al cuello.

—Escúchame con atención, Fiona —continuó Margaret. Ahora las dos estaban llorando y ella secó las lágrimas de su hija, que tenía la cara enrojecida. Acarició el rostro inocente de la niña con sus manos temblorosas y la miró intensamente a los ojos preocupados—. Necesito que seas muy valiente. Tienes que irte lejos... a un lugar donde estés a salvo. Y tienes que permanecer lejos hasta que tu padre venga a buscarte.

—¿Pero por qué no está aquí? —gritó Fiona—. ¿Dónde está papá ahora?

—Ojalá lo supiera, Fiona. Pero los hombres malvados ya están aquí. Esos hombres nos harán daño, amor mío. Es demasiado tarde. Debes irte. Ellos... Pero, escúchame, esto es lo más importante —Margaret se arrodilló junto a su hija y la sujetó fuertemente con un brazo mientras señalaba la pared donde había escondido el paquete—. Cuando tu padre te traiga de vuelta aquí, enséñale lo que hay detrás de esa piedra. Castigará a los malvados que han venido aquí esta noche. Te prometo que lo hará.

Margaret abrazó a Fiona con fiereza, y la niña se aferró a su madre.

Ambas se estremecieron al oír el suave golpe en la pequeña puerta trasera.

Sosteniendo contra sí a su sollozante hija, Margaret llamó a su caballero para que entrara.

Sir Allan entró en la habitación, con el rostro ensombrecido por la preocupación.

—Mi Lady... no deberíais... no debería bajar con Lord Andrew... —empezó cortésmente.

—*¡No!* —interrumpió Margaret—. Debes llevarte a Fiona lejos de él... lejos de aquí. Él...

Con un sonoro golpe, la pesada puerta de roble de la habitación se abrió de golpe, y media docena de soldados entraron corriendo, con las espadas desenvainadas en las manos. Instintivamente, Allan sacó su espada de la vaina y se puso delante de su señora.

Margaret agarró la mano de Fiona y empezó a retroceder hacia la puerta de la cámara trasera. Mientras el corazón le golpeaba el pecho, supo que no temía por su propia vida, sino por la de su preciosa hija.

Santa Madre, Fiona es una inocente, se encontró rezando. Por favor, ayúdala. Por favor, sálvala.

—¿Qué significa este ultraje? —gritó el caballero.

En lugar de responder, cuatro soldados cargaron contra él.

Con valentía, Allan esquivó los primeros golpes de la embestida, consiguiendo empujar a uno de los asaltantes al otro lado de la habitación. Acuchillando a los soldados, Allan consiguió clavar su marca en uno de los hombres, donde el hombro se une al cuello, pero antes de que pudiera sacar su espada del moribundo, dos de los otros soldados encontraron su oportunidad; sus espadas le atravesaron el pecho y la espalda, cruzándose las hojas en algún punto entre las costillas.

El valiente caballero estaba muerto antes de caer al suelo.

Los asaltantes se volvieron entonces contra Fiona y Margaret, que contemplaron horrorizadas cómo los asesinos se acercaban a ellas.

Recuperándose rápidamente, Margaret atrajo a Fiona tras ella mientras sacaba una pequeña daga de su cinturón. Lentamente, continuaron retrocediendo hacia la puerta.

—Quédate detrás de mí —ordenó Margaret con una voz que temblaba de emoción—. Estos animales no se atreverán a hacerte daño...

De repente, Fiona se sintió elevada en el aire. Torciendo el cuerpo, intentó desesperadamente lanzarse hacia su madre. Pero un hombre enorme, más grande que Sir Allan, la sujetaba con una fuerza viscosa que hizo que le recorrieran ondas de dolor por los brazos. Al girar la cabeza, vislumbró el rostro feo y lleno de cicatrices y la barba salvaje y descuidada del loco sonriente que la sujetaba.

Por el rabillo del ojo, vio que otro hombre se había apoderado de los brazos de su madre y le había arrancado el cuchillo de la mano.

Al reaccionar a los gritos de su madre, Fiona sintió que su cuerpo se ponía rígido de ira. De repente, algo estalló en su interior y todo su miedo desapareció. Se convirtió en un torbellino de movimiento, con brazos y piernas volando en todas direcciones a la vez. Salvajemente, Fiona pateó con fuerza el estómago del hombre, hundiendo al mismo tiempo los dientes en su enorme mano. Su atacante apartó la mano y Fiona se soltó un momento. Torciendo el brazo, volvió a patearle con fuerza en el abdomen, y esta vez hizo que el hombre la arrojara lejos de él.

—Qué demonio...

Fiona cayó sobre sus manos y rodillas, pero rápidamente se puso en pie, mirando desafiante al horrible hombre.

—¿Vas a dejar que esta cosita te supere, mi Lord? —se mofó uno de los soldados.

—Es un demonio —rugió el Goliat, dando un paso hacia la muchacha.

Fiona miró enloquecida a su alrededor. Vio que las dos puertas estaban bloqueadas. No había salida. Corrió hacia la ventana, cogió el taburete y corrió hacia los hombres que retenían a su madre. Arrojando el taburete contra uno de ellos, mordió la mano del otro antes de que la agarraran por el pelo desde atrás.

El hombre le tiró bruscamente de la cabeza hacia atrás y la empujó hacia él. Tenía el puño en el aire y los ojos nublados por la furia.

—Voy a enseñarte cómo tratamos a los niños demonios en mi tierra.

Los ojos de Fiona lanzaron dardos de desafío a la cara del Highlander.

—Si me haces daño —siseó—. Mi padre te matará.

Una expresión de asombro apareció en el rostro del hombre cuando abrió el puño. Luego, sus ojos negros se entrecerraron con una dureza que heló la sangre de Fiona.

—Adónde va, tu todopoderoso papá nunca te encontrará —gruñó amenazadoramente.

Arrastrándola hacia la puerta trasera, pasando por delante de Margaret, que había sido amordazada, el líder arrojó a la niña contra uno de sus hombres.

—Bajadla —escupió—. ¡Ya!

—¿Te esperamos en el patio, Torquil? —preguntó el hombre que sujetaba a Fiona. Fiona intentó soltar la mano, pero su captor le retorció el brazo por la espalda y la agarró del pelo con fuerza.

—No, ya te alcanzaré —respondió el hombre bruscamente. Se volvió con una mueca hacia Margaret—. Tenemos un acontecimiento muy triste que debe tener lugar aquí.

Una mirada de horror apareció en los ojos de Margaret y lanzó una última mirada a su hija mientras arrastraban a la niña gritando fuera de la habitación.

LORD GRAY, tío de Margaret Drummond, fue el primero en descubrir el cadáver de su sobrina. La espantosa noticia recorrió la campiña como un rayo; unos desconocidos habían secuestrado a Fiona, la hija de Margaret. En vísperas de tan trascendentales expectativas, tras esperar dos largos años, el regreso del padre de la niña, esta pérdida había resultado demasiado para Margaret; había perdido todo el sentido. Desesperada, se había quitado la vida, envenenándose en la habitación de su hija. Habían encontrado la nota que dejó, en la que decía que no valía la pena vivir sin su hija.

La gente buscó por toda la campiña escocesa. Pero el infructuoso esfuerzo se vio truncado quince días después, cuando el peor vendaval de los últimos cincuenta años azotó Escocia, sembrando el caos y la destrucción desde las Hébridas Exteriores y la isla de Skye hasta el estuario del Forth y la propia Edimburgo.

Nunca se encontró ni a la niña ni a sus secuestradores, y los que la querían y amaban, le lloraron, creyéndola muerta.

Capítulo Uno

**La cáscara de la nuez, aunque sea dura y resistente.
Sujeta la almendra, dulce y deliciosa.**

—Robert Henryson, «Las fábulas»

Castillo de Dunvegan, Isla de Skye, junio de 1516

APENAS PODÍA RESPIRAR.

Los cuerpos de los que le rodeaban le apretaban tanto que sentía que ni siquiera podía levantar los brazos. Y había caras, caras que le resultaban familiares, pero a las que no podía poner nombre. Entonces, un poco más allá, pudo ver al rey James mirándole con ojos suplicantes.

—¿Qué ocurre, mi señor? —se oyó preguntar. Su voz procedía de muy lejos, como de algún lugar dentro de su cabeza. Se preguntó si había pronunciado las palabras.

Intentó avanzar hacia el rey, pero los cuerpos le apretaban ahora con más fuerza que antes. Entonces, como el oleaje de una corriente oceánica, le empujaron y le llevaron con insoportable lentitud lejos de su rey.

Alec continuó observando al rey, siguiendo su mirada cuando James volvió el rostro hacia las turbias sombras del más allá.

Mirando más allá de él, Alec pudo ver una puerta que se abría. Una nube de niebla se coló por la abertura, arremolinándose a medida que se colaba por la puerta. De repente, le cegó la resplandeciente luz de mil soles. Luego, ese resplandor fue eclipsado por otra visión, la de un ángel que atravesaba la puerta. Su cabello rojo fluía a su alrededor en ondas interminables y enmarcaba un rostro de pura perfección. Desde donde estaba, Alec podía ver sus ojos, cristalinos, irradiando un espectro de colores. Aquellos ojos encontraron los suyos y lo atrajeron hacia ella con una promesa tácita de plenitud. La luz y la calidez lo invadieron; sus ojos se clavaron en la deslumbrante creación.

Alec vio al rey avanzar hacia el ángel, haciéndole señas con una mano y, con la otra, alcanzando la luz.

Pero no podía moverse. Alec intentó desesperadamente luchar contra la corriente que lo arrastraba, pero fue en vano. Cada vez se alejaba más de la luz y de la visión. Sentía cada vez más que le arrancaban el aliento del cuerpo. Luchando por respirar, Alec pudo ver cómo la luz se alejaba. Pudo ver cómo desaparecía su ángel.

Se estaba asfixiando. Tenía que volver de algún modo a su rey, a la luz.

Apenas podía respirar...

ALEC MACPHERSON, jadeante, se sentó en la cama como un poseso, con el sudor corriéndole por el pecho y la espalda.

Era el mismo sueño recurrente.

Tirando las mantas a un lado, Alec saltó de la cama. Miró a su alrededor, la habitación aún en penumbra. Qué frío. Tan grande, fría y vacía, pensó. La fresca brisa de verano corría sobre su piel desnuda desde la rendija abierta de la ventana. El silencio que le rodeaba parecía algo tangible, que le oprimía como una piedra de molino, aplastándole.

Tratando por todos los medios de librarse del sueño, Alec se acercó a la ventana, estirándose y respirando profundamente el brumoso aire salado. Poco a poco, la sensación de opresión que se había apoderado de él empezó a remitir. Sus ojos se fijaron en los picos gemelos de Healaval, al otro lado de las aguas cubiertas de niebla del lago Dunvegan. No parecía importar cuánto tiempo permaneciera aquí, en Dunvegan; sencillamente, no era su hogar. Echaba de menos el ruido, la vida que había en el castillo de Benmore. Pero, de nuevo, pensó: ni siquiera estar en casa había sido suficiente... no había servido de nada.

Mirando hacia la niebla matutina, vio en su mente las imágenes persistentes del sueño. Era la primera vez que veía el rostro del ángel. Siempre antes, ella no había sido más que una luz. Pero esta vez Alec la había visto. Era de carne y hueso. Pero, ¿quién era?

El rey James IV llevaba muerto tres años, y Alec había luchado a su lado aquel sangriento día en Flodden Field, el día en que el rey había ignorado todas las advertencias y había desafiado a los ingleses. El rey había sido abatido por una flecha inglesa y un enjambre de soldados de infantería enloquecidos por la sangre, porque Torquil MacLeod y otros habían retenido a sus tropas cuando más se las necesitaba para salvar a su país. Aquel había sido un día amargo para Escocia y para Alec.

Qué extraño, pensó Alec, que después de tanto tiempo sus sueños se vieran ahora invadidos por el fantasma de su rey y por la extraña visión del ángel. Hacía cuatro meses que Alec Macpherson había llegado al castillo de Dunvegan. Y fue entonces cuando empezaron los sueños. Había venido aquí, seguro de que hacer el trabajo de la Corona en este lejano rincón de Escocia era lo que necesitaba. Su vida y su mente estaban atestadas de acontecimientos y personas de los que no podía desprenderse. Una falsa promesa, un compromiso roto, una mujer infiel. Alec se frotó la cara con fuerza con las manos, como si aquel acto pudiera borrar de algún modo todos los pensamientos, todos los rastros de Kathryn.

Forzando sus pensamientos a volver a su sueño, se preguntó qué podría estar intentando decirle el rey. ¿Por qué había esperado tres años? ¿Por qué acudió a él aquí?

Como el nuevo Laird de Skye y las islas de las Hébridas Exteriores, Alec apenas había descansado en sus esfuerzos por poner orden en esta tierra salvaje y misteriosa que Torquil MacLeod había gobernado tan bárbaramente.

La justicia había alcanzado por fin al asesino MacLeod, pero su ejecución por traición había dejado un gran vacío en la estructura de poder de las Highlands del noroeste. Alec Macpherson, futuro jefe de su propio clan de las Highlands, además de intrépido guerrero y conocido líder, había recibido el encargo de corregir los males de treinta años de brutal represión y asegurar la región para el nuevo rey Stuart.

Mientras se vestía para su paseo matutino, Alec pensó en todo lo que se había propuesto hacer hacía cuatro meses. Le parecía que había estado trabajando día y noche, y aún resultaba un poco desalentador considerar todo lo que quedaba por conseguir. Había llegado aquí con sus propios hombres, esperando resistencia, incluso derramamiento de sangre. Después de todo, no había sido elegido por esta gente para ser su líder. Los nobles del Consejo de Regencia le habían nombrado Laird y le habían dado la isla de Skye para que la gobernara como suya.

Por eso a Alec le había sorprendido el recibimiento de los hombres que le habían saludado. El puñado de soldados que quedaba en el castillo de Dunvegan estaba bajo el mando de Neil MacLeod, un guerrero lisiado en Flodden, uno de los pocos de este clan que, al parecer, había luchado lealmente por su rey. Él y sus hombres se habían sometido pacíficamente a la voluntad de Alec y habían jurado ayudarle en su encargo real. Y, en efecto, Neil y sus hombres habían sido fieles a su palabra.

Alec no tardó en descubrir que el pueblo de Skye, los clanes MacDonald y

MacLeod, se merecía algo mejor de lo que había estado recibiendo durante tantos años bajo Torquil.

Eran bastante diferentes de lo que había esperado. Sí, aún quedaban pequeñas bandas itinerantes de forajidos rebeldes en las zonas periféricas de la isla. Pero aparte de ellos, los campesinos y pescadores de Skye eran, en su mayoría, buena gente. Eran gente común y corriente, con firmes creencias en las viejas costumbres; gente que, a pesar de su traicionero líder, había mantenido de algún modo una herencia de hospitalidad y decencia y, lo que era más importante, de dignidad.

Y Alec pudo ver que aquella gente empezaba a confiar en él, a aceptar sus órdenes con el espíritu que les había dado: mejorar la suerte de todos los que dependían de él.

Alec se ató la espada al costado y abrió de un tirón la gruesa puerta de roble que conducía a la habitación de su torre. El olor a humedad de la escalera interior asaltó sus fosas nasales. Se decía que esta vieja torre tenía casi trescientos años. Tenuemente iluminada por unas estrechas rendijas en los gruesos muros de piedra, evocaba el recuerdo de historias infantiles de hadas y duendes, Kelpies y hechiceros. A Alec no le sorprendió que la historia de Skye fuera un brillante tapiz de hechos y fantasía.

Pero el castillo tenía una orgullosa y conocida historia entre sus muros. Había resistido los asaltos de vikingos y reyes celtas desde el agua y desde la tierra. Había sido un puesto avanzado de la civilización cuando la fe cristiana se impuso por primera vez en esta tierra salvaje de hadas y de quienes creían en ellas. Y había sido un centro de rebelión contra cada uno de los cuatro reyes Stuart que habían ocupado el trono escocés.

Pero esa parte final de la historia de Dunvegan había terminado, pensó Alec.

Al descender los dos tramos de la escalera de piedra, Alec trató conscientemente de sacudirse los restos de su inquietante sueño. Esta cacería matutina se estaba convirtiendo en un hábito, pero al menos sabía que era una forma de despejarse. Al entrar en el oscuro Gran Comedor, echó un vistazo a los hombres que dormían en los bancos alrededor de las últimas brasas del fuego en el centro de la sala. Todo estaba en silencio, y los sabuesos apenas se movían mientras él caminaba por el suelo.

—¿Vais de caza, mi señor?

—¡Robert! —empezó Alec—. ¿Cuántas veces te he dicho que no te acerques sigilosamente a mí?

—Solo practico los caminos del guerrero, mi señor —respondió el escudero en voz baja—. Algún día, mi señor, quizá algún día, cuando me encontréis preparado para entrenar con los guerreros, podré demostraros que he aprendido bien todo lo que me habéis enseñado. ¿Te acuerdas? Me dijiste que un guerrero debe estar preparado en todo momento. Me dijiste que el sigilo...

—Y también os he dicho que no practiquéis conmigo lo que yo os enseño.

Hacía un año que Alec había aceptado a Robert como escudero. El muchacho había demostrado ser entusiasta y trabajador, y en el último año había crecido como la espuma. Al ver cómo había crecido, Alec sonrió al pensar cuántas veces se había visto apartado del duro mundo de la política escocesa por las confusas y a veces cómicas percepciones del adolescente. Aunque a menudo era una espina clavada en el costado de Alec, Robert sentía devoción por el Laird y no se asustaba lo más mínimo por su mal humor.

—Sí, mi señor —el joven asintió—. Pero también me habéis dicho que use mi juicio y tome decisiones. Sobre todo cuando se trata del bienestar de personas que me importan.

—Es cierto, Robert.

—Y por eso, mi señor, parte de lo que me has contado tengo que practicarlo contigo, porque si no... entonces puede que no estés cerca para contarme más. Y si no estás...

—Basta, Robert —gruñó Alec, conduciendo al joven a través del Gran Comedor hacia una pequeña puerta en el otro extremo—. Es demasiado pronto para seguir tu ritmo. Vuelve a dormir.

—Pero, mi Lord. Tengo tu desayuno preparado —respondió Robert con preocupación—. Tienes que comer algo antes de irte. No comes lo suficiente. Hasta la cocinera lo dice. Y toda esta caza mañanera. Tu hermano Sir Ambrose dice que solo buscas...

—Estoy bien, Robert —dijo Alec, deteniéndose sobre la malla de hierro que cubría el pozo abierto que proporcionaba aire a la bóveda subterránea del castillo—. No hay necesidad de que ninguno de vosotros se preocupe por mí.

Alec miró hacia la oscuridad del pozo, pensando en los horrores que habían ocurrido en aquella mazmorra no hacía tanto tiempo. Captó un movimiento con el rabillo del ojo. Al asomarse a la oscuridad, le pareció ver una sombra que se movía en las profundidades. Una rata, pensó con repugnancia.

—Pero mi Lord —continuó el muchacho—. Sir Ambrose piensa que, sin damas de calidad que te distraigan de tu trabajo aquí, tú sólo...

—¡Robert! —Alec dirigió su mirada hacia el joven larguirucho que estaba a su lado. Estaba claro que Ambrose necesitaba otra cosa en la que ocupar su mente. Pero, ¿cómo podría Alec empezar siquiera a explicar el cambio tan refrescante que suponía prescindir de aquellas aferradas mujeres de la corte? Estar sin Kathryn, su traicionera prometida de antaño. De todos modos, Alec estaba dispuesto a admitirse a sí mismo que le faltaba algo en la vida, pero no era la compañía de aquellos a los que había dado la espalda deliberadamente.

No, no podía explicárselo a Robert, pero Alec tendría que dejárselo muy claro a su hermano antes de que Ambrose organizara alguna llegada sorpresa a las puertas de Dunvegan.

—Pero todo lo que estaba diciendo, mi señor...

—¿Quieres callarte? —gruñó Alec amenazadoramente.

—Lo haré, mi señor —el joven enrojeció, recordando de pronto la razón de la sensibilidad de su amo sobre este tema—. Por cierto, mi Lord, le dije a Sir Ambrose que le despertaría para que pudiera cabalgar con vos esta mañana. Está muy preocupado por ti. Todos estamos preocupados por ti. Anoche estuve hablando con Cook y me dijo que...

—Robert —retumbó Alec amenazadoramente—. Te lo advierto. Ambrose volverá pronto a casa. Si dices una sola palabra más, te enviaré a ti... y a Cook... lejos con él.

—Ni una palabra más, mi señor. No diré ni una palabra más. Te lo prometo. Y también impediré que Cook hable. No oirás nada. Y si no queréis desayunar, es cosa vuestra, mi Lord —Robert se detuvo en seco, sabiendo por la mirada amenazadora del Laird que lo estaba haciendo de nuevo. Lo último que deseaba era que lo enviaran de vuelta al castillo de Benmore. El escudero se retorció incómodo, pensando en Lord Alexander y en cómo, en el pasado, había puesto a prueba la paciencia del viejo Laird tan a menudo. Y a Robert le gustaba Lady Elizabeth, la madre de su amo, pero él quería ser guerrero algún día, no doncella de una dama. Permaneció en silencio, con los ojos clavados en el suelo.

Alec sacudió la cabeza y se volvió hacia la puerta. Aquel chico sí que sabía hablar. De hecho, su parloteo había despertado a todos los presentes. Oh, el muchacho pagaría por ello, pensó Alec con una sonrisa.

—No me moriré de hambre, Robert. No tienes por qué preocuparte —dijo Alec por encima del hombro—. Comeré algo cuando vuelva.

El escudero llegó rápidamente a la puerta y se la abrió a Alec cuando este llegó. Antes de pasar, el Laird se detuvo.

—Oh, una cosa más, Robert —dijo el Laird, frunciendo el ceño con fiereza—. Neil me ha dicho que has estado eludiendo tus obligaciones domésticas y merodeando por los campos de entrenamiento.

Robert palideció bajo la mirada fulminante de su amo. —No, mi señor. He cumplido con mis obligaciones... Yo... no es cierto. He ido a los campos, pero... yo...

—Escucha, Robert —dijo Alec, cogiendo al larguirucho muchacho bruscamente por el brazo—. A partir de hoy... quiero que entrenes a tiempo completo con los guerreros. Dile a la cocinera que pase las tareas domésticas a uno de los muchachos más jóvenes.

Robert se quedó de pie, sin habla, intentando comprender lo que acababa de oír y mirando boquiabierto a través de la puerta abierta tras su amo que se marchaba.

Alec sonrió para sí mientras salía a la turbia luz del alba. Había estado buscando el momento oportuno para recompensar a Robert por su diligencia y esfuerzo. A pesar de su adolescencia y su carácter gregario, estaba madurando y se estaba convirtiendo en un buen joven. Este cambio en su estatus no haría, sino, reforzar su desarrollo en los caminos del guerrero. Ingenioso. Frío. Reservado. Tranquilo.

Cuando Robert empezó a aullar de alegría, Alec se rió abiertamente al oír las maldiciones que los guerreros que se despertaban en el vestíbulo proferían contra el muchacho que retozaba alegremente en la puerta.

UNOS INSTANTES DESPUÉS, el Laird asintió al guardián de la puerta y agachó la cabeza mientras dirigía su negro corcel a través del muro cortina de tres metros de grosor del castillo de Dunvegan. Saliendo de la penumbra del pasadizo a la luz sólo ligeramente más brillante del pre amanecer, el guerrero hizo girar su caballo hacia la derecha y galopó a lo largo de la ensenada de agua salada dominada por los muros de la fortaleza.

En la muñeca izquierda, Alec sujetaba su halcón predilecto, el peregrino blanco como la nieve, «Swift». Cazar con la rara ave albina galesa se había convertido en algo más que el principal ejercicio y escape del Laird. Se había convertido en un ritual matutino.

Aporreando el ondulado páramo, Alec se dirigió hacia un valle densamente arbolado a un kilómetro y medio tierra adentro. Rodeado de colinas salvajes y escarpadas crestas rocosas, el terreno era rico en ciervos rojos y en los gordos faisanes que Swift sabía tan bien arrancar del aire.

Al descender por una pequeña hondonada del terreno, Alec se encontró envuelto en un morral de niebla matutina. Su visión se reducía a una distancia muy corta, pero sabía que el camino se elevaría en unos pocos metros.

Esta era una de las cosas que más le gustaban de Skye. Aquí tenía la libertad de cabalgar duro en su propia tierra, entre las formaciones rocosas sobrenaturales y las colinas cubiertas de brezo. Aquí era libre de disfrutar de la soledad del aire matutino, libre de la sofocante cerrazón de la corte, de sus parásitos y de sus mujeres.

Alec entró en el bosque cuando la tierra empezaba a elevarse y, con ella, la espesa nube vaporosa dio paso a manchas de niebla. Miró a su alrededor con asombro. Aun así, después de tantos días recorriendo el mismo camino, se asombraba de cómo le conmovían la belleza y el misterio de aquel bosque. Los robles, de cientos de años, entrelazaban sus ramas formando un dosel sobre él. Miró hacia arriba mientras los primeros rayos del sol se esforzaban por aparecer.

De repente, Alec vio una forma oscura que se perfilaba en el camino delante de él. Girando bruscamente la cabeza del caballo hacia la derecha, Alec vio un brazo blanco que se alzaba entre los pliegues de una capa. Swift chilló, y el aleteo de sus alas obstruyó momentáneamente la visión de Alec. Entonces, al pasar junto a la figura que se lanzaba en picada a la zanja, Alec tiró con fuerza de las riendas del caballo, luchando por controlar al animal, que se encabritaba y se echaba hacia atrás. Volvió la cabeza hacia la figura que yacía junto al camino.

—¡Loco! —llegó la voz enfurecida de una mujer.

La conmoción de oír la voz de una mujer aturdió al guerrero. El calificativo que le lanzó se perdió al darse cuenta de que había estado a punto de atropellar a una campesina indefensa.

—Una cosa es romperte tu propio cuello. Pero el mío es otra cosa —reprendió la voz, subiendo el tono con su ira—. ¡Casi me pisoteas!

—¡Quédate donde estás! Te ayudaré —respondió Alec—. Quieto, Ebon.

El corcel seguía tensándose contra los esfuerzos de Alec por calmarlo, y Alec no podía ver con claridad a la mujer, pero vislumbró una brillante cabellera roja que se desprendía de la oscura capucha mientras ella se afanaba por recoger el contenido esparcido por un gran morral marrón en el suelo.

—¿Estás herida, mujer? —intentó gritar Alec por encima del estruendo del chillido del pájaro. Pero el corcel volvió a girar, y cuando el guerrero miró hacia atrás por el sendero, la figura encubierta había desaparecido. No había movimiento de ramas cerca. Ni sombras. Ningún rastro. En un momento había estado allí y al siguiente había desaparecido.

Fiona se detuvo a unos pasos del sendero, observando a través de la niebla la lucha de poder entre el caballo, el jinete y el extraño halcón blanco. Tres bestias, pensó, frotándose con rabia un hombro magullado. Tres bestias salvajes.

Se enderezó rápidamente la capa que la envolvía, echándose el pelo hacia atrás bajo el velo que llevaba bajo la capucha de la capa. El corazón le golpeaba la caja torácica. Intentó respirar hondo para ralentizar su pulso y enfriar su ira.

Finalmente, el gigantesco guerrero sometió al semental negro que resoplaba, y los gritos del halcón cesaron. Observó cómo el jinete miraba inquisitivamente a su alrededor. Fiona sabía que no podía ser vista y que podría escapar fácilmente a través de la espesa arboleda que había tras ella. Conocía esta zona como la palma de su mano.

El enorme guerrero de pelo dorado hizo trotar a su caballo por el sendero hasta el lugar donde se había cruzado con ella. Miró a su alrededor en todas direcciones, detuvo el caballo y aguzó el oído en busca de algún sonido. Levantándose de la silla, permaneció en los estribos un largo rato sin moverse. Parecía que caballo y halcón recibían las señales de su amo mientras esperaban pacientemente, inmóviles.

Finalmente, sacó su espada y atravesó el rosario de madera que yacía sobre el césped. Envainó la espada, lo miró con curiosidad y luego lo apretó con fuerza en su puño.

Desde donde estaba, Fiona no pudo distinguir la expresión de su rostro. El gigante hizo girar su caballo en su dirección. Ahora caballo y el jinete estaban frente a ella. Fiona se deslizó tan silenciosamente como pudo tras el ancho tronco de un nudoso roble.

Dios mío, ¿me ha visto? Su mente empezó a desbocarse. ¿Puede oírme? Contuvo la respiración, deseando poder detener los latidos de su corazón. Luego estuvo a punto de reírse por la estupidez de la idea, teniendo en cuenta la distancia que los separaba.

—¿Estás herida? —gritó el jinete, con su voz resonando en el bosque—. No tienes por qué temerme.

Hizo una pausa, esperando una respuesta, pero no la obtuvo.

—Si estás herida, pero puedes llegar al castillo de Dunvegan, ve allí. Allí cuidarán de ti.

Se detuvo de nuevo, escuchando. Fiona podía oír los cascos del impaciente caballo pataleando al borde del sendero. Había fastidio en el tono del guerrero cuando volvió a llamar. —Responde. Estos bosques son peligrosos si te hieren. Hay todo tipo de bestias salvajes por aquí.

Desde luego que los hay, pensó Fiona, riéndose suavemente para sus adentros. Pienso exactamente lo mismo.

—Ahora, escucha —gritó, con la rabia ya patente en su voz—. Estoy intentando ayudarte. No sé por qué una mujer anda sola por el bosque a estas horas, pero habla, por el amor de Dios.

Una vez más, Fiona se asomó cautelosamente desde detrás del árbol y le observó mientras esperaba una respuesta. Sonrió ante su evidente enfado y frustración. Bien, pensó. Tenía valor para cabalgar como un loco por los senderos que los campesinos honrados utilizan para ganarse la vida.

El hombre permaneció donde estaba durante un largo momento, intentando claramente decidirse.

—Si no respondes, entonces... ¡Al infierno contigo! —gritó, y haciendo girar ágilmente al caballo, se alejó atronador por el sendero.

Fiona dejó escapar el aliento cuando él desapareció en la niebla. Luego dio un fuerte pisotón de rabia. —Vaya, Lord Macpherson, desde luego no has aprendido nada de eso.

Fiona salió de su escondite entre los árboles y se adentró en el sendero de los ciervos que había utilizado cada mañana durante los últimos años. Desde que había llegado el nuevo Laird, Fiona había pasado muchos días viéndole galopar por el campo, con el pájaro blanco o algún otro halcón en el brazo. Siempre cabalgando como un loco, siempre aporreando su caballo a toda velocidad, como si huyera de, o tal vez persiguiera a alguien. Pero fuera lo que fuese, hoy se había adelantado y la había pillado desprevenida.

Pero él no tenía toda la culpa, reconoció Fiona. Regresaba tarde del grupo de cabañas en lo profundo del bosque donde, cuatro años atrás, su viejo amigo

Walter y compañía se habían refugiado de las crueldades de Torquil MacLeod. Y el padre Jack, el viejo ermitaño, también había estado allí hoy, y el tiempo siempre pasaba deprisa cuando empezaba a contar sus cuentos chinos.

El monasterio de la apartada isla de Skye había sido un refugio para leprosos desde que se tiene memoria. Las tierras de la iglesia solían alimentarlos y darles cobijo. Todo eso había cambiado hacía cuatro años, cuando Torquil había decidido que Skye dejaría de estar poblada por la enfermedad. Así que, durante cuatro años, Fiona había recorrido esta ruta entre el Monasterio y la gente que se escondía como animales cazados, atrapados en la isla que ahora llamaban hogar. Atrapados por el odio irracional de un noble que se alimentaba de las desgracias ajenas. Atrapados por un poderoso líder cuya sola palabra había desatado un torrente de violencia sobre un pueblo enfermizo que no podía escapar ni defenderse.

Al pensar en la injusticia, la mano de Fiona se dirigió instintivamente al «badajo» de madera que llevaba al cinto. Era útil tener esa vara de madera ahora. La mayoría de la gente se alejaba cuando veía esa vara, ya que se utilizaba para relacionarse con los leprosos; era una advertencia y un símbolo. Pero llevarlo incluso cuatro meses antes habría hecho que sus viajes fueran mucho más arriesgados. Es decir, antes de que llegara Lord Macpherson.

Así que, siempre que podía pasar desapercibida, seguía yendo por aquel camino, llevando comida, medicinas y cualquier otra cosa que Walter y su gente necesitaran. El padre Jack había acogido a los leprosos en su propio rebaño cuando se habían trasladado al bosque cercano a su cabaña de piedra. Pero el padre, Jack, se estaba haciendo viejo y Fiona quería ayudarle. Necesitaba ayudarle.

Porque, a pesar de los peligros, Fiona no iba a abandonar a Walter, el hombre que la encontró hace tantos años... arrastrada por la corriente, casi muerta. El que la llevó al Monasterio, al lugar que había sido su hogar desde entonces.

De repente, el pie de Fiona se enganchó en una rama de raíz levantada, y estuvo a punto de caer de cabeza al suelo. Aunque se detuvo en el último momento, un sobresalto recorrió a Fiona cuando, a su derecha, un crujido en la maleza estalló al levantar el vuelo un gordo faisán. El ruido y la sorpresa de la aparición del ave la sobresaltaron.

Fiona se quedó paralizada mientras un escalofrío recorría su cuerpo. Miró nerviosa a su alrededor y, por un momento, las propias sombras del bosque del amanecer adquirieron un aspecto amenazador. Enderezándose la capucha que se le había caído de la cabeza, Fiona se ciñó la capa con fuerza, como si la gruesa tela pudiera controlar el escalofrío que la recorría.

—Este es tu bosque, Fiona —dijo en voz alta, rompiendo el silencio que se había hecho a su alrededor—. Has recorrido este camino más veces de las que puedes contar. Contrólate. Contrólate.

Como si sus palabras no fueran suficientes, se encontró agachada para coger una rama robusta que había junto al camino. Al hacerlo, sintió el traqueteo de la vajilla en el morral que llevaba. Agachada en el sendero, abrió el morral y miró con tristeza lo que habían sido tres jarras vacías. Solo había una jarra intacta entre los restos de dos jarras rotas.

—Gracias, Lord Macpherson —dijo ella, tocando las piezas melladas—. Ahora os habéis encargado de que tenga que dar algunas explicaciones.

Fiona volvió a echarse el morral al hombro, agarró el robusto trozo de madera con la otra mano y continuó su camino, olvidada su momentánea falta de confianza.

Empezó a ensayar lo que le diría a su señora. —Sí, mi señora Priora —dijo, sonriendo ante la idea de una confesión tan improbable—. Otras dos jarras rotas. Pero esta vez no ha sido cosa mía. Fue un encuentro fortuito con ese malhumorado Lord Macpherson. Oh, no, mi Lady, sabéis que no se me ocurriría desobedeceros e ir sola al campamento de los leprosos... otra vez.

Fiona se detuvo en una bifurcación del camino. —A ver —susurró para sí —. ¿Camino seguro a casa o camino corto a casa?

—Sin duda, el camino seguro a casa. Suficiente emoción por hoy —giró hacia el camino más transitado y sintió que se le levantaba el ánimo mientras continuaba la discusión imaginaria que acababa de empezar.

—Déjame ver. ¿Dónde estábamos? Sí, mi Lady. Lord Macpherson... ¿Lord Macpherson? Galopó por la lavandería del monasterio mientras yo tendía la colada. ¿Qué, mi Lady? Es cierto que hace ya algunos años que no lavo la ropa. Lo sé, mi Lady. Tengo otras responsabilidades. Pero verás, hacía un día precioso. Y yo trataba de ayudar a las otras hermanas. Sobre todo a la hermana Beatrice. Tiene un resfriado de verano del que no puede librarse.

—Sí, deberías haberle visto. El Laird es una figura imponente montando a caballo como lo hace. Pero ese pájaro inocente atado a su muñeca. ¡Pobre criatura! ¿Las jarras, mi Lady? Oh, no, no podían estar llenas de infusiones para los leprosos. Estaban llenas de... agua... sí, agua de jazmín. ¿Qué, señora? ¿No utilizamos agua de jazmín para perfumar la colada?

—Hmmm —Fiona aminoró el paso, pensando ahora en aquello—. No hay jazmín. Pero entonces le brillaron los ojos y volvió a acelerar el paso.

—Estoy seguro de que tenéis razón, mi Lady. Evidentemente, debía de estar tan embelesado con el aspecto espiritual de mi tarea. Siempre me dices que Dios reside en la más mundana de nuestras labores, que, bueno, el aroma de las glorias de la naturaleza debía de estar en aquellos linos. Sí, mi Lady, habría jurado que olía a jazmín. ¿Qué, mi Lady Priora, Lord Macpherson en la lavandería? Sí, mi Lady, fui la única que lo vio, pero os aseguro que su caballo no ensució ni un solo pañuelo. Solo las jarras, mi Lady. Sí, destrozadas, mi Lady.

Fiona se rió al pensar en una conversación así... sobre un tema tan improbable. Lord Macpherson revolviendo la colada mientras ella tendía la ropa. Pero entonces la expresión de Fiona se nubló por un momento. Tenía que hablar seriamente con la Priora acerca de asignar las tareas de la hermana Beatrice a otras personas por el momento, hasta que mejorara. La monja mayor nunca pronunciaría ni una palabra de queja, y desde luego nunca eludiría sus responsabilidades. Fiona sabía que la Priora tendría que intervenir y ordenarle que descansara.

La Priora siempre había empujado a Fiona a asumir más responsabilidades en la administración del Monasterio. Y siempre había apoyado a la joven en las decisiones que tomaba. Siempre, pensó Fiona. No era que las tareas que realizaban otras monjas estuvieran por debajo de ella. No, era sólo que la Priora consideraba más apropiado darle trabajos que, como decía la mujer mayor, se adaptaban mejor a los talentos de Fiona. Pero Fiona tenía la persistente sospecha de que la Priora la consideraba buena con los números y terrible con todo lo demás. Hmmph, pensó.

Un regalo especial de Dios. Eso era lo que la Priora había dicho a menudo de ella, con una sonrisa en su arrugado rostro. Y era cierto; a veces Fiona se adaptaba a sus tareas como pez al agua. Lo que a la Priora le había llevado horas hacer, sobre todo con los números y los libros, Fiona podía realizarlo en una fracción de tiempo. Más recientemente, sin embargo, la inquietud y los actos ligeramente insubordinados de Fiona habían hecho que la Priora empezara a llamar a Fiona «una prueba de resistencia de Dios». Bueno, la joven suspiró.

Al entrar en un claro, Fiona parpadeó ante la brillante luz del sol matutino que había atravesado rápidamente las brumas previas al amanecer. El sol deslumbraba al reflejarse en el pequeño estanque del centro de la pequeña pradera. Aún estaba a media hora a pie de las tierras del Monasterio. Mientras Fiona aceleraba el paso, se preguntó qué diría su viejo amigo David de su aventura de esta mañana. Naturalmente, le contaría la verdad. Toda la verdad. Era el único al que se atrevería a decirle la verdad. Era el único que nunca se dejaba llevar por el pánico ni la reprendía por el menor de los riesgos.

Ciertamente, había veces en que tenían sus desacuerdos, pero inevitablemente los resolvían. Así había sido siempre entre ellos. David nunca intentó dominarla ni intimidarla. Le hablaba del mundo real, de lugares fuera de Skye. Sobre la belleza de la Escocia continental. Él había estado allí. Le enseñó los trucos de supervivencia, como él los llamaba. Y le enseñó a aplicar lo que sabía a las necesidades de la gente real. Aquellas lecciones eran un cambio refrescante con respecto a todas las clases de francés, inglés y latín a las que la obligaba a asistir la Priora.

Y la lección en la que más había insistido, desde que ella llegó, había sido que se mantuviera lejos de Torquil MacLeod.

David, el chiflado del monasterio, era también hermanastro de la Priora. Era hijo menor, ilegítimo, pero tío de Torquil. Así que le conocía bien. Sus historias sobre la brutalidad del Laird resonaban en la imaginación de una niña cuya mente había guardado bajo llave todo recuerdo de lo que podían hacer los hombres rudos. Pero desde que Fiona era una niña, David la había tomado bajo su protección, y su dulzura se había ganado su confianza. La había hecho sentirse segura al tiempo que la empujaba a ponerse a prueba. Siempre había fomentado su independencia. Alguna vez se había considerado como un padre para la muchacha huérfana, pero había acabado siendo su amigo. Un amigo muy querido.

—Está bien cometer errores, siempre que aprendas de ellos —eso era lo que su amigo le había inculcado. Fiona no estaba segura de que la vida en el Monasterio hubiera sido tan interesante sin él.

Y hacía poco más de un año les habían devuelto a Malcolm. Al pensar en el joven, Fiona aceleró el paso. La estaría esperando.

Al pasar junto a un afloramiento de roca escarpada que había junto al estanque, Fiona se pasó el morral al otro hombro y dejó caer el bastón al suelo.

Mirando más allá de las ondulantes colinas, hacia los picos salvajes de los Cuillins, al sur, Fiona se percató de repente de la presencia de una figura a la sombra de un gran roble, a sólo un tiro de piedra. Deteniéndose en seco, la joven se echó la capucha hacia delante para ocultar su rostro y buscó su badajo de madera en el interior de la capa.

La figura salió de las sombras, y Fiona se estremeció involuntariamente.

El rostro mugriento del hombre estaba surcado de cicatrices, y la joven pudo ver la cruz roja brillante que le habían marcado en la mejilla derecha. Por la marca, supo al instante que había sido declarado culpable de robar en una iglesia. Aquella marca bastaba para que no fuera bienvenido en ningún pueblo ni ciudad de la cristiandad. Pero fue la mirada de sus ojos negros lo que más la asustó. Era la mirada de un animal hambriento.

Fiona agitó el badajo y el ruido hizo que el hombre se detuviera momentáneamente en el camino. Entonces oyó lo que debía de ser una carcajada, pero era un sonido tan resonante de maldad que resultaba difícil identificarlo como tal. Fiona sintió un escalofrío húmedo que le subía desde la parte baja de la espalda.

—Eso no nos importa nada —dijo, escupiendo sus palabras con una amargura que Fiona nunca había experimentado antes.

Él dio un paso hacia ella, y ella agitó el badajo con más desesperación, esperando que el sonido lo ahuyentara.

—Te hemos observado antes —continuó, dando otro paso hacia ella. Fiona percibió su mal olor y giró la cabeza con repugnancia—. No eres una leprosa. Eres esa cara bonita en ese cementerio lleno de ancianas. Te hemos estado observando.

Fiona sintió que se le erizaba el vello de la nuca. Retrocedió un paso y se dio la vuelta para correr hacia el bosque, pero al hacerlo, otros dos salieron de ambos lados del afloramiento rocoso que acababa de atravesar. Tenían los brazos abiertos, y Fiona sabía lo que se sentía al ser un animal cazado a distancia. Volvió los ojos de un depredador a otro. Sus ojos brillaban al sol de la mañana. Todos parecían... hambrientos. Pero sintió que no buscaban comida.

—¿Dónde vas, ángel? ¿No es así como te llaman... ángel? —El más pesado de los otros dos brutos escupió las palabras, y Fiona pudo ver la mota de baba en la comisura de la boca del hombre. Sintió que se le hacía un nudo en el estómago—. Sólo queremos ver qué clase de ángel eres.

Fiona volvió a mirar a su alrededor. Estaba atrapada por todos lados por aquellos forajidos. La estaban rodeando y se daba cuenta de que su malvada excitación iba en aumento. Fiona vio que Crossbrand, obviamente el líder, hacía señas a los demás para que se acercaran.

—Sois unos valientes, acercándoos tanto —resolló con tono burlón. Fiona dio una última sacudida a su badajo y luego lo dejó caer a su lado. Intentó desesperadamente evitar que cualquier signo de miedo se colara en su voz—. Pero no vas a estar tan contentos con lo que vais a conseguir.

Los tres hombres aminoraron la marcha, intercambiando miradas, pero cuando ella empezó a toser, todos se detuvieron por completo.

Todo el cuerpo de Fiona se estremeció con el ataque de tos que la sacudió. Como si sus entrañas fueran a revolverse en un momento, la joven se convulsionó con los efectos del ataque.

—No soy quien crees que soy —dijo con voz enfermiza, jadeando—. Tengo una enfermedad grave. Te digo que los otros leprosos incluso me han echado de la aldea, porque dicen que tengo algo diferente. Saben que me estoy muriendo. Temen que les contagie.

Mientras Fiona se doblaba en otro ataque de tos, vio que los dos que habían salido de detrás de la roca retrocedían un paso. El líder se enderezó y la miró con desconfianza.

—Así no nos engañarás —dijo finalmente Crossbrand con sorna, aunque su tono era menos seguro que antes.

—Es verdad —insistió ella, con la voz enronquecida. Ahora le dolía mucho la garganta de tanto toser—. Voy al Monasterio a buscar medicinas para mis llagas. Me supuran pus negro. Puedes verlo tú mismo. Y esta mañana he tosido con sangre negra.

Señaló las manchas de barro oscurecido que manchaban su falda por la caída anterior, y luego se dobló sobre sí misma.

Cuando empezó a toser de nuevo, uno de los dos seguidores tomó la palabra.

—Tiene la peste —murmuró, acercándose al otro seguidor de Crossbrand —. La vi el verano pasado en Edimburgo. Es la maldita peste.

—No tiene ninguna peste, tontos —gritó el hombre—. Es la muchacha a la que llaman el ángel del convento. La que algunos dicen que es un hada. Por el demonio, os digo que es la misma que hemos visto estos dos últimos días.

Fiona emitió una débil carcajada que dio paso a otro hachazo. Consiguió escupir una cantidad considerable de flema en dirección al líder. Ahora el propio Crossbrand retrocedió.

—Ojalá fuera así, pero no lo soy —jadeó Fiona, se limpió la saliva de la barbilla con el dorso de la mano y se acercó al líder, que ahora estaba entre ella y el bosque—. Pero sé a quién te refieres. El que viene a la aldea de los leprosos. Pero dicen que la Priora ya no la deja venir, por culpa de los... con perdón... forajidos y todo eso.

Crossbrand apuntó con su espada desenvainada en reacción a su movimiento. Dando un paso a un lado, hizo un gesto a sus compañeros para que se acercaran. Su respuesta fue una retirada inmediata.

—No voy a tocar a ningún maldito leproso apestado —gritó uno de ellos con disgusto, mientras el otro asentía con la cabeza.

—No te vayas —suplicó Fiona, sin dejar de avanzar hacia Crossbrand, haciendo que este se alejara de ella en dirección a los demás—. Si no tienes miedo, te traeré comida cuando venga. No tengo a nadie por amigo, sabes, y estoy segura de que me darán suficiente para traer. Aún tengo fuerzas de sobra para...

Se detuvo a mitad de la frase cuando, una vez más, un ataque de tos brotó de su cuerpo encapuchado. Mirando hacia el campo abierto mientras jadeaba, Fiona consideró sus posibilidades. Si se daba la vuelta y corría ahora, podría llegar al bosque, pero se estremecía al pensar en lo que ocurriría si no lo hacía.

—Y si prometes que me quedaré contigo, no lo tocaré —continuó, mirando a los tres—. Os lo juro. Traeré pan y cordero. Traeré...

—¿Oyes? —dijo uno de los seguidores—. Traerá pan.

—¡Pan! —chilló el otro—. Suéltala. No quiero tener nada que ver con ella.

—Y que haga caer la ley sobre nosotros —escupió fríamente el hombre a los dos—. Yo digo que, leprosa o ángel, la saquemos de su miseria.

—Pero Gavin —dijo el otro con fuerza, tirando de Crossbrand para que lo mirara—. Es demasiado estúpida para saberlo, pero ya está casi muerta y cada vez más cerca...

—Yo digo que la matemos ahora —gruñó el líder.

Fiona no esperó la respuesta. Dándose la vuelta, se levantó la falda y la capa y huyó hacia el bosque. Pasó sólo un instante antes de que oyera los gritos a sus espaldas. Sabiendo que su vida dependía de su velocidad, Fiona voló por el terreno irregular del prado. Maldijo cuando estuvo a punto de caer al suelo, tropezando con el borde de su larga capa. El sonido de sus perseguidores, cada vez más cerca, quedó casi ahogado por los latidos de su propio corazón.

Tras su tropiezo, los hombres estaban casi sobre ella. El sonido de sus pisadas en la hierba, justo detrás de ella, sacudió la confianza que le quedaba.

El pánico se apoderó de sus huesos y sintió que sus fuerzas se agotaban de repente. Casi podía sentir el calor de su aliento en la espalda. Al darse cuenta de que aún llevaba el morral, Fiona se lo quitó del hombro.

Cuando el morral cayó de su brazo, Fiona golpeó el suelo con un ruido sordo que la dejó sin aliento. Su pie había encontrado una madriguera y su cuerpo se precipitó hacia la tierra. En una fracción de segundo, supo que estaba acabada. En un momento, aquellos animales estarían sobre ella.

Entonces, lo único que Fiona pudo ver fueron los brillantes cascos negros que se detuvieron a zarpazos y brincos junto a su cabeza.

Capítulo Dos

La muerte se lleva al campeón en la lucha,
Al capitán en la torre por la noche,
A la dama en el cenador de la belleza,
El temor a la muerte me perturba.

—William Dunbar, «Timor Mortis "Miedo a la muerte"»

La tos sonaba a muerte.

Alec refrenó a Ebon al oír el sonido que resonó más allá de los árboles. Seguir a la mujer no había sido tremendamente difícil, y ahora sabía que estaba justo detrás de ella.

Al pensar que se trataba de la misma mujer, el deseo de Alec de ayudarla creció aún más cuando oyó su miserable tos. Aunque al principio se enfadó, no había ido de caza tras el percance en el camino. Luego, mientras la seguía, una extraña urgencia se había apoderado de él y le había impulsado hacia delante.

Tenía que encontrarla. Las cuentas de oración que llevaba en la mano apenas aliviaban el inquietante efecto del misterioso encuentro. Necesitaba saber que no estaba herida.

Alec no podía culparla por huir. Estos breves meses en Skye le habían hecho comprender mejor las razones del modo en que se comportaba aquella gente. Bajo el gobierno de Torquil MacLeod, la supervivencia de los campesinos había dependido de su capacidad para hacerse invisibles. La mano dura de MacLeod y sus hombres pesaba sobre aquellos que se atrevían, o tenían la mala suerte, de cruzarse en su camino.

Empujando a Ebon hacia delante a través del ralo bosque, Alec siguió el sonido de la mujer enferma. El halcón se apoyó fácilmente en su muñeca, y Alec se agachó bajo el saliente debajo de ramas y lianas.

La penumbra del bosque pronto dio paso al resplandor de un claro justo delante. Cuando caballo y jinete salieron a la luz del sol, Alec detuvo a Ebon y sus ojos contemplaron la escena.

No estaba sola. Volvió a toser, doblándose de dolor por el ataque. Ante ella, tres hombres la observaban, uno de ellos con una espada desenvainada de forma amenazadora. Alec apretó la mandíbula al verlos. No estaban allí para ayudarla. Llevaba años ocurriendo lo mismo. Otra víctima.

Al principio, Alec no pudo oír los intercambios entre la mujer y sus asaltantes, pero de repente se oyó claramente al que tenía la espada desenvainada. Aquellas palabras la hicieron correr por el campo y pusieron a Alec en acción.

FIONA NUNCA PENSÓ que los ángeles tuvieran pezuñas, pero se alegró de que ésta las tuviera. Al girar ligeramente la cabeza, pudo ver las tres caras de asombro de los posibles atacantes, que miraban fijamente a su salvador. Los cascos del caballo pataleaban y golpeaban el suelo junto a ella. No necesitó levantar la vista para saber quién era el jinete, pero una mirada le indicó que la espada de Lord Macpherson seguía en su vaina.

Aunque obviamente lo había olvidado, Fiona se puso en pie de un salto y retrocedió hacia el flanco del caballo, teñido de medianoche.

El gigante montado en el corcel miró a los tres forajidos. Con economía de movimientos, arrancó la capucha de la cabeza del halcón blanco y la lanzó al cielo. La ráfaga del ave alzando el vuelo bastó para sobresaltar a dos de los atacantes, lo suficiente para dejar sin aliento a Fiona. Los dos retrocedieron un paso de un salto. Crossbrand se mantuvo firme, espada en mano... pero sólo por un momento.

Lord Macpherson es magnífico, pensó Fiona. Sus ojos brillaron de ira ante el adversario que tenía delante, y su mirada era penetrante. Cuando la mano del guerrero se dirigió a la empuñadura del arma que llevaba al costado, Fiona vio cómo el líder de los forajidos soltaba su propia espada y saltaba hacia atrás, hacia sus acobardados compinches.

El silencio en la pradera era sobrecogedor. La imponente figura seguía mirando fijamente mientras el halcón volaba en círculos cada vez más altos. Los ojos de Fiona se fijaron en el pájaro que volaba libremente en espiral. En su mente, el grácil vuelo del halcón grabó la palabra libertad en la bóveda azul del cielo. Cuando Crossbrand habló por fin, su tono era deferente. Saben quién es, pensó Fiona, y saben que no son rivales para él.

—Mi Lord —empezó humildemente el forajido—. Tiene la peste. Es una leprosa, mi señor. Estábamos...

—Eso no es ningún delito —interrumpió el Laird en un tono que borró todo el color de los rostros de los hombres. Sólo la marca del líder conservó su tono rojo brillante—. La enfermedad ya no es un delito en la isla de Skye.

Alec se había enterado poco después de su llegada de la espantosa política de los MacLeod de pagar recompensas por la vida de los leprosos. Alec había difundido por todas partes la noticia de que ya no se toleraría semejante brutalidad.

—Mi Lord —suplicó el hombre entrecortadamente, con los ojos, buscando en el suelo, como si allí pudiera encontrar las palabras adecuadas—. Mi Lord, nosotros... por favor, mi Lord... ella... bueno... la peste, ella...

—Basta —Alec le cortó, su voz transmitía el filo acerado de su ira—. He dejado muy claro cuál sería el castigo para los que cazaran a inocentes.

—Pero, mi Lord, no lo sabíamos —gritó el forajido, sus mentirosas palabras secundadas por los ruidos entre dientes de los dos que estaban detrás de él. Fiona deseó que su falsa lengua se le hinchara en la garganta y lo ahogara, que Dios la perdonara—. Estuvimos fuera... al servicio del rey James, mi Lord... en Flodden... durante tres años, mi Lord... pero es ella, mi Lord... ella propaga la muerte, mi Lord. Como estábamos sanos... pensamos... mi Lord... que tal vez como servicio...

—Ya he oído bastante —dijo Alec—. Aquellos canallas dirían cualquier cosa con tal de salvar su miserable pellejo—. Ya no hay sitio en Skye para gente como vosotros tres.

Los tres dieron otro paso atrás.

—Pero mi Lord —suplicó Crossbrand—, hemos prestado servicio al rey. Sólo hacíamos lo que era...

—Deberías arrodillarte y dar gracias a Dios por no darte exactamente el castigo que mereces —gruñó Alec.

—Pero, mi Lord.

—Abandona esta isla —ordenó el guerrero, con voz grave y acerada—. Te digo lo siguiente... Sí, después de la puesta de sol de esta noche, te ven en Skye, tu castigo será la muerte. Vete.

—Pero mi Lord... —gimoteó el forajido.

—¡Ahora! Alec hizo avanzar un paso a su corcel.

Los tres se dieron la vuelta y echaron a correr campo a través, pero no antes de que Fiona viera la mirada de odio que Crossbrand lanzó en su dirección. Rezó en silencio para que sus caminos no volvieran a cruzarse.

Fiona lanzó una mirada a Lord Macpherson y luego al bosque que había tras ella. Estaba agradecida, pero indecisa.

Años de advertencias de la Priora cayeron sobre ella. Debía mantenerse alejada de nobles, guerreros y señores. Debía esconderse de Torquil MacLeod y de todos sus hombres. Pero esto era diferente; se trataba de Lord Macpherson, el hombre al que había observado durante meses. El hombre que había pasado junto a ella en la bruma de muchos amaneceres. El hombre que traía por fin la prosperidad al pueblo de Skye.

El que se había colado en sus sueños durante más noches de las que le importaba admitir.

Tuvo que marcharse.

Fiona sabía que estaba traspasando límites prohibidos al quedarse con aquel hombre. Una cosa era soñar, pero esto era demasiado real. Y no podía arriesgarse a involucrarse más con el Laird que se cernía sobre ella. Tenía que volver al Monasterio. Ya tenía suficientes explicaciones que dar. Fiona dio un paso atrás con la idea de correr hacia el bosque.

—Quedaos donde estáis —ordenó el Laird, observando cómo los tres desaparecían entre los árboles. Por fin la había encontrado. No iba a dejar que volviera a evaporarse en el aire.

Fiona se detuvo en seco ante sus palabras. Se tapó la cara con la capucha mientras el guerrero bajaba de su corcel. La joven se dio cuenta de que el Laird ni siquiera había mirado hacia ella.

Era lo más cerca que Fiona había estado nunca de Lord Macpherson. Cuando él se acercó con paso seguro a la espada que yacía en la hierba, supo que nunca había visto a un hombre como aquél. Algo se agitó en su interior mientras observaba cada uno de sus movimientos. Se detuvo un momento, estudiando la espada como si intentara identificar su origen. Era alto y poderoso. Llevaba el pelo rubio atado a la nuca, aunque unos mechones dorados que se habían escapado de sus ataduras enmarcaban sus rasgos robustamente apuestos. No había podido captar el color de sus ojos ni mirarlos, pero de algún modo sabía que también serían hermosos. Él se volvió hacia ella, y ella bajó la cara, ruborizándose ante sus propios pensamientos atrevidos. Su corazón latió con fuerza y algo se derritió en su interior.

Corre, se dijo a sí misma. Corre mientras puedas.

Alec observó a la figura embozada que se erguía como una estatua ante él. La capucha cubría cualquier posibilidad de ver su rostro, y sus manos estaban ocultas en los pliegues de su vestido. El badajo que colgaba de su cinturón de cuerda señalaba su enfermedad, y la tos había sido desgarradora de oír, pero él la había visto correr. Tenía la velocidad de una cierva y no había tosido ni una sola vez desde que él había entrado en el claro. Y luego estaba su postura, su postura de espalda recta e intrépida. Aquí hay más de lo que parece, pensó.

—No hay necesidad de que huyas —empezó él, notando la incomodidad de ella al apartarse de él—. Si me hubieras dejado ayudarte antes, esto nunca habría...

—No era necesaria vuestra ayuda, mi señor —interrumpió ella en un ronco susurro.

Si había alguna duda en su mente de que se trataba de la misma mujer, ahora se disipaba. Era la voz... la misma voz.

—Te equivocas al decir que necesitas mi ayuda. Pero ven, te llevaré a tu destino —respondió, levantando la vista y agitando el puño en círculo hacia el halcón que planeaba sobre las corrientes de aire, muy por encima de él.

—Me corrijo, mi señor —concedió—. Ya no necesito tu ayuda. Viajo a menudo por aquí.

—¿Y supongo que te topas a menudo con este tipo de gente? —espetó, señalando hacia el bosque donde habían desaparecido los tres forajidos. ¿Era tan tonta esta mujer?

Fiona no pudo responderle inmediatamente. Su franqueza, su cercanía era desarmante, y su incapacidad para responderle resultaban desconcertantes para la joven. Se limitó a encogerse de hombros en silencio.

Alec apartó la mirada de la mujer y levantó la mano. Cuando silbó estridentemente, Fiona levantó la vista y observó cómo el poderoso pájaro cambiaba de dirección inmediatamente y se lanzaba en picado a una velocidad increíble. Justo encima de ellos, el halcón se elevó de repente y se posó con gracia en la muñeca cubierta de cuero del hombre. Con una punzada de tristeza, observó cómo el níveo halcón peregrino renunciaba a su libertad. Pero cuando el ave se posó, Fiona se dio cuenta de que los ojos del guerrero no estaban puestos en el halcón. Estaban puestos en su rostro. Inquieta, bajó inmediatamente la mirada.

—Esos tres patanes podrían estar esperándote justo dentro de este bosque —dijo Alec, intentando suavizar la irritación de su voz. No quería darle vueltas a la situación que acababa de producirse. Pero, en realidad, estaba enfadado consigo mismo por haberles dejado marchar—. No es seguro para ti...

—Dejaste que se fueran —interrumpió ella, añadiendo tardíamente—, mi Lord.

El guerrero enarcó una ceja, considerando a la pequeña figura embozada que se erguía tan asertivamente a la sombra del enorme caballo. ¿Qué era, su conciencia? Vestía un traje de campesina, pero no tenía la lengua de una campesina. Desde luego no me teme, pensó Alec con curiosidad. De hecho, había vislumbrado la parte inferior de su rostro dentro de la capucha, y lo que había visto le había sorprendido. Tenía la boca más sensual y la piel más suave de todas las leprosas con las que se había cruzado.

—Sí —dijo con una nota de cansancio, dándole a Swift un trozo de carne del morral que llevaba en la cintura—. Los dejé marchar. Pero si matara a todos los forajidos de la isla, no quedaría nadie.

Fiona sintió rabia ante sus palabras. Llevaba aquí el tiempo suficiente para saber que los habitantes de Skye no eran forajidos. Controló con éxito su temperamento, pero no pudo evitar responder de algún modo.

—¿Por qué limitarse sólo a Skye, mi Lord? ¿Por qué no despoblar todas las Highlands?

—Tu idea tiene mérito, muchacha —respondió—. ¿Pero no crees que los jefes de clan se opondrían?

—¿Cómo podrían oponerse, mi señor? —dijo ella suavemente—. Serían los primeros en irse.

—¿Estás sugiriendo que todos los Laird de las Highlands son forajidos?

—Es más probable que eso que todos los campesinos de Skye.

—Eso es difícil de creer —respondió Alec, disfrutando de su desafiante ingenio—. Sobre todo teniendo en cuenta que aún no me he cruzado con ningún campesino respetuoso con la ley desde que llegué.

—Está claro que te reúnes con la gente equivocada... mi Lord.

—¿Me encuentro ahora con el tipo adecuado? —preguntó con una sonrisa.

—Eso debes decidirlo tú —respondió ella con seriedad—. Pero te diré una cosa: no soy un forajido.

—Si es así, ¿por qué has huido de mí esta mañana? ¿Quién eres, muchacha?

—Puedes ver lo que soy, un isleño inocente... a diferencia de los que dejaste escapar.

—Tal vez. Pero gracias a mí, tú, como leproso, no eres también un proscrito —dijo Alec a la defensiva, picado por su acusación.

El temperamento de Fiona se encendió ante sus palabras.

—Un proscrito comete actos dañinos —respondió ella—. Y con o sin tu interferencia... mi Lord... nunca he sido una proscrita.

Alec observó, divertido, el cambio de la mujer que tenía delante. Su postura ya no era la de la criatura enfermiza que se había enfrentado a los tres brutos. Su voz era clara y fuerte, su actitud desafiante. Si mueve la cabeza una vez más, pensó, esa capucha podría caerle hasta los hombros. Contuvo el impulso de levantarse y empujar la capucha hacia atrás. Quería ver la expresión que imaginaba en su rostro. ¿Y qué tipo de rostro es? Se preguntó. Era un rompecabezas que había que resolver.

—Aunque acepte que no eres un proscrito, aún tienes mucho que agradecerme —respondió, acariciando distraídamente las plumas velludas del pájaro que llevaba en el brazo.

Fiona observó sus dedos largos y fuertes sobre el extraño plumaje blanco del halcón. Notó la dulzura del hombre.

—Sí, mi señor —dijo tras una pausa, esforzándose por inyectar ironía a su voz—. Tengo mucho que agradecer. Por segunda vez hoy, casi me matas con tu amabilidad.

—¿Qué? —Esto era demasiado—. ¿Ya lo has olvidado? Además de tus antecedentes delictivos, veo que también sufres lapsus de memoria. No he intentado hacerte daño. Te he salvado.

—¿Llamas «salvar» a aplastar mi cráneo bajo los cascos de tu caballo?

—Los cascos pueden ser mucho menos dolorosos que una espada en la espalda.

—Para ti, tal vez —murmuró.

—No hagas que me arrepienta de haberte salvado el cuello.

—Ahora es mi cuello el que has salvado.

Alec miró durante un instante a la figura encapuchada.

—Ebon ni siquiera estuvo cerca —continuó—. Sin embargo, si te hubieran aplastado la cabeza, no estarías aquí de pie discutiendo.

—Oh, así que te molesta que una persona te acuse...

—Sí, cuando me acusan injustamente de aplastar el cráneo de alguien.

—Da igual. Lo has intentado.

Alec se quedó mirando un momento a la ardiente criatura que tenía delante. No podía ver sus ojos, pero podía sentir las chispas de ingenio que salían disparadas hacia él desde los oscuros recovecos de la capa. Sacudió la cabeza y la diversión apareció en sus facciones.

—Tu gratitud me abruma... por no hablar de tus modales —sonrió, colocando la capucha sobre los ojos de Swift.

—Lo siento, mi Lord —respondió Fiona de inmediato—, si no estoy a la altura de lo que estáis acostumbrado a los modales de los campesinos del continente.

—Oh, no lo sientas —bromeó Alec con indiferencia—. Estás a la altura.

Fiona se quedó mirando al pájaro. Lord Macpherson podía representar la autoridad mundana absoluta en esta isla, pero, aun así, ella no estaba dispuesta a permitirle tener la última palabra. Sin embargo, no podía seguir así.

Necesitaba volver al Monasterio. Fiona miró a su alrededor en busca de su morral y la vio tendida bajo la pezuña delantera de la gran bestia negra.

Alec vio cómo se acercaba a Ebon y empujaba con las dos manos el hombro del enorme corcel. Las orejas del caballo se echaron hacia atrás y el animal levantó la pezuña cuando la mujer cogió su morral del suelo. Miró dentro y dio un pisotón antes de girarse hacia él. Era evidente que estaba dispuesta a decirle algo, y Alec esperó con interés. Pero en lugar de palabras, la mujer arrojó el contenido destrozado de su morral a sus pies. Luego, sin más ceremonias, se apartó de él, echándose el morral al hombro.

—Buenos días, mi señor —dijo ella con desdén, dirigiéndose a grandes zancadas hacia el bosque que había en el otro extremo del prado.

Fiona no pudo evitar sonreír mientras avanzaba por la hierba. De todas las cualidades que David había mencionado en su descripción del nuevo Laird, a la Priora y a Fiona, no había mencionado su increíble arrogancia. Aquel hombre era casi imposible, pero ella, al menos en este encuentro, lo había igualado con creces. La Priora, sin embargo, seguramente se escandalizaría si supiera que Fiona había conocido siquiera al Laird, por mucho que le hubiera hablado en el mismo tono. Fiona sabía que, aunque nunca lo había conocido, la

Priora consideraba a Lord Macpherson una joya. Día tras día, durante los últimos meses, Fiona y la Priora habían oído a David hablar sin parar de las virtudes de aquel hombre.

—Menos mal que David nunca mencionó la humildad —murmuró para sí—. Creo que la humildad sigue siendo una virtud.

—Entonces, ¿por qué no lo practicas? —Fiona dio un respingo al oír la voz por encima de su hombro. Al detenerse y girarse bruscamente, se encontró mirando directamente al enorme pecho del gigante, que se detuvo ágilmente justo antes de arrollarla. El halcón seguía en una muñeca, y el corcel negro avanzaba por la hierba.

Las siguientes palabras se le atascaron en la garganta. No esperaba encontrarlo siguiéndola. Ahora su presencia la dejaba atónita y en silencio. Sintió que su corazón empezaba a acelerarse por la excitación que su proximidad le provocaba, y esta continua respuesta la confundió momentáneamente. Después de todo, había conocido a muchos hombres en sus años en el Monasterio; nunca había estado enclaustrada. El Monasterio siempre había sido un refugio para viajeros y para quienes necesitaban protección del feroz jefe del clan MacLeod. Y durante años había llevado el consuelo que podía a los hombres, mujeres y niños de la comunidad de leprosos oculta en los bosques de Skye. Pero con todo eso, nunca la cercanía de un hombre había provocado en ella una reacción semejante. Aunque, en realidad, tampoco había estado nunca tan cerca de un guerrero, de un Laird.

Fiona sacudió la cabeza para despejarla de aquellas nociones injustificadas y retrocedió insegura.

—¿Por qué me seguís, mi señor? —preguntó ella roncamente, mirando al suelo entre ambos.

Alec la observó durante un largo instante antes de contestar.

—Dos razones —respondió finalmente, tratando de atraer sus ojos hacia él—. Primero, te dije que te acompañaría a tu destino... a menos que quisieras acompañarme a Dunvegan. Y segundo, quería devolverte esto.

Fiona vaciló, luego levantó la vista rápidamente. Lord Macpherson sostenía las cuentas del rosario en la mano extendida. Ella alargó el brazo y se las cogió, pero no antes de que él le arrebatara la mano, girándola y manteniéndola con la palma hacia arriba durante un brevísimo instante.

Durante un fugaz instante, Alec vislumbró un bello rostro y unos ojos inseguros que le miraban. Luego, cuando bajó la cabeza, pensó en la mano blanca y perfecta que le había quitado las cuentas. No eran las manos callosas y trabajadoras que deberían haber sido. Sonrió. Fuera quien fuese, no era una campesina. Casi a su pesar, Alec deseaba saber más.

Se dio cuenta de que tenía los ojos azules. Tenían el mismo color azul profundo que el cielo sobre los picos de los Cuillins. Y para Fiona, estaban tan llenos de misterio, y eran tan atractivos, como los propios Cuillins.

—Umm… bueno… gracias, mi Lord —dijo Fiona entrecortadamente. El corazón le latía con fuerza en el pecho. Esto se estaba volviendo muy difícil. Necesitaba alejarse. Estaba perdiendo el control del momento; estaba perdiendo el control de sí misma, de sus propios pensamientos.

También tenía que volver antes de que la Priora empezara a preocuparse de verdad. —Sinceramente, no necesito tu ayuda. Por favor, créelo.

—Digas lo que digas, tus opciones no han cambiado —dijo Alec con severidad—. ¿Cuál es? ¿Dunvegan o… adondequiera que vayas?

Fiona hizo una pausa, sopesando sus opciones.

—Si quieres saberlo, voy al Monasterio… a por medicinas —dijo, poniéndose frente a la imponente figura—. ¿Pero no temes en absoluto mi enfermedad? Uno de esos hombres de ahí atrás dijo que tengo la peste. Los otros leprosos dijeron lo mismo. ¿No te preocupa eso?

—No.

—¿Por qué no? Preguntó Fiona, inspirando profundamente y preparándose para desencadenar uno de sus bien practicados ataques de tos.

—Deja ya, esa tos falsa —ordenó—. ¿No sabes que puedes hacerte daño tosiendo así?

—No puedo ayudar…

Alec estiró la mano que tenía libre y la agarró por el hombro. Su acción la conmocionó, obligándola a mirarle a los ojos. ¡A aquellos peligrosos ojos azules!

Era la primera vez que Alec la miraba directamente a los ojos color avellana. Tenían el color del océano en un día de verano. Alec vio en ellos el mismo poder de las profundidades que le había asustado durante tanto tiempo… hasta que aprendió a dominar su miedo. Pero aquellos ojos también le atraían, le seducían y, al mismo tiempo, le desafiaban.

—Puede que seas capaz de embaucar a tontos ignorantes como esos tres necios —dijo el Laird en voz baja—, pero he visto suficiente peste como para saber que no la tienes. Y en cuanto a tú… otra actuación, no eres ni campesina ni leprosa.

Fiona se encontró admirando sus rasgos. Las largas pestañas y la severidad de su mandíbula. Y entonces, como si de repente recordara quién era ella, quién era él, Fiona notó la mano de él sobre su hombro. Su mano era cualquier cosa menos suave.

—No tengo que decirte quién soy —susurró Fiona con determinación.

—No, no tienes. Pero tus opciones…

—No son mis elecciones. Son las tuyas. ¿Por qué no me dejas en paz? ¿Por qué no te vas?

—Ya he terminado de discutir contigo, mujer —su voz era ahora autoritaria y cortante—. Estoy harto de darte opciones. Vamos a…

—Bien —dijo ella, interrumpiendo en voz baja—. El Monasterio. Pero debemos irnos ya.

Por la dureza de su tono, supo que hablaba en serio.

El guerrero soltó el agarre de su hombro y, mientras ella se volvía hacia el ancho sendero que atravesaba el bosque, Alec se preguntó qué le había ocurrido para apoderarse de ella de aquella manera. Sin duda se había metido en su piel. Era eso. Había estado a punto de sacarle de quicio.

Durante algún tiempo caminaron juntos en silencio, cada uno profundamente inmerso en sus pensamientos y en el misterio del otro. Pero los sonidos del bosque primaveral irrumpieron en sus cavilaciones individuales, aligerando sus pensamientos cuanto más avanzaban.

Muy pronto el bosque dio paso a campos abiertos. Un pastor condujo un rebaño de ovejas junto a los dos viajeros. Sin duda se dirigía al estanque de la pradera. El guerrero pensó que el muchacho iba a hablar con la figura encapuchada, pero al reconocer a Alec, el pastor se sobresaltó y no dijo nada, moviéndose cautelosamente hacia el otro lado de su rebaño.

Alec se dio cuenta de que estaban en tierras del Monasterio.

Por lo que había averiguado, estas tierras y todas aquellas zonas administradas por la Iglesia siempre se habían librado de la habitual violencia y saqueo supuestamente controlados por Torquil MacLeod y sus hombres, aunque en realidad llevados a cabo por ellos. Se rumoreaba que, en realidad, Torquil temía la ira de la Priora y había mantenido alejados a sus hombres. Por el aspecto de los campos cuidadosamente parcelados y los pastos cercados, Alec pensó que la zona mostraba una prosperidad que sólo años de industria pacífica podían producir.

En varias ocasiones desde su llegada, Alec había tenido ocasión de conocer a David, el hermano de la Priora, en Dunvegan, y el hombre le caía bien. Por él, Alec había conocido la férrea norma de la monja y el respeto que era capaz de infundir en todos. Quizá gracias a ello, durante muchos años había seguido siendo un faro de esperanza para el pueblo de Skye... y Alec pretendía que siguiera siéndolo.

—¿Has conocido alguna vez a la Priora? —preguntó, rompiendo el silencio y lanzando una mirada a la mujer que estaba a su lado.

Fiona contuvo una sonrisa irónica. —Sí, Lord Macpherson, una o dos veces.

—Parece que sabes quién soy yo, pero yo aún no sé realmente quién... eres tú —dijo, tropezando con la última palabra cuando la capucha de la mujer cayó hacia atrás, revelando por primera vez toda la magnitud de su belleza. Bajo la capucha, llevaba un velo de lino que sólo ocultaba parcialmente las impresionantes ondas de pelo rojo que enmarcaban un rostro de proporciones y complexión perfectas. Los ojos color avellana, la nariz recta, los labios carnosos y la barbilla esculpida... bastaban para distraer a cualquier hombre, pero había algo más en ella. Estaba seguro de que hoy era la primera vez que se veían, pero sentía que la conocía. Su mente se lo decía. Pero, ¿dónde? ¿Cómo?

—¿No, mi Lord? —respondió Fiona—. ¡Qué curioso! Parece que sabes muy bien quién no soy.

Miró hacia el camino cuando el guerrero dirigió su mirada hacia ella.

—Esta mañana pensé que eras un hada —dijo Alec—. Cruzándote en mi camino y luego desapareciendo en una brizna de aire brumoso.

Fiona lanzó una rápida mirada al Laird. —Veo que los cuentos de viejas de nuestra isla te han impresionado.

—Sí, pero está claro que eres muy real —continuó Alec, admirando el color que permanecía en su mejilla. Estudió la perfecta belleza de su rostro. Sus ojos se detuvieron en la pesada capa que llevaba para ocultar un cuerpo esbelto—. Ahora empiezo a pensar que te pareces más a mi halcón Swift.

—¿Lo sois, mi señor?

—Sí. Cada uno de vosotros lleva una capucha, pero debo deciros que esa capucha sirve de poco para ocultar lo que hay debajo. De hecho, creo que sólo os sirvió para estorbaros cuando intentasteis volar por aquel prado. Veloz, como has visto, vuela bastante bien sin su capucha.

—Swift, vuela cuando tú se lo permites —dijo Fiona señalando—. Su libertad es cuestión de vuestro capricho, mi señor.

—Sus deseos y los míos no están tan alejados —respondió—. ¿Por qué crees que vuelve a mi muñeca?

—No me lo imagino —sonrió. A pesar de sus sentimientos hacia las aves cautivas, a pesar de sus sentimientos hacia todo, Fiona empezaba a sentirse bastante cómoda a medida que se acercaban al Monasterio. Pero al contemplar su fuerte perfil, sintió que se le aceleraba el pulso. Volvió los ojos hacia el camino que tenían por delante, obligándose a ignorar las inesperadas emociones que desviaban su atención de sus palabras. Pero no podía ignorar el repentino resplandor de felicidad que la invadía.

—Porque sabe que la capucha sólo se lleva temporalmente, y confía en mí —Alec lanzó una mirada a la muchacha—. Por no mencionar el simple hecho de que... bueno, está claro que disfruta de mi compañía.

—¿Ah, sí? —Fiona se rió. Era la primera vez que la oía reír, y a Alec le gustó cómo sonaba—. Siento decepcionaros, mi Lord, pero vuestro halcón y yo no nos parecemos tanto.

—¿No disfrutas de mi compañía? ¿Mi encantador ingenio? ¿Mi cortesía? ¿Mi aspecto varonil?

—No, mi Lord —respondió ella, haciendo una pausa para que surtiera efecto y reprimiendo una carcajada antes de continuar. Lord Macpherson era muy consciente de sus encantos, pensó Fiona—. En realidad, lo que quería decir es que, a diferencia de tu halcón, mi capucha es permanente.

—Nada es permanente —dijo, pero de pronto se puso serio, y sus pensamientos recordaron los acontecimientos de su pasado reciente. En cosas que una vez había creído de verdad que eran permanentes.

—Los votos del convento no son sólo permanentes, mi señor. Son eternos.

Sacudido de sus pensamientos por su declaración, Alec se giró para mirarla. Ni siquiera estaba seguro de haberla oído bien. Una monja. Al instante rememoró en su mente los acontecimientos y la conversación de la mañana. Volviendo su atención al camino que tenía por delante, no pudo evitar pensar por un momento en la atracción que sentía por aquella monja, lo que le hizo sentirse extrañamente incómodo. ¿Y qué le había dicho exactamente? Una monja.

Fiona miró al hombre que caminaba a su lado y sonrió. Aquel señor de la guerra, enviado para controlar las regiones salvajes de las Hébridas Exteriores de Escocia, parecía de repente un colegial. Primero se sorprendió, luego se ruborizó, y después sus rasgos se endurecieron en una mueca de desagrado. Cuando le devolvió la mirada, Fiona apartó la vista. Qué respuesta tan maravillosamente inesperada, pensó. Debería haberlo intentado antes.

Sin embargo, cuando Alec habló, su voz era cualquier cosa menos airada.

—¿Así que vives en el Monasterio? —preguntó en el tono más cordial que pudo reunir.

—Sí, mi señor.

—¿Entonces por qué te vistes así?

—Atender a los pacientes.

—¿Llevas mucho tiempo en el Monasterio?

—Sí, mi señor. Desde que tengo uso de razón.

—¿Y no estás enfermo de ningún modo?

—No, mi Lord —respondió Fiona con dulzura, volviendo hacia él sus ojos brillantes. Le dedicó una brillante sonrisa—. Pero gracias por preguntar.

El corazón de Alec palpitó en respuesta. Sus ojos y su sonrisa podían hechizar a un hombre

—Dime —preguntó Alec al cabo de un momento—, ¿todavía enseñan religión en el Monasterio?

—Naturalmente.

—¿Y enseñan el valor de la virtud?

—Sí, así es, mi señor.

—¿Se siguen considerando virtudes, la mansedumbre, la veracidad y la obediencia?

—Por supuesto, mi señor.

—Entonces, ¿no se espera... que todas las monjas de tu Monasterio las practiquen?

Sonriendo para sí misma, Fiona recordó los acontecimientos de la mañana. En su atrevimiento, en las historias que había contado, en su negativa a obedecer sus órdenes más simples.

—No, mi señor. Es una orden diferente.

———

AL LLEGAR A UNA ELEVACIÓN, los dos vieron a lo lejos los muros del Monasterio. Un grupo de cabañas formaba una ordenada aldea a sus puertas, y el humo de los fuegos matinales flotaba cómodamente en el aire. Un perro marrón y blanco salió corriendo de un corral junto a la cabaña más cercana, y sus ladridos amistosos se mezclaron con el rítmico martilleo del herrero que ya trabajaba duramente en la fragua. El olor al cordero asado llegó hasta Alec, y la agitación de su vientre le recordó que hoy no tenía nada que comer.

La gente del pueblo les dirigía miradas de sorpresa mientras caminaban por el sendero que conducía a las puertas del Monasterio, y Alec no se extrañaba de su interés ni de su sorpresa. Llevaba cuatro meses encontrándose con las mismas miradas en otros pueblos.

Las puertas que atravesaban el alto muro que rodeaba los edificios y la iglesia que componían el Monasterio estaban abiertas, y cuando ambos entraron, un antiguo portero de túnica azul que portaba un largo y robusto bastón se acercó cojeando, saludando con su melena amarillenta al Laird y dirigiendo una cálida y desdentada sonrisa a Fiona. Ella le tocó la mano cariñosamente al pasar.

—Como te dije, muchacha, no llueve —se rió—. Ni una gota.

—Sí, James —ella sonrió—. Una buena mañana.

Alec observó la ordenada distribución de los terrenos del Monasterio, la iglesia justo delante, los establos y las habitaciones de los huéspedes a la izquierda, con un pequeño huerto detrás. A la derecha, la sala capitular, con sus oficinas y su escuela, y lo que supuso que eran las dependencias de las monjas. Alec podía ver el humo que salía de lo que debía de ser un edificio de cocina detrás de las habitaciones, y supuso que probablemente había un jardín bien cuidado detrás. Entre las dependencias de las monjas y la iglesia, unos caminos de conchas blancas atravesaban un pequeño cuadrilátero de zonas verdes, hierbas cultivadas y flores. Ordenado, eficiente y agradable, pensó Alec con aprobación.

Sus ojos no habían tardado en contemplar los edificios y los terrenos, cuando un muchacho se acercó corriendo y gritando desde los establos. El guerrero observó cómo el muchacho venía a toda velocidad, sin aflojar un ápice y lanzándose al abrazo de la joven monja. Ella retrocedió un paso a trompicones para no caerse, pero recuperó rápidamente el equilibrio y abrazó con fuerza al niño contra sí.

—Lo siento, Malcolm. Sé que has estado esperando...

—La Priora está enfadada. Está muy enfadada contigo —soltó el chico—.

Esta mañana, después de la misa, ha ido directamente a la sala capitular. Ni siquiera quiso hablar con el capellán. Ella...

—Calla —tranquilizó Fiona, agachándose ante el chico mientras miraba nerviosa en dirección a la sala capitular—. Yo me ocuparé.

—No paraba de agitar las manos mientras caminaba, hablando todo el rato de «paciencia» y «culos». David me llamó a los establos.

El muchacho asintió hacia el hombre corpulento de mediana edad que Alec veía correr hacia ellos, gritando indicaciones por encima del hombro a los mozos de cuadra. Una mirada temerosa se dibujó en el rostro del muchacho mientras se acurrucaba contra Fiona, rodeándole el cuello con los brazos.

—¿Te obligará a echar la pocilga durante un mes? —susurró Malcolm con ansiedad—. No usará la vara de abedul contigo, ¿verdad?

—No, Malcolm —respondió ella con un suspiro—. Aunque cualquiera de esos castigos puede ser preferible a lo que ella tiene pensado para mí.

Fiona miró al niño. Ahora miraba con recelo al desconocido que estaba cerca con el halcón y el cargador.

— Lord Alec —atronó David, acercándose sin aliento—. Nos honráis, mi Lord. Si hubiéramos sabido que veníais... ¿Estáis solo, mi Lord?

—Buenos días, David —respondió Alec agradablemente—. Estaba de caza y pensé que podría aceptar tu oferta de enseñarme el Monasterio.

Alec y Fiona intercambiaron una rápida mirada.

—Me encantaría, mi Lord, pero... —El hombre mayor se volvió hacia Fiona —. Será mejor que corras, muchacha. Te espera un avispero —señaló con la cabeza en dirección a la sala capitular y arqueó sus pobladas cejas grises.

Fiona respiró hondo mientras se levantaba y se dirigía al edificio.

—Fiona —dijo Malcolm, siguiéndola.

Se volvió y cogió la cara del niño entre las manos. —Quédate con David — se enderezó y miró a Alec.

—Buenos días, mi señor —susurró, girando sobre sus talones y cruzando el patio a grandes zancadas.

Alec la vio marchar, con la barbilla alta y la espalda recta. Pero se le ocurrió que parecía una soldado yendo con plena conciencia a una batalla nefasta.

—¿Es la Priora tan dura con las monjas? —preguntó Alec con simpatía.

—En absoluto, mi Lord —respondió David, sorprendido—. De hecho, la Priora es bastante gentil cuando se trata de su propio rebaño.

—Entonces, ¿por qué esta buena monja... está Fiona... es una excepción?

David miró inquisitivamente al Laird.

—Porque, mi señor, esta buena monja no es monja.

Capítulo Tres

De toda la hermosura llevaba la flor...

—Robert Henryson, «La sierpe rubicunda»

—LA PACIENCIA ES la virtud de los asnos.

Fiona se retorció en el centro de la sala. La Priora ni siquiera se había detenido a respirar desde que entró la joven. Mara Penrith MacLeod, Priora del Convento de Newabbey, no estaba dispuesta a dejar que su acusada se librara a la ligera.

La Priora había sido la superiora indiscutible en estas tierras durante casi treinta años. Desde que demostró su capacidad a los veintidós años, a nadie se le había ocurrido desafiar su autoridad. Siempre había sido justa pero estricta en su administración. A lo largo de los años, se había ganado el respeto de quienes la rodeaban, pero había exigido obediencia como lo que le correspondía. En tiempos de turbulencia y de paz, había trazado una línea recta y todos la habían seguido. La vida en el Monasterio había sido ordenada, serena. Hasta que llegó Fiona.

Era al menos una cabeza más baja que Fiona, pero tenía la fuerza de la personalidad que hacía que los demás sintieran que sobresalía por encima de ellos, sobre todo cuando estaba disgustada. Y ahora mismo la mujer mayor estaba más que disgustada. Estaba enfadada. Muy enfadada.

—Lo sé, mi Lady Priora, pero...

—¿Así que admites que me consideras una imbécil?

La Priora miró a Fiona desde la pequeña ventana de su despacho en la sala capitular. Su mirada feroz no concordaba con la gentil vestimenta que llevaba. La túnica azul oscuro y el velo blanco, símbolos de su vocación bondadosa, no disminuían el impacto de la reprimenda que le estaba dando.

—No, mi Lady, pero...

—Tan bien deberías considerarme un asno, por toda la deferencia que me haces.

—Pero, mi señora Priora, yo...

—Y yo bien podría ser una bestia muda y descerebrada, por toda la atención que prestáis a lo que os digo —La Priora volvió a pasearse por la habitación mientras hablaba, con una cojera más pronunciada. Esta mañana le dolía la rodilla más que en semanas—. Fiona, nunca me oyes, ¿verdad?

—Sí, mi Lady —respondió Fiona, mirando con preocupación la incomodidad de la mujer mayor—. Si me dejarais...

—¿Explicar? —estalló la Priora—. Cuántas veces he escuchado... pacientemente... explicaciones sobre tu rebelde desobediencia. Fiona, ¿por qué insistes en desafiarme?

—Mi señora Priora, por favor, nunca he...

—Jovencita, ni se te ocurra negar que has desobedecido continuamente mis instrucciones en todo momento... durante los últimos catorce años. Si me hubiera arrancado una de mis canas cada vez que desafiabas mis órdenes, seguiría siendo un imbécil... pero ya calva —Sus ojos grises se pusieron en blanco—. Santa Madre, ¿qué tengo que hacer para llegar a esta niña caprichosa?

Cuando la Priora hizo una pausa, Fiona supo que era su oportunidad de hablar. También sabía por experiencias pasadas que, si no intervenía ahora, estaría allí de pie durante la siguiente hora. No obstante, Fiona cogió la silla de tres patas que había junto a la ventana y la colocó junto al fuego para la anciana. A causa de sus articulaciones enfermas, la superiora se permitía un fuego de leña durante todo el año. Sí, un lujo. Pero era el único lujo que se permitía, ahora que sus halcones se habían ido. La Priora se sentó con cautela, haciendo una mueca de dolor al flexionar la rodilla que tenía delante.

—Mi Lady, me he cambiado —dijo la joven, volviendo al centro de la sala. Estaba algo sorprendida de que la Priora le permitiera continuar—. Sabes que sí. Sí, admito que de vez en cuando he hecho alguna chiquillada...

—¿De vez en cuando? ¿Infantil? —interrumpió la Priora, mirando a Fiona con exagerado asombro durante un instante antes de volver a centrar su mirada—. ¿Por qué no concretamos un poco más por un momento?

Fiona bajó la cabeza resignada antes de volver a hablar. Derrotarla, eso era lo que buscaba la Priora. Nada menos.

—Sí, mi señora —se rindió humildemente.

—Estoy esperando —dijo la mujer mayor, sentándose erguida en la silla. Se frotó la rodilla hinchada con la mano.

Fiona se armó de valor para empezar de nuevo. —Sí. Hice chi... cosas peligrosas. Pero, mi Lady, sólo era un niño.

—Malcolm es un niño. Y tú... nunca lo fuiste. Tenías trece años cuando liberaste a todos mis halcones. Y dieciséis cuando cruzaste el lago a nado por primera vez. Y repito... nadaste por primera vez por el lago. ¿Debo continuar? Apenas eres una cría, Fiona.

La joven se sonrojó. La Priora nunca olvidaba nada. ¡Jamás! Inconscientemente, Fiona se acercó a la chimenea y cogió los gruesos paños que colgaban del calentador. Doblándolos con cuidado, se arrodilló ante la Priora.

—Por favor, mi Lady. No puedo deshacer las tonterías que he cometido —dijo Fiona, colocando los paños calientes sobre la rodilla de la mujer mayor—. La hinchazón está empeorando, pensó. Pero esto es diferente. Cuando voy al bosque, no te desobedezco por razones infantiles o egoístas. Walter cuenta conmigo. Por favor, compréndelo. Sabes que durante años he...

—Has arriesgado tu vida yendo allí sola. Has devuelto diez veces la buena acción de ese hombre, niña. ¿Cuándo vas a entenderlo? —La Priora hizo una pausa mientras otra emoción, además de la ira, se abría paso en su conciencia —. Fiona, nada de lo que has hecho ha sido egoísta. Temeraria, sí. Egoísta, nunca. Temo por ti, porque antepones el bienestar de todas las criaturas de Dios, hombres y bestias, al tuyo propio. No piensas en ti misma, ni en tu seguridad.

Fiona miró a la mujer que la había criado y amado... y que había soportado el infierno que a veces había llevado a su puerta. Fiona sabía, sin lugar a dudas, que el enfado de la Priora siempre procedía de las preocupaciones que la propia Fiona provocaba en ella. Bueno, excepto, quizá, por el episodio de sus halcones, pensó Fiona, ocultando una sonrisa.

La voz, ahora suave, de la mujer mayor, la devolvió al presente.

—Fiona, niña. Sabes que te quiero como a una hija. Cada vez que pienso o me entero de que estás ahí fuera sola, algo se encoge dentro de mí. Me preocupo por ti. ¿Lo comprendes? Sabes que había una muy buena razón para que los leprosos se ocultaran de la brutalidad de Torquil.

—Sí, mi Priora. Pero ya se ha ido, y...

—Sí, Fiona. Pero esos cerdos ignorantes que le servían no —el temperamento de la anciana se encendió de nuevo—. Gracias al nuevo Laird, Lord Macpherson, los leprosos han tenido la oportunidad de vivir sus miserables vidas en paz. Y además, tienen al padre Jack. Ese viejo ermitaño puede ocuparse de sus necesidades. Pero una joven que vaga sola por el bosque...

—Pero, mi Lady, ese es el trabajo de una monja. Ayudar a los pacientes y necesitados, quiero decir.

—Fiona, ¿cuántas veces tengo que decirte que no eres una monja? —La mujer mayor respiró hondo, intentando recuperar el control de su furioso temperamento. Cuando volvió a hablar, su voz era entrecortada—. No sé en qué me he equivocado en tu educación, pero Fiona, te lo repito: No eres una monja, jovencita.

—Mi señora Priora, sé que no lo soy. Pero eso no altera mi deseo de llegar a serlo... algún día.

—Fiona —respondió la Priora, considerando sus palabras y deteniéndose un momento para maravillarse de su propia paciencia—. Fiona, eso no puede ocurrir. No ocurrirá. No en esta vida. Ahora quiero que lo olvides.

—¿Pero por qué? —La joven miró impotente a la Priora, con las manos abiertas implorando.

La monja miró con sentimiento a la hermosa y decepcionada niña que se inclinaba ante ella. Nunca le había dicho que convertirse en monja fuera una opción para ella. Jamás. Pero tampoco le había dicho a Fiona que la vida aún le reservaba mucho. Que su destino estaba en otros lugares, en otras manos. Había tanto que quería revelar, pero no podía... todavía. La Priora quería tener todas las respuestas antes de revelar la verdad. Sin embargo, sabía que llegaría el momento, y pronto. Al fin y al cabo, el mensajero de Lord Huntly había regresado, habiendo entregado su carta con éxito. Ahora sólo tenía que mantener a Fiona a salvo y cerca de ella. Pero ese era el mayor reto de todos. Siempre lo había sido.

La Priora se acercó y tomó la mano de Fiona entre las suyas. Cuando habló, sus palabras fueron suaves. —Te he dicho muchas veces que no debes llamarte monja ni sentir que debes actuar como tal. Has vivido, trabajado y aprendido en este Monasterio. Hemos compartido una parte maravillosa de tu vida. Nunca podemos estar seguros de lo que nos deparará el futuro. Pero una vida religiosa no es tu vocación, de eso estoy seguro. Así que no volveremos a hablar de ello, Fiona, y esa es mi última palabra sobre el tema. ¿Lo entiendes?

—Sí, mi señora. Pero debes comprender que no puedo dar la espalda a quienes me necesitan.

El temperamento de la anciana volvió a encenderse en un abrir y cerrar de ojos.

—Fiona —estalló—, eres lo bastante inteligente para saber que vagar por el bosque... sola... es absolutamente...

—Pero mi Lady, conozco este lugar, y nunca me ha ocurrido nada que no pudiera... —interrumpió Fiona, encogiéndose al pronunciar las palabras, al pensar en cuál sería la respuesta de la Priora si se enterara del incidente de esta mañana.

—Una jovencita sigue siendo presa de los sucios cerdos paganos que se hacen llamar hombres por aquí en estos días. Cuando yo era joven, los hombres respetaban a las mujeres.

Fiona también había oído antes este discurso.

—Mi señora Priora —la tranquilizó Fiona—. Has sido como una madre para mí. Y te respeto.

—Y obedéceme a mí también, supongo que dirás a continuación —gruñó la mujer mayor—. Fiona, ¿por qué no puedes comprender que eres mi responsabilidad? Las cosas que haces y dices, tu aspecto, todo es un reflejo de mí—. Entonces, observando realmente a Fiona por primera vez, la Priora se detuvo en seco y miró a la joven agachada ante ella.

De repente, Fiona se sintió incómodamente consciente de su aspecto desaliñado. Había colgado su capa en la percha antes de entrar en el despacho de la Priora. Ahora, siguiendo la mirada de la mujer mayor, los ojos de Fiona se fijaron en el hombro de su vestido, desgarrado por una de sus caídas. Pudo ver cómo el fuego se encendía de nuevo en los ojos de la Priora.

—¿Qué te ha pasado, Fiona? —le dijo mirándola a los ojos, olvidando su anterior hilo de pensamiento.

—Me he caído, mi Lady.

—¿Sobre tu hombro? —empezó la Priora con fiereza—. ¿Cómo te caíste, Fiona? ¿Dónde te caíste? Dime qué pasó.

La llamada a la puerta interrumpió la retahíla de preguntas de la Priora. Algo ha ocurrido esta mañana, pensó acaloradamente, y voy a averiguar qué. ¿Y quién puede ser? Todo el mundo sabe que no se me debe molestar cuando estoy... aconsejando... Fiona. Lanzó una mirada furiosa a la joven que se retiraba hacia la puerta.

Fiona susurró una rápida plegaria de agradecimiento a su ángel de la guarda por su liberación. Tiró de la pesada puerta para abrirla. Pero al ver la gigantesca figura que llenaba la entrada, Fiona se dio cuenta de que tal vez había enviado su plegaria demasiado pronto.

ALEC VIO cómo su expresión cambiaba del alivio a la incredulidad. Estaba claro que ella no esperaba que él estuviera allí.

Y no había esperado que fuera tan despampanante.

De repente, el impacto total de la belleza de la joven golpeó profundamente la conciencia del Laird. El cuerpo de Alec se tensó con una respuesta que no había previsto.

Sus ojos contemplaron la figura que tenía delante. El velo, como un halo, enmarcaba los mechones sueltos de pelo rojo y la impecable piel de marfil del rostro de Fiona. Sus profundos ojos color avellana brillaban, mostrando su cambio de humor, y Alec observó cómo ella le devolvía su mirada apreciativa con la suya propia. Cuando su mirada se posó en sus carnosos labios rojos, un rubor se deslizó desde la piel satinada de su garganta hasta la suavidad lechosa de su mejilla.

Alec se encontró respondiendo a la joven con una intensidad inesperada.

Luchó por controlar los músculos contraídos de su cuerpo mientras el corazón le latía furiosamente en el pecho.

—¿Quién es, Fiona? —espetó la Priora desde su silla junto al fuego.

Fiona se sobresaltó, sorprendida por su propia audaz reacción ante el noble. Retrocedió rápidamente, apartándose de la línea de visión de la Priora cuando el Laird cruzó el umbral.

La diminuta monja que había hablado con tanto vigor estaba sentada junto al fuego, y Alec dirigió su atención hacia ella. Era diminuta, y sus ojos inteligentes, anidados en un rostro severo, lo escudriñaban atentamente. Su mirada sólo tardó un instante en posarse en el broche Macpherson que sujetaba su tartán. Alec vio cómo su ceño se fruncía al reconocer el escudo familiar representado en el broche de hierro.

Fiona fue la primera en hablar.

—Tenéis un invitado inesperado, mi Lady Priora —dijo en voz baja—. Creo que se trata de Lord Macpherson, de quien tanto ha hablado David.

—Por supuesto —respondió la Priora, saltando emocionada de la silla y tendiendo la mano al hombre que se alzaba ante ella—. Lord Macpherson, bienvenido. Es un placer conoceros por fin.

Alec se inclinó por la cintura y cogió la diminuta mano de la monja. Tras besar el anillo de la Orden que ella llevaba en la mano izquierda, se dejó conducir al interior de la habitación.

—Gracias, mi señora Priora —dijo con una sonrisa—. El placer es mío. He sido negligente al no venir a verle antes.

—David, me ha contado lo ocupado que has estado desde que llegaste —respondió ella, devolviéndole la sonrisa.

—Aun así, eso no es excusa —respondió Alec disculpándose—. Y, por favor, perdona que haya venido sin avisar.

—No tienes por qué preocuparte por eso, Lord Alec —dijo ella—. Piensa en nosotros como viejos amigos de la familia.

—Sí —dijo Alec—. Mi padre siempre habla de ti con la mayor estima. Me dijo antes de marcharme del castillo de Benmore que te transmitiera sus mejores deseos.

—Tu padre es un buen hombre.

—Dice que os conoció hace muchos años, cuando erais niños.

—Es cierto. Las reuniones de las Highlands de hace años eran momentos maravillosos para los niños. Y después de aquello, Alexander siempre nos visitaba cuando venía a Skye, pero hace años que no lo veo. ¿Se encuentra bien?

—Muy bien, Priora. Ya no viaja mucho, aunque él y mi madre están bastante impacientes por ser abuelos.

—Alexander Macpherson abuelo. Eso presenta una imagen muy agradable en mi mente —su sonrisa se desvaneció un poco mientras se movía incómoda donde estaba—. Entonces, Lord Alec, ¿algún plan en ese sentido?

—No, Priora —respondió Alec, sonriendo ante su descarada pregunta—. Aunque creo que tendrías más posibilidades pidiéndolo a mis hermanos Ambrose y John.

Fiona permanecía aparentemente olvidada en el fondo y, aunque se había cubierto el hombro desgarrado con un chal que había sobre la mesa de trabajo de la Priora, se preguntaba cómo podría salir de la habitación sin llamar la atención. Pero, al mismo tiempo, se sentía inexplicablemente atraída por la información que estaba reuniendo sobre Lord Macpherson.

Alec se dio cuenta de que, a pesar de la rapidez con que la Priora se levantaba de la silla, la anciana se apoyaba en una pierna al levantarse. La condujo de vuelta al fuego, le ayudó a asentarse en la silla y recogió las toallas caídas. Aún estaban calientes.

Fiona se precipitó a su lado, intentando coger las toallas sin levantar los ojos de él, pero Alec la sujetó con fuerza. Levantó la mirada, frunciendo el ceño en sus ojos sonrientes, y tiró con fuerza cuando Alec aflojó el agarre. Fiona estuvo a punto de caerse de espaldas. Él sonrió.

—Ya veis que me hago vieja, Lord Alec —dijo la Priora, fingiendo no haber visto el intercambio, y estirando la pierna hacia el fuego.

Fiona agradeció que la Priora no se hubiera percatado de la insensatez mostrada por el apuesto Laird. Volvió a colocar las toallas sobre las rodillas de la monja, y Alec se quedó mirándola junto a la chimenea.

—No puede ser tu edad, Priora —respondió amablemente, forzando su atención de nuevo hacia la mujer mayor—. Sin duda es la humedad de este clima isleño.

La Priora le miró agradecida, tomada por su cortesía y consideración.

Sin mediar palabra, Fiona acercó una silla, que sabía que necesitaba una reparación urgente, para el Laird, junto a la Priora. Tal vez, pensó irónicamente, su peso sea demasiado para esto. La imagen de él sentado entre los restos astillados sería preciosa.

—¿Queréis sentaros, Lord Alec? —preguntó la mujer mayor—. Tenemos mucho de qué hablar.

Alec miró a Fiona, que permanecía en silencio detrás de la Priora. Caminando a grandes zancadas, cogió sin esfuerzo la silla más grande que había junto a la mesa de trabajo y la añadió al grupo.

—¿Se unirá a nosotros la señorita?

Fiona habló de inmediato. —No, mi señor. Yo... he...

—¡Tonterías! —estalló la Priora—. Por supuesto, te unirás a nosotros.

Fiona no pudo disimular su asombro ante las palabras de la superiora. En el pasado, la Priora prácticamente la había escondido cada vez que algún caballero adinerado había visitado el Monasterio. La Priora había sido especialmente cuidadosa siempre que Torquil MacLeod o alguno de sus hombres se habían acercado.

—Lord Alec —dijo la mujer mayor, con un brillo travieso en los ojos—. Me ha faltado presentarte a Fiona... nuestra querida rebelde.

Fiona se sonrojó y agachó la cabeza hacia el Laird. Tenía las manos apretadas y apenas se atrevía a mirarle.

—¿Una rebelde, Priora? —preguntó Alec, enarcando una ceja hacia la joven.

—Sólo a veces, Lord Alec —respondió la Priora—. La verdad es que Fiona es un ángel que cayó en nuestra puerta hace años. Pero el Señor tiene extrañas maneras de... poner a prueba a sus siervos.

—Desde luego que sí, Priora —con gracia despreocupada, Alec se colocó a su lado, con una mano en la silla más pequeña. Cuando la retiró y se la tendió con una leve inclinación, Fiona miró la silla y de nuevo a él.

Hizo una pausa. La mirada expectante de la Priora desconcertó momentáneamente a la joven. Sintiéndose incómoda y cohibida, Fiona se sentó con cautela en el borde de la silla que el Laird le tendía.

Alec ocultó una sonrisa y tomó asiento a su lado.

La Priora y el Laird hablaban y, mientras lo hacían, Fiona se dio cuenta de lo rápido que aquel apuesto noble se estaba ganando la simpatía de la anciana. Y se encontró escuchando atentamente la inteligente conversación, en la que la agradable voz de Fiona sonaba con risas fáciles, mientras él y la Priora intercambiaban noticias e ironías.

Hablaban de la política de la corte y del estado de las cosechas del año. Con cada cambio de tema, Fiona escuchaba ansiosa cualquier posibilidad de que la conversación girara en torno al percance de la mañana, temerosa al mismo tiempo de moverse por miedo a que la silla se derrumbara bajo ella.

En una ocasión, cuando la Priora mencionó su preocupación por las bandas de forajidos que vagaban por la isla, Alec lanzó a Fiona una mirada maliciosa antes de explicar sus planes respecto a su control y dar un giro a la conversación. Tuvo la oportunidad, pensó ella, pero no sacó el tema. Fue entonces cuando Fiona supo que su secreto estaría a salvo con él.

Mientras hablaban, Alec dirigía a menudo sus comentarios a Fiona. Pero la joven evitaba entrar en la charla con la misma determinación que evitaba devolverle sus miradas.

Cuando la discusión giró en torno al funcionamiento del Monasterio, Fiona supo que su silencio estaba llegando a su fin. Fue la Priora quien la obligó a entrar en la conversación.

—Fiona, cuéntale a Lord Alec lo de tu sistema —ordenó el superior.

Sus sillas estaban muy cerca.

—Mi Lady —tartamudeó Fiona—. Realmente hay muy poco que contar.

—Tan poco —se burló la Priora antes de volverse orgullosa hacia Alec—. Ella sólo ha mejorado la situación financiera del Monasterio, que ha pasado de una situación de equilibrio a otra de beneficios. Y esos beneficios alimentan cada día a más bocas.

La Priora se levantó y se dirigió a la mesa, revolviendo papeles mientras seguía hablando. Con la atención de la anciana momentáneamente desviada, Alec desplazó su peso y apoyó la rodilla contra las faldas de Fiona. Aunque se mostraba muy indiferente, Fiona estaba segura de que él era consciente de la presión de su pierna sobre la de ella. Sintió que sus mejillas se coloreaban; lo estaba haciendo a propósito. Movió ligeramente la pierna hacia un lado. Su rodilla la siguió. Ella intentó empujar con las rodillas, pero él no retiró la pierna. Colocando despreocupadamente un pie detrás del otro, esta vez le dio una patada.

Alec apartó tranquilamente la rodilla y sonrió mientras volvía a captar sus ojos. Otro rubor apareció en el rostro de Fiona.

—... Y te digo que sus ideas son verdaderamente inspiradoras —concluyó la anciana Priora—. El rendimiento de las granjas mejora con cada cosecha.

—Al venir aquí esta mañana —asintió Alec de buena gana—, me di cuenta de que estas son las tierras más productivas de Skye. Nunca esperé encontrarme con semejante tesoro.

— Lord Alec, aún no has visto nada —afirmó la mujer mayor—. Pero me gustaría que vieras las granjas, los almacenes y los huertos. Esta joven es responsable de los cambios más significativos. Fiona, lleva al nuevo Laird a dar una vuelta por los terrenos. Enséñale algunos de los cambios.

Alec miró a la joven bajo una nueva luz. Al principio, había venido decidido a rescatarla de la ira de la Priora y, si podía, a vengarse de algún modo de ella por haberle hecho creer que era monja. Pero ahora, al oír hablar de su inteligencia y habilidades administrativas, el interés de Alec por la sonrojada belleza adquirió inconscientemente una nueva dimensión.

—Mi Lady, ¿por qué no se lleva usted a Lord Macpherson? —suplicó la joven. Una especie de pánico se apoderaba de ella ante la idea de quedarse sola ahora mismo con Lord Macpherson. A pesar de sus bromas, algo le estaba ocurriendo. Algo en lo que no se atrevía a pensar—. Desde luego que...

—No puedo, Fiona —replicó la Priora—. Pero quizá Lord Alec se una a nosotros para la comida del mediodía.

—Será todo un placer, Priora.

Alec se puso en pie y, cuando Fiona se levantó resignada, se oyó el crujido de la madera y la silla se desplomó en el suelo.

Los tres miraron la masa astillada, y luego la Priora y Alec miraron a Fiona.

—Yo tampoco he desayunado —dijo inocentemente.

Todos rieron al unísono, y Alec recogió los trozos mientras se dirigían a la puerta.

Mientras se despedían, la Priora señaló la muñequera de cuero que llevaba el guerrero.

—Tengo entendido que sois un ávido cazador, Lord Alec.

—Sí, Priora. Aunque valoro más las aves y el deporte que la caza. De hecho, tu hermano tiene ahora mismo un buen peregrino en el exterior.

—Yo también soy aficionada a la cetrería.

—¿Ah, sí, Priora? —respondió Alec con deleite.

—Sí —suspiró—. Pues sí. Pero si quieres poner tu halcón en algún sitio, tengo algunas jaulas vacías.

—Así lo haré. Gracias.

—Pero, ¿Lord Alec? —dijo ella mientras los dos salían por la puerta.

—¿Sí, Priora?

—Si de verdad valoras a tu pájaro, no pierdas de vista a Fiona.

Capítulo Cuatro

**El caballero cortesano hizo un gran juramento,
Serviría a Satanás durante siete años...**

—William Dunbar, «Renuncia a tu Dios y ven a mí»

—Nunca volví a verla —dijo Alec, volviendo a contar la historia de su encuentro con la extraña mujer.

Alec y su hermano menor, Ambrose, eran los únicos que quedaban en la mesa principal del Gran Salón del castillo de Dunvegan. El tiempo había empeorado gradualmente a medida que avanzaba el día, y ahora la lluvia azotada por el viento pasaba a bofetadas por las rendijas abiertas de las ventanas del fondo. A Alec le llamó la atención un pulso en una de las mesas inferiores, en el que Robert se enfrentaba a uno de los guerreros Macpherson. El muchacho estaba cada día más fuerte.

—¿Qué quieres decir? —preguntó Ambrose con incredulidad.

—Fue la cosa más maldita —respondió Alec—. Nunca volvió.

—¿No dijo nada? —preguntó Ambrose, incapaz de imaginar la escena—. ¿Esta mujer simplemente te dio la espalda y se marchó?

—Eso es exactamente lo que hizo.

En el pasillo exterior del despacho de la Priora, Alec y Fiona habían sido recibidos por un muchacho nervioso y enclenque que esperaba ansiosamente a la joven. Fiona lo había apartado y había hablado con él en voz baja mientras

Alec permanecía a su lado. Luego había cogido su capa del perchero de la pared y se había dirigido al pasillo con el muchacho a cuestas.

Alec le había seguido, y podría haberse divertido con el procedimiento de no haber sido por la evidente agitación de Fiona. Dijera lo que dijera el muchacho, la había disgustado. Fuera, David se había reunido rápidamente con ellos, pero sin mediar palabra, Fiona y el chico habían desaparecido.

—¿Y se lo permitiste? ¿Le contaste a la Priora lo que pasó?

—No.

—¿Pero por qué no? ¿Quién se cree que es esta mujer?

—Una monja.

—Una monja —Ambrose miró sorprendido a su hermano—. Por Dios, Alec. No me lo habías dicho antes. Tú, Alec Macpherson, enamorado de una monja. Hermano mayor, estás mucho peor de lo que pensaba.

—Enamorado —se burló Alec con brusquedad. Se dio cuenta de que, al contarle a Ambrose los acontecimientos de la mañana, había hecho más de una referencia al aspecto de Fiona—. Nunca dije que me sintiera atraído por ella.

—Una monja. Perfecto. Lo siguiente será unirte al monasterio.

—Ambrose... —amenazó Alec.

—¿Por qué no? —continuó Ambrose—. Ahora vives la vida de un monje. ¿Cuándo fue la última vez que tuviste a una mujer?

—Te lo advierto, hermanito.

—Admítelo —insistió el joven guerrero, meciéndose en la silla—. Ya casi no bebes, es imposible meterte en una pelea y ya has renegado de las mujeres. Dios mío, ni siquiera los monjes son tan buenos. Vosotros dos haréis la pareja perfecta. Podéis cogeros de la mano en misa. ¿Lo permiten, santidad?

Con un rápido golpe de bota, Alec envió a su hermano al suelo. En una mesa del fondo de la sala, varios guerreros Macpherson levantaron la vista sorprendidos por la conmoción que se había producido en la mesa principal. Al ver que era Ambrose quien había sido volcado, compartieron una carcajada entre ellos y volvieron a su conversación.

Ambrose yacía inmóvil de espaldas, mirando el techo ennegrecido.

—Estoy herido —dijo, fingiendo una herida—. Pero no demasiado. Aún puedo ocuparme de los anuncios por ti.

—Levántate, gusano.

—Colin y Celia querrían estar aquí —continuó, aún inmóvil—. Su nueva ahijada disfrutará de la ceremonia. Y están todos en casa.

—Levántate, Ambrose —dijo Alec con disgusto, ofreciéndole una mano—. Ya has dado bastante espectáculo.

—Una monja —el hermano menor rió, aceptó la ayuda de Alec y volvió a sentarse en la silla.

—Si quieres oír el resto, cállate la boca.

—¿Quieres decir que hay más?

—He empezado a contarte lo que ha hecho allí.

—Dijiste que se había ido.

—David me llevó por los alrededores y me explicó las nuevas costumbres. Y en la comida del mediodía, la Priora me contó más cosas. Esta Fiona ha hecho cambios asombrosos.

—Ah, es «Fiona», ¿no?

—¿Quieres dejarlo, Ambrose? Esto es serio.

—Muy bien, hermano mayor. ¿Qué ha hecho?

—Hace tres años, la Priora la estaba formando para administrar las tierras de la iglesia. Al parecer, fue entonces cuando a Fiona se le ocurrió una idea muy distinta de cómo gestionar las cosas. Sugirió que la Priora dividiera las tierras y las arrendara a familias a largo plazo a cambio de la mitad de lo que produjeran inicialmente.

—¿Dividir las tierras? —repitió Ambrose, despertando su interés.

—Sí. La Priora pensó que estaba loca al principio, pero esta Fiona es muy persuasiva. Sugirió probar con dos familias para empezar. Después del primer año, la Priora se convenció. Las dos familias arrendatarias superaron con creces a las demás. Ahora las tierras de la iglesia están arrendadas casi por completo, y el Monasterio sirve de centro de intercambios y trueques, sin dejar de supervisar la planificación de las granjas. Con el aumento de los rendimientos, han podido construir un nuevo establo, ampliar los huertos y prestar más ayuda a la gente de la isla. Ambrose, están haciendo las cosas que debe hacer un Monasterio.

—¿Convirtió a los campesinos en terratenientes? ¿De dónde sacó esa idea?

—A mí también me gustaría saberlo —respondió Alec—. Por lo que sé, nunca ha salido de la isla.

—¿Sabes quién es? ¿Su familia? ¿Su nombre?

—No, era un huérfano. Lo que sí sé es que se le da muy bien desaparecer.

—Bueno, aquí hay algo más sobre Skye —Ambrose se rió—. Hasta las monjas son un misterio.

—En realidad, Ambrose, no es monja... todavía.

Ambrose miró fijamente a su hermano, apoyando el codo en las toscas tablas de roble de la mesa de caballete. —Primero me dices que es monja. Ahora dices que no lo es. ¿Qué es?

—Me preguntaste quién se cree que es. Se considera una monja. Pero, al parecer, no lo es.

Ambrose siguió mirando extrañado a Alec.

—Ya veo. Es un poco tonta. ¿Es eso?

—No. Sólo que aún no ha hecho los votos —explicó Alec.

Ambrose se quedó sentado un momento, asintiendo como si acabaran de transmitirle una gran verdad.

—Entonces yo digo que deberías esperar, Alec —le espetó con cara seria—. Quiero decir, en lo que respecta a perseguirla.

Alec escurrió su vaso de cerveza y lo dejó sobre la mesa, ignorando la última insinuación de su hermano.

—Pero Fiona no ha sido la única sorpresa que he encontrado esta mañana en el Monasterio —dijo el Laird—. Hay un muchacho...

—Tiene un hijo —intervino Ambrose—. Una monja con un hijo. Bueno, eso explica la atracción.

—Ambrose, ha llegado la hora... —Alec se detuvo en seco cuando una figura embozada se acercó a la mesa del estrado.

Con su único brazo bueno, Neil MacLeod se quitó la capa empapada de los hombros. Arrojándosela a un criado, el hombre alto rodeó la mesa y se sentó en un banco junto a Alec. Al sentarse, levantó el peso muerto de su brazo derecho y lo dejó caer sobre la mesa.

El ruido sordo del miembro inútil hizo que Alec sintiera una punzada de compasión. Mirando desde el brazo lisiado de MacLeod hasta la cicatriz que marcaba la frente de Ambrose, Alec pensó en la batalla del rey en Flodden. Y en los sacrificios que se habían hecho.

Neil Macleod observó con sombría satisfacción la expresión de simpatía que parpadeó en el rostro del Laird. Sí, pensó. Piensa bien en los males de este mundo, héroe. No tienes más que recompensas que mostrar por un día en que casi nos aniquilan a todos. Aquí estás, señor de la tierra de Macleod... una tierra que nunca te perteneció. ¿Por tu valentía? ¿Por tu sacrificio? ¡Ja! Te quedaste con el resto de las ovejas. Mientras yo... mientras Andrew me engañaba. Yo debería ser jefe de este clan, como él prometió. Y Torquil puede arder en el infierno por arruinarlo todo. Y tú puedes arder con él, héroe. Luché en Flodden. Pero dime, Laird, ¿qué tienen los Macleod para demostrarlo? ¿Qué tengo yo que demostrar?

—Esta noche el Diablo está en el extranjero —declaró Neil sombríamente, cogiendo la jarra de cerveza que tenía delante.

—Sí —respondió Ambrose—. Pero seguro que estás acostumbrado a estar aquí fuera.

—Así es —respondió MacLeod, apurando la cerveza y pidiendo otra con un gesto—. El asqueroso demonio nunca está lejos de nosotros en Skye.

—Por lo que he oído, esta isla también es la morada de los ángeles —replicó Alec.

—Tal vez —concedió a regañadientes—. Pero no creo que nos ayuden mucho con el tiempo.

—Dicen que «el cielo de cada hombre es simplemente lo que más se merece» —declaró Ambrose en pocas palabras, ignorando la mirada desagradable que MacLeod le dirigía. Luego añadió vagamente —¿O eran «deseos»?

—Tal vez, pero lo que deseo ahora no tiene nada que ver con el cielo —dijo Neil, volviendo su atención a la bandeja de comida que le colocaban delante.

—También dicen que el Diablo siempre tiene la última palabra —murmuró Ambrose a Alec en voz baja.

Alec empezaba a sentir la presión constante de servir de mediador entre aquellos dos. Aunque el Laird no estaba completamente enamorado del líder de los MacLeod, estaba decidido a no dejar que sus sentimientos se manifestaran tan descaradamente como Ambrose estaba dispuesto a hacerlo. Y tenía tareas más importantes que cumplir que preocuparse continuamente por dos personalidades enfrentadas. Al considerar esas tareas más importantes, los pensamientos de Alec volvieron a Malcolm.

—Hoy he visitado el Monasterio —dijo Alec, dirigiendo sus palabras a MacLeod.

Neil se volvió hacia él, con una expresión de auténtica sorpresa en el rostro.

—Nadie de Dunvegan ha encontrado mucha acogida por allí. No desde hace años. El hombre apartó de sí el plato vacío y se afanó en limpiar su cuchillo. Incluso tres años después de su herida, era evidente para todos los que lo observaban que seguía teniendo dificultades incluso para realizar tareas sencillas. —Esa mujer, la Priora, haría caer fuego y azufre si Lord Torquil se acercara siquiera a ese lugar.

—Después de ver el estado del resto de la isla —dijo Ambrose, mirando su taza—. Puedo comprender sus sentimientos.

Bajo los párpados encapuchados, Neil lanzó un dardo silencioso al guerrero Macpherson más joven.

—Conocí a Malcolm —prosiguió Alec en voz baja, mirando fijamente al hombre. Antes de hoy, el nuevo Laird no había oído nada sobre la existencia de un heredero de los MacLeod. Nada sobre Malcolm, el hijo de Torquil.

El hombre se encogió de hombros con indiferencia.

—¿Quién es Malcolm? —preguntó Ambrose.

—Uno de los mocosos bastardos de Torquil —espetó Neil, vaciando otra jarra de cerveza.

—Por lo que tengo entendido —intervino Alec—, es el único heredero directo que dejó tu Laird.

—Sigue siendo un bastardo —argumentó el MacLeod sin compromiso—. Y un cobarde entrenado en un convento.

—Juzgas un poco duramente a un niño de siete años, ¿no?

—No juzgo a nadie —respondió Neil tras un momento de reflexión—. Pero, ¿de qué sirve un Laird de siete años en un lugar salvaje como estas tierras exteriores? Nunca podría sobrevivir a un poder como el tuyo.

—Hay otros con más fe en mi carácter. Ya te he dicho que no estoy aquí para destruir las tierras de los MacLeod. Tampoco estoy aquí para destruir a sus herederos.

Neil MacLeod miró al Laird, obviamente considerando con cuidado sus próximas palabras. Finalmente, optó por no decir nada y se volvió hacia su cerveza.

—Malcolm vuelve a Dunvegan.

—¿Para quedarme? —preguntó Neil, con una nota de sorpresa en la voz.

—De visita, al principio. Cuando se sienta cómodo, se quedará.

—La Priora nunca le dejará marchar —respondió Neil, recordando la furia apenas controlada de la anciana cuando vino personalmente a buscar al niño la última vez.

—Fue idea de la Priora —dijo Alec, y añadió con aire de finalidad—, El muchacho vendrá.

***

—Fue ese cabrón de Macpherson quien derribó a Walter.

—Te digo, padre Jack, que no puede ser —dijo Fiona con la misma fuerza.

Cuando ella y Adrián, el nieto de Walter, habían llegado a la cabaña del ermitaño esta mañana, Walter estaba muy dolorido. Mientras caminaban, Adrián le explicó lo que había ocurrido. Tras la partida de Fiona justo antes del amanecer, Walter, el padre Jack y Adrián habían emprendido el camino hacia la cabaña del sacerdote. Habían tomado uno de los caminos menos transitados cuando, de entre las brumas, había aparecido un jinete. Adrián le contó que el jinete había aminorado la marcha al verlos, pero que luego había espoleado a su caballo hasta el galope. Todos habían contemplado horrorizados, paralizados, cómo el jinete descendía sobre ellos. Entonces, en el último momento, Walter había salido hacia el atacante, y los cascos del negro corcel habían pisoteado al viejo leproso, rompiéndole los frágiles huesos de la pierna derecha.

Fiona y el padre Jack habían trabajado durante todo el día, colocando cuidadosamente la pierna lo mejor que podían e intentando aliviar el sufrimiento del anciano. Al anochecer, las medicinas que había traído del Monasterio empezaron a hacer efecto. Su viejo amigo descansaba ahora con dificultad, pero al menos descansaba.

Fiona se acercó rápidamente a la ventana y colgó la capa en la abertura. Los postigos de piel estirada que cubrían las dos pequeñas ventanas no servían de mucho para impedir el paso de la lluvia impulsada por el viento que golpeaba las paredes de la cabaña. Lo último que Walter necesitaba ahora era resfriarse.

—Te digo que era la tela escocesa de los Macpherson —afirmó el ermitaño—. Antes de encontrar mi lugar aquí, junto al bosque, viajé a lo largo y ancho de Escocia, y conozco su tartán tan bien como la palma de mi mano.

—Se habría detenido —replicó Fiona con fiereza—. Sé que lo habría hecho.

—Entonces dime cuántos otros galopan por esta isla, con la tela escocesa de Macpherson ondeando y un halcón en el brazo.

No podía creerlo. No quería creerlo. El hombre que conoció esta mañana no pisotearía a propósito a un viejo leproso inofensivo. Aunque hubiera sido un accidente, Lord Alec se habría detenido.

Tenía que ser un error. Pero tenía que convencer de ello al padre Jack. Era una fuerza espiritual importante en la isla, aunque recluida. Pero cuando decidía hablar, la gente de Skye le escuchaba. El hombre bajito y musculoso desdeñaba la compañía de los poderosos, pero sus palabras y sus consejos recorrían la isla como una marejada, una corriente subterránea que llegaba a todos y los afectaba.

Fiona se estremeció al pensar en el daño que noticias como ésta harían al Laird. Todo lo que había hecho sería en vano. La gente se volvería abiertamente hostil o volvería a ser invisible. Las cosas empeorarían. Las cosas volverían a ser como antes.

—Sé que suena a él, pero ni siquiera un Laird puede estar en dos sitios a la vez.

El viejo sacerdote miró fijamente a Fiona. La conocía y sabía que no tenía motivos para mentir por el nuevo Laird. Walter era tan familia para Fiona como cualquier otra persona que tuviera. Ella no debía lealtad alguna al Laird Macpherson.

—¿Qué quieres decir? —preguntó bruscamente.

—Lord Alec estuvo conmigo esta mañana.

—¿Contigo? —preguntó el sacerdote, con sus ojos grises parpadeando de sorpresa—. ¿Conoces a ese hombre, Fiona?

—Sí, desde esta mañana. Me acompañó al Monasterio.

—¿Cómo os conocisteis? ¿Cuándo fue esto? —El anciano estaba perplejo. Ella había estado con él en la aldea de los leprosos y no había mencionado nada de esto—. Ven, Fiona. ¿De qué va todo esto?

Sabía que no podía contarle lo que había ocurrido en las brumosas horas de la mañana. A pesar de que el sacerdote aprobaba la misión de Fiona con los leprosos, sabía que intentaría impedir que fuera al bosque si se enteraba de los hombres que la habían atacado.

—Me lo encontré cerca de las tierras del Monasterio cuando volvía esta mañana.

—¿Cuándo, Fiona? —insistió—. Podría haber derribado a Walter y aun así haberos alcanzado antes de que llegarais a las tierras de la iglesia. ¿Te das cuenta de que si Walter sobrevive, podría ser un lisiado? Un leproso tullido.

—¡Pero él no lo hizo! —exclamó ella—. ¿Por qué estás tan empeñada en que es culpable? Ni siquiera conoces al hombre. Ahora hay muchos Macpherson en Skye. ¿Qué te hace estar tan segura de que fue él?

—Era él. Lo vi con mis propios ojos.

—¿Cuándo le has visto antes, padre? —argumentó Fiona—. ¿Conoces su tamaño, o su complexión, o el color de su pelo? Nunca has conocido a ese hombre, padre. ¿Por qué estás tan decidido a que era él?

—Era el mismo hombre que cabalga por la tierra como un loco cada mañana —gruñó obstinadamente el sacerdote.

—Padre, con todos mis respetos, ni siquiera puedes ver el camino a casa sin Adrián. ¿Por qué estás tan seguro?

—Porque con mis propios ojos —por débiles que sean— le vi cabalgar hacia mi amigo.

—No, no lo has hecho, padre —se oyó decir a una vocecita.

Adrián estaba de pie junto a la cama de paja donde yacía su abuelo. Sus grandes ojos miraban fijamente a los dos.

—Vi a Lord Macpherson con Fiona en el Monasterio, y estaba junto al abuelo cuando lo pisotearon —Miró directamente al sacerdote—. No fue Lord Macpherson, padre Jack. Si lo vieras de cerca, estarías de acuerdo. El pelo del Laird es como el oro. El pelo del jinete era como la tierra. Las botas que lleva el Laird son de un color más claro que las del hombre que vimos. Son mucho más finas. Yo lo vi, padre. El hombre que cabalgaba sobre mi abuelo llevaba un halcón de color marrón. En el Monasterio, el Laird llevaba el peregrino blanco.

El viejo sacerdote se quedó boquiabierto mirando al muchacho, como si le hubieran quitado el aire del cuerpo. Tras un largo momento, se dejó caer sobre el bloque de madera que le servía de silla. Fiona le puso la mano sobre los hombros encorvados, pero aún anchos.

—Padre, Lord Alec no se parece en nada al último Laird.

—Sólo el mismísimo Satán podría igualar a Torquil MacLeod, muchacha —dijo el sacerdote, mirando a Fiona.

—Este se preocupa por nosotros. Por la gente de Skye —recordó su intrépida preocupación por ella—. Es un buen hombre, padre Jack. Sabes que fue él quien detuvo la caza de inocentes.

—Lo sé, muchacha. Pero el poder público y la debilidad privada suelen residir en el mismo hombre —dijo el ermitaño con un profundo suspiro—. Entonces, ¿quién ha hecho esta cosa terrible?

—Lo averiguaremos, padre —respondió Fiona, volviéndose hacia su amigo herido, que gemía de dolor. Le puso la mano en la frente. Le ardía de fiebre—. Ahora tenemos que atender a Walter.

Capítulo Cinco

¡OH, Dios! Se ha ido.

Fiona se retorcía las manos y se quitaba el velo de la cabeza mientras paseaba por su pequeña sala de trabajo, contigua a la de la Priora.

Había oído historias sobre la mazmorra del castillo de Dunvegan. De cómo los enemigos de los MacLeod podían languidecer allí durante años. De cómo la muerte llegaba violenta y dolorosamente a quienes se les ocurría oponerse al poder del Laird.

Y ahora Malcolm. ¿Cómo pudo la Priora dejarle marchar?

Fiona había regresado al Monasterio cuando, tras cuatro días y cuatro noches agitados, Walter había recobrado por fin el conocimiento. Aunque distaba mucho de estar fuera de peligro, ahora mostraba signos de mejoría, y el padre Jack le había ordenado que fuera a descansar.

Luego, al regresar, se había enterado por David de que Lord Alec se había llevado a Malcolm a Dunvegan para pasar el día.

De pie, junto a la pequeña ventana, Fiona temblaba de rabia y miedo, recordando las pesadillas que habían atormentado el sueño del niño durante tanto tiempo después de su última visita a la fortaleza de los MacLeod. Recordó los sollozos del niño. Recordó la promesa que le había hecho de que nunca permitiría que nadie le llevara allí.

Golpeó con rabia la palma de la mano abierta con el puño. ¿Cómo habían podido dejarle marchar? ¿Por qué no le habían preguntado al menos? Malcolm ya no era un niño de cinco años. Era un chaval con cerebro, con inteligencia. Les habría dicho que no. ¿Por qué la Priora no esperó a que volviera? Fiona se dejó caer en la silla de su mesa de trabajo y enterró la cara entre las manos.

La madre de Malcolm había muerto al darlo a luz. Ella misma no había sido más que una niña, y cuando llegó al Monasterio, víctima de la lujuria de Torquil, la Priora la había acogido.

Fiona sólo tenía doce años la noche en que nació Malcolm. En los meses anteriores, se había hecho amiga de aquella muchacha tímida y asustadiza que no era mucho mayor que la propia Fiona. Y durante aquellos meses había compartido con Fiona todas las penas de su joven vida.

La Priora había permitido que Fiona permaneciera junto a la pálida muchacha durante el parto, esponjándole la cara a medida que las contracciones aumentaban tanto en duración como en intensidad. Una vez, después de que los desgarradores gritos de su amiga hubieran resultado demasiado para Fiona, ésta había roto a llorar. Fue entonces cuando miró a la Priora, con los ojos suplicándole que se marchara, pero la Priora le había dicho amablemente que así aprendería a atender a los que necesitaban ayuda.

Sentada a solas en la oscura sala de trabajo, Fiona sintió que las lágrimas empezaban a deslizarse por su rostro. Cerró los ojos y recordó la impotencia que había sentido. Recordó la abrumadora sensación de soledad en los ojos grandes y angustiados de su amiga, en el apretón mortal con el que sujetaba la mano de Fiona.

Al mirar sus tristes ojos marrones, la determinación de Fiona se fortaleció. No podía darle la espalda.

Ella ya no quería ir. La necesitaban.

Las horas de parto se habían prolongado interminablemente. Durante toda la noche, la joven estaba cada vez más débil. Sus jadeantes respiraciones parecían incapaces de tomar aire suficiente para sostenerla. Fiona la había cogido de la mano, intentando sostenerla con su propia fuerza, deseando que siguiera adelante.

Finalmente, la joven madre había gritado una vez más de dolor, y entonces el sonido del llanto de un bebé había resonado en la habitación iluminada por las antorchas. Cuando las monjas terminaron sus atenciones y depositaron al bebé en los brazos de la madre, la muchacha sonrió y miró a Fiona a la cara. Extendiendo la mano hacia ella, la madre había colocado la mano de Fiona sobre la cabeza de la niña.

Luego había cerrado los ojos, para no volver a abrirlos.

Desde entonces, Malcolm había sido responsabilidad de Fiona. Le había bañado y alimentado. Le había visto gatear y le había ayudado a andar. Y habían crecido juntos.

Hasta que Torquil se lo llevó. A finales del invierno de hacía dos años, el jefe de los MacLeod había decidido llevar a su heredero a Dunvegan. Estaba reuniendo a los líderes de los clanes de las Highlands en Skye tras la muerte del rey en Flodden, y había querido presumir de hijo. A pesar de todas las mujeres con las que Torquil se había acostado durante su vida violenta y lasciva, Malcolm había sido el único hijo suyo que había nacido vivo.

Pero el niño había sido una decepción. El joven Malcolm, enfrentado a la bulliciosa brutalidad del padre que nunca había visto, se había quedado callado, con los ojos llorosos y añorando el Monasterio. El niño de cinco años no era el joven duro y revoltoso que Torquil había querido mostrar, así que Malcolm había permanecido oculto en las oscuras cámaras de la húmeda y lúgubre torre del homenaje del castillo.

Malcolm había estado fuera seis meses, y ése había sido el medio año más largo de la vida de Fiona. La Priora le había prohibido terminantemente que intentara visitar a Malcolm, y algo en su interior le había dicho que aquella era la única vez que debía obedecer por temor a su vida.

Entonces les había llegado la noticia del encarcelamiento de Torquil en el castillo de Stirling, y la Priora había ido en persona a Dunvegan para recuperar a Malcolm. El muchacho descuidado y de ojos desorbitados que había vuelto a ellos había necesitado mucho amor y paciencia, y Fiona le había proporcionado ambas cosas.

Fiona se puso en pie de un salto y volvió a pasearse por la habitación. No podía creer que la Priora permitiera que ocurriera lo mismo. Otra vez no.

Es cierto que Lord Macpherson no era Torquil MacLeod, pero Malcolm no era lo que aquellos hombres esperaban que fuera. No era un bruto.

Malcolm era amable y considerado. Era paciente e inteligente. Su sangre podía ser noble, pero también lo era su alma. Nunca podría ser un jefe entre los salvajes guerreros de los clanes de las Highlands. Y Fiona temía por él, temía por su supervivencia en un lugar como Dunvegan, aunque estuviera al lado de un hombre como Lord Alec Macpherson.

¿Por qué se había llevado a Malcolm?

—Disfrutas pegándome, admítelo.

—Eres bastante lento, para ser tan grande.

—No soy lento —protestó Alec—. Haces trampas.

—Yo no —Malcolm soltó una risita—. Fue una carrera directa desde el refectorio. Es que comes demasiado

—No comes lo suficiente —respondió Alec con severidad.

—Suenas como Fiona —respondió el chico con seriedad—. Come como un pájaro, y aun así se queja de que no como lo suficiente.

—Tiene razón —dijo la guerrera cuando entraron en la sala capitular.

—Te ganaré en llegar al taller de Fiona —soltó el chico, adelantándose a Alec.

—Vuelves a hacer trampas, elfo —gritó tras Malcolm, persiguiéndole por la oscura entrada—. Ya conoces el camino.

Siguiendo al muchacho por el laberinto de pasillos, Alec se apartó lo suficiente para dejar que Malcolm lo guiara hasta la sala de trabajo de Fiona. Pero cuando el muchacho llegó a una puerta al final de un pasillo, Alec chocó estruendosamente contra el pesado portal de roble justo detrás de él. Sin llamar, Malcolm levantó el pestillo y entró a empujones en la habitación iluminada por las velas.

Alec entró en la habitación justo detrás del chico que reía, pero entonces el mundo se detuvo.

Debía de estar dormida en la mesa, porque su aspecto era el de una persona en total desorden. Sus ojos nublados por el sueño se aclararon de comprensión y luego de alegría cuando Malcolm se arrojó sobre su regazo.

Alec se quedó hipnotizado ante la visión de los dos que tenía delante. Pero fue la belleza de ella lo que le hizo subir el pulso.

Era la perfección.

Su pelo rojo colgaba en una maraña de tirabuzones alrededor de su rostro y llameaba a la luz de la vela que chisporroteaba sobre la mesa. Sus rasgos perfectamente esculpidos, la nariz y la boca, eran demasiado reales para ser obra de un artista. Al Laird se le cortó la respiración cuando ella levantó los ojos hacia él. Era aún más hermosa de lo que recordaba.

Pero entonces los ojos de Alec se entrecerraron cuando un destello de reconocimiento pasó por su cerebro. Había algo en su aspecto, en la forma en que sus ojos reflejaban brillantemente el resplandor de mil luces. Una sensación de calidez le invadió mientras una pregunta se formaba en algún lugar de su interior. Su sueño. Tenía el rostro del ángel que le perseguía. El que nunca pudo alcanzar. La que está más allá del rey... brillante, hermosa e inalcanzable.

Cuando Fiona miró a Lord Macpherson, algo se encendió en su interior. Sus ojos azules parecían penetrar en su carne, abrasando su alma con una intensidad que nunca antes había experimentado. Incontrolablemente, sus ojos recorrieron al magnífico hombre que llenaba la puerta. Su cabello rubio colgaba en ondas sueltas sobre sus hombros. Sus ojos se detuvieron en los mechones que colgaban sobre sus rasgos cincelados, alrededor de la fuerte línea de su mandíbula.

Los ojos de Fiona se fijaron en cada parte de él. Su camisa perfectamente blanca, que le cubría los anchos hombros, resaltaba la piel bronceada de su cuello y sus antebrazos. El tartán, colgado de un hombro y ceñido a la estrecha cintura con un cinturón, atrajo su mirada hacia abajo. Su mirada siguió la curva de sus caderas escocesas, el bronceado de sus piernas, las botas hasta la rodilla y volvió a subir. Se detuvo en su rostro, detenido ahora por sus sonrientes ojos azules.

Se sonrojó incontrolablemente y escondió la cara en la masa de rizos de Malcolm, que ahora descansaba sobre su hombro.

—Fiona, me alegro de que hayas vuelto. Has estado fuera tanto tiempo. Te he echado de menos —dijo el muchacho, con la voz apagada mientras la abrazaba con fiereza.

—No ha pasado tanto tiempo, Malcolm.

—Han pasado cuatro largos días —exclamó—. Los he estado contando.

Fiona se rió, alborotándole el pelo. —Ya lo veo. Y yo también te he echado de menos.

—¿Walter se encuentra mejor?

Fiona asintió y abrió la boca para contestar, pero el entusiasmo de Malcolm pudo con él.

—Oh, Fiona, hemos pasado el mejor día.

Aún podía sentir el calor de la mirada de Lord Alec. No se atrevió a levantar la vista. La habían sorprendido haciendo algo que nunca antes había soñado con hacer.

—Alec me nombró rey por un día —soltó emocionado el joven—. Podía mandar lo que quisiera.

—Lord Alec, Malcolm —corrigió Fiona con suavidad—. Dime, ¿qué era lo que deseabas?

Malcolm se zafó del regazo de Fiona y correteó hasta el Laird en el umbral de la puerta, agarrando la mano del gigante. —Mi primer deseo fue que estuvieras allí... con nosotros en Dunvegan. También era el deseo de Alec. Me lo dijo. Pero mi segundo deseo... Díselo tú, Alec. Por favor.

Fiona levantó los ojos hacia el noble cortesano. Adulación, pensó. Lord Alec ha enseñado a Malcolm a adular. El Laird se quedó dónde estaba, sonriendo. Y luego miró al excitado y expectante Malcolm.

—¿Queréis pasar, mi señor? —susurró, poniéndose de pie. Incluso para sus propios oídos, su voz tenía una cualidad extraña.

Alec entró en la sala de trabajo, con la mano en el hombro de Malcolm mientras cruzaban la habitación. Mirando a su alrededor, el Laird observó el orden del lugar de trabajo. Un armario abierto, con un entrecruzamiento de casilleros que contenían cientos de pergaminos, se alineaba en una pared, elevándose hasta el techo de madera sin pintar. Dos mesas y dos sillas eran el único mobiliario. No había rastro de adorno alguno en la sala, y Alec se sintió ligeramente sorprendido por la eficacia que se apreciaba en ella.

—¿Queréis sentaros, mi Lord? —preguntó, indicando la silla que había junto a la mesa, al otro lado de la habitación.

—¿Es segura la silla?

Ella sonrió y asintió.

—Te lo agradezco —dijo Alec—. Este pequeño Kelpie me ha agotado hoy.

Malcolm saltó por delante del Laird y agarró la silla, arrastrándola hasta acercarla a la de Fiona. Alec se detuvo en seco, divertido por las travesuras del pequeño.

El guerrero esperó junto a su silla a que Fiona se sentara, y la joven se sintió una vez más cautivada por su caballeroso comportamiento. Sintió que el color se le subía de nuevo a la cara y deseó tener algún lugar donde esconderse de tales atenciones. La estaba tratando con una cortesía injustificada.

Malcolm casi empujó a Fiona en su silla, subiéndose de nuevo a su regazo mientras Alec se sentaba frente a ellos. Fiona se alegró de tener a Malcolm entre ellos.

—¿Qué querías que me dijera Lord Alec? —preguntó al muchacho.

—Hemos hecho mucho, Fiona —soltó el chico, girando el cuerpo para mirarla. Le brillaban los ojos—. Alec me dejó montar a Ebon. Y recibí una lección de lucha con espada. Y conocí a tanta gente. Y el castillo. Fiona, Dunvegan es tan diferente ahora. No da tanto miedo. Hay tapices y todo tipo de cosas en las paredes. Y ahora hay muebles. Y hay... ¿Qué más? Sí, hay muchos hombres de Alec por aquí todo el tiempo. No son malos en absoluto, e incluso bromean entre ellos. Y está Robert, el escudero de Alec. Habla demasiado, pero va a ser un guerrero.

Fiona no pudo evitar sonreír ante la emoción del joven. Miró al Laird y sus miradas se cruzaron por un instante. De repente, sintió el impulso de darle las gracias por ello. Por lo que había hecho por Malcolm. Desde luego, esto era muy distinto de lo que ella había imaginado que era Dunvegan.

—Y Ambrose, el hermano de Alec, tiene una gran cicatriz que ganó en Flodden luchando por el rey. Quiero una cicatriz como ésa. Y yo... y yo... —Malcolm se detuvo a mitad de frase. Se volvió y miró expectante al Laird, cómodamente sentado al otro lado de la habitación.

—Malcolm, ¿qué querías que me dijera Lord Alec? —preguntó Fiona, mirándolo fijamente.

—Quiero... Alec me pidió... —El muchacho tartamudeó su respuesta, lanzando una última mirada esperanzada al Laird.

—¿Qué tienes en contra de los halcones? Preguntó Alec despreocupadamente.

—¿Qué?

Alec sonrió al chico de cara brillante y volvió los ojos hacia Fiona. —Quiere un halcón.

—¿Un halcón? ¿Y tener enjaulado a otro animal libre? Por el amor de Dios, ¿por qué?

—¿Por qué no? Respondió rápidamente Alec.

—Necesito una amante, Fiona —explicó el chico con seriedad, interrumpiendo a los dos.

—¿Necesitas qué? —Fiona pasó la mirada de la expresión sombría de Malcolm a la risa apenas contenida del Laird.

—Necesita una amante —repitió Alec—. Ya le has oído.

—Espera un momento —empezó ella.

—Yo sí, Fiona —intervino Malcolm, cogiéndola por la barbilla—. Lo ha dicho Ambrose.

—¡Ah, sí!

—Sí —continuó Malcolm—. Ambrose dijo que Alec tiene una amante, y que yo también debería tener una.

Fiona sintió una inesperada punzada de decepción, luego reflexionó un momento. —Malcolm, en primer lugar, eres demasiado joven para hablar de esas cosas. Y en segundo lugar, creo que preferiría no oír hablar de los asuntos privados de Lord Macpherson.

—No es un asunto privado —refunfuñó el muchacho—. Díselo, Alec.

Fiona miró interrogante al risueño Laird.

—Realmente tienes que conocer a Ambrose —respondió, asintiendo—. Antes de que le dejara a la deriva en un barco sin timón, claro.

—Si se parece en algo a su hermano —respondió ella—, entonces quizá deba esperar.

—¿Entonces puedo quedarme con un halcón? —interrumpió Malcolm—. Apuesto a que la Priora estaría de acuerdo.

—Estoy perdida —dijo Fiona, ignorando los comentarios del chico—. ¿Halcones? ¿Amantes? ¿Cicatrices? ¿Espadas? ¿Qué otras cosas de valor has enseñado a Malcolm?

—Creo que debería aclararlo antes de seguir adelante.

—Eso estaría bien —dijo, enarcando una ceja hacia el Laird y abrazando a Malcolm contra ella de forma protectora.

—Mi hermano comparó a Swift, mi halcón, con... bueno... con una mujer —Alec buscó las palabras adecuadas—. Sus comentarios fueron algo así como... para el halconero, un perro es un sirviente, un caballo es un transporte, pero un halcón es su amante.

—¿Cómo es eso, mi señor? Aunque temo preguntarlo —Fiona siempre había creído que aquellos animales eran criaturas de Dios. Por debajo del hombre, en el esquema natural, quizá, pero ¿objetos de la voluntad del hombre? Jamás.

—Otros, además de Ambrose, han dicho que la relación entre un cetrero y su ave se parece mucho a la relación entre un hombre y una mujer. Cuando un cetrero entrena, o más bien enseña a un ave a confiar en él, sólo puede engatusarla. Si lo consigue, se verá recompensado con la compañía de una criatura que podría desaparecer para siempre en un abrir y cerrar de ojos.

—Una visión bastante tenue de la relación entre hombres y mujeres, mi Lord.

—Sólo podemos aprender de lo que nos da la experiencia —respondió con seriedad.

—¿Sólo aprenden de la experiencia, mi señor? —preguntó ella, con una nota de desafío amistoso en la voz—. No sé si las mujeres son tan inconstantes o necesitan tanto el entrenamiento de un hombre como tú o tu hermano sugerís.

—¿No?

—Considera, mi señor, la relación entre cetrero y halcón... entre hombre y mujer. Supongamos, como dices, que el hombre la enseña, la engatusa, la forma de un modo que él discierne como deseable. Pero, ¿qué pasa con la mujer?

—¿La mujer? Dímelo.

—Aceptemos, por el momento, que lo que dices es cierto. La mujer está aprendiendo sobre la vida. Al hacerlo, le están creciendo... bueno... unas alas. Quizá, por primera vez, es capaz de ver más de lo que le ofrece el mundo. Por primera vez, puede elevarse. Y a medida que se eleva, también puede ver un horizonte cambiante. Como tú dices, podría utilizar estas alas para volar. Pero no lo hace.

—¿Qué la detiene?

Fiona se detuvo un momento mientras Malcolm se retorcía en su regazo. El Laird se quedó quieto, observándola atentamente. Fiona respiró hondo.

—Su hombre Ella ve el horizonte, pero también ve a su hombre. La mujer lo desea, pero sus necesidades han cambiado. Ahora busca algo más que lo que su hombre pueda enseñarle. Quiere confianza, compañerismo. Las mismas cualidades básicas que queremos en nuestras amistades. Y sabe que estas cosas se comparten, no se enseñan. Se queda, mi señor, a veces con la esperanza de conseguir estas cosas. Pero cuando este intercambio no se produce, cuando sabe que no se producirá, el halcón vuela.

Alec se levantó de la silla y cruzó hacia la ventana. La luna acababa de salir por encima del tejado de la iglesia. Se volvió y se apoyó en el alféizar.

—¿Crees que los hombres son incapaces de aprender?

—No, mi señor —respondió rápidamente Fiona—. Pero la mayoría no ve la necesidad de cambiar. ¿Y no es cierto que los hombres sólo aprenden lo que les permiten sus pasiones?

—Dime, Fiona —dijo el Laird, sus ojos captando los de ella, su tono aligerándose de repente—. ¿Qué sabes de las pasiones de los hombres?

Fiona se sonrojó, apartando la mirada.

—Sólo hago la pregunta, mi Lord —respondió ella, con los ojos brillantes de picardía—. Creo que alguien dijo una vez, «Sólo podemos aprender de lo que nos da la experiencia».

—Entonces, ¿puedo tener un halcón? —preguntó Malcolm, puntuando su duda con un bostezo. Los adultos hablaban demasiado.

—Podemos hablar de ello por la mañana, Malcolm —dijo ella con suavidad, muy consciente del Laird que estaba de pie—. Te estás quedando dormido aquí mismo.

—Ya lo he oído antes. Pero te lo volveré a recordar mañana, Fiona. No lo olvidaré —gruñó el chico, apartándose de su regazo. Alegre, se volvió hacia ella —. ¿Me subes?

—Lárgate, diablillo —Fiona se rió—. Si eres lo bastante grande para un halcón, entonces eres lo bastante grande para subir por tu propio pie. Pero caminaré contigo.

Malcolm se giró hacia Alec. —¿Nos acompañas?

El Laird asintió, con los ojos fijos, en la belleza sentada a la mesa. La luz de las velas que había tras ella hacía que el rojo de su cabello flameara brillantemente alrededor de su rostro. Estaba realmente radiante, pero había algo más que su belleza que le atraía.

—Buenas noches, mi señor. Gracias por mostrar a Malcolm...

—Espera —Alec la detuvo, alargando la mano y tocándole el codo cuando estaba a punto de darse la vuelta. Malcolm acababa de desaparecer en las dependencias de las monjas, y Fiona estaba a punto de seguirle.

Alec no sabía qué le había pasado. Pero sabía que no podía dejarla marchar, todavía no. Desde que la había visto por última vez, Alec no había podido dejar de pensar en ella. Había algo en Fiona que le obsesionaba. No estaba seguro de qué era. Era como un sueño despierto que le perseguía.

—El portero os dejará salir, mi Lord —dijo—. ¿A menos que hubiera algo más?

—Lo hay.

La pausa que hizo Alec tras su última palabra bastó para que Fiona sintiera un estremecimiento y un rubor al mismo tiempo. Su mirada era directa, y su efecto la recorrió de un modo desconocido para ella.

—Todavía no me has enseñado el lugar, Fiona.

Al oír su nombre en sus labios, Fiona sintió que su color volvía a subir. ¿Cómo puede ser? Pensó, contenta de que la noche la cubriera.

—Está oscuro, mi señor. Ni siquiera podríamos ver las flores del jardín.

—Las flores no son lo único que me interesa.

—¿No?

Sacudió la cabeza.

¿Qué le estaba pasando? Sabía que debía irse, pero quería quedarse. La idea de caminar en la oscuridad de la noche, bajo el manto de estrellas, al lado de aquel hombre, le producía escalofríos. Pero no era apropiado. Nunca sería apropiado para ella. Y, sin embargo...

—¿Quizá en otra ocasión? —se oyó decir.

—No, muchacha, no hay momento como el presente —respondió él, hablando con el corazón. Se sentía atraído por ella, y ya sabía por qué. Sí, era hermosa, increíblemente hermosa. Su cuerpo se lo decía ahora mismo. Pero lo más importante era que aquella mujer tenía espíritu e ingenio. Además, a pesar de su voluntad de disfrazarse para ayudar a los necesitados, carecía de la insidiosa falsedad que definía a las damas cortesanas con las que había tratado toda su vida—. Eres muy difícil de acorralar.

—¿Yo?

—Sí, lo eres. He estado aquí todos los días desde la última vez que nos vimos, buscándote. Pero nunca estás.

Los ojos de Fiona se clavaron en los suyos. Había oído que venía aquí y pasaba tiempo con Malcolm. Pero no podía ser que hubiera venido por ella. Algo se agitó en su interior ante su cándida admisión... una semilla de esperanza... pero era una esperanza de algo que no se atrevía a admitir, ni siquiera ante sí misma. ¿Pero le había oído bien? ¿Qué le había dicho?

—Yo no...

—¿Qué te parece, Fiona? —insistió Alec—. No iremos lejos. Quizá podríamos sentarnos y hablar. Es una noche preciosa y sería una pena desperdiciarla.

Volvió a mirarle. Estaba fuera de su elemento. Todo el entrenamiento que había recibido en su vida ni siquiera se había acercado a prepararla para este increíblemente apuesto y persistente Laird.

—¿Hay algo concreto de lo que quieras hablarme? —soltó ella. Sabía que era una última defensa, pero intentaba controlar un pánico repentino. Tenía que centrarse en la razón de todo aquello. Ni en sus sueños más salvajes podía imaginar por qué Lord Macpherson querría sentarse con ella a la luz de la luna.

—Sí, la hay —Alec miró a la joven a través de la oscuridad. Necesitaba calmar sus temores, disipar las causas de su nerviosismo. Como el halcón novato que bate presa del pánico en su primer contacto con el cetrero, levantándose de su percha con un salvaje batir de alas, Fiona parecía dispuesta a saltar los escalones de piedra del dormitorio. Sin embargo, algo le decía a Alec que no lo haría—. Quiero hablarte de los gases venenosos que yacen bajo el suelo del Nuevo Mundo Español. Y necesito conocer tu opinión sobre los nuevos buques de guerra del rey Tudor. Y me preguntaba si habías oído hablar de la respuesta de Erasmo a Martín Lutero. O sobre el harén de mil esposas de Solimán el Magnífico. Un hombre necesita aprender.

Se echó a reír. —Acabas de salir de mi ámbito de conocimiento, mi señor.

—Muy bien —dijo, cogiéndola de la mano—. Entonces podremos explorar un territorio nuevo para ambos.

El contacto de sus dedos provocó una descarga en Fiona. Cuando la condujo hacia los senderos del jardín, la sensación viajó como un río de calor. Subió por su brazo hasta su pecho. Le recorrió y se extendió. Algo en su interior quiso resistirse a la atracción de su mano.

Pero algo aún más fuerte la atrajo, y delante la luz de la luna se derramó resplandeciente, blanca y líquida en el verdor ordenado de los jardines abiertos.

—Dime, ¿es muy antiguo este lugar? Nadie en Dunvegan parece querer contarme nada de la historia del Monasterio. ¿Cómo llegó a fundarse aquí? ¿Qué ocurrió con Newabbey? —Alec sabía que tenía que hacerla hablar. Quería que se sintiera cómoda, que estuviera tan a gusto con él aquí como lo había estado en su despacho—. Por cierto, ¿qué fue de la antigua abadía?

Y entonces, suavemente, Fiona le soltó la mano y empezó a hablar. Pasaron por delante de los edificios oscurecidos, por la parte trasera de la iglesia, y mientras lo hacían, ella habló de aquel lugar al que llamaba hogar. Le habló de la historia, a veces pintoresca del Monasterio, de la abadía cercana que había sido asaltada, quemada y abandonada en tiempos de los invasores nórdicos, cientos de años antes. Habló de la sucesión de mujeres que habían guiado la construcción de los distintos edificios. Mujeres que habían visto la necesidad de cambios y los habían realizado. Habló a Alec del trabajo de la actual Priora, de las mejoras que se estaban produciendo incluso ahora.

Alec escuchaba, asombrado, por la profundidad de sus preocupaciones y el vasto grado de sus conocimientos. Sabía por sus discusiones con la Priora y con David que Fiona no se atribuía el mérito de sus propios esfuerzos. La miró bajo el resplandor de la luna creciente de verano. Era tan joven, tan hermosa, tan ingeniosa, tan inventiva. Y esta noche había descubierto algo más sobre Fiona. Era tan sincera con sus emociones y creencias. Las expresaba sin miedo ni reservas, y las mostraba con gran animación. No ocultaba nada y no se guardaba ninguna opinión.

Habían estado bordeando los jardines. Fiona vaciló al borde de los sombríos terrenos que se extendían más adelante. Guardó silencio, pero observó cómo Alec empezaba a avanzar por las cáscaras aplastadas de los senderos. Ella le siguió.

Mientras caminaban, Fiona se dio cuenta de que el guerrero de pelo dorado tarareaba suavemente. Sonrió ante la facilidad con que él se dejaba llevar por la melodía; se sintió reconfortada por el sonido de su voz. Los ricos aromas nocturnos surgían de los parterres del jardín y se mezclaban con el olor a tomillo machacado que se producía a cada paso que daban por la zona verde entre los senderos.

Sus sentidos cobraron vida cuando cada uno encontró una especie de alegría inquieta en el lugar y en la magia que se agitaba en su interior. Como no quería que la noche terminara, Alec buscó a su alrededor una forma de prolongarla. Al divisar un banco de piedra, guio a Fiona hacia él, deteniéndose en el último momento y cortándole el paso.

—Me vendría bien un breve descanso —dijo, sentándose y sin dejar a Fiona mucha elección al respecto—. ¿Y a ti?

—Así que Malcolm sí que te ha agotado —dijo Fiona riendo mientras lo veía estirar sus largas piernas ante él. Ella se sentó en el extremo del banco, a una discreta distancia entre ambos.

—Sí, es todo un muchacho.

—¿Puedo preguntaros algo, Lord Macpherson?

—Cualquier cosa —Alec se volvió, mirándola de perfil. Se había recogido el pelo y se lo había atado a la nuca. Miraba al frente, evitando cualquier contacto visual. Se fijó en sus bellos rasgos: el pelo de fuego, la espalda recta, el modesto vestido oscuro, el subir y bajar de su pecho con cada suave respiración.

—¿Por qué... me preguntaba...? —balbuceó. Sentía el calor de su mirada—. ¿Por qué tu atención hacia Malcolm? Quiero decir...

—¿Las visitas aquí, el viaje a Dunvegan, la equitación, la venta ambulante? —preguntó Alec.

—Sí —ella asintió—. Incluso te llama por tu nombre de pila.

—Tú también podrías.

—No es eso lo que quiero decir —insistió ella, con el rubor subiendo de nuevo a su rostro.

—Lo sé —respondió—. Pues a mí me gusta Malcolm.

—Malcolm es un muchacho maravilloso —insistió ella—. Pero seguro que ésa no es la única razón. Al fin y al cabo, su padre era tu enemigo.

Se volvió y le miró directamente, esperando su respuesta.

—Tengo entendido que su padre tampoco era muy popular aquí —respondió Alec en voz baja, encontrándose con su mirada e indicando al Monasterio con un movimiento de la mano—. Si tú no se lo reprochas al muchacho, ¿por qué crees que yo sí?

—Porque las enemistades de sangre parecen impulsar las acciones de muchos de tu clase.

El Laird se detuvo un instante antes de responder, detenido una vez más por su franqueza y su honestidad. Y su belleza.

Contemplando su rostro, sus rasgos finamente esculpidos y delicadamente iluminados por el resplandor de la luna, Alec luchó con todas sus fuerzas contra el repentino impulso de tirar por la borda la cautela, liberar sus ardientes cabellos de sus ataduras y entrelazar sus dedos en las sedosas trenzas mientras la atraía hacia sí. Atrapado en la fantasía del momento, el joven guerrero se vio dividido entre su deseo de comunicarse con aquella joven de ingenio e inteligencia... y su creciente necesidad de sentir su esbelto cuerpo contra el suyo, de moldear sus labios suaves y carnosos contra los suyos.

—¿Señor?

—Sí... enemistades de sangre. ¿Pero quieres decir que el panadero del pueblo no discute de vez en cuando con el herrero?

—Claro que sí —concedió con una sonrisa—. Aunque sólo una o dos veces he visto al panadero levantar un ejército para resolver la disputa.

—¿Lo ves? Ya estoy atrasado en este terreno.

—Me cuesta creerlo, mi Lord —bromeó ella, enarcando una ceja ante la larga espada que llevaba atada al cinto.

—Es cierto —protestó Alec—. Aunque he masacrado personalmente a miles y miles, esta semana, estoy seguro de que sólo he reunido un ejército una vez.

—Bueno, mi señor, será mejor que os deis prisa. Piensa en cómo se resentirá tu reputación entre los demás jefes de clan cuando se enteren de que nuestro panadero te lleva ventaja en el levantamiento de ejércitos.

Mi reputación se resentirá diez veces, pensó Alec, si alguien, incluido Ambrose, descubre alguna vez que me senté junto a una belleza como ésta y la dejé escapar sin siquiera cederle un beso.

—¿No tienes nada que decir al respecto?

—¿Sobre qué, Fiona?

—Tu mala reputación.

—Hasta hace un momento, no tenía ni idea de que mi reputación estuviera en peligro. Ahora parece como si se hubiera puesto en duda mi honor. ¿Ah, sí?

—Desde luego, así ha sido en mi mente.

—Fiona, me sorprende de verdad que pienses así de mí —se quejó sonriendo—. ¿Qué he hecho para merecer una opinión tan baja?

Cambiando de posición en el banco, Alec se acercó ligeramente a ella, cogiendo la mano de Fiona.

Ella le miró con picardía y dejó que le cogiera la mano con la suya. —Puedes estar seguro de que no tengo opinión alguna de ti, ni alta ni baja. Sólo me preocupa tu reputación, una reputación, mi Lord, que te precede.

—Espera —gritó, fingiendo una profunda herida en el pecho—. ¿Ahora no tienes ninguna opinión?

—Ninguna, mi señor —respondió ella inocentemente—. Pero, en serio, volviendo al punto de partida, no has respondido a mi pregunta.

—¿Tu pregunta? —Le pasó el pulgar por la sedosa piel del dorso de la mano.

—Respecto a vuestro interés por Malcolm, mi Lord —Fiona se estremeció ante su caricia, pero aun así no retiró la mano.

—Me gusta Malcolm —respondió Alec con seriedad—. Pero tienes razón. No es la única razón.

Ella retiró suavemente la mano de su agarre.

Alec miró a la joven, cuya mirada directa decía mucho de su afecto y preocupación por su joven protegido.

—No quiero Dunvegan para siempre.

—Pero tú eres el Laird —exclamó ella, atónita por su comentario—. Los Stuart te dieron estas tierras.

—Sólo porque necesitaban asegurar Skye y las islas exteriores. Pero pertenecen a los MacLeod y a los demás clanes que han vivido aquí desde el principio.

—Entonces, ¿qué papel juega Malcolm en todo esto?

—Malcolm es el heredero legítimo. Es el futuro Laird.

—Malcolm es un niño —dijo Fiona—. No sabe lo que pasó antes.

—Entonces, ¿por qué no me lo cuentas? —sugirió Alec.

Al principio, Fiona se sintió incómoda. Pero luego, a medida que más acontecimientos del pasado pasaban por su mente, más se daba cuenta de lo importante que era para aquel Laird conocer a Malcolm y su experiencia en el castillo de Dunvegan.

Fiona habló y, mientras Alec escuchaba, le vino a la mente su propia repulsión ante aquellos primeros atisbos de la mazmorra de Torquil. A su llegada, habían encontrado una maraña de esqueletos en la boca de la alcantarilla que se había excavado en las profundidades de la roca bajo la mazmorra del castillo. Pensar que un simple niño había estado expuesto a aquello le hacía estar aún más decidido a ayudar a Malcolm en todo lo posible.

—¿Y qué si Malcolm no es el tipo de líder que se necesita? —concluyó Fiona—. Ha visto la brutalidad, pero ha sido criado por personas que predican la dulzura y la paz. Se ha criado en un convento. Es inteligente, no confundas mis palabras, pero no es un luchador.

—Lo que Escocia necesita para el futuro son líderes, no combatientes. Y los líderes deben tener mucho más que un brazo fuerte y una espada rápida. —Alec miró a la mujer que tenía delante—. Pero no menosprecies a Malcolm. Tiene espíritu, aunque Torquil no pudiera verlo.

—Sí, sé que tiene espíritu, pero...

—Como su maestro —interrumpió él, colocando momentáneamente su mano sobre la de ella.

Nerviosa, Fiona perdió el hilo de sus pensamientos. Incluso después de que él retirara su gran mano, ella podía sentir la huella abrasándole la piel. El hombre tenía una forma de distraerla. De arrastrarla por una corriente invisible. Como una ola oceánica. Como el viento.

—Es que no quiero verle herido. Decepcionado —continuó tras una pausa —. Es evidente que le gustas y que quiere pasar tiempo contigo. Me parece maravilloso. Nunca ha tenido a alguien como tú a quien admirar. Pero no le hagas promesas que no pueden ser.

—¿Qué no pueden ser?

—Sí. Sé con qué facilidad se hacen promesas y con qué facilidad se rompen. No quiero que Malcolm se convierta en un tonto, comiendo de la esperanza.

El tono del Laird cambió bruscamente. —Estás hablando de mi palabra, Fiona. Una promesa es una promesa, y mi promesa no se romperá ni se manipulará.

Fiona oyó la irritación en la voz del guerrero. No había querido ser ofensiva. No había querido ser irrespetuosa. Pero era la única voz que Malcolm tenía ahora. En lugar de que Malcolm saliera herido más tarde, estaba más que dispuesta a soportar la presión de Lord Macpherson ahora. —¿Pero qué hay de tu propio heredero? ¿No estarás tomando ahora decisiones que podrían cambiar más adelante? ¿Será tu futuro heredero tan generoso? ¿No regalas hoy cosas que mañana podrías lamentar, no tener?

Alec sintió cómo la tensión cargaba su cuerpo. Los recuerdos de las promesas rotas seguían dominando su vida. Miró al cielo. Las estrellas los miraban con el ceño fruncido.

Cuando por fin habló, Fiona vio un rostro que se había endurecido, y no había ni rastro de suavidad en su voz. —Estas tierras serán de Malcolm. Esa es mi última palabra.

Fiona observó cómo el Laird se levantaba, dispuesto a marcharse. Ella había provocado un cambio en él con unas pocas palabras descuidadas. Había cuestionado su honor. Y quizá injustamente. Mientras caminaban bajo la fría luna hacia los aposentos de las monjas, sintió un remordimiento punzante por lo que había dicho... y por la efímera amistad que parecía haberse marchitado tan rápido como había florecido.

Es cierto, tengo mucho que aprender sobre las personas. Hay tantas cosas que no sé, pensó. Se le hizo un nudo en la garganta y no se atrevió a levantar la vista del camino. Hay tantas cosas que nunca sabré sobre Alec Macpherson.

Capítulo Seis

El que no tiene dolor ni lucha
Y vive una vida lujuriosa y placentera,
Pero luego con el matrimonio hace mella
Y se ata a una esposa perversa...

—William Dunbar, «Se trae la pena a sí mismo»

Quería a Alec Macpherson.

Todos en la corte sabían que Kathryn Gray se había fijado como objetivo al heredero de las tierras de los Macpherson.

Él era todo lo que ella deseaba. Era de sangre noble. Era apuesto. Era encantador. Era rico. Había sido el compañero de caza favorito del rey James, y ahora era célebre por su papel en salvar la vida del nuevo rey infante. Tenía todas las mejores cualidades del caballero cortesano.

Y, después de todo, ¿cómo podría negarse?

Era de la sangre más noble de Escocia. Era hermosa. Había crecido en las cortes de París y Aviñón. También era rica... pero no lo suficiente. Tenía poder... pero no el suficiente. Nunca lo suficiente. No tanto como Alec Macpherson podía darle.

Y era la maestra de la seducción.

La corte bullía de actividad cuando se conoció la noticia de su prometido. Se les veía juntos por todas partes, y todas las damas de la corte lamentaban la pérdida de un soltero tan apuesto y codiciado. Pero todos los caballeros de la corte sonreían en sus copas e intercambiaban miradas cómplices. La dama se cansaría pronto de éste. Después de todo, ya se había cansado de todos los demás.

Y pronto lo hizo.

Pero había demasiado que ganar casándose con aquel hombre para que ella lo dejara marchar. Era el modelo de corrección en su compañía. Pero era la infidelidad personificada cuando él le daba la espalda. Siempre que le daba la espalda.

Pero Alec Macpherson no se dejó engañar por mucho tiempo.

—ES UNA PUTA INFIEL —murmuró Alec, golpeando la mesa con el puño—. Y si está cerca de Benmore cuando vuelvas a casa, Ambrose, échala a ella y a toda su inmundicia al foso.

Un mensajero acababa de llegar a Dunvegan con la noticia de la visita de Kathryn Gray al castillo de Benmore. Se había quedado unos días antes de proseguir su viaje por las Highlands. Por lo que se podía deducir, se dirigía al castillo de Kildalton y a las Islas Occidentales.

—Bueno, está claro que aún no ha renunciado a ti, hermano mayor —dijo Ambrose con tacto. Sabía que era un tema de discusión peligroso—. ¿Crees que vendrá a Skye?

—Si lo hace, la ahogaré con mis propias manos —Él había creído amarla. Había intentado ser lo que ella quería. Pero ahora el único sentimiento que le quedaba era el asco.

Lo suyo había terminado de verdad. Su propia conducta había cerrado el ataúd. Pero incluso antes de que Alec descubriera la verdad sobre ella, le había dejado claro que las resplandecientes cortes de Europa eran los lugares donde quería estar. Había calificado la vida en Skye de bárbara, carente de cultura. Había dicho que nunca había tenido intención de vivir en un lugar tan inferior a ella. ¿Viajar por las Highlands? ¿A quién pretendía engañar?

Después de haberla descubierto con su última conquista en el castillo de Drummond, Alec no había querido saber nada más de Kathryn. Así que Lord Gray había intentado intervenir en favor de su hija. El acuerdo de esponsales estaba casi ultimado, y se aseguró de que supieran que el daño de romper la relación en una fecha tan tardía sería costoso y extenso para todos los implicados, especialmente para Alec. O eso creía él.

Pero entonces los Macpherson, respaldados por los Campbell y Lord Huntly, se habían mantenido unidos, y el contrato se había hecho polvo.

—Es evidente que nuestros padres no soportaron su compañía durante mucho tiempo —sugirió Ambrose—. Me sorprende que se atreviera a detenerse allí.

—¿Osado? —preguntó Alec, mirando a su hermano al otro lado de la mesa—. Hará cualquier cosa que crea que le beneficiará. Aprendí mucho sobre ella una vez que me abrieron los ojos, y sé que no tiene la menor noción del bien y del mal.

¿Qué era lo que Fiona había dicho la noche anterior? ¿Sobre aprender unos de otros? ¿Sobre la confianza? Aquella hermosa joven vivía al abrigo de un convento. ¿Cómo podía saber de la vida en el mundo real? De hecho, él había sido así de ingenuo una vez. Ojalá pudiera aprovechar su idealismo. Pero a Alec le parecía que vivía en otro mundo. Quizá era un mundo en el que Fiona ni siquiera podía existir, un mundo que incluía criaturas como Kathryn Gray. Fiona vivía muy por encima de ellas, pensó, como un ángel.

Y, sin embargo, grabado tan claramente en su memoria, el recuerdo de aquel enfrentamiento final seguía ardiendo en su interior. Después de que el amante de Kathryn saliera por la ventana para salvar su pellejo, ella se había quedado allí, enfrentándose a él, como si no pasara nada. Le habló de sus deseos físicos y de que no tenían nada que ver con su matrimonio. Con su unión, ella tendría su nombre, pero no aceptaría "cadenas". Sería independiente y volaría libre a su antojo.

—Te recomiendo que hagas lo mismo —dijo, con la voz y los ojos fríos como el hielo.

Su próximo matrimonio sería un paso excelente, políticamente, para ambas familias, y ella sugirió a Alec que lo aceptara como tal.

—¿Qué crees que espera conseguir con esta pequeña excursión? —preguntó Ambrose, interrumpiendo los pensamientos de Alec.

—Simpatía, tal vez. La esperanza de ganar aliados entre los padres y otros que me conocen en las Highlands. Se le da muy bien hacerse la mártir patética e incomprendida cuando quiere.

—Eso explicaría su próximo traslado a Kildalton —sugirió Ambrose.

—Pero allí la recibirán con frialdad. Con Colin y Celia en Stirling, Lord Hugh Campbell y Agnes no le darán ni la hora. —Había cierta satisfacción en la idea de que Kathryn fuera tratada como se merecía—. Pero una cosa es segura: la zorra no está acostumbrada a que la dejen.

Aquel día, Alec se había marchado, asqueado y sacudido por la vacuidad de la vida que ella imaginaba. Una vida de engaños. Pero su fuerza interior no había tardado en salir a la superficie. Nunca volvió a mirarla.

—Te diré una cosa. A causa de su propia red de falsos amigos —añadió Ambrose—, el resultado de su mala suerte hizo que en la corte hubiera un asunto ruidoso.

—¡Corte! —escupió Alec con desprecio. Un lugar al que no deseaba volver jamás—. Estuve ciego al no ver a sus compinches como los inútiles parásitos que son.

—Todos cometemos errores, Alec —respondió Ambrose—. Pero mira el lado positivo. Al final, hiciste muy miserable la vida de unos parásitos despreciables.

—Sólo espero que ése haya sido el final —Alec hizo una pausa, poniéndose en pie y mirando el montón de trabajo que le esperaba—. Me alegraría no tener que volver a pisar esa corte.

—Vamos, Alec, en realidad la culpa no es de la corte —sugirió Ambrose—. Al menos hay algo que hacer allí, aparte del trabajo.

—¿Trabajo? —estalló en una carcajada el Laird, mirando al hombre más joven, cómodamente sentado en la silla—. ¿Qué sabes tú de trabajo? No has hecho un buen día de trabajo en toda tu vida, bestia perezosa. Una cicatriz en una batalla y ya te crees que tienes el futuro asegurado. Cuando te oí contarle a Malcolm cómo...

—Si vas a calumniarme —cortó Ambrose, con el rostro de un herido trágico—, no voy a contarte lo que he conseguido esta mañana.

—¿Te refieres a otra cosa que no sea dormir toda la mañana y holgazanear? —casi se rió al ver la cara de asombro del guerrero más joven. Tras una pausa, Alec suspiró con cómica gravedad—. Muy bien, al menos sé que esto no llevará mucho tiempo.

—Creo que he descubierto una forma de conseguir que el clan MacDonald colabore con nosotros.

Alec volvió a sentarse, con la atención fija en el rostro sonriente de su hermano. Alec había visto que había llegado el momento de que Escocia desarrollara una nueva industria en el oeste. Las noticias de las riquezas del Nuevo Mundo se habían extendido por una Europa a reventar. Pero Alec sabía que para explorar y desarrollar estas nuevas tierras se necesitarían grandes barcos nuevos.

Tras llegar aquí, el nuevo Laird se dio cuenta de que Skye ofrecía oportunidades para tal empresa. La isla tenía madera y brea para los cascos y mástiles, y piedra para el lastre. Estaba bien situada en la costa oeste de Escocia, con varias ensenadas y calas ideales para un astillero. Fue entonces cuando le pidió a Ambrose que se uniera a él. Los conocimientos del joven Macpherson sobre barcos y construcción naval eran muy respetados en todo el país. Ambrose aportaba la experiencia que Alec buscaba.

Lo único que le faltaba a Alec era mano de obra. El clan MacLeod tenía tradición pesquera, además de agrícola, pero sencillamente no había suficientes trabajadores disponibles.

La mitad de Skye, sin embargo, estaba poblada por los MacDonald, un clan antiguo y orgulloso que había sido subyugado por Torquil y su predecesor inmediato. Había muchos hombres disponibles, pero cuando Alec se había dirigido a su antiguo jefe de clan en el castillo de Dunscaith, en el extremo sur de Skye, a MacDonald le había gustado la idea, diciéndole, sin embargo, que su clan nunca trabajaría ni con los MacLeod ni con su nuevo señor de tierra firme. El pueblo había vivido demasiados años temiéndoles como para salir e involucrarse en esta empresa. Y aunque el propio jefe veía cosas buenas en los planes del nuevo Laird, sabía que no conseguiría convencer a su pueblo. Al fin y al cabo, el clan ya no lo consideraba ni consejero ni líder. Así que los esfuerzos de Alec habían quedado estancados, por el momento.

—¿Cómo conseguimos que los MacDonald colaboren con nosotros? —preguntó Alec, bastante interesado en el descubrimiento de Ambrose.

—Mientras holgazaneaba esta mañana, cabalgando por la costa y trabajando con los pescadores, uno de ellos mencionó una posibilidad que desconocíamos.

—¿Sí? ¿Qué, Ambrose? —disparó Alec a su hermano, que sin duda se estaba tomando su tiempo.

Ambrose se puso serio, apoyándose en los codos y mirando directamente a Alec. —Hay un viejo sacerdote en la isla. Se llama John. Padre Jack, le llaman todos. Es una especie de ermitaño, pero vive no muy lejos de aquí. En el interior, al borde del gran bosque.

—Sí —respondió Alec, meditabundo—. Creo que lo he visto cuando iba a cazar. Los campos junto al bosque son maravillosos para cazar. Nunca he podido detenerme a hablar con él.

—Los pescadores me dicen que él es el camino para llegar a la gente de ambos clanes. Dicen que es un buen hombre. Un hombre que no se deja impresionar ni por la violencia ni por la riqueza. Dicen que trata a todas las criaturas de Dios por igual. La gente del clan le escucha... más que a sus propios jefes.

—¿Podrá convencer a los isleños para que trabajen juntos?

—Parece que si alguien puede, es él.

—Me acabas de alegrar el día, Ambrose.

—¿Qué? ¿Por qué dices eso?

—Porque estaba a punto de ir a ver a ese tal padre Jack.

—¿Ya sabías de él? —preguntó Ambrose, sorprendido por la revelación de su hermano.

—Sí, por supuesto. Un buen Laird lo sabe todo.

—Estás hablando con Ambrose, Alec.

—Muy bien —admitió Alec—. Envió un mensaje diciendo que le gustaría hablar conmigo sobre un asunto urgente.

—¿Por qué no viene el cura? —preguntó Ambrose—. Alec, parte de ser Laird es que la gente venga a ti.

—Ambrose, éste es un Laird que irá donde se le necesite —Alec se puso en pie y llamó a Robert.

—Iré contigo.

—Entonces será mejor que muevas el culo, hermanito trabajador. Ya me voy.

—¿Por qué no viene hoy? —preguntó Malcolm a Fiona. El escudero de Alec acababa de dejar el mensaje del Laird a David, que trajo el recado al aula.

Fiona había tenido a Malcolm cerca de ella toda la mañana. Esperaba ver a Lord Alec y explicarle sus palabras de la noche anterior. Tan cansada como había estado la noche anterior, Fiona se había quedado en la cama repasando su discusión una y otra vez. Había vuelto a pensar en las palabras pronunciadas y había intentado recordar por qué y cuándo él había interpretado mal sus palabras. Para ella era importante intentar deshacer lo que se había dicho.

Después de todo, no quería que Lord Macpherson la considerara una ingrata bromista. Aunque se hubiera comportado como tal.

—Fiona, ¿por qué? —la voz del chico cortó los pensamientos de la joven.

—Es un hombre ocupado, Malcolm.

Cuando las palabras salieron de su boca, Fiona sintió que un escalofrío se extendía rápidamente por su cuerpo. No recordaba mucho de su pasado, de su vida antes del Monasterio. Pero ya sabía que, en parte, había sido por decisión propia. Recordar siempre le había resultado doloroso. Sus recuerdos estaban llenos de los gritos ásperos de una mujer, luego viento tan fuerte que parecía morderte, tan intenso que te obligaba a cerrar los ojos. Luego agua. Agua fría, muy fría. Y estar sola. Eso era todo lo que recordaba. Era lo único que se le permitía recordar.

—¿Crees que vendrá mañana? —insistió Malcolm—. Me ha prometido que, si aceptas, me llevará a cazar halcones. ¡Mi propio halcón, Fiona! ¿Te lo imaginas? Con el halcón en el brazo y todo eso, ¿crees que me pareceré a él?

¿Me parezco a él? ¿Me parezco a él? De algún modo, estas palabras le sonaban familiares a Fiona. Se puso pálida.

—Fiona, ¿estás bien? —La mano de Malcolm se posó en su brazo. Sus inquietos ojos marrones miraban con preocupación su rostro pálido y cansado.

—Sí, muchacho —respondió ella, esbozando una débil sonrisa—. Sacudirse del pasado es una tarea agotadora.

Fiona se pasó el pesado morral al otro hombro y miró con cansancio el amenazador cielo gris. Se estaba acercando, pues llevaba casi un cuarto de hora bordeando el bosque, y pensó que sería bueno tener un techo sobre la cabeza antes de que empezara a llover en serio. Aunque sólo era media tarde, el cielo había adquirido un aspecto oscuro. Sólo un pájaro ocasional revoloteaba desde las copas de los árboles hasta la pradera que se extendía a su izquierda. En unos instantes, la cabaña del ermitaño quedó a la vista, y Fiona dirigió sus pasos hacia ella mientras caían las primeras gotas del chaparrón veraniego.

Apresurándose a doblar la esquina del edificio mientras se asomaba a la pequeña ventana lateral, la joven chocó de frente con una figura alta y embozada que conducía un corcel.

—¡Oh! —exclamó, tambaleándose hacia un lado cuando una mano la cogió para evitar que cayera.

—Tranquilo —respondió el hombre, con un deje de advertencia en la voz.

Fiona miró unos ojos azules que la observaban de cerca. Apartó el brazo y dio un paso atrás.

—Perdonadme, mi señor. —Miró, el rostro duro del hombre. Tenía el pelo de color arena pegado a la cabeza. De repente, sus ojos se fijaron en sus rasgos. Había algo familiar en él, pero su rostro sin afeitar no coincidía del todo con la imagen que flotaba en algún lugar de los recovecos de su memoria. No podía recordarlo. Por mucho que quisiera, no podía.

—¿Te conozco? —preguntó Neil MacLeod brevemente, mirando con atención a la mujer que tenía delante. Un ceño fruncido nubló los ojos del hombre.

Fiona retrocedió otro paso. Fuera quien fuese, había algo en aquel hombre que le producía escalofríos. La lluvia arreciaba con más fuerza.

—No —balbuceó ella. Era un hombre MacLeod, lo sabía por el tartán que llevaba. Un guerrero. Pero eso no la ayudaba. Se había pasado toda la vida evitando a los de su clase. Aun así, había algo en aquel rostro. Sintió que se le hinchaba la lengua en la boca. El miedo se filtró en sus huesos y se extendió por su cuerpo hasta dominar sus sentidos. Fiona dio un paso atrás. No quería tener nada que ver con él.

—Eres de por aquí, ¿no? —insistió—. ¿Quién eres? Habla, muchacha.

Fiona se quedó de pie, momentáneamente congelada por un fragmento de memoria. Miró la mano del hombre, que colgaba sin fuerza a su lado. En algún lugar de su cabeza podía oír el grito de una mujer, el mismo grito que seguía atormentando sus sueños. Volvió a mirarlo a la cara, que brillaba bajo la lluvia. Su mirada era penetrante, como si él también intentara recordar algo.

—¿Y bien? —gruñó la voz de Alec al aparecer de repente junto a Fiona. Su rostro era una máscara de acero y se volvió hacia el guerrero MacLeod—. ¿Y bien? Creía que tenías prisa por volver.

Neil MacLeod desvió la mirada ante la mirada fulminante del otro.

—Sí, eso hago.

Alec miró a la joven que tenía al lado. Desde luego, no tenía buen aspecto. La había visto al pasar junto a la ventana de la cabaña. Al mirarla ahora, de pie junto a él, bajo la lluvia, pensó que parecía pálida, cansada y asustada. La agarró del brazo y, al hacerlo, sintió que ella tiraba con fuerza de su mano hacia su costado.

Con la presión del brazo de Fiona, un sentimiento de posesividad recorrió a Alec. Por primera vez, tuvo la sensación de que ella le estaba comunicando una necesidad, y él respondió instintivamente. Tirando de ella hacia sí, el Laird se inclinó hacia delante, protegiendo parcialmente a Fiona de Neil MacLeod con su cuerpo.

Cuando Alec volvió a mirar al guerrero, MacLeod observaba con curiosidad el agarre protector del Laird sobre el brazo de la joven. Desviando apresuradamente la mirada, volvió a coger la brida de su corcel.

—Me estaba despidiendo —dijo, asintiendo a Fiona con una última mirada mientras conducía su caballo gris más allá de los dos.

Fiona se volvió y lo vio montar y alejarse lentamente bajo la lluvia torrencial. Cuando MacLeod desapareció en la turbia distancia, Fiona sintió alivio. Ahora podía sentir la cercanía del Laird junto a ella, el apretón muscular de su mano. Y por primera vez en todo el día, se sintió animada, casi exuberante.

Con un suspiro, se volvió hacia Alec, pero su mirada fue recibida con una mirada furiosa.

—¿Podrías decirme, en nombre de Dios, qué haces aquí? —Alec se volvió y la miró de frente al formular la pregunta. Estaba furioso con ella. Pero incluso en medio de la neblina de su mal genio, se sintió aturdido una vez más por el efecto que ella tenía sobre él. Se quedó de pie, momentáneamente paralizado por las gotas de lluvia que golpeaban su piel de marfil. Su oscura capa no ocultaba ni de lejos los brillantes mechones de pelo que ahora goteaban agua. A pesar de su aspecto cansado, sus grandes ojos color avellana brillaban de felicidad, y su pregunta no alteró en nada su mirada.

Ella se limitó a sonreírle. Él estaba aquí. Era lo único en lo que podía pensar. Una vez más, él había estado aquí... por ella.

—Te salvé el pellejo no diciéndole nada a la Priora el otro día, y aquí estás otra vez, fuera, sola, vulnerable a cualquiera o a cualquier cosa. ¿No tienes sentido común?"

—Algo, mi Lord —dijo ella vagamente, mirándole al azul profundo de sus ojos.

—¿Sabes lo que significa estar indefenso?

Fiona asintió.

—¿Por qué no te haces acompañar por alguien? No te preocupes por los animales de dos patas que vagan por esta isla. ¿Qué pasa con los de cuatro patas? ¿Qué harías si tropezaras con un jabalí o un lobo? Todavía hay lobos en esta isla, ¿sabes?"

—Eso he oído, mi señor.

—¿«Oído»? No oyes ni una palabra. No te asustas lo más mínimo, ¿verdad?

Fiona movió lentamente la cabeza de un lado a otro.

Los ojos de Alec la recorrieron de arriba a abajo. Se había despojado de la capa raída y del badajo de madera que la habían ayudado a disimular el otro día. De su hombro, bajo la capa oscura, colgaba pesadamente a su lado el mismo morral que había llevado antes.

Quería estrangularla por ser tan descuidada. Pero, al mismo tiempo, quería estrecharla contra sí, besarla.

—¿Qué llevas en ese morral? —continuó bruscamente, tratando de ocultar los poderosos impulsos que le recorrían—. Apuesto a que nada que puedas usar para salvar ese bonito cuello.

—¿Mi morral?

—Fiona...

Alec estaba muy cerca de ella, y podía ver las gotas de lluvia en el puente de su nariz, en su pómulo, en sus labios. Sin pensarlo, alargó la mano y le quitó las gotas de la mejilla. El lado de su cara se apoyó en su suave tacto.

La mano de él se detuvo ante el choque del contacto con la piel de ella, y sus ojos se clavaron durante largo rato. Se quedaron de pie, atrapados en la eternidad de un momento. Fiona sintió que se le cortaba la respiración. Estaba congelada, inmóvil, presa del pánico de pensar que el más mínimo movimiento rompería el hechizo.

La mirada de Alec se posó en sus labios y se detuvo allí. Sintió deseos de acercar su boca a la suya. Quería saborear la dulzura de la lluvia de verano que mojaba aquellos labios de rubí. Quería besarla. De repente, sacudió la cabeza para despejarla y apartó los dedos de su cara. Dejó caer la mano sobre el hombro de ella y agarró la ligera lana de su capa. Respiró hondo antes de hablar, y cuando lo hizo, su tono era más suave.

—Estás empapado y pálido como un fantasma. Seguro que ya has cogido frío. ¿No tienes nada que decir?

Fiona se quedó mirándole con la misma expresión soñadora y negó vagamente con la cabeza.

—Nada, mi señor.

—Fiona, tienes un aspecto horrible —mintió.

Su sonrisa se ensanchó y sus ojos se aclararon. —Gracias, mi señor. Yo también me alegro mucho de verte.

Volviéndose suavemente hacia la cabaña, Fiona miró hacia atrás una vez más antes de dejar al Laird mirando tras ella bajo la lluvia.

Capítulo Siete

Su dulce porte y fresca belleza
Haber herido sin espada ni lanza...

—William Dunbar, «La bella y la prisionera»

—¡LA conozco!

Ambrose sujetó el brazo de Alec y le susurró mientras el Laird se agachaba en la puerta baja. El hermano menor no apartó los ojos de Fiona mientras ésta se cernía sobre el leproso herido que yacía en el colchón de paja del rincón.

El sacerdote la había presentado a Ambrose brevemente y sin ceremonias, y Fiona apenas se había detenido para saludar con la cabeza al guerrero antes de ir al lado de su amigo enfermo. Había estado demasiado preocupada por el estado de Walter como para quitarse siquiera la capa empapada por la lluvia.

—Ésa parece ser la primera impresión de todo el mundo —dijo Alec, respondiendo al comentario de su hermano—. Pero que la conozcas sería una ilusión por tu parte, diría yo.

—Por favor, no me digas que es tu monja —murmuró en voz baja.

—Como te he dicho antes, Ambrose, no es una monja —gruñó Alec con satisfacción, pasando junto a él hacia la tosca mesa donde el padre Jack estaba sentado hablando con Fiona al otro lado del pequeño espacio de la habitación individual de la casita. Alec se sentó en el bloque de madera y la observó mientras se enderezaba para quitarse la capa mojada y colgarla de la percha de la pared. El modesto corte de su vestido azul oscuro apenas disimulaba las sensuales curvas de su cuerpo, y el efecto de su presencia física no pasó desapercibido para Alec. No llevaba velo, y la única trenza le colgaba por la espalda hasta la cintura. Con el dorso de la mano, Fiona se apartó de la cara los rizos sueltos y húmedos, pero volvieron a brotar rebeldes. Alec sintió un repentino deseo de aliárselos él mismo. Pero entonces ella se volvió ligeramente, se agachó sobre el morral abierto junto al fuego humeante del césped y vació el morral de su contenido. Rápidamente, vertió una jarra de líquido en la olla que colgaba sobre el fuego.

—Ha estado durmiendo casi todo el día, Fiona —dijo el padre Jack. Volviéndose hacia Alec, observó antes de continuar cómo la atención del joven Laird estaba fija en los movimientos de la joven.

Fiona había tenido razón. Aunque el sacerdote no había tenido la visión más clara, sabía que aquel joven guerrero no era el jinete que había pisoteado a Walter. El poco tiempo que habían pasado juntos ya había dado al padre Jack una impresión muy favorable de aquellos muchachos Macpherson. Aunque el hombre MacLeod que los había traído se había resistido a entrar en la cabaña del ermitaño al enterarse de la presencia de un leproso herido, Alec Macpherson y su hermano habían entrado sin la menor vacilación. El padre Jack no conocía a muchos nobles lo bastante ilustrados como para no albergar temor alguno ante un leproso que estaba mucho más allá del punto de contagio.

—Ángel —susurró Walter débilmente—. ¿Estás aquí, ángel mío?

—Sí, Walter —respondió ella alegremente, acariciando su rostro distorsionado y enmascarado—. ¿Puedo traerte algo?

—Agua, muchacha.

Fiona se acercó rápidamente a la mesa, donde había una tosca jarra de madera junto al codo de Alec. La guerrera rubia la cogió y vertió su contenido en la taza que sostenía. Sus miradas se cruzaron sólo un instante antes de que ella se sonrojara y bajara la vista.

La atención del Laird se fijó en la sencilla cruz de madera que colgaba de una correa de cuero alrededor de su cuello. Cuando se enderezó con la copa llena, la cruz cayó ligeramente contra la suave lana que cubría su pecho, y Alec pensó que nunca había visto un símbolo religioso tan perfectamente consagrado. Respiró hondo e intentó borrar de su mente un pensamiento tan sacrílego. Sin embargo, algo en ella impulsaba sus pensamientos, y sus sentidos ardían en pos de ella.

—Empezabas a contarnos cómo estaba herido ese tal Walter —dijo Ambrose en voz baja desde la puerta. También había estado observando a la joven, y le impresionó la delicadeza con que atendió al herido. Pero también había estado observando a su hermano. Alec parecía hechizado. No es que Ambrose pudiera culparle. La mujer tenía belleza; eso era innegable. Pero también destilaba bondad. El Macpherson más joven pensó que, sin duda, aquello se alejaba del tipo de mujeres con las que había visto a Alec en el pasado. Le gustó el cambio.

—Le montaron como a un perro —gruñó el sacerdote. Había enviado un mensaje al Laird hoy mismo solicitando una audiencia. Si aquel hombre era todo lo que todos creían que era, ya era hora de que supiera que alguien intentaba desacreditarlo.

—Dime, quién ha hecho esto —exigió Alec con rabia—. No toleraré este tipo de barbarie.

—Entonces será mejor que mires a tu gente —dijo el padre Jack, mirando fijamente al Laird—. El hombre que lo bajó llevaba...

—Iba disfrazado —interrumpió Fiona, mirando con dureza al ermitaño—. Quienquiera que fuese, vestía el tartán de los Macpherson, montaba un corcel negro y llevaba un halcón en el brazo.

—¿Qué? —Alec miró de una cara a otra. Su mirada se endureció, a pesar de sus expresiones no acusadoras—. Me pediste que viniera, padre. ¿Cómo sabes que no fui yo quien lo derribó?

—Por Fiona —respondió el padre Jack con naturalidad, mirando en dirección a la joven—. Estuvo segura desde el primer momento, y el nieto de Walter, Adrián, que lo vio todo, también te vio con ella en el Monasterio. Sabemos que fue otra persona, pero no sabemos quién.

—¿Podría el nieto de Walter identificar al hombre? —preguntó Ambrose. Pudo ver el rostro nublado por la ira de Alec y supo que su hermano necesitaría un momento para controlar su temperamento.

—No lo sé, Sir Ambrose —respondió el ermitaño—. Tal vez podría. Yo también estaba allí, y aunque los ojos del muchacho son mejores que los míos, todo ocurrió muy deprisa.

—¿Podría haber sido un accidente? —sugirió Ambrose, dudando incluso cuando las palabras salían de su boca.

El sacerdote resopló, y Alec golpeó la mesa con la mano.

—¿A cuántos de nuestros hombres conoces, Ambrose, que vayan por el campo a esa hora con un halcón? A ninguno.

—Es cierto. No fue un accidente —respondió una voz débil desde la paja.

Alec se levantó y fue hacia el herido. Fiona estaba arrodillada sobre la paja, sosteniendo la mano de Walter, y el Laird se agachó junto a ella.

—Quienquiera que haya hecho esto —dijo Alec en voz baja—, se enfrentará a la justicia del rey.

El viejo leproso miró al joven Laird, y una lágrima brotó del rabillo de su ojo inyectado en sangre, dejando un rastro ardiente sobre el cuero rojo de su piel destrozada.

—La justicia del rey nunca ha hecho gran cosa por gente como yo —dijo el hombre, con la voz quebrada—. Vos, mi señor, sois el primero de vuestra clase que siquiera me ha mirado como a un ser humano en los últimos veinticinco años.

Alec puso la mano en el brazo del hombre.

—No hay excusa para la ignorancia del hombre, Walter, de alta o baja cuna. Y no intentaré encontrar ninguna —Alec miró fijamente a los ojos del herido—. Pero ahora mismo, me gustaría que me dijeras todo lo que puedas sobre el jinete. ¿Por qué dijiste que no había sido un accidente?

—Nos estaba esperando, mi Lord —respondió Walter, con la respiración cada vez más agitada—. Acabábamos de llegar del bosque. Le vi. Escondido entre la maleza. Estaba allí de pie. Y entonces nos vio. Cuando lo hizo, vino hacia nosotros.

—¿Por qué querría alguien hacerte daño? —preguntó Ambrose.

—No era a mí a quien buscaba —respondió el leproso, volviendo los ojos hacia el joven guerrero.

—¿Tú no? —preguntó Fiona, sorprendida por las palabras de su amiga.

—No, muchacha. Iba detrás del padre Jack.

—¿Yo? —estalló el sacerdote con incredulidad—. No tropezaste en el camino del cargador, ¿verdad? Te pusiste delante del canalla por mí.

—Nunca apartó los ojos del cura —dijo Walter, volviendo a mirar a Alec.

—¿Podrías identificar al hombre? —preguntó Alec.

—No lo creo —dijo—. Pero aunque pudiera, ¿qué sería mi palabra contra la palabra de un...?

—A mí me bastaría —declaró el Laird.

—Sois un buen hombre, mi señor —dijo el leproso, moviéndose incómodo donde estaba tumbado y haciendo una mueca de dolor al hacerlo—. Es evidente que todo lo que los campesinos dicen de ti es cierto.

—Este caldo está listo para ti —dijo Fiona, sumergiendo la taza de madera en la olla que hervía a fuego lento—. Tienes que bebértelo todo, Walter. Luego tienes que descansar.

Se acercó y colocó a Walter medio sentado. Sin detenerse, extendió los apósitos para cambiarle las heridas a su lado. Alec observó con admiración su silenciosa eficacia. No podía apartar los ojos de ella. Y su atención no pasó desapercibida para ninguno de los presentes.

—Ahora ves por qué la llaman el Ángel de Skye —dijo el leproso, mirando a Alec.

—¿Lo es? —preguntó Alec, enarcando una ceja.

—Calla, Walter —le reprendió Fiona con suavidad.

—Sí —continuó—. Ésta es la tierra de los ángeles y las hadas, ya sabes.

El Laird sonrió. —Cada día estoy más convencido de ello.

—Decidme, mi señor, ¿habéis oído hablar de nuestra «Bandera de las Hadas»? —susurró Walter.

—¿«Bandera de hadas»? —repitió Alec, deteniéndose a pensar—. Sí, ahora que lo dices, recuerdo haber oído de niño una historia, qué era, sobre una túnica de santo o algo así, que los MacLeod utilizaban como estandarte. Pero se perdió, ¿no?

—La gente de aquí cree que no es una túnica de santo, Lord Alec —corrigió el padre Jack cuando el Laird se levantó y volvió a su sitio en la mesa—. Hay algunas historias al respecto, pero la mayoría cree que el estandarte fue regalado a un antiguo jefe MacLeod por su esposa... un hada.

—¿Un hada, padre? —repitió Ambrose.

—Sí, muchacho —continuó el ermitaño—. La historia cuenta que, hace mucho tiempo, una hada doncella se enamoró del jefe del clan MacLeod. El Rey de las Hadas no permitió que el hada viviera su vida en el mundo de los hombres, pero pudo casarse con el jefe sólo con la condición de que regresara al País de las Hadas al cabo de veinte años. Aceptaron y se casaron.

—Los años pasaron demasiado deprisa, pero cuando llegó el triste momento de su partida, el jefe de los MacLeod la llevó, como habían prometido, al Puente de las Hadas. Lloraron muchas lágrimas y se abrazaron con un amor no empañado por sus años de matrimonio. Al despedirse, dicen que el hada entregó a su marido una caja y desapareció para siempre. En la caja había un estandarte de seda, Am Bratach Sith... la Bandera de las Hadas.

—Desde entonces, cuando el pueblo de Skye ha estado en apuros, la Bandera de las Hadas ha acudido en su ayuda.

—¿Cómo llegó a desaparecer? —preguntó Alec, cautivado por la historia.

—La gente cree que el último Laird no merecía la magia —el padre Jack miró atentamente al joven Laird—. El estandarte desapareció hace casi veinte años, y nadie sabe adónde fue.

—¿Nadie? —preguntó Ambrose con curiosidad.

—Bueno, digámoslo así —respondió el sacerdote—. La creencia es que la bandera sólo reaparecerá cuando un digno heredero de los MacLeod lleve el broche del jefe del clan. Pero no es por eso por lo que he empezado a contarte esta historia.

El ermitaño miró a Fiona. Ésta frunció el ceño hacia el viejo sacerdote, meneando la cabeza amenazadoramente. Sabía lo que se le venía encima.

Alec se volvió y observó divertido el silencioso intercambio de miradas. Seguro que esto iba a ser bueno.

—Como él ha dicho, la historia no acaba ahí —añadió Walter—. Cuéntaselo, padre.

—No, padre Jack —intervino Fiona—. Y tú cállate, Walter.

—Ah, muchacha, no podemos cambiar la historia —regañó irónicamente el sacerdote.

—Esto no es historia —replicó ella, de pie, con las manos en las caderas junto al lecho de paja—. Es el resultado de que Walter y tú bebáis demasiada cerveza juntos. Todas esas tontas historias... de verdad.

El padre Jack sonrió y se volvió hacia Alec.

—Walter encontró a esta muchacha de modales suaves medio ahogada junto al puente de las Hadas una noche de tormenta. Algunos por aquí creen que es un ángel —la miró con picardía—. Pero hay otros que dicen simplemente que es una hada doncella.

—Esto es ridículo —amonestó Fiona, con la cara enrojecida—. Y de un hombre de Dios, nada menos. Es... indecente. Eso es lo que es. Indecente.

—Es verdad —añadió Walter—. La encontré en la noche más salvaje que he conocido. Puede que sea un ángel, pero la muchacha es nuestra propia hada.

—Verás —comenzó de nuevo el sacerdote, pero esta vez con toda naturalidad —, desde que era pequeñita, Fiona ha vagado por estos bosques como si los conociera mejor que la palma de su propia mano. Como si ya hubiera estado aquí. No tenía miedo. Era invulnerable. Y la muchacha estaba allí donde se necesitaba ayuda. Hay historias, muchachos. Una vez, cuando no era mucho más que una niña, sacó a un niño de una cabaña en llamas mientras todos los que estaban fuera temían entrar en el rugiente infierno. Nadie la vio entrar. Dicen que apareció de la nada. Y hay otra en la que aparece nadando por el lago en medio de una tormenta para salvar a un pescador enredado en sus propias redes. Y luego está la del ganado que...

—Por favor, para, padre —suplicó la joven desde donde estaba.

La mirada de Alec había estado clavada en ella todo el tiempo que el sacerdote había estado hablando. Había visto las emociones que oscurecían sus bellas facciones. Era evidente que Fiona no se sentía cómoda hablando de sus propias hazañas. Pero ella no negaba nada. Había intentado ocuparse de Walter. Pero al final no había podido soportarlo más.

Alec recordó su primer encuentro con ella. En efecto, había sido como un hada, apareciendo de la nada en el camino ante él. Había tanto sobre aquella mujer que quería saber. Mucho más.

—Pero debéis prometernos que guardaréis nuestro secreto, muchachos — dijo el padre Jack, mirando a los dos guerreros confidencialmente—. Nadie, al menos los del castillo, sabe con certeza que nuestra Fiona, que vive en el Monasterio, es el hada, o mejor dicho, el ángel que vela por los isleños. Así que necesito pedirte que guardes nuestro secreto.

—Te damos nuestra palabra —declaró Alec solemnemente. Luego, con expresión seria, se volvió hacia la joven—. ¿Dónde está tu bandera, Fiona?

Levantó los brazos con resignación y dio la espalda al risueño grupo de hombres.

Pero no los ignoró mucho tiempo, pues pronto la conversación giró hacia cuestiones serias de supervivencia económica que afectaban a su pueblo isleño.

Alec presentó sus planes de construcción naval en la isla y explicó su necesidad de trabajadores. Hablaron de las dificultades de criar ganado en una tierra que exigía trabajo duro para la autosuficiencia. Hablaron del trueque y de la pasada incapacidad de los MacLeod y los MacDonalds para comunicarse eficazmente. De cómo los dos antiguos enemigos simplemente no podían negociar entre sí. De cómo ninguno de los clanes tenía nada que ofrecer que no tuvieran ya los continentales.

Alec argumentó que con la necesidad de madera, y con los Macpherson y sus aliados, los Campbell, la isla de Skye estaría en condiciones de beneficiarse y crecer más fuerte y sana. Alec les dijo que las cartas reales de comercio garantizarían a los trabajadores alimentos y bienes para satisfacer sus necesidades.

Fiona expresó su preocupación por los incentivos que existen para que la gente deje a un lado antiguas rencillas y trabaje junto a enemigos tradicionales. Pero el padre Jack respondió que es el estómago vacío lo que hace que un MacDonald robe una vaca MacLeod, y viceversa. Con comida en la barriga y trabajo honrado para ocupar sus manos y sus mentes, quizá esas enemistades insensatas desaparecerían poco a poco.

El padre Jack vio el bien que el plan del nuevo Laird podía reportar al pueblo de Skye y accedió a difundirlo entre la gente de los clanes MacDonald y MacLeod.

Cuando la discusión llegó a su fin, Ambrose observó que la lluvia había amainado por el momento.

—Muchacha —dijo el padre Jack, volviéndose hacia Fiona—. Éste sería un buen momento para que volvieras al Monasterio.

—Pensé en quedarme esta noche, padre —respondió ella—, y darte la oportunidad de descansar.

—Tú necesitas el descanso más que yo. Además, mira a tu paciente. Ha mejorado mucho.

Walter levantó la vista de su sitio. —Me encuentro mucho mejor, muchacha. Y quizá, si el Laird viaja hacia el Monasterio...

—Eso no será necesario, Walter —dijo, centrándose en el hombre herido—. Pero, ¿te duele mucho ahora?

—Me duele la pierna, muchacha, pero no es nada que no pueda soportar. Pero pareces muy cansada, Fiona. Y si nuestro ángel se pone enfermo, ¿quién velará por nosotros?

—Muy bien, Walter —concedió ella, volviéndose hacia los demás—. Pero quiero que envíes a alguien a buscarme, padre, si Walter me necesita.

—Sí, Fiona. Eso haré.

La joven cogió su capa de la percha y se la envolvió.

Alec y Ambrose también se levantaron para despedirse.

—Me gustaría hablar con el nieto de Walter sobre lo que vio, padre —Alec quería descubrir cuanto antes la identidad del agresor.

—Adrián está con los pescadores desde hace un día o dos —dijo el anciano sacerdote—. Pero cuando regrese, te lo enviaré. Dentro de unos días me ocuparé de tu otro asunto, pero no será un proceso rápido.

—Comprendo —dijo Alec mientras seguía a Ambrose por la puerta.

De pie, junto a sus caballos, bajo los árboles, Ambrose dudó antes de montar.

—Sé que debes de tener mucha prisa por volver a Dunvegan y obtener respuestas sobre el ataque, Alec.

—Lo estoy —respondió seriamente el joven Laird—. Pero sé que ninguno de nuestros hombres atacaría a este sacerdote. ¿Qué razón tendrían para semejante traición?

—Ninguno —respondió Ambrose—. Pero, por otra parte, hay muchos MacLeods y MacDonalds dentro y fuera del castillo de Dunvegan.

—En cuanto volvamos, creo que hablaré con Neil sobre el ataque. Es hora de que miremos un poco más de cerca a nuestros amigos.

—Sí —convino Ambrose—. Bien, entonces, quizá sería mejor que acompañara a tú... eh... monja de vuelta a su convento.

—No es una monja, Ambrose.

—Ah, sí. Se me había olvidado, hermano. Entonces, ¿no tienes nada que objetar a que me lleve a... Fiona... de vuelta al Monasterio?

Alec sabía que sería mejor que Ambrose volviera con ella, pero no se atrevía a renunciar a la oportunidad de pasar tiempo a solas con ella.

—Todas las objeciones del mundo, Ambrose, porque sé que cuando se trata de mujeres, eres un perro ruin y despreciable.

—A ver, Alec —replicó él, con cara de dolor—. ¿Tienes que exagerar tanto? Sabes que no tengo «escorbuto».

—Sé muy bien lo que eres, hermanito. Y por eso voy a llevar a Fiona de vuelta al Monasterio. Tendría más posibilidades con una manada de lobos que contigo.

Ambrose sonrió. Le gustaba la posesividad que Alec mostraba hacia aquella mujer. Y una mujer como Fiona sería lo mejor que le podría pasar a Alec en estos momentos. Tiene una frescura, una franqueza honesta, pensó. Tiene la capacidad de recuperar al antiguo Alec.

Pero de nuevo había algo que le atormentaba. Fiona era una mujer con una vida de devoción religiosa por delante. Mientras Ambrose miraba a su hermano, estaba seguro de que Alec lo respetaría. Pero entonces, ¿cuál iba a ser su relación? ¿Amistad? Eso era lo máximo que Ambrose podía esperar. Lo último que Ambrose quería era ver a Alec herido de nuevo. Pero también había que tener en cuenta a Fiona.

—Esta vez te equivocas, Alec. Al fin y al cabo, ella es el hada; ambos la hemos oído. Ni tú ni yo permitiríamos que le hicieran daño a esta gentil criatura.

—Lo sé, Ambrose. Y confío en ti. Pero la llevaré de vuelta.

—Muy bien —Ambrose suspiró, montando en su caballo—. Cabalgaré solo de vuelta a Dunvegan. Con un poco de suerte, no me atacarán los lobos. ¿Quieres que te deje una vela en la ventana?

—No será necesario —Alec sonrió—. Debería ser capaz de encontrar el camino a casa. Pero gracias de todos modos.

El Macpherson más joven empezó a tirar de las riendas de su corcel cuando Alec le detuvo.

—Ambrose...

—¿Sí, Alec? —respondió, observando la expresión seria del rostro de su hermano.

—No le digas nada a Neil MacLeod sobre el accidente de Walter hasta que yo llegue. No quiero que te pelees con él por esto hasta que yo vuelva.

—Muy bien —dijo, haciendo girar su caballo y sonriendo al Laird—. ¿De qué hablaremos él y yo durante la cena?

Y con un gesto de la mano, Ambrose se alejó al galope por el prado.

CUANDO FIONA SALIÓ de la cabaña unos instantes después con el padre Jack pisándole los talones, Alec estaba solo junto a su caballo.

—¿Lo ves, Fiona? —dijo el anciano sacerdote—. Sabía que no volverías sola al Monasterio.

Cuando Fiona se detuvo para mirar al apuesto Laird, el sol del atardecer atravesó las nubes. Los rayos de luz se colaban entre las hojas detrás de Alec, y el jinete que estaba detrás de él sacudió la cabeza con impaciencia.

—Pensé en ir por el camino del Monasterio —dijo el guerrero con indiferencia—. Te llevaré de vuelta.

—Realmente no será necesario —objetó ella con suavidad, manteniéndose firme ante la puerta.

—Pronto oscurecerá, y me sentiré mejor si sé que estás a salvo en casa.

—Como he dicho antes, viajo por aquí a menudo. Estaré...

—¿Seguro? —interrumpió Alec—. ¿De verdad crees que los peligros de este bosque no pueden dañarte?

—Por supuesto que no. Es que...

—Creo que ya hemos estado aquí antes, Fiona —le recordó Alec, alzando ligeramente la voz. Sabía que su mirada valía más que mil palabras. Y parecía ser más eficaz a medida que envejecía; sus hombres se lo decían. Y ahora Alec la dirigió significativamente hacia ella—. Harías bien en no olvidar que algunos de nosotros hemos tenido encuentros con esos peligros. Muchos de nosotros, debo añadir —si ella iba a ser tan insensible como para rechazar su oferta de ponerla a salvo, él estaba más que dispuesto a contarle al mundo el encuentro del que había sido testigo la primera vez que se vieron.

El padre Jack miró de un contrincante a otro. Esto tenía toda la pinta de ser una buena pelea.

—Supongo que es el momento oportuno para daros las buenas noches a los dos —retumbó. Podía seguir los acontecimientos bastante bien desde la ventana de la cabaña. Volvió hacia la cabaña y se detuvo para mirar a Alec—. Los ángeles son criaturas muy discutidoras, hijo mío. Y no olvides que ésta es en parte hada.

Sin decir nada más, el sacerdote le dio la espalda y se dirigió hacia la cabaña.

Fiona y Alec se quedaron mirándose. Ella había estado observándole en la cabaña toda la tarde. Sentía un hormigueo que le subía por la columna vertebral, igual que toda la tarde, cada vez que él la miraba por casualidad. Fiona se había sorprendido, un poco avergonzada incluso, de cómo un simple giro de su cabeza podía hacer que el corazón le latiera más deprisa en el pecho. Y ahora, la verdad, nada le complacería más que pasar una hora paseando a solas con él.

—Fiona, no me interesa seguir discutiendo contigo sobre esto. Puede que algunos piensen que eres invulnerable. Puede que tú creas que eres invulnerable. Pero no lo eres. Y tú seguridad es mi responsabilidad. Acabo de enterarme de que un loco recorre la isla pisoteando a gente indefensa. Si crees que voy a dejar que...

—Muy bien, mi señor —dijo ella con sencillez.

—¿Muy bien, qué?

—Iré contigo al Monasterio.

—¿Lo harás? —Alec hizo una pausa, marchitándose la retahíla de argumentos adicionales que había estado formulando—. ¿Por qué?

—¿Por qué? —se rió—. Creía que querías que lo hiciera.

—Sí, quiero.

—Tienes una manera poco habitual de demostrarlo —dijo mientras lo miraba.

—Yo no. Eres tú.

—Bueno, mi señor, no parece que vayamos a llegar a ninguna parte estando aquí parados —caminó hacia él hasta quedar a un paso—. Tengo que volver. Así que, si no te importa, podríamos continuar esta discusión mientras caminamos. ¿Qué te parece?

Alec asintió, divertido, y Fiona se ajustó el morral al hombro. Rápidamente, se ató el cordón de la capa con un lazo al cuello y se colocó la capucha sobre la cabeza, mirándole expectante. —Estoy preparada. Pero tengo que advertirte que camino rápido. Así que si en algún momento sientes que no puedes seguirme el ritmo, dímelo y...

—¿Seguir el ritmo? Fiona, puedo seguir tu paso. Pero tu lengua...

Ella le sonrió. Pero de algún modo sabía que tenía que seguir hablando. De algún modo, sabía que mientras pudiera mantener el diálogo, podría ocultar otros sentimientos que la recorrían, burbujeando bajo la superficie, en busca de un momento de tranquilidad para aflorar. Quizá caminar con aquel apuesto Laird no fuera la mejor de las ideas. Tal vez, después de todo, lo mejor era caminar sola.

—Si mi forma de hablar es un problema, mi Lord, seguro que se me ocurre un remedio sencillo.

—Yo también —respondió Alec lentamente, dejando que su mirada se posara en los labios de ella. Sabía que su significado era inconfundible por el rubor que resaltaba su hermosa piel—. Pero será mejor que nos vayamos.

Y entonces, antes de que pudiera quejarse, el guerrero se acercó a la joven y la subió fácilmente al corcel negro. Con una rápida mirada a su cara de sorpresa, Alec se colocó detrás de ella.

—¿Qué crees que estás haciendo?

—Vamos al Monasterio.

—Sí, y vamos andando —dijo ella, luchando por deslizarse por el costado del caballo.

Alec le rodeó firmemente la cintura con un brazo y la atrajo hacia su regazo y la estrechó contra su pecho.

—Ebon va al paso. Nosotros vamos cabalgamos.

Fiona luchó sólo un momento más, dándose cuenta de la inutilidad del esfuerzo. Su musculoso brazo era una banda de acero a su alrededor, así que tuvo que contentarse con enderezar la falda de su vestido y cerrar con fuerza su capa, lo que le dio la oportunidad de clavarle el codo en las costillas varias veces durante el proceso.

Con un gruñido, Alec la agarró con más fuerza y espoleó a Ebon para que se pusiera en movimiento.

—Me pregunto qué estará pensando ahora mismo el padre Jack, señor «Roba la Doncella».

—No veo que salga corriendo para salvarte... Doncella.

—Claro que no, pobrecito. Seguro que ahora mismo está angustiado.

—Probablemente esté muerto de risa, contándole a tu amigo Walter cómo me convenciste hábilmente para que te llevara.

—No he hecho tal cosa.

—Está claro que sí. Después de todo, ahora mismo me dirigiría a cenar al castillo de Dunvegan si no me hubieras enzarzado en una discusión.

—¿Te enzarzaste en una discusión? —Ella sacudió la cabeza con una sonrisa irónica y se aflojó los lazos del cuello. Tal como estaba sentada en su regazo, la capa tiraba de ella, haciendo que el cordón le apretara la garganta—. Qué vida más aburrida debéis llevar, mi Lord, si consideráis nuestra pequeña discusión, una discusión.

—¿Aburrida? Mi vida no es aburrida. Deja de contonearte y saca el codo de mis costillas.

—Si dejaras de intentar exprimirme la respiración, podría ponerme cómoda.

—Entonces prométeme que no saltarás de este caballo y te romperás el cuello.

—¿Por qué?

—¿Por qué? —repitió Alec—. Porque me gustaría reservarme ese placer.

Fiona se echó hacia atrás la capucha al girarse y sonrió al ver su rostro bronceado. Sus ojos azules eran amables y, por primera vez, pudo ver las arrugas que surcaban sus comisuras a medida que su expresión se relajaba gradualmente hasta convertirse en una sonrisa. Sintió un nudo en la garganta cuando el aliento de él le acarició la mejilla. Su agarre se relajó en torno a su cintura, y ella no intentó apartarse de él.

—En ese caso, te lo prometo.

—Bien —dijo mientras Ebon empezaba a bajar una corta colina. Alec sintió que Fiona acurrucaba el hombro y el brazo contra su pecho. Incluso a través de la capa, pudo sentir cómo empezaba a relajarse, a pesar de los ocasionales saltos de su cuerpo contra el suyo. Su propia respuesta, sin embargo, fue exactamente la contraria, y luchó por controlar la agitación de sus entrañas. Éste va a ser un viaje interesante, pensó.

El camino hacia el sur, hacia el Monasterio, les llevó a través de praderas doradas y cañadas boscosas. Por todas partes, las gotas de las lluvias del día brillaban como diamantes a la luz dorada del atardecer. A lo lejos, a su derecha, el sol descansaba en la cima de uno de los dos picos cubiertos de brezo que se alzaban sobre las onduladas colinas de la costa. Fiona miraba hacia ellos y Alec la oyó suspirar.

—Un bonito espectáculo —dijo mirándola.

—Sí —respondió ella—. A ese lugar lo llaman Healaval. Son las mesas de los MacLeod.

—Los jefes MacLeod son famosos desde hace mucho tiempo por su apetito —Alec sonrió—. Pero no creo que ni siquiera un MacLeod necesite una mesa tan grande.

—Hmm... Yo diría que depende de lo que se sirva —sugirió Fiona inocentemente.

Alec se rió y sintió que se le cortaba la respiración cuando Fiona desplazó su peso sobre los muslos de él.

—Es cierto —convino—. Los Macpherson, en cambio, siempre han sostenido que la calidad de lo que se sirve es más importante que la cantidad.

—Bueno, entonces supongo que depende simplemente de las preferencias de cada uno.

—¿Quieres saber cuáles son mis preferencias? —preguntó en voz baja, lo que provocó un escalofrío en Fiona.

—¿Tu preferencia respecto a qué, mi Lord? —preguntó rápidamente, intentando ignorar la calidez del cuerpo del Laird, la cualidad hipnótica de su tono. Fiona estaba perdiendo el hilo de la conversación—. ¿Hablamos de comida o del tamaño de las mesas?

—Ni lo uno ni lo otro.

—¿Ninguna de las dos? ¿No te interesa ninguno de los dos?

Se apoyó en él y las palabras perdieron importancia al percibir por primera vez su tenue olor masculino, tan desconocido y, sin embargo, tan extrañamente agradable. Tenía las piernas ocultas bajo la capa y el vestido, pero Fiona podía sentir los duros tendones de los músculos de sus muslos presionándola. Al mirar hacia abajo, se dio cuenta de que tenía la mano apoyada en el antebrazo duro como una roca del Laird, que le cruzaba la cintura. El contraste entre su delgado brazo y el de él, tan macizo y fuerte, era desconcertante y excitante a la vez.

—Me interesan las dos cosas, pero eso no basta —el brazo de Alec se tensó, atrayéndola cómodamente contra él.

—¿No es suficiente? —Fiona intentó concentrarse en lo que habían estado diciendo, pero la presión de sus cuerpos juntos fue de repente demasiado para ella. Levantó la vista hacia él, con ojos soñadoramente interrogantes.

—No lo suficiente —respondió él, sus ojos buscaban los de ella en busca de una señal.

Su mirada no vaciló mientras su boca se acercaba a un soplo de la suya.

—Fiona, ¿Qué opina tu orden religiosa con respecto a besar?

—¿Besar? —susurró ella, con los ojos clavados en la esculpida plenitud de sus labios.

La boca de Alec descendió sobre la de Fiona, y su beso fue suave, la carne de sus labios presionando ligeramente contra los de ella, rozando suavemente la sedosa tersura de la piel.

Los ojos de Fiona se cerraron ante la sensación, y Alec supo que, por mucho que su orden lo contemplara, nunca la habían besado.

Permaneció inmóvil, sin saber qué hacer a continuación. Su cuerpo estaba rígido entre los brazos de él, como si la hubiera alcanzado un rayo. El resplandor que la invadía amenazaba con atravesar su piel. Se estaba quemando por dentro y no sabía cómo expresar lo que sentía. En lo más profundo de su ser, Fiona pudo sentir cómo se formaba un punto de fusión, una semilla blanca y ardiente que la sobresaltó con la fuerza de su sola presencia. Con un jadeo que apenas se le escapó, movió ligeramente la mano a lo largo del brazo de él.

Alec sintió la suave caricia de su mano. Saboreó sus labios, retrocediendo ligeramente, pero luego se posó de nuevo. Sus labios recorrieron su mejilla, su sien. Pudo ver cómo le miraba, cómo la arrastraban el deseo y la curiosidad. Cuando su boca volvió a la suya, ella estaba esperando. Sus labios se movieron bajo los de él, intentando besarle como la habían besado a ella.

Esto era todo el estímulo que Alec necesitaba. Con cruda pasión animal, se apoderó de su boca, devorando sus labios, saboreando, aparentemente incapaz de saciarse de ella.

Y la respuesta de Fiona, su afán por aprender, continuó. Siguió voluntariamente a Alec, conduciéndole sin saberlo a deseos mayores.

Un infierno ardía en su interior, pero Alec fue consciente de repente de que era un fuego que había que controlar. Apartó sus labios de los de ella. Levantando la mano hacia el rostro de ella, apoyó suavemente la cabeza de ella contra su pecho, acariciando ligeramente sus labios y su mejilla con el pulgar y los dedos. Volviendo la mirada hacia el sol que desaparecía, el joven Laird llenó sus pulmones de aire en un intento de vencer las pasiones que ahora bullían en sus entrañas.

Ni en sus actos más rebeldes, ni en sus sueños más salvajes, Fiona había pensado que esto fuera posible. Cerró los ojos y apoyó la cabeza en el ancho pecho de él. Sintió el agarre posesivo de su brazo alrededor de su cintura, la caricia sensual de su barbilla contra su pelo, y de repente se encontró en un mundo que nunca había conocido. Los latidos de su corazón seguían retumbando en sus oídos. Fiona se pasó la lengua por los labios, recordando la textura, la plenitud de sus labios contra los suyos.

Podía sentir sus fuertes dedos acariciándole el costado.

Abrió los ojos, levantó la cabeza y miró su perfil. Podía verle mirando al horizonte. Pudo ver la firmeza de su mandíbula. Su mirada era desconcertante.

—¿He hecho algo malo? —preguntó en voz baja.

—Claro que no —dijo él con suavidad, desviando la mirada hacia el rostro de ella—. ¿Por qué dices eso?

—Parece como si estuvieras molesto por algo.

—Fiona, no estoy enfadado. —Malestar no era el término adecuado. En agonía es más apropiado, pensó, sintiendo el firme cuerpo de ella apoyado tan cómodamente contra el suyo.

—Entonces, ¿por qué, de repente, estás tan serio?

—Intento controlar... bueno...

—¿Tú mismo?

—Sí, yo mismo. Intento controlarme.

—¿De besarme otra vez? —preguntó ella, sonriéndole.

—Fiona, es un momento peligroso para leerme la mente.

—¿Lo es? ¿Por qué?

—Será mejor que dejes de hacer estas preguntas o pronto lo descubrirás —Alec se concentró en las sombras que se extendían por las onduladas tierras de labranza que conducían al Monasterio.

Fiona lo miró, con los ojos muy abiertos. Si aquello de lo que hablaba tenía algo que ver con los besos, a ella definitivamente no le importaba. Sentada en su regazo, dejó que sus ojos recorrieran su rostro, su pelo, su oreja perfectamente perfilada. Alec Macpherson era un caballero perfecto e increíblemente hermoso.

—Deja de mirarme así.

Fiona dejó de mirar inmediatamente hacia su regazo. —¿Cómo sabes que te estaba mirando?

Alec sonrió. Necesitaban hablar de otra cosa. De cualquier cosa. Necesitaba ocuparse de otra cosa, antes de que sus buenas intenciones se fueran directamente al infierno.

—Fiona, háblame de tu pueblo.

—¿Los leprosos? —preguntó ella, sorprendida por el cambio en la conversación.

—No —respondió—. Tu familia.

—Ya te he hablado del Monasterio.

—No del Monasterio, de tu propia familia —dijo—. ¿De dónde eres? ¿Quiénes son los tuyos? ¿Tus padres? ¿O eres realmente la hija de un rey de las hadas?

—Oh, no me digas que te crees esa historia.

—¿No debería? ¿Cómo ha ido?

—De verdad, mi Lord.

—Déjame ver —Alec hizo una pausa—. Algo sobre una doncella hada que se enamora y se casa con un Laird. ¿Lo he entendido bien?

—No, eso es sólo un cuento de hadas. No la vida real.

—Entonces cuéntamelo tú, Fiona. Cuéntame tu historia y la de tu familia.

—No hay nada que contar —dijo ella simplemente, su voz resonando un vacío en su interior—. No tengo a nadie, mi señor.

Alec la miró fijamente, sorprendido por su respuesta. Sus palabras la habían perturbado visiblemente. ¿Quién era ella? Los huérfanos no eran educados para dirigir conventos, por lo que Alec sabía. Pero esta joven sí lo había sido.

—Bromas aparte, Fiona, ¿cómo llegaste allí, al Monasterio?

—Walter te lo dijo. Me encontró casi ahogada y me llevó allí.

—¿Qué edad tenías entonces? —Alec volvió a pensar en la historia que Walter le había contado. ¿Quién podría haber dejado a una niña abandonada a su suerte?

—Debía de tener unos cinco años. No lo sé con seguridad.

Alec imaginó a Fiona como una niña abandonada, llorando por su madre en una noche de tormenta. Su corazón se compadeció de ella. No era de extrañar que se preocupara tanto por el viejo leproso.

—¿Recuerdas algo de antes? —preguntó, presionando—. ¿Sabes siquiera de qué clan procedes? En Skye sólo hay MacLeods y MacDonalds.

—No vengo de ninguna de las dos, que yo sepa. ¿Y de antes? Bueno, a veces me vienen a la memoria retazos, pero no recuerdo nada que tenga sentido. —Fiona miró con ojos desorbitados mientras se acercaban al perímetro de la aldea del Monasterio—. El agua. Recuerdo haber estado en agua fría, muy fría. Me parecieron días, pero sé que no lo fueron. Antes de eso, no... no puedo...

Fiona cerró los ojos. No quería recordar. No quería que volvieran las pesadillas.

Alec pudo ver la angustia en su expresión. Soltó la rienda y la acercó a él con ambos brazos. Sus manos rodearon su cintura. Le enterró la cara en el pliegue del cuello. El corcel negro aminoró la marcha y se detuvo.

Se abrazaron durante largo rato, sin hablar. El atardecer descendía a su alrededor, y Fiona se sentó, reconfortada por el apoyo de su cercanía. Podía oír los sonidos nocturnos que tan bien conocía y que empezaban a introducirse en el aire. El ladrido del perro, el grito del búho. Fiona sintió que los problemas de su pasado desconocido se alejaban ahora. Al menos de momento, aquí, en el abrazo de aquel hombre, Fiona estaba a salvo.

—No hablé durante mucho tiempo... casi un mes, me dijeron. La Priora ni siquiera sabía si podía hablar. Pero podía llorar. Y David dice que hice mucho de eso.

Sonrió débilmente al levantar la cabeza de su hombro. Se sentía más fuerte, más luminosa, más ella misma.

—Pero ya no lloro mucho.

—Y tú también has superado tu vacilación a la hora de hablar, Fiona —bromeó, y añadió—. Me alegra decirlo.

—¿Estás diciendo, Lord Alec, que hablo demasiado? Los proverbios nos dicen que la palabra dicha a su tiempo...

—No, muchacha, yo diría que eres perfecta.

Fiona levantó la cara, sorprendida por la tranquila fuerza de su voz. Al hacerlo, su boca volvió a tomar la de ella, mordiéndole suavemente el labio inferior mientras la apretaba contra su pecho.

Alec se encontró encantado por aquella joven. Cuando estaba cerca de Fiona, era como si otro poder se apoderara de él. Incluso cuando sus labios se unieron a los de ella, supo que tenía que ir despacio, con suavidad, por miedo a asustarla. Y entonces, de repente, le asaltó un pensamiento consciente: la estaba cortejando. Le preocupaban sus sentimientos, su respuesta a un simple beso, porque la perseguía, perseguía a esa inocente. Y no lo negó.

El mundo se cerró en torno a Fiona mientras su cuerpo se amoldaba suavemente al de él. La oscuridad los envolvió cálidamente. Y en aquel mundo no había nadie más que ellos dos. Su brazo se deslizó bajo el hombro de él y sintió los músculos ondulantes de su espalda. Fiona sintió que la recorría una sacudida de excitación, y entonces fue ella quien lo besó.

Esto tiene que acabar, pensó, consciente de repente del zumbido palpitante que crecía en su cabeza. Era el comienzo de un rugido que sabía que pronto bloquearía todos los sonidos. De un deseo que pronto sería incontrolable. Esto tiene que acabar ya.

Apartó la cara de la de ella, se echó la mano a la espalda y le cogió las manos. Se las llevó a los labios y le besó las puntas de los dedos y las palmas de las manos. La miró a la cara y respiró hondo.

—Tenemos que llevarte a casa.

Fiona se detuvo, su mente se fue despejando poco a poco de las sensuales brumas que se cernían como una neblina sobre su visión.

—Ven mañana a los acantilados con Malcolm y conmigo —dijo Alec en voz baja.

—¿A los acantilados? Pero si vas allí a capturar un halcón —protestó ella suavemente.

Alec le rozó los labios con los suyos y luego, trazando una línea hasta su oreja, le susurró.

—Ven mañana.

Fiona ladeó la cabeza mientras sus labios le mordisqueaban el lóbulo de la oreja, le besaban la piel del cuello.

—Ven.

—Sí, iré —respondió soñadoramente—. Alguien tiene que espantar a los pájaros.

Alec echó un poco la cara hacia atrás y le sonrió. A continuación, el joven Laird pasó la pierna por encima del lomo del cargador y se dejó caer ágilmente al suelo. Levantó ambas manos y cogió a Fiona por la cintura. Las manos de ella se aferraron a sus hombros y sus cuerpos se tocaron mientras él la bajaba suavemente.

Estaban de pie a las afueras del grupo de chozas de la aldea, y sus ojos se entrelazaron en el último abrazo de la noche.

—Tenemos que llevarte a casa —repitió.

—Sí —suspiró, mirando hacia los muros del Monasterio, más allá de la aldea.

Cogidos de la mano, dirigieron sus pasos por el sendero hacia la puerta del Monasterio.

—Creo que a partir de ahora estaré a salvo —dijo. Fiona necesitaba un momento para aclarar sus ideas antes de enfrentarse a los que sabía que la estarían esperando dentro.

—Hasta mañana, entonces —dijo mientras ella se alejaba—. ¿Se lo dirás a Malcolm?

Asintió con una última mirada hacia atrás antes de desaparecer dentro de los muros del Monasterio.

Capítulo Ocho

¿Quién puede superar el peligro, la desventura?
¿Quién puede gobernar un reino, una ciudad o una casa?
¿Sin ciencia?
—Robert Henryson, «El gallo y el jaspe»

SE HABÍA ESCAPADO UNA VEZ. El guerrero se juró a sí mismo que no volvería a ocurrir.

—Mátala, y también a la niña.

Estaba aquí, exactamente donde habían querido que estuviera todo el tiempo. Si lo hubiera sabido. Habría aprovechado ese conocimiento. Un uso provechoso. Pero su tiempo de utilidad ya había pasado. Lástima. Todos estos años y ni siquiera habían sabido que estaba aquí.

Pero ahora lo sabía. Cuando la vio por primera vez, le resultó tan familiar. Y entonces, como por arte de magia, llegó el mensaje de Andrew. Sí, lo sabía. Y haría lo que había que hacer. Andrew le pagaría bien; se lo habían prometido. Y si la mocosa moría junto con ella... pues mejor.

—Pero dijiste que el Laird le había echado el ojo a la zorra —murmuró Crossbrand—. ¿Y si no podemos llegar hasta ella?

—Os he dado todo lo que necesitáis —les espetó el jefe de los matones—. Pero no intentéis empezar a pensar ahora. Limitaos a hacer lo que se os diga.

—Pero... ¿Y si matamos al Laird? ¿Habrá algo más para nosotros?

—No es a él a quien quiero muerto, idiota. Es a ella. Matar a la muchacha añadirá una amplia deshonra para tu Laird. Pero haz lo que tengas que hacer.

EL PONI que le seguía tiró de la correa y Alec echó un vistazo al pequeño animal marrón y blanco. A Malcolm le va a encantar este vivaracho compañero, pensó.

El sol le daba calor en la cara mientras avanzaba por el sendero hacia el Monasterio. Se preguntó si Fiona se habría despertado pensando en él, como él había estado pensando en ella. Por primera vez en mucho tiempo, Alec había dormido bien, sin que su sueño se viera perturbado por visiones de reyes y multitudes.

Alec había pasado la noche interrogando a la compañía en Dunvegan. Pero a pesar de todo lo que había hecho, se sentía decepcionado por no tener información que dar a Fiona sobre el atacante de Walter.

Basándose en lo que había podido averiguar hasta el momento, cualquier número de hombres de la isla de Skye podría haber sido el agresor. Aunque la gente corriente quería al padre Jack, tenía que ser una amenaza para la estructura de poder de ambos clanes isleños. Era más un consejero para el pueblo que sus líderes, y eso tenía que enfadar a la jerarquía gobernante de los clanes. Tanto los líderes MacLeod como los MacDonald podían tener fácilmente agravios con el viejo ermitaño, y culpar de su muerte a un forastero tenía mucho sentido. Por desgracia, en Dunvegan había varios caballos negros, además de Ebon, y Alec estaba seguro de que se podía conseguir un tartán Macpherson.

Pero a pesar de todo, el Laird no había perdido la esperanza. El nieto de Walter, Adrián, aún ofrecía la posibilidad de identificar al hombre. Y habiendo advertido a los hombres de MacLeod de sus intenciones de llegar al fondo del ataque, Alec se preguntaba ahora cómo responderían.

—¿PARA mí? ¿Para mí? —soltó el muchacho—. Oh, David, ¿de verdad puedo quedármelo?

—Lo aclararemos con la Priora, por supuesto. Pero no creo que se oponga al regalo de Lord Alec.

—Oh, gracias, Alec. Es tan hermoso —Malcolm pasó la mano con admiración por el pelaje del pequeño poni—. ¿Puedo montarlo hasta los acantilados? ¿Cómo se llama?

—Se llama «Rouge» —dijo Alec—. Pero creo que el patio del establo es un buen lugar para conocernos primero. ¿Estás de acuerdo, David?

—Sí, Malcolm es un jinete muy hábil, pero es una buena idea.

—Un caballo y un halcón, todo en el mismo día —dijo entusiasmado Malcolm, volviéndose hacia el hombre mayor—. Alec y yo vamos a cazar hoy un halcón joven. Uno que yo pueda adiestrar.

—Lo sé, Malcolm —dijo David, sonriendo al chico.

—Uno para guardar. ¿No es así, Alec?

—Lo intentaremos. No prometemos nada, pero intentaremos encontrarte uno de los tuyos.

Los ojos de Alec recorrieron los terrenos del Monasterio. Había grupos de monjas trabajando en los jardines, y un viajero mercader y su criado acababan de montar a caballo junto a la hospedería. A través de las puertas, un flujo constante de gente del pueblo iba y venía, pero no había rastro de Fiona.

—Está en su despacho —dijo David, sonriendo socarronamente al Laird—. No sabía cuándo esperarte, y la Priora quería que le hicieras unas cuantas cosas.

—Oh —respondió Alec, sorprendido por la astucia del hombre mayor.

—Si queréis, mi señor, puedo enviar a uno de los chicos...

—No —intervino el Laird—. Sé dónde está. Pero quizá no deberíamos molestar...

—¿Molestar? —David se rió—. Ha estado aquí buscándote cada cuarto de hora desde el amanecer... bueno, desde el amanecer, en cualquier caso.

Alec no pudo evitar que una sonrisa se dibujara en sus facciones. —Entonces iré a buscarla.

—Date prisa en volver —interrumpió la joven voz de Malcolm—. No queremos llegar demasiado tarde a los acantilados. Fiona está de buen humor esta mañana. Si atrapamos ahora a mi halcón, quizá me deje quedármelo.

FIONA PUSO el tapón en la botella de tinta y sopló para secar la última entrada.

—Hecho. Hecho. Hecho. Hecho. Pero ¿dónde está? —murmuró para sí. Recogió tres de los libros de contabilidad de la granja y algunos pergaminos, y salió por la puerta—. Bueno, se los dejaré a la Priora y comprobaré...

La puerta abierta se convirtió de repente en un muro, un muro humano. Retrocediendo, sonrió al rostro de Alec Macpherson.

—Estás aquí —dijo ella alegremente, consciente de que se le aceleraban los latidos del corazón.

—Sí —dijo, haciéndola entrar en la habitación. Sus ojos la recorrieron, observando cada aspecto de ella. Su rostro, hermosamente sonrosado, le recibió con toda la bienvenida que él había esperado encontrar. El vestido gris que llevaba, por recatado que fuera, no ocultaba en absoluto las esbeltas curvas de su cuerpo. No llevaba velo, y la luz de la única ventana reflejaba los reflejos llameantes de su pelo recogido con esmero.

Se acercó, sin dejar de mirarla, y le quitó la parafernalia de los brazos, depositándola sin ceremonias en un montón en una esquina de la mesa. Sin detenerse, retrocedió hasta la puerta y la cerró de un empujón.

—Mi Lord —susurró ella, con los ojos muy abiertos—. ¿Es esto correcto?

—Me importa un bledo si lo es o no —Alec dio un paso hacia ella—. Te he echado de menos.

—Yo también —Dio un paso vacilante hacia él mientras Alec acortaba la distancia que los separaba.

Sus cuerpos se encontraron en un torbellino de deseo.

—Me has hechizado, mi doncella de las hadas —susurró, con los labios a un suspiro.

—Soy yo, la hechizada —exhaló ella, acercando su boca a la de él.

Envueltos en los brazos del otro, ambos se encontraron en un beso que encendió chispas en sus almas, iluminando el núcleo mismo de su ser.

Alec la estrechó contra él, de repente, inconsciente de todo lo que no fuera la suave boca y el cuerpo que se sometían a los suyos. Había una ferocidad en su abrazo que no había estado presente la noche anterior. Era como si el nuevo día hubiera traído consigo nuevos sentimientos, nuevos deseos, nuevos umbrales que cruzar.

En el interior de Fiona, las llamas saltaban, abrasando toda razón, todo cuidado. Se sintió envuelta en una inmolación de pasión que apenas creía posible. Podía sentir su demanda silenciosa. Sus manos se aferraron a su espalda mientras sus labios se entreabrían.

Alec saboreó la dulzura de sus labios. Inclinó la boca para penetrarla más profundamente, y Fiona giró ligeramente entre sus brazos, respondiendo a su necesidad.

Cuando la sintió girar, un deseo crudo se apoderó de él, y una urgencia empezó a apoderarse de él. Las caderas de ella se apretaron contra él, y Alec fue consciente de repente de un poder creciente que crecía con ímpetu incontrolado. La apoyó contra la mesa. La deseaba.

Fiona se arqueó instintivamente contra él. Su pierna se movió entre las suyas y la apretó íntimamente. Sus manos trazaron las líneas de su espalda. Su boca se volvió tan salvaje como la de él, tan indisciplinada. De repente, fue consciente de que en su interior se despertaba una mujer completamente nueva, con sentimientos, con deseos. Sus sentidos se inundaron de un hambre inclemente que coincidía con la de él, un hambre que no podía negarse.

Envalentonada por la sensación de sus manos en la espalda, levantó la mano y le agarró por el hombro y el cuello. Mientras los fuertes dedos de él le acariciaban la espalda, deslizándose cada vez más abajo hasta la curva de sus nalgas, ella empujó las caderas contra la poderosa estructura de él y sintió que una mano le levantaba el muslo. Su aliento se entrecortó en su garganta cuando él acurrucó su excitación contra ella. Lo sintió palpitar íntimamente contra ella y, de repente, un momento de pánico apareció en su conciencia. Instintivamente, Fiona intentó apartar las caderas, pero con la mesa a su espalda y las manos y la boca persuasivas de Alec avivando el fuego en su interior, descubrió que la relevancia de su miedo se desvanecía rápidamente en el olvido. El miedo se rindió al deseo físico, y Fiona sintió que todo su cuerpo ansiaba más de él.

Cuando Fiona se movió contra él, Alec sintió que su cuerpo se estremecía de deseo. El movimiento de su cuerpo alimentaba los ríos de necesidad que crecían en su interior. Alec se apartó del beso y acercó la boca a la sedosa piel del cuello de Fiona.

—¿Qué me estás haciendo? —susurró.

—Pagó el diezmo del hada.

Sus manos acariciaron su costado, moviéndose suavemente hacia la suave y redonda plenitud de su pecho. Oyó su aguda bocanada de aire cuando ella se apretó aún más contra él.

—Las hadas... son criaturas de costumbres —dijo ella, sintiendo los dedos de él, desabrochando los botones que sujetaban la espalda de su vestido.

—¿Hábito? Podrías convertirte en una obsesión. —Le apartó el cuello del vestido y apretó sus labios carnosos contra la suave blancura de su hombro. El tirante de la camisa se deslizó por su brazo.

—¿Podría? —susurró ella roncamente.

—Ya lo has hecho —respondió él, quitándole el vestido del hombro—. Ya te has apoderado de mi corazón.

Alec miró el deseo que nublaba los ojos de Fiona y apretó los labios contra la carne expuesta de la parte superior de su pecho. Tiró de la lana gris del vestido hacia abajo.

El crujido de una puerta que se abría en el pasillo les devolvió a la realidad del lugar. Sin aliento, Fiona saltó a un lado y sus manos se apresuraron a volver a poner su ropa en orden. Sus dedos volaron hacia el cuello, tanteando para cerrar los botones de la espalda.

Alec se quedó dónde estaba, sus ojos azules la observaban con intenso deseo.

¿Qué se había apoderado de ella? Fiona no podía explicarse, ni siquiera a sí misma, el torrente de sentimientos que albergaba por aquel hombre. Parecían dominar sus pensamientos racionales, su capacidad de pensar con claridad. Y esto era muy distinto de lo que habían experimentado la noche anterior. El afecto se había convertido de repente en deseo. La ternura en pasión desenfrenada. Cuando sus ojos se volvieron a cruzar, sintió que su cuerpo se derretía bajo el calor de su mirada.

—No puedo —balbuceó ella—. No deberíamos.

—No hemos hecho nada malo, Fiona.

—No lo entiendes —se dio la vuelta y se retiró hacia la pequeña ventana de la sala de trabajo. Allí de pie, inhalando el aire fresco, intentó calmar sus sentidos, comprender de algún modo lo que acababa de ocurrir.

Alec no podía apartar los ojos de ella. La pasión. Ambrose se lo había preguntado anoche. Sobre dónde podía acabar una relación como la suya. Había enumerado razón tras razón por las que Alec debía dejarla en paz. Fiona, sin familia, sin nombre, tenía al menos un lugar y un futuro que Alec no debía alterar. Ambrose había hablado de cosas que Alec no había estado dispuesto a responder. Sobre si aquel afecto por Fiona, tan inocente, podría ser simplemente una reacción a Kathryn. Sobre utilizar a Fiona para recuperarse de su propio dolor.

Alec se había enfadado con su hermano pequeño por preguntar esas cosas, y se lo había hecho saber. Pero había reflexionado mucho sobre lo que decía su hermano. Todo lo que decía Ambrose sonaba a posibilidad de verdad. Pero ahora, mirándola, sabía lo que había sabido anoche, lo que sabía desde hacía días. Que lo que le impulsaba era una fuerza muy distinta de lo que Ambrose imaginaba. Pero era algo que no había estado dispuesto a admitir. No a Ambrose. Ni a sí mismo.

Pero es sencillo, pensó ahora, mirándola junto a la ventana.

La necesito. Sólo a ella. Tal como es.

La quiero.

Se oían voces en el pasillo. Pasaron junto a la puerta. Alec observó cómo su rostro se torcía ligeramente al escuchar cómo se alejaban los sonidos. Se volvió y abrió la puerta.

—Le prometí a Malcolm que te traería enseguida —Alec sonrió—. Tenía la mejor de las intenciones.

Se volvió y le miró fijamente. Parecía tan tranquilo, tan dueño de sí mismo. Tan distinto de ella. Estaba hecha un lío. Fiona respiró hondo, intentando comprender lo que acababa de ocurrir entre ellos.

—Malcolm está muy emocionado por lo de hoy, mi Lord.

—Se acabaron los «mi Lord» o «Lord Macpherson», Fiona —respondió seriamente—. A partir de ahora, sólo Alec.

Fiona no pudo responderle.

De pie y en silencio, miró al apuesto noble de las Highlands. Aunque su cuarto de trabajo no era pequeño, su enorme figura dominaba el espacio. Le rodeaba un aura de confianza, riqueza, habilidad... poder. Todo en él marcaba las diferencias entre ellos, desde su fina camisa de lino blanco hasta el broche enjoyado del clan que sujetaba el tartán que cruzaba su pecho. Al mirarle, ella lo supo con demasiada claridad. Era una plebeya sin familia, una mujer sin nombre. Bajó los ojos. Sí, lo tenía demasiado claro.

Lord Alec Macpherson era el Laird.

—Estoy lista para partir —susurró.

—Antes de hacerlo, tengo algo para ti.

—¿Para mí? —preguntó ella, sorprendida.

—Sí. Una vagabunda como tú, determinada a irse por su cuenta, necesita algo para defenderse.

Del morral que colgaba junto a su espada larga, Alec sacó una pequeña daga enfundada en cuero. Cruzó la habitación y se la tendió. Su empuñadura de madera marrón estaba pulida hasta brillar. En la empuñadura había un círculo de acero, y Fiona pudo ver desde su posición un escudo familiar en relieve. Su escudo familiar.

—Mi Lord, no podría aceptar un regalo.

—No es un regalo —dijo él, pensando rápidamente. Por supuesto, ella no aceptaría un regalo. ¿En qué estaría pensando? —Es para mi tranquilidad. Para protegerme. Hay otras doncellas, Fiona, que lo llevan siempre.

—No necesito protección, mi señor —dijo con firmeza—. Aunque estoy segura de que esas otras doncellas apreciarían un arma así, sobre todo viniendo de alguien de tu talla.

Inmediatamente, lamentó el sonido de sus propias palabras. Ella misma oyó notas de celos improcedentes.

—No me interesan otras doncellas —respondió Alec con rostro severo. Extendió la mano y la cogió, colocando en ella el puñal. Antes de soltarle la mano, su voz se suavizó—. Lo que me preocupa ahora es tu seguridad. Sólo la tuya.

—Todavía no puedo... —empezó suavemente, sacudiendo la cabeza.

—Fiona, espera. Deja que te lo explique —dijo, haciendo una pausa, con sus ojos clavados seriamente en los de ella—. Me dijiste que un hombre y una mujer deben aprender el uno del otro. Yo estoy aprendiendo. La idea de que vagaras sola por esos bosques me enfureció al principio; ahora me preocupa sobremanera. Pero estoy aprendiendo que no puedo detenerte. Y que no debo intentar moldearte en algo que no eres. Todo lo que quiero es ayudarte y mantenerte a salvo. O mejor dicho, ayudarte a mantenerte a salvo. Ahora, quítame esto o haré que te sigan dondequiera que vayas. ¿Qué prefieres?

Fiona cerró los dedos en torno a la daga. En la insignia de la empuñadura había un gato sentado sobre la representación de un barco en un escudo. Tenía las garras extendidas, amenazadoras. —Pero no lo entiendes. Nunca podría usar esto con otro ser humano. Sencillamente, no es mi estilo.

—Cuando surge la necesidad, todos hacemos lo que es necesario —Alec miró a la joven contemplando el arma que tenía en la mano—. Además, puede que la necesites para protegerte de los Lairds demasiado apasionados.

Inesperadamente, Fiona sonrió a Alec y guardó el puñal en el cordón que rodeaba su cintura.

—Me has convencido.

—¿Sí? —respondió él, asombrado.

—Sí, mi señor. Los Lairds demasiado apasionados parecen ser una amenaza creciente en esta isla.

—Bueno, supongo que debería alegrarme de que lo hayas aceptado —replicó Alec, y su rostro sonriente mostró de pronto posibles recelos—. Pero teniendo en cuenta lo que te ha persuadido, creo que ya me arrepiento de todo el asunto.

MALCOLM ESTABA ENTUSIASMADO con la excursión. A lomos de su nuevo poni, esperaba con David en la zona abierta frente al patio del establo. Un mozo de cuadra sujetaba a Ebon, y David sostenía otra montura ensillada para Fiona.

—¿Te gusta mi nuevo poni, Fiona? —soltó el muchacho antes de que Fiona y Alec hubieran llegado hasta ellos—. Alec me lo regaló. Se llama Rogue y le gustó.

Los ojos de Fiona viajaron de la expresión emocionada de Malcolm al inquieto poni que tenía debajo. Pensó que su vida había sido tan completa aquí en el Monasterio, antes de todo esto. Antes de que Lord Macpherson entrara en su vida. Pero ahora, mirando al excitado joven, Fiona sabía que se había equivocado... como quizá se hubiera equivocado sobre su propia vida.

—¿Cómo no ibas a gustarle? —asintió ella, mirando al Laird—. Es una bestia encantadora, ¿verdad?

—Puesto que los tres tenéis que recorrer cierta distancia, he pensado que quizá también querríais cabalgar hoy —sugirió David, mirando a Fiona de forma acusadora—. Después de todo, aunque la lentitud es necesaria para madurar, también trae la podredumbre, ya sabes.

Éste había sido un tema delicado entre Fiona y David desde que ella tenía memoria. A ella le gustaba pasear. David lo odiaba. Caminar le ofrecía la libertad de utilizar senderos secundarios y de ir y venir sin que nadie se diera cuenta. David nunca se sintió cómodo con eso. Por eso le había enseñado a montar a caballo. Y Fiona destacaba en ello como en todo lo demás, pero seguía evitándolo. Él, por su parte, seguía insistiendo en que utilizara un caballo para ir y venir, por seguridad. Pero, por supuesto, Fiona siempre se negaba.

—Muy bien —suspiró sin asentir, notando las cejas levantadas de David. Fiona no iba a empañar el entusiasmo de Malcolm por el poni—. Aunque tenemos piernas perfectamente buenas para caminar —murmuró las últimas palabras en voz baja.

Alec observó cómo Fiona montaba fácilmente a caballo y se alisaba las faldas del vestido. No pudo evitar sentirse decepcionado porque ella no iba a cabalgar con él.

Alec montó en su caballo y siguió a los dos.

Cuando el trío se dirigía a la puerta del Monasterio, el antiguo portero, James, se dirigió inesperadamente hacia ellos, con su largo bastón en la mano para impedirles el paso.

—No, muchacha, hoy no podéis ir —gritó, claramente alterado por algo—. Llévate al muchacho.

Fiona se bajó del caballo y se acercó rápidamente a su angustiado amigo. Alec miraba, sintiéndose incómodo, como si hubiera presenciado esta escena antes. La túnica azul del portero colgaba abierta, y su vieja camisa mostraba signos de desgaste.

—¿Qué pasa, James? —preguntó ella, poniendo una mano en el hombro del anciano.

—Mi madre me ha enviado para advertiros. No hagáis lo que pretendéis hacer, pues os aseguro que no os irá bien.

—¿Tu madre, James? —preguntó Fiona. Miró a Alec. El viejo portero debía de tener cerca de ochenta años y vivía solo con su hijo, el herrero del pueblo.

—Sí, muchachita —James bajó la voz confidencialmente—. Es la lluvia. Será un diluvio. El lago Dunvegan se desbordará por la orilla.

—Pero el sol brilla, James —dijo Malcolm. No quería que aplazaran la excursión.

Fiona no apartaba la cara del portero. Sus amables ojos color avellana mostraban su preocupación mientras lo consolaba, intentando calmar su ansiedad.

—Gracias, James. Pero vamos hacia el sur —lejos de Loch Dunvegan—, hacia los acantilados que dan a esas pequeñas islas.

—Doncellas de MacLeod —canturreó alegremente Malcolm.

—No estaremos lejos de ti si... cuando empiece a llover.

La mirada preocupada del portero apenas disminuyó cuando miró a los ojos de Fiona.

—Muy bien, muchacha, si así lo crees —murmuró con desdicha, dándose la vuelta y dirigiéndose lentamente hacia su lugar junto a la puerta—. Pero mi madre, ella...

Cuando el anciano se alejó, Fiona escuchó hasta que su voz se apagó en el espacio que los separaba.

—¿Podemos irnos, por favor, Fiona? —suplicó Malcolm.

Con una última mirada a James, Fiona montó de nuevo, observando al antiguo portero, que ahora estaba sentado, meneando la cabeza con tristeza.

—Vigilaremos las nubes, James —dijo tranquilizadora mientras cabalgaban a su lado.

—No hay ni una nube en el cielo, Fiona —susurró el muchacho, mirando esperanzado a Alec.

—Estaremos bien, Malcolm —respondió ella en voz baja—. James se está poniendo... bueno... está preocupado por nosotros, eso es todo.

Salieron de la aldea en silencio, Fiona y Alec observando a Malcolm sentado orgullosamente en su montura. Sus ojos se fijaban en todo lo que le rodeaba, como si fuera la primera vez que salía.

—Este mozo... James, quiero decir —intervino Alec. Algo carcomía al Laird. Algo en aquel viejo.

—Es raro —chistó Malcolm.

—Ésa no es forma de hablar, Malcolm —corrigió Fiona con severidad—. Es un hombre mayor. Y no hay nada extraño en él.

—¿Es siempre así? —preguntó Alec—. Tan preocupado por el tiempo, quiero decir.

—No siempre —dijo Fiona, mirando al claro cielo azul—. Dice que sueña cosas y los campesinos le creen. Algunos creen que puedes ver dentro de tu alma. Que tiene una segunda vista.

—Y hay quien cree en el hada doncella. ¿Son la misma gente?

—Sí, más o menos —susurró ella.

—¿Le crees? ¿En lo que dice? —preguntó Alec, mirando a Fiona—. ¿En lo que ve?

—Es difícil comprender los sueños y las advertencias. Pero seríamos tontos si no creyéramos en las cosas sólo porque no las comprendemos. Así que supongo que creo que todo es posible.

—Sí, todo es posible.

Fiona sintió que los ojos de Alec se clavaban en los suyos, y sintió que su resistencia a él empezaba de nuevo a desmoronarse.

Empujó a su caballo por delante de los dos. ¡Todo es posible! Sí, para los soñadores y los tontos, pensó. Pero, ¿qué hacía permitiéndose esos sentimientos por un Laird? Cuando salieron de su taller, sintió como si los ojos de todo el mundo estuvieran puestos en ellos. Como si todos supieran lo que ella y Alec habían estado haciendo a puerta cerrada. Se sentía terriblemente avergonzada.

Pero esto no es un sueño, pensó. Es simple y llano. Es carne y hueso. Es pasión, deseo y desastre. El viejo James puede verlo y yo no. ¡Qué tonta!

Y las palabras del portero resonaban en su mente. No te irá bien. Eso había dicho, y ella sabía que tenía razón. Pero era ella la que se sentía tan indefensa. Era ella quien sufriría al final. Como lo había hecho la madre de Malcolm. Pero aun sabiéndolo, no podía resistirse a sus atenciones ni rechazar sus muestras de afecto.

No podía dejar de pensar en él. Sentía su presencia en todas partes, todo el tiempo. Ya había ido demasiado lejos. Fiona lo sabía. Pero ahora su curiosidad, su atracción por él, la empujaban, la impulsaban. Y, de algún modo, no le importaba.

Bueno, sea lo que sea lo que vaya a ser de mí, que así sea, pensó con decisión. No podía detenerse ahora. Sabía que no podría.

Detrás de ella, los dos charlaban como viejos amigos.

—Y piensa en ello, Alec —dijo Malcolm entusiasmado—. Si hoy tenemos suerte, tendré mi propio halcón para llevármelo a casa. Entonces tendré una amante como tú.

Fiona giró sobre su montura y enarcó una ceja hacia el Laird.

En el prado ondulado a la derecha del sendero, las gaviotas se posaban en el brezo de flores rosas y en la hierba. El niño dirigió su atención hacia ellas.

—Fiona, ¿te parece bien que saque a Rogue del sendero un rato?

Miró la cara de excitación del muchacho. —Por supuesto, pero no te alejes demasiado.

Con un grito y un golpe de riendas, Malcolm impulsó a su nuevo poni a cruzar el campo a toda velocidad. Gritando y agitando la mano, el muchacho galopó directamente hacia la bandada de pájaros, dispersándolos en una nube de plumas y graznidos.

—¿Una amante? ¿Una de las nuevas comodidades de Dunvegan, mi Lord? —se burló.

Alec la miró con divertida sorpresa. —En Dunvegan no hay más que acero y piedra fría, Fiona.

—¿Qué, nada caliente? ¿Nada que te ayude a pasar una hora allí?

—Nada más que unos perros feos y unos guerreros aún más feos —respondió en tono confidencial—. Sin embargo, si te ofreces a visitarnos...

Fiona desvió la mirada hacia donde Malcolm corría por el prado. Justo cuando pensaba que había ido demasiado lejos, lo vio frenar bruscamente, hacer girar al poni y espolearlo a toda velocidad por el terreno que acababan de recorrer.

—Nunca he visto el castillo de Dunvegan... más que de lejos —dijo—. Ni la Priora ni David me dejaron acercarme a él mientras crecía.

—Seguramente no era el lugar más seguro para una joven.

Fiona lo miró socarronamente. —No estoy segura de que sea el lugar más seguro para una joven ahora, mi Lord.

Alec se rió mientras Malcolm galopaba hacia ellos.

—Rouge es rápido, Fiona —jadeó el muchacho—. ¿Nos has visto, Alec? ¿Nos has visto cargar contra esos asquerosos soldados ingleses?

—¡Malcolm! —se quejó Fiona, con un tono de voz que subía y bajaba exageradamente. Se volvió hacia Alec—. Ya veo qué clase de influencia eres; halcones y amantes, gaviotas y soldados ingleses.

—Un muchacho escocés en crecimiento necesita saber estas cosas —Alec se encogió de hombros con buen humor.

—Hoy cazaremos un halcón, ¿verdad, Alec?

—No si me salgo con la mía —amenazó Fiona—. Justo cuando creas que tienes a la pobrecita, yo...

—Sí, Malcolm. Puede que encontremos una —respondió Alec, acercándose y poniendo juguetonamente la mano sobre la boca de Fiona—. Aunque quizá no puedas llevártela a casa el primer día. Puede que tengamos que mantenerla en Dunvegan durante un tiempo.

—¿Pero por qué, Alec? —preguntó Malcolm.

—Sí, dinos por qué, mi Lord —incitó ella con ironía, apartándole la mano de un manotazo.

—Tienes que ser paciente, muchacho. Tienes que cortejarla. Tienes que engatusarla. Y eso puede llevar algún tiempo.

—No tengo mucha paciencia —admitió el joven.

—¿Qué hombre? —comentó Fiona sardónicamente.

—La paciencia siempre tiene sus límites, Malcolm —dijo Alec, mirando a Fiona significativamente—. Pero me han dicho que soy un hombre paciente.

—La Priora me ha dicho que la paciencia es la virtud de los asnos —dijo despreocupadamente.

—No siempre —respondió Alec, reprimiendo una carcajada y volviéndose hacia el muchacho—. Es importante recordar, Malcolm, que al cazar un halcón estás tratando con un pájaro libre. Un ave que nunca antes ha sido tocada por un hombre.

—Por cualquier hombre, Malcolm —intervino Fiona en voz baja—. Es importante que lo recuerdes.

Los ojos de Alec se clavaron en la hermosa criatura que cabalgaba a su lado. Debía admitir que le producía un gran placer saber que era el primer hombre que la tocaba. Aún podía imaginar el brillo de su piel, la perfecta plenitud de sus pechos. Aún podía saborear su dulzura en los labios.

Nunca antes había importado si las mujeres con las que había estado habían tenido otros hombres. No importaba, no con ninguna de ellas. Desde luego, no con Kathryn. Pero, por alguna razón, aquí sí importaba. Con Fiona. Cuando pensaba en ella, un sentimiento de protección le recorría el alma. Quería que fuera suya. Sólo suya.

—Sólo quiero saber cuándo podremos recorrer los campos y cazar juntos —la voz de Malcolm irrumpió en los pensamientos de Alec—. Cuando pueda llevarme a mi pájaro a mi habitación por la noche.

Fiona y Alec se miraron al unísono.

—Bueno —sonrió Alec—, en cuanto se acostumbre a ti. Pero supongo que el dormitorio del Monasterio no es el lugar adecuado para ello.

—No, desde luego —aceptó Fiona tímidamente, sonriendo para sus adentros ante la ironía del intercambio.

—¿Pero me enseñarás cómo, Alec? Nunca he manejado un halcón.

—Sí, muchacho —dijo, mirando significativamente a Fiona—. Los primeros contactos entre un hombre y un halcón son algo maravilloso.

Fiona sintió que se le aceleraba el pulso.

—Hay una ruptura lenta y segura de una barrera.

Observó cómo los ojos de Alec recorrían acariciadoramente su cuerpo.

—Y cuando desaparezca esa barrera —continuó el gigante—, el placer que os proporcionaréis mutuamente será increíble hasta el punto de ser celestial.

Fiona se estremeció involuntariamente bajo el cálido sol.

Alec sabía que era mejor que pusiera algo de espacio entre ellos, antes de bajarla del caballo y subirla a su regazo. —Qué idea tan interesante —sonrió—. Ah, bueno. Otra vez será. Se volvió hacia Malcolm.

—Vamos, muchacho. Te echaré una carrera hasta donde el arroyo pasa junto a ese gran árbol.

—Te toca —gritó el chico, saliendo a la carrera como un rayo.

Los dos cruzaron a toda velocidad el campo hacia el serpenteante arroyo del otro lado. Fiona los observó feliz mientras Malcolm se acercaba a la orilla y Alec se lanzaba a chapotear en las aguas poco profundas. Un pato de colores brillantes voló y se posó en el arroyo a un tiro de piedra río abajo.

El muchacho siguió al Laird y se sentó a observar mientras Alec desmontaba al otro lado. Estaban demasiado lejos para que Fiona pudiera ver lo que hacía el gigante rubio, pero cuando volvieron al galope, uno al lado del otro, pudo ver que Malcolm llevaba algo escondido a la espalda.

—¡Margaritas! —exclamó, cogiéndoselas al muchacho radiante.

—Alec dice que traer flores podría distraerte de mí halcón.

—¿Ah, sí?

—Muchacho, se supone que no debes decirle eso —murmuró Alec lo bastante alto para que ella lo oyera—. Malcolm, te echo una carrera hasta esa roca que sobresale más adelante.

El chico se puso en marcha antes de que Alec terminara de hablar, y los dos observaron cómo el muchacho volaba por el suelo.

Dirigiendo su caballo junto al de ella, Alec cogió dos de las margaritas del ramo que tenía en la mano.

—Mi Lord, estáis a punto de perder esa carrera.

Alec se inclinó y le colocó una de las flores en el pelo.

—Pero tengo el premio aquí mismo.

Fiona le miró cuando le ofreció la margarita que le quedaba. Cuando la cogió, la mano de él subió y le agarró la barbilla. Inclinándose de nuevo hacia ella, apretó los labios contra los suyos. El beso fue duro, inflexible, cálido, y terminó demasiado rápido. Luego, soltándola lentamente de la barbilla, Alec la miró cariñosamente a los hermosos ojos. Se dio cuenta de que eran casi azules, reflejando el cielo azul. Sonriendo, se dio la vuelta y salió tras Malcolm.

Los dos corrían como locos. A veces iban detrás de Fiona, a veces delante. Pero al verlos, ella se sentía feliz, libre. Cerró su mente a las preocupaciones, las pesadillas, los errores y los aciertos, y el futuro.

Y entonces, al escucharlos retozar, supo que el sonido de la risa de Malcolm, su felicidad, no era más que una nueva afirmación de que estaba haciendo lo correcto. Miró a su alrededor y contempló la belleza que la rodeaba. Los afloramientos rocosos, las colinas cubiertas de brezo, el cielo azul, las aves acuáticas y marinas.

—Pues debe de ser una de las doncellas de MacLeod.

Fiona se sobresaltó en la silla, pero luego, al mirar hacia delante, se dio cuenta de que Alec se refería a la cima de la isla, que acababan de ver por encima de la ligera loma que indicaba la caída en picado de los acantilados. Los dos acababan de detenerse detrás de ella.

—El otro no sale tan alto del mar —afirmó Malcolm.

Las onduladas praderas que terminaban en los acantilados estaban salpicadas de arboledas, y a lo lejos podía verse un rebaño de ganado salvaje pastando. A su izquierda, una hilera de bosques descendía hacia el mar en un punto donde los acantilados no eran tan altos. Una playa pedregosa se curvaba a lo largo de la orilla.

—Pues sí que hace un día precioso para encontrarte un halcón, muchacho —dijo Alec, respirando el aire salado del verano. Miró a Fiona. Estaba sentada en lo alto de su montura. Mechones de su pelo se habían escapado de su trenza y enmarcaban su hermoso rostro en tirabuzones de oro rojo.

Hada o ángel, me encanta esa cara, pensó. Alec la observó mientras respiraba profundamente aire fresco. Su mirada se posó en su cuerpo y volvió a sentir una agitación en sus entrañas. Ella miraba a su alrededor, totalmente ajena a su mirada, a sus deseos, a lo que su proximidad le provocaba. Era tan inocente, tan magníficamente hermosa.

—¿Cómo empezamos, Alec? —gorjeó Malcolm.

Alec apartó los ojos de ella y dirigió su atención al joven.

—Primero tenemos que buscar un nido. Es un buen momento para encontrar una cría de fal...

El sonido de un caballo que se acercaba rápidamente por detrás de ellos detuvo a Alec a mitad de frase. Haciendo girar su corcel, el Laird espoleó a su caballo hasta la cima de la colina. Sin embargo, antes de llegar a la cima, oyó que el poni de Malcolm le seguía y la voz de Fiona llamando al muchacho. Desenvainando su espada, Alec divisó inmediatamente a un jinete solitario que cruzaba furiosamente la pradera. Entrecerrando los ojos contra la brillante luz del sol, reconoció los codos voladores de su escudero, Robert. Pero al envainar su espada, la sonrisa de alivio de Alec fue rápidamente sustituida por un ceño fruncido al pensar en la gran prisa del muchacho. Malcolm hizo trotar a su poni junto a él.

—¿Quién es, Alec? —preguntó el chico con entusiasmo.

—¡Malcolm! —exclamó Fiona, acercándose rápidamente junto a ellos—. No deberías cabalgar.

—Lord Alec —llamó Robert sin aliento, deteniendo su corcel cubierto de espuma—. Sir Ambrose... me ha enviado... problemas...

—Primero recupera el aliento, Robert —ordenó Alec, con unas líneas de concentración marcando sus apuestos rasgos—. Ahora, cuéntame qué ha pasado.

—Neil MacLeod —dijo Robert, aún jadeando mientras miraba a Fiona y Malcolm—. Ha matado a uno de sus propios hombres.

—¿Asesinado? ¿Por qué, por el amor de Dios? —A Alec le disgustaba el líder de los MacLeod, pero matar a un hombre... a un hombre de los MacLeod. ¿Qué podía haber empujado a un hombre como Neil a matar a uno de su propio clan? —¿Quién era el hombre?

—Iain, mi Lord —respondió el escudero—. Ya le conoces. El alto de pelo rubio al que le faltan dedos en la mano. Tiene una espada española de Toledo y un...

—Sí, me acuerdo de él. ¿Qué más dijo Ambrose? ¿Por qué mató Neil a ese hombre?

—No lo sé, mi Lord. Pero Sir Ambrose dijo que vinierais pronto. Me dijo que te dijera que habían matado a un hombre junto a las majadas de los halcones. Y que podría haber problemas.

—¿Qué tipo de problemas? ¿Más de lo que acaba de ocurrir?

—Sí, el resto... los MacLeod están enfadados con Neil. Ha traicionado a uno de los suyos.

Alec tardó sólo una fracción de segundo en captar el mensaje. Si Neil había hecho realmente lo que se le había pedido, Alec estaba en deuda con él. Debía de ser muy difícil castigar a uno de su propio clan, incluso si el hombre era realmente el culpable de haber derribado a Walter. Sólo había una forma de averiguarlo. Se volvió hacia Malcolm y Fiona.

—Debo regresar al castillo de Dunvegan —dijo sombríamente.

—¿El agresor de Walter? —preguntó Fiona en voz baja.

—Tal vez —respondió Alec con firmeza—. Te enviaré o traeré noticias. Pero ahora mismo debemos llevarte de vuelta al Monasterio.

—¿Podemos quedarnos? —suplicó Malcolm—. Fiona y yo.

—Lo siento, muchacho, pero no —dijo Alec, mirando al chico decepcionado—. Debo volver al castillo. Lo haremos en otra ocasión...

—Estaremos bien, mi Lord —interrumpió Fiona—. Mientras estemos aquí, Malcolm y yo revisaremos la playa.

—No, Fiona —estalló Alec, fulminándola con la mirada—. No te dejaré aquí.

—¿En tierras del Monasterio, mi señor? —desafió—. Ésta es nuestra tierra. Vivimos y trabajamos aquí. Éste es nuestro hogar.

—Fiona —espetó—. Lo último que necesito ahora es estar preocupándome por ti y por Malcolm aquí solos.

—Antes de que llegarais, mi Lord, Malcolm y yo pasamos mucho tiempo solos fuera —insistió ella, igualando su mirada—. Los problemas de Dunvegan no tienen nada que ver con nosotros aquí. No hay razón para que volvamos al Monasterio.

Alec miró el rostro acaloradamente resuelto de la bella y el rostro ansioso del muchacho. Tenía que irse ya, y no tenía tiempo de arrastrarlos físicamente de vuelta al Monasterio. Se volvió y miró a Robert, cuyo rostro reflejaba la conmoción que sin duda le producía ver cómo discutía con su amo. Al diablo con la disciplina, no había más remedio. Ordenar a Fiona que se fuera no serviría de nada, y Alec lo sabía.

—Muy bien, Fiona —concedió el Laird—. Pero Robert se quedará contigo.

—No será necesario —miró con desprecio a Alec, luego se volvió en dirección al joven escudero y le dedicó una suave sonrisa.

—Fiona, entonces volverás conmigo —El ceño de Alec esta vez era amenazador.

—No. No lo haré.

Alec avanzó, agarrando la brida de su caballo. Pensándolo mejor, la obligaría si así lo quería ella.

—Fiona, si tú te quedas, Robert se queda.

Ella le golpeó la mano con el extremo suelto de las riendas. Se miraron fijamente hasta que, de repente, la expresión de ella se suavizó.

—De verdad, os preocupáis demasiado, mi señor. Pero esta vez haré lo que deseáis —respondió ella, con un tono tan suave como la brisa veraniega—. Creo que David tiene suficiente comida en esta alforja para cinco personas, por lo menos.

—Uno de estos días, Fiona —gruñó Alec.

Fiona sonrió en respuesta.

Rodeando a Robert, Alec frunció el ceño hacia el escudero. —Robert, asegúrate de que la señorita Fiona y Lord Malcolm regresan al Monasterio o haré que cuelguen tu pellejo en la puerta del mar de Dunvegan.

Se volvió hacia Fiona. —Te avisaré, problemática Kelpie.

Con un gesto a Malcolm, el Laird espoleó a Ebon y galopó hacia el norte por la ruta que acababan de recorrer.

ELLA TENÍA una forma de volverle loco. Y tampoco era la primera vez. Fiona sabía exactamente hasta dónde presionarle. Hasta dónde ponerle a prueba. Y siempre, en el último momento, se echaba atrás. Pero para entonces Alec, ya exaltado, sabía que había perdido la batalla. No sabía cómo, pero la había perdido igualmente. Cuanto más tiempo pasaba Alec con ella, más admiraba la paciencia de la Priora. Al fin y al cabo, la monja mayor era una santa.

Pero también sabía que ese destino era lo que él también deseaba para sí mismo. Puede que nunca alcanzara la santidad, pero el mero reto sonaba celestial. Y Alec sabía que apreciaría cada momento.

Alec se abrió paso a través de los prados y a lo largo de los senderos del Monasterio. Sintiendo la creciente brisa, miró hacia el cielo cada vez más oscuro. En lo alto, unas nubes oscuras llegaban desde el oeste, transformando las ondulantes colinas en sombras grises y amenazadoras. Ralentizando el paso, pensó en los que había dejado en los acantilados.

Tal vez el anciano tuviera razón después de todo, pensó con preocupación. Qué fácil es hacer caso omiso de las advertencias que recibimos.

Su mente se remontó a un día empapado por la lluvia en las tierras fronterizas entre Escocia e Inglaterra, a los campos de Flodden, donde un rey había sido destruido en una colina resbaladiza por la sangre y la lluvia. Él también había recibido una advertencia.

Corría el año 1513. Los estaban arrastrando a la guerra, y el rey James lo sabía. Las negociaciones en varios frentes no habían ido bien. Y entonces llegó la noticia de que el rey inglés, Henry Tudor, había invadido Francia. El rey escocés no estaba dispuesto a dar la espalda al tratado del «Auld Alliance» de Escocia con Francia. No le hacía ninguna gracia, pero lucharía. Había dicho que invadiría Inglaterra si Henry invadía Francia, y por Dios que lo haría.

Entonces, sólo unas semanas antes de la batalla de Flodden, en la iglesia de Linlithgow, el rey estaba sentado con sus amigos más íntimos rezando, cuando de repente se le apareció un desconocido.

—Rey —roncó el desconocido—. No pases en este momento por donde te propones ir, pues si lo haces, no te irá bien en tu viaje. No vayas. Presta atención a esto, Rey.

El Rey se levantó y apoyó suavemente un brazo en el hombro del anciano, y sus palabras de respuesta fueron tranquilizadoras. Llevaba meses escuchando los temores de su pueblo. Temores por su bienestar. El rey James había estado a punto de sentirse abrumado por el cariñoso apoyo de su propio pueblo escocés. ¿Cómo no iban a estar bien? De hecho, estaba seguro de que incluso Dios estaba con ellos.

Tras decir lo que tenía que decir, la figura espectral se alejó, desapareciendo en la oscuridad de la nave de la capilla. En un instante, desapareció. Como un parpadeo del sol. Como el latigazo de un torbellino.

Pero el rey había sido advertido. Advertido de la aniquilación de diez mil de los mejores guerreros de Escocia. Advertido de su propia muerte.

Sólo el Rey, Alec y otros dos habían visto al extraño de aspecto inofensivo. Sólo un anciano delgado e inofensivo, vestido con una túnica azul.

Una túnica azul.

El viejo portero entró en el carril delante del caballo de Alec. Alec enroscó a Ebon con fiereza, y el corcel se encabritó en respuesta. La andrajosa túnica azul de James se agitaba con el fuerte viento, y Alec pudo ver que sus ojos miraban salvajemente por el sendero, más allá del animal que daba vueltas.

—Se lo advertí —graznó roncamente.

—¿Qué pasa, James? —gritó Alec. Se le heló la sangre al ver al decrépito vidente. James levantó su bastón, agitándolo hacia el cielo.

—El rey no quiso escuchar —gimió James—. Y todos murieron.

—Estabas allí, ¿verdad? ¡Eras tú! —Alec se quedó mirando atónito.

—Ya ha empezado a llover. ¿Lo sentís? Ha empezado.

No llovía, pero el viento se arremolinaba a ráfagas a su alrededor. Alec se quedó mirando a la figura de ojos salvajes que gemía en el camino ante él. Entonces James enderezó su viejo cuerpo y miró directamente a los ojos del Laird.

—¿Lo sientes, Laird? ¿Recuerdas la lluvia?

Los ojos de Alec barrieron el cielo. Las nubes eran ominosas, grises y llenas.

Y se acordó del presagio.

Capítulo Nueve

EL GRITO atravesó el viento como el chillido de una gaviota.

—¡Ayudadme! —gritó Robert.

—Si te mueves, estás acabado —dijo Fiona entre dientes apretados. Había hecho todo lo posible para convencerle de que subiera por el borde del acantilado. Los ánimos no habían funcionado, así que tal vez lo que necesitaba eran amenazas.

—Voy a morir de todos modos —gimió Robert.

—No te pasará nada si no te mueves —las palabras eran cortantes—. Pero escúchame. Deja de lloriquear o te mataré con mis propias manos.

Debajo de Robert, los acantilados se desplomaban quince metros hacia las olas. El viento, cada vez más fuerte, había azotado las olas hasta convertirlas en una bestia hirviente y espumosa, que se lanzaba contra la orilla en un turbulento despliegue de violencia y furia.

Fiona se echó la espesa melena hacia atrás por encima del hombro mientras miraba por encima del borde del estrecho promontorio que sobresalía de la línea de acantilados. Sus mechones rojos se habían soltado de la trenza, pero tenía cosas más inmediatas de las que preocuparse que de su pelo. Malcolm estaba a su lado, con la consternación dibujada en su joven rostro.

—¿Qué hacemos ahora, Fiona? —susurró en voz alta a través del rugido del vendaval.

—Tenemos que salvarle —susurró, mirando al chico.

—¿Crees que podremos? —preguntó el muchacho.

—Sí, podemos —respondió Fiona, sabiendo que Robert podría subir con la misma facilidad con la que bajaba, si no estuviera tan asustado—. Haz lo que te he dicho antes, Malcolm. Corre a por el caballo.

El muchacho se levantó de un salto y corrió hacia la montura que esperaba a Fiona. La cuerda que habían traído para la cacería serpenteaba por la hierba hasta el lugar donde estaban atados los caballos, más allá del estrecho cuello del promontorio.

—Por el amor de Dios, Robert, sujeta la cuerda —gritó Fiona cuando vio que Malcolm tenía bien sujeta la brida del caballo. Se quitó la capa y la dejó caer a sus pies. De nuevo su orden fue cortante—. Si te mueves en cualquier dirección, te caerás. Y hay un largo camino hasta el fondo.

—¿Crees que no lo sé?

—No sé cómo lo harías. Has mantenido la boca abierta y los ojos cerrados todo el tiempo que has estado atrapado ahí fuera.

Se estaba exasperando con el larguirucho escudero. Supuso que tendría miedo a las alturas. Pero también supuso que sería demasiado macho adolescente para admitirlo hasta que estuviera en la estrecha cornisa, tan por encima de la costa rocosa.

Habían visto al azor regresar a un saliente no lejos de donde Robert se encontraba abrazado a la pared del acantilado. Incluso se había ofrecido voluntario para intentar verlo más de cerca. Y ahora Fiona echó un vistazo a la madre azor, que seguía dando vueltas amenazadoras a menos de quince metros del escudero paralizado.

—Mueve la mano y agarra la cuerda —ordenó de nuevo—. Sólo faltan unos metros para llegar arriba, y mi caballo podrá subirte fácilmente.

—¿No me dejarás caer?

—Agarra la cuerda, Robert —le ordenó.

El aterrorizado escudero acercó la mano al lazo colgante de la cuerda. Con un último y rápido movimiento, agarró el cabo y lo atrapó entre la palma de la mano y la pared rocosa del acantilado.

—Desliza la mano por la cuerda, Robert —vio cómo el joven obedecía—. Ahora aguanta.

Poniéndose en pie de un salto, Fiona se agarró a la cuerda y se volvió hacia Malcolm.

—Llévala directamente lejos del acantilado, Malcolm. Ahora, Malcolm —gritó por encima del aullido del viento—. Pero despacio.

Se oyó un aullido en la pared del acantilado cuando levantaron a Robert de la cornisa. Poco a poco, el escudero se elevó hasta la cima y, al cabo de un momento, yacía tendido, aún tembloroso, sobre la loma peninsular cubierta de hierba.

Fiona recuperó rápidamente el morral y la jarra de agua de su caballo. Antes de que el joven se diera cuenta, estaba de nuevo junto a ella, acercándole el agua a sus labios temblorosos.

—Lo siento mucho —susurró Robert, incorporándose—. Soy un cobarde. Una gran decepción.

—Calla. No eres nada de eso.

—Sí, lo soy —interrumpió.

—Robert, todos tenemos miedos —le consoló—. Y algunos simplemente no podemos controlarlos. Tener miedo a las alturas es...

—Lord Alec no tiene ningún miedo —afirmó Robert sombríamente, reflejando en su rostro su sentimiento de incapacidad.

—Puedes estar seguro de que sí. Algunas personas ocultan sus sentimientos mejor que otras.

Robert miró a Fiona agradecida. Respiró hondo y miró a su alrededor.

—De todos modos, el Laird tendrá mi pellejo por esto —dijo, sonriendo vacilante.

—No hará tal cosa —replicó Fiona, agachándose junto al escudero convaleciente—. Lo que ocurrió allí fue puramente accidental.

—Él no lo verá así. Me dejaron atrás para protegerte.

—Robert, no necesitamos protección.

—Eso no importa —respondió con seriedad—. He fracasado en la tarea que me encomendó, y estará disgustado.

—¿De verdad le tienes tanto miedo? —preguntó Fiona, sorprendida—. No te castiga, desde luego.

—Lo hará, mi señora. Lo hará.

De todas las cosas mezquinas. ¿Cómo podía Alec Macpherson castigar a aquel joven por un miedo que no podía controlar? Desde luego, ella le daría un sermón al respecto.

—Alec castiga a Robert al menos una vez al día. Y no importa si lo necesita o no —dijo Malcolm, que acababa de unirse a ellos.

—¿Cómo lo sabes? —Fiona se volvió bruscamente en su dirección.

—Pues yo le vi hacerlo —dijo Malcolm con orgullo.

—¿Delante de ti? ¿Castigó a Robert delante de ti? —jadeó. ¡Qué loco! ¿Cómo podía hacer algo tan escandaloso delante de un simple niño? Su mirada se fijó en una pequeña rama frondosa que se elevó sobre el borde de la estrecha punta de tierra, pasando junto a ellos, para desaparecer de nuevo rápidamente por el otro borde. El viento seguía arreciando, y entre ráfaga y ráfaga Fiona podía oír el relincho inquieto de los caballos más allá del cuello de la península.

—Sí —dijo Malcolm con inseguridad, observando la ira que se reflejaba en el rostro de Fiona. Ya la había visto antes.

—Mi señora Fiona, no es tan malo como parece —intervino Robert, vacilante.

—Robert habla demasiado —dijo Malcolm sin rodeos en defensa de Alec.

Todos hablaban en voz alta, intentando hacerse oír por encima de las ráfagas de viento marino.

—Sí, mi señora. Hablo demasiado.

—¿Qué tiene eso que ver? —dijo Fiona, aún furiosa por el comportamiento totalmente inaceptable del Laird. ¡Castigad a un escudero delante de Malcolm, en efecto!

—Ese es mi castigo.

—¿Cuál es tu castigo? —preguntó Fiona, momentáneamente desconcertada por las palabras del escudero.

—Paz y tranquilidad —dice. Sin hablar.

—No lo entiendo. ¿Qué es «paz y tranquilidad»? —preguntó.

—Una comida al día, Robert recibe un castigo —explicó Malcolm—. Eso significa que tiene que guardar silencio. Alec dice que se volverá loco si no castiga a Robert al menos una vez al día. Fiona, ¿qué es la locura?

No pudo evitar sonreír ante la pregunta del muchacho. Pero, sinceramente, incluso en el poco tiempo que había pasado en compañía del parlanchín joven escudero, tenía la sensación de que podía apreciar y elogiar los métodos disciplinarios de Alec.

—¿Una locura? —respondió ella—. Eso es exactamente lo que me estáis provocando ahora mismo.

Fiona miró a su alrededor. El cielo se había vuelto de un verde grisáceo que hacía juego con las aguas blancas de abajo, y pensó que parecía como si hubieran cerrado la tapa de una olla sobre ellas. —Si te encuentras mejor, Robert, quizá sea mejor que regresemos.

Mientras hablaba, cuatro jinetes asaltaron la cercana elevación y descendieron sobre los riscos como personajes salidos del Apocalipsis. En un abrir y cerrar de ojos, los jinetes bloquearon la estrecha franja de césped al final del precipicio, cortando cualquier posibilidad de huida.

Instintivamente, Fiona agarró a Malcolm por la muñeca y tiró de él hacia atrás mientras Robert se ponía en pie de un salto, desenvainando la espada para defenderse.

No había duda de que aquellos hombres pretendían hacer daño. Todos tenían las espadas completamente desenvainadas, todos miraban al grupo que tenían delante con malicia en los ojos.

No había espacio suficiente en el saliente de tierra para que los atacantes continuaran cómodamente a caballo, así que tres de ellos desmontaron lentamente, con las espadas en la mano. El cuarto se sentó con suficiencia, cogiendo las riendas sueltas de las monturas de los otros y observando los dos caballos y el poni atados a un arbusto cercano.

Los tres avanzaron deliberadamente, y Robert dio medio paso adelante.

—Detente ahí mismo y expón tus asuntos —exigió en un tono autoritario que sobresaltó incluso a Fiona.

Los atacantes se detuvieron en seco, pero sólo momentáneamente, y entonces el líder se volvió hacia sus compinches.

—Bien, muchachos —gruñó Crossbrand—. Tenemos que ocuparnos de un joven guerrero antes de que empiece nuestra... diversión.

Fiona se estremeció, al reconocer a los hombres. Después de todo, no habían abandonado Skye. Empezó a sudar frío cuando Malcolm intentó liberar la mano de su viscoso agarre.

Uno de los matones sonrió malvadamente mientras recorría su cuerpo con la mirada. Con una lascivia inconfesable, el bruto se lamió los labios agrietados, mientras el otro se limitaba a mirar, con la amenaza grabada en cada rasgo de su rostro hinchado y lleno de cicatrices.

—Vamos, muchacho —se burló Crossbrand, agitando su espada de un lado a otro con el viento racheado—. Veamos lo que puede hacer un mocoso llorón del clan Macpherson —Fiona sintió que Malcolm se liberaba de su agarre y, al mirar hacia ella, le vio sacar su propia daga de la vaina que llevaba en la cintura. El miedo se apoderó de ella al pensar que alguien tan querido sería presa de aquellos forajidos. Frenética, pensó por un momento en decirles que Malcolm era el legítimo heredero de los MacLeod, pero desechó el impulso al darse cuenta de que a aquellos degolladores sólo les importaba su vientre y su lasciva sed de sangre.

Fiona miró enloquecida a su alrededor. Estaban acorralados por la escarpada caída de los acantilados. No tenían adónde ir. Malcolm estaba de pie junto a ella, con su pequeño cuchillo en la mano. Oh, Santa Madre, rezó, con el pánico inundando sus sentidos.

—Has desenvainado la espada, ahora úsala —espetó Crossbrand, haciendo un gesto a los que venían detrás para que avanzaran—. A menos que, como el resto de los Macpherson, sólo la lleves para aparentar.

Como un rayo, Robert entró en acción. Los miembros larguiruchos del escudero adquirieron la gracia de un ciervo al cruzar la corta distancia que le separaba de los atacantes. El amplio arco de su espada se estrelló en una lluvia de chispas contra el arma levantada del líder, lanzando a Crossbrand al suelo. Retrocediendo un paso, Robert desenvainó de nuevo su espada larga mientras los otros dos matones avanzaban cautelosamente hacia él.

Primero uno y luego el otro blandieron sus espadas contra el escudero, y los rápidos reflejos del muchacho le ayudaron a evitar el tajo de uno y a desviar el del otro. Sin detenerse, Robert giró sobre sí mismo y blandió la espada, atravesando el broquel de cuero y clavándose en el hombro de uno de los forajidos.

Agarrándose el brazo, el matón cayó sobre una rodilla, y el otro se abalanzó con fuerza sobre el escudero, clavando su espada en el muchacho y haciéndole retroceder. Pero Robert rechazó los ataques, y pronto los dos estaban intercambiando golpes al borde del acantilado.

Fiona observó horrorizada cómo el cuarto forajido se apeaba del caballo y pasaba junto a Crossbrand hasta llegar al lado de su amigo herido, que se levantaba limpiándose la sangre de la mano con gesto adusto.

Y entonces el cielo explotó.

Un rayo estalló con un estruendo ensordecedor a pocos metros de donde se encontraba Fiona. Congeladas momentáneamente por la súbita violencia de la explosión, las figuras del promontorio se quedaron boquiabiertas. El oponente de Robert aprovechó la distracción para empujar al escudero más cerca del saliente.

Entonces Crossbrand y los otros dos se volvieron hacia Fiona y Malcolm, avanzando hacia ellos y formando un semicírculo como lobos que se acercan a su presa.

Malcolm se abalanzó sobre el atacante más cercano y lo acuchilló con su daga. Con el dorso de la mano, el matón empujó al chico hacia el borde del precipicio, donde este se tambaleó y sacudió la cabeza aturdido.

—¡Malcolm! —gritó Fiona, corriendo hacia él.

Desde atrás, una mano le agarró un puñado de pelo, tirando de ella hasta detenerla. Otra mano la agarró por la muñeca y ella se dio la vuelta, encontrándose tan cerca del rostro lleno de cicatrices del atacante que podía sentir su fétido aliento en la cara. Detrás de ella, Malcolm gritó. Con una fuerte patada que conectó con la entrepierna del forajido, Fiona se volvió hacia el muchacho mientras el hombre le soltaba el pelo.

Al zafarse de su agarre, Fiona vislumbró a Malcolm aterrorizado al borde del acantilado. El forajido herido avanzaba hacia el muchacho y Fiona, gritando, saltó hacia su espalda.

Crossbrand agarró el vestido de Fiona por el cuello con una mano y la muñeca con la otra. Empujándola hacia él, rasgó violentamente el vestido, desgarrándolo hasta la cintura. Al ver su piel blanca, los ojos del forajido brillaron sólo un instante antes de que la mirada fuera sustituida por otra de sorpresa, y luego adquirieron el brillo apagado de los ojos de un hombre en el momento de la muerte.

Cuando Crossbrand se hundió con un gemido en el suelo, a los pies de Fiona, la hoja del puñal se deslizó entre sus costillas.

Tenía la daga apretada en la mano y Fiona sintió que el entumecimiento le subía rápidamente por el brazo y le llegaba al cuerpo. A medida que la sensación se extendía, pudo ver la habitación, a los hombres, a su madre. El pasado estaba allí, ante sus ojos, tan real y tan concentrado como las gotas de sangre que rodaban con insoportable lentitud hasta el extremo de la daga. Fiona sintió que el presente era empujado rápidamente lejos de ella por el entumecimiento que se extendía; sintió que su espíritu se fundía con el suelo a sus pies.

El forajido se enderezó furioso por la patada de Fiona, se dio media vuelta y observó cómo su líder se desplomaba en el suelo. La mujer pelirroja permanecía inmóvil, golpeada y esperando. Sus ojos se clavaron en el hombro y el pecho expuestos, y una mueca de desprecio se dibujó en su rostro mientras se acercaba a ella. La tendría primero.

ALEC SE DETUVO en la cima de la colina, con los ojos escrutando la costa. El viento le revolvía el pelo rubio en la cara y se lo apartó. Debería haberse reunido con ellos cuando regresaban al Monasterio. ¿Dónde estaban?

El grito de Fiona atravesó el aire. Tras el sonido, los ojos de Alec se centraron en un punto a su derecha. Haciendo girar a su caballo, bajó por la pendiente hacia el estrecho cuello que conducía hacia ellos.

ANTES DE QUE el burlón forajido pudiera alcanzar a Fiona, el golpe demoledor de la espada de Alec le hendió el torso desde el hombro hasta la costilla, y el cuerpo crispado del bruto murió antes de tocar el suelo.

El matón que se cernía sobre Malcolm giró para enfrentarse al Laird que se acercaba y, con una rápida mirada en busca de ayuda, vio que Robert estaba de pie, jadeando, junto al cadáver del otro forajido. Estaba solo, y el puro terror le hizo retroceder ante el terrible resplandor del gigante que avanzaba... y caer al vacío desde el borde del acantilado.

Alec se giró hacia Fiona. Estaba como en trance, con el vestido roto colgando de la cintura y la sangre goteando de la daga que tenía en la mano. Su rostro estaba pálido y de sus ojos brotaban lágrimas en silencio.

Malcolm corrió hacia ella, rodeándola con los brazos. Absurdamente, su mano libre se dirigió al pelo de él, acariciando sus suaves mechones.

Alec se quitó el tartán, y su mano tembló de rabia mientras envolvía suavemente la magullada piel de marfil de Fiona con la tela escocesa. Tenía la garganta seca y la sangre le latía con fuerza en las venas mientras acercaba a Fiona a él. Al abrazarla, supo que nunca volvería a soltarla. Jamás. Cogiendo la mano de Malcolm, hizo un gesto a Robert para que cogiera al niño. Su mano bajó e intentó quitar la daga del puño de Fiona, pero ella la aferró con fuerza mortal.

—Se acabó, Fiona —susurró—. Se acabó, amor mío. Ahora estás a salvo.

Le miró a los ojos y soltó el cuchillo.

—Mi madre —susurró, con lágrimas rodando sin cesar por su rostro—. Ellos dañaron a mi madre. Yo estaba allí... pero no pude detenerlos.

Alec la abrazó con más fuerza cuando Fiona empezó a sollozar. La estrechó contra sí y sintió que se le humedecían los ojos al oír su angustia desgarradora. Si pudiera volver a matar a aquellos hombres, lo haría. La abrazó tan fuerte que ella se sintió parte de él.

Allí de pie, mientras el viento azotaba a su alrededor, Alec se juró a sí mismo que, mientras tuviera aliento en el cuerpo, ningún hombre volvería a levantar una mano contra aquella mujer... y viviría.

Fiona lo miró mientras él le apartaba suavemente un mechón de pelo de la cara.

—No pude detenerlos —dijo ella, enterrando una vez más la cara contra su pecho mientras su cuerpo se estremecía con oleadas de dolor.

Capítulo Diez

La creencia salta, la confianza no se detiene.
La autoridad vuela, y los tribunales varían.
El propósito cambia como el viento o la lluvia.
Lo cual, a tener en cuenta, es un coñazo.

—William Dunbar, «Al rey»

HABÍA PASADO una semana entera desde el incidente en los acantilados. Una semana difícil en la que tantas preguntas no habían encontrado respuesta. Por lo que Alec pudo averiguar, Iain, el guerrero MacLeod asesinado, había sido visto con los forajidos. Al parecer, había proporcionado caballos y espadas a los atacantes. Pero ahora que todos estaban muertos, los motivos de las acciones de Iain eran desconcertantes. Aún quedaba el asunto del oro encontrado en posesión de cada uno de ellos. Más oro del que Iain podría haberles pagado.

Y Neil también se había ido. Temiendo las represalias de otros miembros del clan MacLeod, Neil le dijo a Alec que se iba a la isla de Lewis, en las Hébridas Exteriores, y se marchó inmediatamente. Había hecho su trabajo de encontrar al traidor, como Alec le había ordenado antes. Pero con su brazo mutilado, Neil pensó que sería un blanco fácil para la venganza.

Pero quizá lo más desconcertante había sido la aparición del padre Jack en Dunvegan la misma noche en que Fiona fue atacada. El sacerdote había estado buscando a Adrián, pues al parecer el muchacho había sido visto por última vez dirigiéndose al castillo. Por la mañana, Adrián aún no había regresado.

Fiona no había dejado de llorar en brazos de Alec durante todo el viaje de vuelta al Monasterio. Mientras cabalgaban hacia el norte, a través de la campiña salvaje y azotada por el viento, Fiona había hablado de su madre, de un ataque, en fragmentos incoherentes. A Alec le pareció que estaba recordando una pesadilla. Una pesadilla terrible, cruel y dolorosa de recordar. Y entonces las lágrimas cesaron.

Él había acudido todos los días a su lado, pero era desgarrador verla tendida en la desesperación, pálida y demacrada, vacía, con los ojos secos. Pero Alec sabía que el ataque le había hecho recordar algo. Y fuera lo que fuese, el recuerdo atormentaba a Fiona, así que Alec permaneció a su lado, esperando desesperadamente una oportunidad de ayudarla. Durante una semana había acudido, cogiéndole la mano, haciendo que su fuerza entrara en ella.

Por fin, las lágrimas de Fiona habían brotado, y Alec la había abrazado larga y fuertemente.

Durante aquellas horas, tras luchar contra su sentimiento de culpa, ya que tres de aquellos forajidos eran los mismos que él había dejado sueltos en el bosque, Alec había llegado a enfrentarse a sus propios sentimientos hacia Fiona. En su mente, había revivido una y otra vez el terror y la rabia que había sentido al ver a los asquerosos brutos atacándola. ¿Cómo debía de sentirse ella, pensando que nadie estaba allí para protegerla de sus viciosos deseos? Le desgarraba pensar que casi había llegado demasiado tarde para salvarla. Lo único que sabía ahora era que quería mantenerla a salvo. Permanecer a su lado. Quererla como se merecía.

Y, si es necesario, para ayudarla a olvidar.

Pero durante los dos últimos días, ella se había negado a verle, y eso le volvía loco. Entonces, las noticias de la Priora le clavaron un asta en el corazón.

Fiona quería hacerse monja.

—Necesito hablar con ella —dijo Alec—. Pero no quiere verme.

—Lo sé. Ahora mismo está en el huerto con la hermana Beatriz. De todos modos, ve a verla —sugirió la Priora.

Alec hizo una pausa y luego asintió agradecido a la monja mientras se dirigía a la puerta.

— Lord Alec —le detuvo la Priora, sonriendo—. Por favor, dile a la hermana Beatrice que me gustaría verla.

—Sí, Priora. Lo haré.

—Ah, una cosa más. Sea cual sea el resultado de vuestra pequeña charla, quiero hablar con los dos cuando hayáis terminado —la Priora sabía que había llegado el momento.

EL SOL de la tarde daba calor a la cara de Fiona mientras sostenía un lado de la olla de hierro llena de los panales que habían estado recogiendo.

—Vamos a sentarnos un momento, Fiona —suplicó la hermana Beatriz—. Es tu primer día fuera de esa pequeña habitación tuya. El sol es precioso y el aire fresco te sentaría muy bien.

Al principio, se había opuesto a salir. Pero la hermana Beatriz había insistido. La monja había sugerido suavemente a Fiona que cuanto antes se levantara, antes sanarían sus heridas. La joven había accedido, pero en su fuero interno se preguntaba cómo podía ser cierto.

Fiona se sentó en silencio en la hierba, estirando las piernas hacia delante. Se apoyó en las manos y miró hacia arriba. Los rayos del sol brillaban en las frondosas ramas. Los pajarillos saltaban excitados de rama en rama. Cerró los ojos, abandonándose al murmullo perezoso del manantial cercano, al sonido de la naturaleza a su alrededor. Se había decidido. Había llegado el momento de borrar todo lo que le había ocurrido, de cerrar las puertas a su pasado, a sus sentimientos, y de seguir adelante.

Pero era difícil olvidarle. Durante la última semana, había anhelado su presencia. Cada vez que se despertaba, Alec estaba allí. Y cada vez que lo había visto a su lado, a Fiona le había dolido el corazón por abrazarlo, por decirle todo lo que significaba para ella. Todo lo que había encerrado en su interior. De su pasado y de su presente. Del amor.

Fiona se preguntó si lo que sentía ahora era lo que su madre había sentido por el hombre que la había engendrado. Sobre el hombre que nunca había vuelto. Sobre el hombre con el que su madre nunca se había casado.

No puedo, Alec, pensó tristemente. No seré mi madre.

La hermana Beatriz fue la primera en ver acercarse a Alec. Se levantó en silencio y se dirigió hacia él. Esperaba que volviera, incluso después de la insistencia de Fiona en no verle. Lord Alec se preocupaba por Fiona, la monja podía verlo. Y Fiona también se preocupaba por él. Aunque no quisiera admitirlo. Durante aquellos primeros días tras el ataque, Fiona sólo había descansado cuando él había estado con ella. Estaba claro que la joven le necesitaba y dependía de él. Estaba claro que se sentía segura con él.

—FIONA.

Había oído el ruido de los pasos que se acercaban. Pero al abrir los ojos, Fiona pensó que lo había pesado. Su enorme cuerpo tapaba el sol. Dios mío, es el sol. No, pensó, negando con la cabeza. Todo aquello era un sueño, una visión, una parte de lo que intentaba dejar atrás para siempre. Pero entonces le llegó su voz. Era real. Estaba aquí. Se puso rápidamente en pie, mirando a su alrededor en un vano intento de evitar sus ojos.

Alec bebió al verla. La había echado de menos. Dos días de vacío le habían desgarrado. Dos noches inquietas y llenas de sueños le habían llenado de hastío. Fiona abrió los ojos sobresaltada y lo miró antes de ponerse en pie. Pero luego se detuvo, apartando rápidamente la mirada, como un pájaro a punto de emprender el vuelo. Él se detuvo ante ella, casi sin respirar por miedo a que huyera.

—Fiona, ¿por qué?

Bajó la mirada hacia sus manos y las escondió en los pliegues de la falda. Habría sido mucho más fácil si él se hubiera mantenido alejado.

Alec se acercó más. Tuvo que controlar el impulso irrefrenable de estrecharla entre sus brazos. Parecía tan sombría, tan frágil.

Fiona vio cómo sus manos subían y acariciaban la piel de su cara. Incontrolablemente, se inclinó hacia él. Él le levantó la barbilla y sus ojos se cruzaron. El corazón le latía con fuerza y se condenó en silencio por su debilidad.

¿Debilidad?, pensó. Amo a este hombre.

Una lágrima rodó por su mejilla. Se la secó suavemente.

—¿Por qué me has estado evitando? —su voz estaba ronca por la emoción.

¿Cómo podía contarle el tormento que suponía para ella estar tan cerca de él y saber que nunca podría ser suya?

—Es mejor así para los dos.

—Pero, ¿por qué? —presionó Alec, sujetándola por los hombros, obligándola a mirarle a la cara, a responderle—. Hazme comprender.

—Ya no puedo verte —Fiona miró el azul profundo de sus ojos—. He hablado con la Priora; ingresaré en la orden.

—No, Fiona. No lo harás.

—No puedes detenerme —argumentó ella, apartando la mirada—. Esto no tiene nada que ver contigo.

—Esa decisión tiene todo que ver conmigo... con nosotros —Alec la sujetó con fuerza por los hombros. Quería hacerla entrar en razón—. Mírame, Fiona.

Volvió a mirarle a la cara. Quería que la estrechara entre sus brazos. Que lo arreglara todo. Que hiciera olvidar el pasado.

—Fiona, ha ocurrido algo increíble entre nosotros. Algo que ni tú ni yo podemos negar —Alec hizo una pausa, intentando contener los sentimientos que lo invadían—. Estos últimos días he tenido tiempo para pensar. Yo... no podemos detenernos. Y no puedo dejar que huyas, que no hagas un voto. Para no cometer un error... de por vida. No cuando sé cómo te sientes.

—Está mal, Alec. Está mal.

Empezó a responder y luego se detuvo. Era la primera vez que oía su nombre salir de sus labios, y el corazón le dio un vuelco en el pecho al oírlo.

—¿Qué puede ir mal, Fiona? —sus manos bajaron por los brazos de Fiona y le cogió las manos. Tenía los dedos helados. Los apretó y los calentó con los suyos—. ¿Cómo puede estar mal que sienta lo que siento por ti? ¿Querer abrazarte, cuidarte, estar siempre cerca de ti? Fiona, cuando te vi por primera vez, sentí como si siempre te hubiera conocido. Ahora me doy cuenta de que toda mi vida no ha sido más que una serie de pasos que me han conducido hasta ti. Sin saberlo, te he estado buscando toda mi vida. No puedo expresarlo con palabras, porque antes creía que estaba enamorada, pero esto... este sentimiento contigo es mucho más que cualquier cosa que haya sentido en el pasado. Jamás.

Alec se llevó las manos a los labios. El cuerpo de Fiona cobró vida ante su contacto, ante sus palabras. Le acarició los labios con los dedos, con los ojos fijos en aquella boca sensual.

Decidió.

Tenía que explicárselo. Tenía que saber lo que recordaba, las razones de sus actos, las decisiones que tomaba por los dos. Pero no podía hacerlo estando tan cerca de él, tocándole. Retiró suavemente los dedos de su mano y se apartó de él.

Alec observó cómo ella se rodeaba la cintura con los brazos y se movía bajo las ramas de un manzano. Se giró y se apoyó en su tronco, sus ojos volvieron a los de él.

—Aquel día en los acantilados —su voz se quebró cuando las palabras salieron de su boca. Alec se puso rígido y apartó rápidamente la mirada—. El miedo...

—Lo sé —interrumpió Alec, con un dolor evidente en la voz—. Te abandoné. Pero debes perdonarme por dejarte, por lo que esos hombres...

—No. No es eso —ella lo silenció con sus palabras—. Por favor, Alec. Por favor, escucha lo que tengo que decirte.

Fiona hizo una pausa y Alec la miró detenidamente. Estaba claro que buscaba las palabras adecuadas. Se agachó y cogió una rama frondosa que se había desprendido del árbol. Observó la suave madera blanca encerrada en la verde corteza interior. En el extremo de la rama se formaban tres pequeñas manzanas, rodeadas de racimos de hojas verdes. Cuando ella empezó a hablar de nuevo, él volvió la mirada hacia ella.

—Esos hombres. La forma en que amenazaron a Malcolm. La forma en que olían mientras se acercaban a mí. Me obligaron a recordar.

Apretó los ojos y Alec pudo sentir su dolor. Dio un paso hacia ella, pero se detuvo cuando ella levantó la mano. Le invadió una sensación de impotencia y se dio media vuelta, apoyando la ancha espalda en una rama gruesa y baja.

—La forma en que se movían. Su mano áspera en mi muñeca —se estremeció involuntariamente—. Todo eso abrió una puerta a mi pasado. Una puerta que he mantenido cerrada durante mucho tiempo. Desde que era una niña. Una puerta a recuerdos que se han convertido en pesadillas para mí. Cosas que no puedo comprender... ni olvidar.

Alec palideció y se sintió furioso. No permitiría que nada de lo que le había ocurrido a Fiona en el pasado le impidiera vivir su vida como debía vivirla ahora. Haría todo lo posible para asegurarse de que aquellas horribles pesadillas fueran sustituidas, por lo que ella se merecía... por sueños de esperanza y felicidad. Haría que ocurriera. Arrancó un racimo de hojas de la rama que tenía en la mano.

—Alec —dijo ella en voz baja, atrayendo de nuevo su atención hacia sus palabras—. Una vez me preguntaste por mi pueblo. Sobre la época anterior a mi llegada aquí. Y entonces dije la verdad cuando dije que no podía recordar. No podía recordar mi infancia. Pero, la semana pasada... el incidente en los acantilados. Muchas cosas han vuelto a mí. Cosas de mi pasado.

Respiró hondo e intentó suavizar el temblor de su voz. —Me crie en un castillo muy lejos de aquí. Recuerdo jardines y espacios abiertos. Era joven, llena de travesuras.

—No ha cambiado mucho —susurró Alec, viendo que una media sonrisa se dibujaba en los labios de ella al oír sus palabras—. ¿Recuerdas a tu gente, a tu familia?

Fiona negó con la cabeza. —Siempre fuimos sólo mi madre y yo. No recuerdo haber visto nunca a mi padre, y a día de hoy ni siquiera sé quién era. Llevábamos una vida tranquila, casi oculta. Tenía una niñera. Había muchos criados, pero yo me sentía sola. Mi madre y yo sólo nos teníamos la una a la otra. Y entonces, de repente, todo pareció cambiar. Era otoño. Me dijeron que mi padre estaba supuestamente de camino hacia nosotros. Iba a conocerle por fin.

Recordaba su habitación, a una anciana esperándola, la emoción de la esperada visita. Con qué rapidez cambió todo. —Y entonces llegaron los hombres. Mi madre me dijo que eran mala gente, que mi padre era inocente. Yo no sabía de qué estaba hablando. Y entonces me arrancaron de los brazos de mi madre. Durante años, eso fue todo lo que pude recordar. Sus gritos... sus gritos desesperados y frenéticos.

Fiona respiró hondo y se mordió el labio, recordando los terribles sucesos.

—Nunca había visto a esos hombres. Mataron al caballero de mi madre. Me sacaron al aire de la noche. Hacía frío y estaba húmedo, y cabalgamos durante lo que me pareció una eternidad. Sólo viajábamos de noche. Una noche estábamos vadeando un río. Fue durante una tormenta, el río estaba embravecido y los caballos fueron arrastrados. Los hombres fueron arrastrados con ellos. Una rama grande, parecía un árbol, pasó corriendo y me agarré a ella. Me agarré a ella durante mucho, mucho tiempo. Incluso después de que se enredara con los demás restos que flotaban en el río, aguanté. Hasta que Walter me encontró.

Alec la miró fijamente.

—No sé por qué me llevaron esos hombres, pero sé que durante mucho tiempo antes de que vinieran, mi madre estuvo sola. Tenía gente a su alrededor, pero ella... —Fiona apoyó ambas manos en la rama en la que se apoyaba Alec—. No tenía marido. Se suponía que él vendría a vernos aquella noche. Pero nunca lo hizo.

Fiona se volvió hacia Alec, con el rostro decidido. —No lo entendía de niña, pero ahora lo tengo claro. Soy una hija ilegítima, Alec. Ilegítima. Una bastarda. Mi madre nunca se casó. Eso lo sé. Y ese castillo, donde estábamos, no sé si era nuestro. Creo que nos escondieron allí, porque nunca vino nadie a visitarnos. Nunca hubo familia. No había nadie. Estábamos solos, y no había nadie que nos protegiera. No dejaré que eso vuelva a ocurrir.

Alec no pudo apartarse más de ella. La cogió en sus brazos y ella se corrió. Sin dejar de abrazarla, se maldijo por haberle permitido ver alguna semejanza entre él y un noble mujeriego y negligente.

—No, Fiona. No dejaré que eso ocurra —Alec la apretó contra él. Lo invadió una oleada de posesividad. Nunca la dejaría marchar. La quería a su lado para siempre. Estaba seguro de ello. Más que nunca. Y se ganaría su amor —. Por favor, dame una oportunidad. Créeme. Una relación como la que tuvieron tus padres no me hará feliz. Eso no es para mí. Eso no es para nosotros, Fiona. Te quiero siempre a mi lado.

—No, ¿no lo ves? No soy nadie. No tengo nombre —ella se apartó de su abrazo, alejándose de él—. ¿Qué clase de vida sería ésa? Pertenecemos a clases diferentes. Tú eres un noble; yo, una monja. A mí me educaron para el convento, y ése es mi lugar. Tú naciste para gobernar, y eso es lo que harás.

La protesta de Alec fue acallada por el zumbido de la hermana Beatriz, que entró en el huerto tras ellos.

—No hemos terminado esta discusión, Fiona. Tenemos mucho más que hablar...

—¿RECUERDAS esto, Fiona?

La joven contempló la cruz enjoyada que la Priora colgaba de una cadena de oro intrincadamente labrada. Era hermosa en su elaboración, incrustada con el rojo y el verde centelleantes de rubíes y esmeraldas. Incluso en la penumbra del taller de la Priora, el brillo de las gemas era deslumbrante.

A Fiona le dio un vuelco el corazón, pero no por el valor mundano de la cruz. En su mente, la vio colgando del cuello de marfil de una mujer amorosa y solitaria.

—Es... es de mi madre —balbuceó, medio levantándose de la silla—. Ella me lo dio. Se lo dio mi padre.

—Sí, muchacha —la Priora asintió—. Llevabas la cruz y un monedero de cuero. Estaban bien metidos dentro de tu ropa la noche que viniste a vernos.

Alec miró de una mujer a otra. Se alegraba de participar en aquella reunión, aunque no estaba seguro del motivo de la Priora para tenerle aquí. La monja le había pedido que se quedara. Le había dicho que lo que iban a hablar les concernía a las dos. La Priora lo había visto aquí todos los días. Sus atenciones y su interés por Fiona eran evidentes, y Alec no tenía intención de dejar que ella pensara lo contrario.

Era un momento muy privado, y Alec lo sabía. Pero quería saberlo todo sobre Fiona, sobre su pasado. Si se trataba de permanecer a su lado durante todo el tiempo que estuviera despierto, estaba dispuesto a hacerlo. Se quedaría a su lado hasta que ella viera que eran el uno para el otro. No la dejaría ir con la creencia de que las diferencias de clase podían separarlos. ¡Maldita nobleza y cualquier otra diferencia de clase! Maldijo en silencio. Estaría aquí para su mujer.

Cuando la hermana Beatrice les hizo pasar a la sala de trabajo, Fiona se dirigió a una silla situada en el extremo opuesto de la habitación. Pero las largas piernas de Alec habían recorrido la distancia más deprisa y, antes de que Fiona pudiera sentarse, él había hecho ademán de llevar la silla hasta donde había otras dos ubicadas ante la chimenea. Ella era testaruda, pero él era persistente. Sin mediar palabra, Fiona le había seguido y se había sentado junto a la Priora.

La mujer mayor depositó suavemente la cruz en las manos de Fiona, y ésta sintió que un nudo se le apretaba en el pecho. Al mirarla, una lágrima trazó un camino en su mejilla, y el nudo creció, amenazando con ahogarla. Entonces sintió la gran mano de Alec en su brazo, y sintió que su fuerza fluía hacia ella. Le miró rápidamente y sintió el calor de sus ojos azules apoyándola.

—Había una carta en ese morral, Fiona —dijo la Priora, volviendo a su mesa de trabajo. Cogió un trozo de pergamino andrajoso y manchado y lo mostró a las dos—. Una carta de tu madre.

Fiona se quedó mirando la hoja mientras la Priora volvía a ella. Pasó la mirada del mensaje amarillento al rostro de la anciana y luego de nuevo al pergamino. Podía ver las manchas oscuras de los bordes doblados: el morral no había impedido que entrara toda el agua. Quería preguntar. Quiso arrebatar la carta de la mano de la Priora, pero no pudo. Sentía en los brazos un peso terrible. Sentía la lengua hinchada e incapaz de hablar. Su pecho se agitaba por el esfuerzo de respirar.

Inexplicablemente, su mano se levantó de su regazo. La observó como si no le perteneciera. Vio cómo cogía el papel, pero era la mano de otra persona, y los dedos no transmitían ningún sentido del tacto. El pergamino viajó hasta un lugar donde ella pudo leerlo, pero Fiona no pudo ver ninguna palabra, sólo una lágrima que cayó, salpicando con extraordinaria claridad y definición un espacio vacío en la parte inferior de la página.

Y luego se limitó a sostener las palabras de su madre, en una mano pálida y temblorosa.

Y luego leyó:

A Robert Henryson, Maestro de la Abadía de Dunfermline

Te envío a mi hija. Su vida corre peligro. Por favor, mi buen amigo, mantenla oculta y a salvo. Fiona es la hija del Rey, y Su Majestad vendrá a por ella. No confíes en nadie. Que Dios te bendiga.

Margaret Drummond

Atónita, los ojos de Fiona leyeron las palabras una y otra vez, intentando darles sentido. Podía oír las palabras de la Priora procedentes de algún lugar lejano, e intentó comprenderlas también.

—... a carta... Margaret Drummond... la hija del rey James.

Alec miró fijamente a la Priora y luego a Fiona. Pensó que siempre la había conocido. Y así era. Era la viva imagen de su padre. ¿Cómo había podido estar tan ciego?

—¡Mi madre! —soltó Fiona, con la carta aún apretada entre las manos—. Mi señora Priora, ¿qué le ha pasado a mi madre?

La Priora y Alec intercambiaron miradas. Ambos sabían lo que le había ocurrido a Margaret Drummond. Toda Escocia lo sabía.

—La noche en que te llevaron —la Priora hizo una pausa. No sabía cómo suavizar el golpe que Fiona estaba a punto de recibir—. Se decía que Margaret Drummond se había quitado la vida. Se envenenó y murió esa misma noche.

Estaba muerta. Fiona se levantó y se acercó a la ventana. Miró hacia el exterior, pero sus ojos no vieron nada. Estaba muerta. Su pecho se agitó una vez mientras intentaba llenar sus pulmones de aire. Muerta. De algún modo, siempre lo había sabido. De algún modo, siempre había sabido que estaba sola. Su madre había muerto. Muerta.

Pero ahora... ¿Envenenada? ¿Y por su propia mano? ¿Se ha suicidado?

—¡No! Ésa no es la verdad —afirmó Fiona, bajando la mirada hacia la carta. Iban a hacer daño a su madre. Recordaba sus amenazas. De hecho, recordaba más cosas. Un morral... el morral oculto... el hombre malvado del castillo al que nunca vio.

—Fiona —llamó la Priora—. Hay algunas cosas que debes saber.

Fiona se dio la vuelta y se encaró con la anciana monja. —La asesinaron. Nunca se suicidó.

La sala resonó con la convicción de sus palabras. La Priora y Alec guardaron silencio durante un largo momento, mientras Fiona miraba a uno y a otro.

—¿Cómo lo sabes? —preguntó Alec, poniéndose en pie y acercándose a la chimenea.

—Porque no lo haría. Era su cautiva —replicó Fiona. Intentó recordar, buscando aún detalles de aquella noche lejana—. Y aquellos hombres... dijeron cosas.

—¿Qué cosas? —insistió Alec—. Intenta recordar lo que se dijo.

Fiona miró a Alec al otro lado de la habitación. —Lo intento. Pero sé que iban a hacerle daño.

—¿A **quiénes** te refieres con «**ellos**»?

—Los mismos hombres que me llevaron.

—Pero antes dijiste que tu madre estaba viva entonces.

—Así fue. Pero no todos se fueron con nosotros —Fiona se royó el labio, estrujándose el cerebro en busca de más pistas sobre lo ocurrido aquella noche —. El líder era un gigante. Sus ojos eran crueles. Era como un loco. Se quedó atrás con algunos de ellos.

—¿Qué más recuerdas? —preguntó Alec.

—Eran Highlanders.

—¿«Highlanders»? ¿Qué más? ¿A qué clan pertenecían? ¿Podrías concretarlo?

Fiona le miró con los ojos muy abiertos. —¡Tenía cinco años, por el amor de Dios!

El silencio reinó momentáneamente mientras Fiona miraba fijamente a Alec. Notó su frialdad exterior. Había algo diferente en su rostro. Su mirada compasiva y preocupada había sido sustituida por la conducta empresarial del Laird en busca de respuestas.

—Eras tan pequeñita —las suaves palabras de la Priora rompieron el silencio. Fiona y Alec separaron sus miradas y se volvieron hacia la madre superior. Fiona se acercó a la Priora y se sentó a su lado. La anciana la miró a los ojos.

—Tengo que decirte por qué te retuve aquí.

—Sí —Fiona asintió, cogiendo la mano de la Priora—. ¿Por qué no me enviaste a Dunfermline? Debías de saber que arriesgabas tu vida reteniéndome aquí.

—Hmmph —gruñó la Priora—. Al principio, eras tan frágil. Tan callada y dolida por dentro. Y no tenía a nadie a quien confiarte —quitó la carta de la mano de Fiona—. Me dijo que no confiara en nadie. Consideré la posibilidad de esperar hasta poder enviar un mensaje directamente al rey.

La voz de la Priora era imprecisa, como si estuviera pensando en otra cosa, en otro momento. De repente, su atención volvió a centrarse en el presente y su tono recuperó su franqueza. —Pero también pensé que si no podía avisar al rey, tal vez debería enviarte de algún modo al maestro de Dunfermline, al poeta Robert Henryson.

Puso una mano arrugada sobre la suave y sedosa mejilla de Fiona. —Eras sólo una inocente chiquilla, Fiona. Pero el Señor tenía otras ideas al respecto, muchacha. Puede que Henryson fuera un hombre culto, un poeta renombrado como Makar, pero seguía siendo sólo un hombre mortal. Justo antes de que llegara el invierno, nos llegó la noticia de que el gran poeta había fallecido a causa de la peste. Así que ese camino quedó cerrado para nosotros.

—Y cuando llegó la primavera, David fue a Stirling y trajo la noticia de que el rey iba a casarse con la hija del rey inglés Henry VII, Margaret Tudor. El rey James se había resistido a casarse por razones diplomáticas, pero tras la muerte de tu madre, algunos de sus nobles le convencieron de que una unión matrimonial con Inglaterra sería lo mejor para Escocia. David no pudo acercarse al rey.

—Comprendo que no quisiera tener cerca de una hija ilegítima cuando se iba a casar con una princesa —dijo Fiona, luchando por contener la nota de amargura que se abría paso en su voz. En todos estos años él nunca había venido a buscarla. Nunca la había buscado.

—No, Fiona. Ésa no es la verdad —protestó la monja—. Verás, te creían muerta. Todos lo hicieron. Los nobles, la corte, la familia de tu madre, incluso tu padre. Más tarde supimos que era como un alma perdida. Después de la muerte de tu madre. Y te buscó por todas partes. Pero supongo que nunca pensó que tu destino te traería hasta Skye, hasta nuestra puerta. Y entonces, tras aquella gran tormenta, el rey simplemente se dio por vencido.

Fiona se miró las manos en silencio. Sentía un vacío cada vez más profundo en el pecho. Nunca conoció a su padre.

—Después de eso —continuó la Priora—, nunca tuve una oportunidad clara de llevarte de vuelta a la corte. Sabes que poco después de la boda del rey, las Islas Occidentales se rebelaron contra él. No podíamos mantener correspondencia con los que estaban aliados con él. Desde luego, yo no podía dirigirme directamente a él. Pero, sinceramente, no lo habría hecho si hubiera sido posible.

Fiona miró inquisitivamente a la mujer mayor.

—Circulaban rumores que corroboran lo que has dicho, Fiona. Se decía que Margaret Drummond había sido asesinada para despejar el camino al rey para que se casara con la princesa inglesa. Con el círculo de Margaret Tudor en la corte, temí por tu vida.

La Priora se detuvo y contempló a la belleza pelirroja que había llegado a ver como una hija. Las comodidades que no se había atrevido a proporcionar a Fiona, las había compensado de otra manera. Le había dado la mejor educación que podía darle. Una educación digna de una princesa.

—¿Por qué habéis decidido decírmelo ahora, mi Lady? —preguntó Fiona, tomando la mano de la Priora entre las suyas.

La anciana monja miró cariñosamente a la joven y luego dirigió su mirada al silencioso Laird que permanecía atento junto al hogar.

—Por fin he recibido mi respuesta.

Levantándose, se dirigió a su mesa de trabajo. De debajo de un libro de contabilidad, la Priora sacó otra misiva doblada. Levantándola, se volvió hacia Alec.

—Creo que también os espera un mensajero en el castillo de Dunvegan con un mensaje, mi señor.

Alec miró a Fiona, sentada expectante en la silla. Saboreó esta visión, pero aquello era lo último de su inocencia. No, ella aún no era consciente del impacto de esta noticia. De la vida que le esperaba. Hacía una hora, había sentido el amor en su interior, había sentido su propia fuerza. Había estado dispuesto a mover montañas para que Fiona fuera suya para siempre.

Pero ahora, todo era diferente.

La monja volvió hacia Fiona.

—Estás en una edad en la que debe decidirse tu futuro. Ahora que Torquil se ha ido y Lord Alec está aquí, la isla de Skye vuelve a formar parte de Escocia. Por eso envié un mensaje a Lord Huntly y a los nobles del Consejo de Regentes que gobiernan con él durante la minoría de edad del rey infante. Lord Huntly es conocido por ser un buen hombre, y siempre fue leal a tu padre, así que le informé de que estás con nosotros y de las pruebas que te identifican. Me ha escrito para decirme que ha podido negociar dos cosas en tu interés.

Le entregó la carta a Fiona. Era demasiado para agobiar a la joven en un solo día, pero Fiona tenía que saberlo.

—¿Pero me queda familia? Aparte del rey infante, quiero decir —preguntó Fiona. A decir verdad, no estaba segura de sí le importaba esta nueva identidad. Con sus padres muertos, ¿para qué servirían todos estos problemas? A menos que hubiera alguien más. Familia.

—Tu último pariente directo fue tu abuelo, John, Lord Drummond, pero murió en Flodden. Tu madre tuvo dos hermanas, pero fallecieron antes que tu abuelo. Desde su muerte, todo ha quedado en manos de Lord Gray, tu tío abuelo, con la condición de que lo heredarías todo si reaparecías. Tu abuelo nunca perdió la esperanza, Fiona. Creo que debió de sentir cierta culpa por la muerte de tu madre. Supongo que esperaba de verdad que el Señor se apiadara de él y te devolviera algún día. La gente suele querer enmendarse más cuando siente que ha perdido su mejor oportunidad. En cualquier caso, Lord Huntly ha hablado ahora con Lord Gray, que ha accedido a aceptarte «con los brazos abiertos» cuando llegues, si las pruebas son válidas a los ojos de los nobles gobernantes. Y si así fuera, te restituirá el castillo de Drummond y todas sus tierras. De hecho, Lord Huntly envía noticias de Lord Gray de que su hija Kathryn está deseando saludar a su «recién descubierta prima» de camino desde Skye.

Los pensamientos de Alec vagaron asqueados de vuelta a Kathryn. La prima de Fiona. Ahora sabía por qué había aparecido de repente en el castillo

Benmore de los Macpherson. ¿Por qué se detenía en Kildalton? Había oído las malas noticias. Lo que había creído suyo pertenecería ahora a su prima perdida hacía mucho tiempo. Saludo... ¡ja!

— Lord Huntly también se ha comunicado con la reina Margaret —continuó la Priora—. Y ella ha acordado que si renunciáis a cualquier pretensión relativa a la «corona, las tierras de la corona o los derechos de sucesión de cualquiera de vuestros descendientes», os reconocería como hija del difunto rey y os recibiría formalmente en la corte.

La Priora se sentó junto a Fiona y cogió la mano de la joven.

—Sé que no es mucha compensación por la pérdida de una madre y un padre, pero lo que ha hecho Lord Huntly es mucho más de lo que podíamos esperar.

Fiona suspiró y miró la carta que tenía sobre el regazo. No estaba segura de estar preparada para todo aquello. Pero había una cosa de la que estaba segura; no le interesaba ninguna de aquellas cosas que eran tan importantes para la reina.

—Y hay una cosa más. Huntly ha transmitido el deseo de la reina de que vayas inmediatamente al castillo de Stirling.

—Quiere asegurarse de que juréis lealtad a su hijo, el rey James, inmediatamente —dijo Alec desde el otro lado de la sala. Antes de que te veas envuelto en la política de la corte, pensó para sí. Y antes de que caigas en manos de cortesanos tan codiciosos como tu tío, Lord Gray.

Fiona levantó la vista, sobresaltada ante la noticia. ¿Ir? ¿A ver a la reina? ¿Abandonar el Monasterio? ¿Abandonar Skye? Es imposible, pensó, levantándose y cruzando hacia la ventana. ¿Cómo voy a hacerlo?

—Mi señora Priora —soltó, girándose para encarar a la mujer que había cruzado la sala tras ella—. ¿Qué hay de mi trabajo aquí? Malcolm y...

—Fiona —la calmó la Priora, cogiéndole la mano—. Sobreviviremos. Algunas de las monjas jóvenes son muy capaces de repartirse tus tareas.

—Pero, mi Lady, quiero hacer mis votos.

—Fiona, hija mía, eso es imposible —aunque el rostro arrugado de la Priora era amable, la tranquila autoridad de su voz era inconfundible—. Eres una dama, Fiona. Media hermana del rey. Tienes responsabilidades que no puedes negar. Deberes que te llevan más allá de los muros de este Monasterio. Te queremos, hija, y éste ha sido tu hogar, pero te espera otro mundo, un mundo para el que te hemos estado preparando todo este tiempo.

Fiona miró a los ojos seguros de la Priora. Por un momento casi pudo sentir la fuerza y la voluntad de la anciana fluyendo hacia ella.

Un mundo tan diferente de su mundo aquí. Un mundo en el que había vivido su madre.

Fiona consideró aquel mundo. Un lugar donde la vida de una joven madre podía apagarse como una vela. Donde sus asesinos podían salir libres mientras el mundo pensaba que ella se había suicidado.

Fiona recordó aquella noche. Su mente se arremolinaba con imágenes de sangre y hombres, de su madre corriendo por la habitación.

Y de pronto recordó el morral de cuero y la piedra suelta junto a la chimenea.

La Priora había mencionado rumores sobre la inocencia de su madre. Si salía del Monasterio, sería para una cosa: demostrar la verdad.

La única oportunidad que tenía Fiona estaba oculta en el castillo de Drummond. Tenía que llegar allí, y si la ruta la llevaba primero a la corte de Stirling, que así fuera.

—Pero mi señora Priora, ¿cómo llegó allí?

—Ya me he ocupado de eso, querida —la monja miró a un pensativo Alec, que permanecía en silencio, con los brazos cruzados sobre su enorme pecho —.Lord Huntly ha pedido a Lord Macpherson que te lleve a Stirling.

Fiona volvió la mirada hacia Alec, que apartó rápidamente los ojos. Miró fijamente a la Priora.

Necesitará toda la protección posible, pensó Alec. No tardaría en llegar a todo el país la noticia de su descubrimiento. Había muchas posibilidades de que alguien intentara arrebatársela para siempre mientras cruzaban las Highlands. Todos los Laird de Escocia, ávidos de poder, querrían tener a Fiona escondida en su propio castillo. La sangre real es la sangre real; y el poder y la fortuna pertenecerían al noble que pudiera capturarla, fecundarla con un heredero y evitar que renunciara a sus pretensiones sobre las riquezas de la Corona en Stirling.

—¿Tenéis alguna objeción al respecto, mi Lord? —preguntó Fiona, escrutando su rostro acerado con ojos interrogantes.

—No, mi Lady, sé lo que debo hacer —se enderezó—. Por favor, avisa cuando estés lista para partir. Prepararé a mis hombres.

Alec se dirigió hacia la puerta y, sin siquiera mirar atrás, desapareció en el oscuro pasillo que había al otro lado de la puerta.

Capítulo Once

—¿Por qué me odia tanto Alec? —preguntó Fiona.

Ambrose se quedó momentáneamente sin habla, inseguro de cómo responder a tanta franqueza. Ver a Fiona aquí, en Dunvegan, le había encantado. En verdad, aunque le había caído bien de inmediato, tenía más sentido común y espíritu del que Ambrose le había atribuido. Y además era la hija del difunto rey. Imagínatelo.

Pero el enfurruñamiento de Alec se estaba volviendo difícil de soportar, y Ambrose estaba seguro de que su hermano podría seguir así durante bastante tiempo. Debido a su error del pasado con Kathryn Gray, quizá Alec nunca estaría preparado para hablar con Fiona y exponer abiertamente sus preocupaciones. En la mente de Alec, Fiona había descubierto por fin a su familia, a personas que nunca supo que tenía. No iba a estropearlo todo contándole la verdad sobre la clase de personas que eran. Además, sólo podía hablar por su propia experiencia con ellos.

Pero aparte de todo esto, estaba entrando en una vida de glamour y atención. Una vida de la que Alec había huido. Podía verlo. Con su belleza e ingenio, sería la estrella de la corte en un abrir y cerrar de ojos. Eso no era para él. No cometería el mismo error dos veces.

—Estoy seguro de que Alec no te odia —aseguró Ambrose a Fiona.

—Entonces, ¿por qué se comporta como un patán? —Fiona se paseaba de un lado a otro ante el pequeño fuego que ardía en la chimenea del Gran Salón del castillo de Dunvegan. Fuera, el día gris era húmedo y frío, pero Fiona apenas se había dado cuenta mientras cabalgaba con David desde el Monasterio. Le había dicho a David que quería estar allí para llevar a Malcolm de vuelta tras su jornada de caza con Alec, pero su vieja amiga sabía que no era así. Estaba enfadada, y cuando se dirigió directamente a Ambrose al llegar al castillo, el hermano de la Priora se había excusado discretamente con el pretexto de querer cuidar de sus caballos.

—¿Lo es, Fiona? —Ambrose sonrió—. No había notado ningún cambio.

Fiona se detuvo y le miró directamente.

—Sabes que eso no es cierto, Ambrose —dijo ella con tranquila autoridad —. Desde que recibimos noticias de Lord Huntly, no ha venido a verme ni una sola vez. Le he enviado mensajes, le he dicho que necesitaba verle. Pero no ha respondido. Ni una palabra.

Reanudó su paseo.

—Al principio pensé que estaba ocupado preparando nuestra partida y todo eso.

Sí que ha estado ocupado, pensó Ambrose. Ocupado destrozando el castillo de Dunvegan y a sus gentes por las razones más insignificantes. Los hombres prácticamente se habían escondido de él para mantenerse alejados de su ira.

Entonces pensé: Debe de estar enfadado con Lord Huntly por hacerle semejante petición.

Era cierto, pero sin duda se quedaba corto. El humor de Alec era el más desagradable que Ambrose recordaba.

—Pero, en definitiva, estaba ciega ante el hecho —dijo Fiona sin rodeos.

—¿A qué hecho?

—Soy yo. Me odia.

Ambrose contuvo la risa. Entre ella y Alec, los dos necesitaban ayuda.

—Fiona.

—Es verdad. No viste la mirada que me echó cuando vino a buscar a Malcolm esta mañana. Le dije que iba a ir con ellos, pero se limitó a fulminarme con la mirada y a decirme que quería pasar tiempo a solas con Malcolm antes de tener que abandonar Skye. Tenías que verle, su mirada. Era como si yo no existiera. Su fría mirada me dijo que me mantuviera alejada. Que le dejara en paz. Me odia.

Ambrose escuchó con cierta sorpresa cómo Fiona seguía descargando sus frustraciones. Caminando de un lado a otro, le habló de un día perdido, de espera, de humos por el rechazo insensible de Alec. Cada vez que lo miraba, Ambrose asentía con gravedad y compasión. Mientras ella hablaba, tuvo la sensación de que había acudido a él como aliada, aunque no contra un enemigo común. Había venido en busca de su apoyo. De algún modo, estaba seguro de que se lo daría.

El ruido de los caballos en el patio exterior atrajo la atención de Ambrose.

—Robert —gritó Ambrose, y luego se volvió hacia Fiona—. Estás alterado, y dentro de unos momentos esta sala estará llena de hombres en busca de su cena. ¿Qué te parece si continuamos esta discusión en el estudio de Alec?

Ella asintió con la cabeza y lo siguió hacia una puerta abierta a un lado del pasillo.

—¿Habéis llamado, Sir Ambrose? —preguntó Robert, acercándose a los dos.

—Sí. Dile a la cocinera que prepare una pequeña comida para dos y la lleve al estudio —Ambrose se volvió en dirección al escudero, y añadió casi como una ocurrencia tardía—. Y no quiero que venga cualquiera y nos moleste.

Ambrose condujo a Fiona a una pequeña habitación llena de mapas y libros en un extremo. Una pared estaba adornada con el tartán de los Macpherson y dos escudos, uno de ellos con las armas del clan. La mano de Fiona se dirigió inconscientemente a su cintura, al puñal que llevaba inscritas las mismas marcas, el que él le había regalado durante la época en que fue sincero con sus sentimientos. Maldijo en voz baja.

Dejó que sus ojos viajaran hasta el otro escudo de la pared. Aquél llevaba las armas del clan MacLeod.

Ambrose empujó parcialmente la pesada puerta de roble y señaló una silla junto a la chimenea para que Fiona se sentara. Ella negó con la cabeza y volvió a pasearse por la habitación. Ambrose se acercó al hogar y encendió una chispa en la leña preparada. El pequeño fuego prendió de inmediato, y él se movió por la habitación, acercando una silla, todo lo que pudo a la puerta. No iba a estar demasiado cerca de la acción si podía evitarlo.

—Sí, decías, Fiona —incitó, acomodándose cómodamente. Esto debería estar bien, pensó.

—Si supiera que a él le importaba... —empezó ella, girándose cuando la puerta del estudio se abrió de golpe.

En la puerta, Alec estaba de pie, con los pies separados y los puños apretados a los lados. Sus ojos viajaron de Ambrose a Fiona.

—Bienvenido a casa, Alec —dijo Ambrose inocentemente. Robert había tardado más de lo esperado en informar a Alec.

La mirada de Alec se desvió sólo un instante hacia la expresión abierta de su hermano antes de volver a Fiona.

—¿Qué haces en Dunvegan? —espetó el Laird, pero no pudo evitar que sus ojos recorrieran lentamente su cuerpo. ¡Maldita sea! ¿Por qué tiene que tener tan buen aspecto? ¿Por qué tenía que torturarle así? Era impresionante. ¡Maldita sea!

—He venido a hablar contigo —respondió ella, utilizando el mismo tono.

—¿Sobre qué?

—Sobre nosotros.

—No hay nada de qué hablar —dijo Alec con el tono más uniforme e insensible que pudo conseguir. Luego se armó de valor para resistir la angustia que vio crecer en sus hermosos ojos. El color que se elevaba en su tez.

Contuvo la respiración y le miró con incredulidad. Sabía que mentía. No podía ser verdad. El rostro de Alec estaba distorsionado por la ira, pero sus ojos le traicionaban. Y entonces sintió otra emoción que empujaba el dolor que le producían sus palabras.

Ambrose se aclaró la garganta y se puso en pie.

—Será mejor que os deje solos para.

—Siéntate, Ambrose —ordenó Alec, sin apartar los ojos de los de Fiona. Se odiaba por lo que sabía que tenía que hacer. Pero una ruptura limpia ahora sería infinitamente menos dolorosa que esperar a llegar a la corte. Sería sólo cuestión de tiempo que se dejara arrastrar por los seductores señuelos de la corte y de su familia. Él no quería formar parte de eso. Y luego estaba el hecho de que era la hija del rey James. Fiona merecía lo mejor, el más noble de los hombres. Tendría la oportunidad de casarse con reyes. Tendría la oportunidad de vivir como una reina. ¿Y qué podía ofrecerle Alec? Un hombre que ni siquiera había podido salvar la vida de su padre. Sería mucho mejor así. Tenía que romper ya.

Ambrose observó en silencio cómo Alec entraba en la habitación.

—Puedes irte, Ambrose —ordenó Fiona en voz baja, lo que apenas ocultaba su creciente enfado.

Ambrose miró a los dos toros dispuestos golpearse mutuamente.

—Siéntate.

—Vete. ¡Ahora! —El tono de Fiona llevaba ahora todo el filo de su furia.

Ambrose se dirigió lentamente hacia la puerta. Alec se volvió sorprendido cuando oyó que la puerta de roble se cerraba tras su hermano. Cuando se volvió en su dirección, seguía allí de pie, con los ojos atravesándole con su intensidad.

Había una diferencia en ella que golpeó de lleno a Alec en la cara. Estaba en sus ojos. Había una confianza inquebrantable. Pero él sabía que ese aire de seguridad siempre había estado ahí, sólo que había estado demasiado ciego para verlo.

A Alec le resultaba difícil imaginar que Fiona pudiera volverse más hermosa, pero así había sucedido. Ya no era la joven monja que vestía el modesto hábito oscuro del Monasterio. Ahora llevaba un vestido verde oscuro que le sentaba de maravilla. Los ojos de Alec se posaron en la cruz de oro enjoyada que colgaba bajo el escote redondo y contra el ajustado corpiño del vestido.

Pero no fue el cambio de ropa lo que le cautivó. No, se admitió a sí mismo, el cambio no residía sólo en ella. La mayor diferencia estaba en él mismo.

Ahora se daba cuenta de que, desde el momento en que Alec había visto a Fiona por primera vez, sólo la había visto como una inocente. Como alguien a quien proteger. Había estado demasiado metido en su propio mundo. Como el héroe de una leyenda, el salvador de la doncella indefensa. Todo lo que había visto había sido la diferencia. Todo lo que había hecho había sido comparar. Fiona era la virtud; Kathryn, la decadencia. Había estado ciego a todo lo que iba más allá de eso. No la había visto, no la había reconocido, no la había valorado. Y ahora ella estaba ante él. No había cambiado, era la misma mujer... pero por fin podía verla.

Fiona no necesitaba joyas ni galas para mostrar quién era realmente. Él lo sabía.

Era Fiona Drummond Stewart. Sin cambios. La misma mujer que había sido desde la primera mañana en aquel camino brumoso, vestida como una leprosa, desafiándole como una reina. Ingenio, valor, belleza, bondad. Era la princesa de las hadas. El ángel de Skye.

Se miraron fijamente al otro lado de la habitación, ocultando el caos que se propagaba en su interior. Alec estaba de pie, con los brazos cruzados sobre el pecho, mirando a Fiona, que estaba frente a él, con los puños firmemente apoyados en las caderas y los ojos verdes y ardientes.

—Los dos últimos días te has mantenido deliberadamente alejada de mí —espetó Fiona—. Y esta mañana has rechazado abiertamente mi petición de ir contigo y con Malcolm.

—Tienes muchas cosas que hacer para preparar tu viaje —se encogió de hombros, dirigiéndose hacia su mesa de trabajo. Volviéndole la espalda, Alec era consciente de que no quería que Fiona viera sus verdaderos sentimientos, sentimientos que estaba seguro que tenía grabados en la cara. Sí, se había mantenido alejado de ella, pero la había añorado cada minuto que habían estado separados.

—¿Eso es todo lo que te preocupa?

—¿Qué más hay? —Alec se afanó entre los pergaminos de papel apilados entre dos bloques de madera sobre el tablero de la mesa.

Miró su ancha espalda. Estaba reprimiendo sus sentimientos, ocultándoselos, fingiendo que no le importaban. Pero Fiona sabía que sí le importaban. Lo había visto en su rostro cuando irrumpió en la habitación. No era la mirada de un hombre indiferente. No, Ambrose conocía demasiado bien a su hermano. La respuesta de Alec cuando se quedaron solos fue inmediata y explosiva. Le importaba, y ella lo sabía.

—Algo ha ocurrido, Alec. Estás diferente. Enfadado —Fiona iba a llamar su atención, de un modo u otro. Se colocó justo detrás de él. Él sobresalía por encima de ella.

—¿Diferente? —respondió Alec sin volverse—. Soy exactamente igual.

—No lo eres. Has cambiado mucho estos últimos días. Parece como si otra persona se hubiera apoderado de ti y...

—No sabes nada de mí —interrumpió fríamente—. Malcolm y David están esperando. Será mejor que sigas tu camino.

—¿Eso es todo? —se enfureció—. ¿Seguir mi camino? ¿Qué te ha pasado?

—Nada —dijo Alec, levantando los ojos de la mesa y mirando al frente. No quería volverse y ver el dolor en ella—. Yo soy el mismo. Sólo que nunca me conociste. Será mejor que te vayas.

—No dices la verdad, y lo sabes. Y en cuanto a conocerte, sí que sé quién eres —afirmó ella, pinchándole ferozmente en la espalda—. Eres un desdichado, miserable y pusilánime Laird de un estercolero continental infestado de ratas.

Alec se volvió, estupefacto ante la descripción de su elección. Sus ojos ardientes le desafiaban, dispuestos a enfrentarse a él. El resplandor rosado de un rubor furioso resaltaba su piel sedosa. La firme curva de su boca reflejaba la ira que hervía en su interior.

—Niégalo —insistió Fiona, desafiante, clavándole el dedo en el pecho.

Le fulminó con la mirada. —Quieres que luche contra ti, ¿es eso? —Al mismo tiempo, deseó desesperadamente abrazarla, estrecharla entre sus brazos e intentar deshacer parte del dolor que le había causado.

—Sí, pero no tengo miedo por eso, cobarde hijo de un calderero.

Alec miró a la flamígera criatura que seguía con el dedo apuntando peligrosamente a su corazón. No había armadura que pudiera ponerse, que resistiera una estocada de un arma empuñada por ella.

—De verdad. ¿Hay algo más que quieras añadir?

—Sí. Eres un enano de ojos desorbitados, malhumorado y de cuello duro. Carente de decencia, bondad o pasión.

En un momento, Fiona estaba de pie y mirando de reojo la forma que se cernía sobre ella, y al siguiente se encontró elevada en el aire, con la boca detenida por un beso.

Sintió que sus labios aplastaban los suyos, y su respiración se entrecortó con la brusquedad de la embestida. Su lengua se introdujo en su boca, que no se resistía, saboreando y reclamando todo lo que contenía. Fiona enredó los dedos en su pelo, atrayendo aún más su boca contra la suya. Su propia lengua se deslizó contra la de él, y un anhelo por él brotó de lo más profundo de su ser. Presionada contra él, atrayéndolo cada vez con más fuerza, Fiona se estremeció ante la sensación erótica que de pronto flameaba en sus venas.

Las sensaciones giraban en su interior, haciendo que su corazón palpitara con fuerza y su cabeza diera vueltas. Como en un mundo de sueños, Fiona sintió que no podía controlar su cuerpo, ni su vida, ni su futuro.

Alec la estrechó con fuerza contra su pecho, sintiendo cómo los brazos de ella le rodeaban el cuello instintivamente. La deseaba. Había intentado engañarse a sí mismo, fingiendo que podía hacer desaparecer el anhelo que sentía por ella. Pero eso era imposible, y ahora la lujosa suavidad de su boca le confirmaba, en lo más profundo de su ser, que no había rechazo, ni escapatoria, ni negación.

Pero en algún lugar aún más profundo dentro de él, perdurando como una mancha de nieve primaveral en una cañada oscura y sombría, yacía la certeza de un desafío tortuoso, que aún no estaba seguro de cómo afrontar.

Alec apartó la boca de la suya, pero Fiona no permitió que los separaran más que un suspiro.

—¿No estás enfadado? —susurró ella, bajando las manos de su cuello y acariciándole el pecho. Podía sentir los latidos de su corazón a través del liso lino de su camisa. Su olor la invadió, trayendo consigo una profunda satisfacción por estar cerca de él.

—Nunca lo he sido —respondió él, rozándole la sien con los labios, que se posaron finalmente en el triángulo sedoso que había bajo su oreja. La sintió estremecerse en respuesta.

Ella lo empujó contra el borde de la mesa de roble y él se sentó, sin soltarla en ningún momento. La atrajo hacia sí, abriendo las piernas para acercarla aún más.

—Sois un pobre mentiroso, mi Lord —dijo ella, besándole tiernamente en la barbilla.

—Sólo necesito más práctica, mi Lady —su boca se apoderó momentáneamente de la de ella. Las manos de Alec acariciaron sus delgados hombros y su espalda, sintiendo toda la curva de su espalda baja, de sus nalgas. Tiró de las caderas de ella contra su virilidad cada vez más dura.

Su grito de sorpresa fue involuntario, pero Fiona no tenía intención de apartarse de él. Le encantaba sentirlo a su alrededor.

Alec volvió a besarla, a fondo, profundizando el beso. Cuando su mano recorrió sus costados hasta la curva de sus pechos, la sintió derretirse contra su tacto. Cuando sus dedos acariciaron suavemente los pezones que notaba endurecerse bajo el suave vestido verde, la oyó gemir desde un lugar muy profundo de su garganta.

Dios mío, es preciosa, pensó, abrumado por su sabor y su aroma. Por su respuesta inesperadamente abierta. Por su confianza incondicional en él.

Alec se apartó del beso, confundido por un instante por un pensamiento que trascendía el momento presente. Un pensamiento de la corte real y de un viaje. De un futuro carente de vida. Un futuro sin ella. Como un torrente de demonios, estos pensamientos llegaron, inundando su cerebro con imágenes de la corte, del castillo de Drummond, de los obstáculos y las personas que intentarían separarlos. En su cerebro apareció el rostro frío y sin amor de Kathryn Gray. Alec cerró los ojos y luchó contra la imagen inoportuna que se abría paso en su conciencia. Como un dolor punzante momentáneamente olvidado, el pensamiento volvió a él. Inquietante. Inoportuno.

Pero entonces las manos de Fiona se posaron en sus caderas, y miró a unos ojos que sólo le veían a él. Y eran unos ojos llenos de calidez, unos ojos que apenas ocultaban un profundo banco de brasas incandescentes, las brasas del deseo. Ella estaba encendida por dentro.

Un relámpago estalló en su mente cuando la lengua de ella trazó la línea de su labio inferior. Sus dedos se clavaron en él, reclamándolo.

Las manos de Alec volvieron a rodearla y movió las caderas con firmeza contra ella. Podía sentir cómo ella se movía con él, cómo su calor rechinaba suavemente contra su deseo, ahora palpitante. Miró a Fiona a los ojos. Su mirada le dijo todo lo que quería saber. Su mirada correspondía a su deseo. Entonces los dedos de ella se deslizaron bajo la tela de la camisa de él, y en la cabeza de Alec comenzó un rugido que bloqueó el mundo.

Cuando Fiona sintió las manos de él en los cordones de su vestido, la recorrió una excitación que nunca antes había conocido. Sabía lo que estaba ocurriendo y estaba preparada para ello. Su respiración se entrecortó cuando la parte delantera del vestido se abrió al contacto de él. Sus manos apartaron la camisa de seda de su piel y sus dedos se deslizaron suavemente por la sensible aureola de su pezón, y Fiona cerró su mente a los pensamientos conscientes, a las dudas no deseadas y al miedo injustificado.

Alec contempló con admiración sus tercios pechos, liberados del vestido y la ropa interior que los habían aprisionado. Al empujar el suave material hacia abajo, sintió que ella estiraba los brazos para ayudarle en su apasionada búsqueda. Su boca descendió de nuevo sobre la voluptuosa carne de su boca respingona. Sus labios entreabiertos recibieron los suyos en un cálido intercambio antes de que su lengua trazara una línea desde su barbilla a lo largo de la línea de su garganta hasta la piel asombrosamente blanca de su busto.

Fiona se inclinó hacia atrás, con los dedos entrelazados en su cabello dorado, y le estrechó la cabeza contra sí. Temiendo que él se detuviera, dejó de respirar, pero no antes de que un estremecimiento sacudiera su cuerpo.

El temblor que la recorrió fue suficiente para desgarrar la nube de deseo de Alec. Los fuegos que ardían en sus entrañas estaban casi fuera de control, pero sabía que había permitido que su pasión abrumara su razón. Tenía que detenerse. No se aprovecharía de su posición con ella. Sus acciones en este momento podrían ser correctas y buenas, pero sin duda serían sospechosas para los poderes que la aguardaban. Con un esfuerzo hercúleo por controlar sus actos y su deseo, Alec se detuvo momentáneamente, levantando la cabeza y aplastándola contra él. Sus labios encontraron la suave redondez de su oreja, y sintió sus breves respiraciones contra su cuello.

—Fiona —susurró entre dientes apretados—. Debemos detenernos.

—Alec —respondió ella sin aliento—. ¿Por qué? ¿Por qué debemos detenernos?

Sus manos agarraron la suave piel de sus brazos y la apartó suavemente de él. Contemplando la perfección de su cuerpo, respiró hondo y le subió la camisa y el vestido por los hombros.

Con los pensamientos confusos, Fiona miró a Alec mientras éste se abrochaba resignadamente la parte delantera del vestido. Fiona le puso las manos en los muslos, y Alec se detuvo como si una flecha hubiera atravesado su cuerpo. Mientras se miraban a los ojos, ella empezó a deslizar las manos por debajo de la falda escocesa de él, hacia la excitación que había sentido palpitar contra ella.

—No lo hagas —casi gritó, y sus palmas descendieron sobre las manos de ella, atrapándolas entre la falda escocesa y sus muslos. La miró fijamente, con una media sonrisa en el rostro—. Fiona, no me estás ayudando. Si me tocas, sé que no podré controlarme.

—No quiero parar, Alec —respondió ella, mirándole a los ojos—. Quiero estar contigo.

—Fiona, yo también quiero estar contigo —respondió con dulzura—. Estos días lejos de ti han sido un infierno para mí. Te he deseado a mi lado en cada momento de vigilia, y las noches han sido largas e inquietas. Pero esto... lo que estamos haciendo aquí... no es el momento ni el lugar, muchacha.

—¿Entonces por qué te mantuviste alejada? —Fiona dejó caer las manos a los lados.

Alec hizo una pausa, pensando en todo lo que quería decir, pero no podía. Sabía que la amargura que sentía por la vida en la corte era una experiencia personal y no una sombra que quisiera proyectar sobre el futuro de Fiona. Pero tenía que explicarse de algún modo. Ella merecía una respuesta.

—Fiona, estás a punto de entrar en una vida que te ofrece muchas oportunidades. Gente, posición, lugares. Una vida a la que acababa de dar la espalda. Una de la que no tenía ninguna razón... ningún deseo de formar parte. Él había estado allí. Como joven guerrero, había formado parte de aquella muchedumbre. Y había experimentado la lujuria y la codicia que la acompañaban. Se había creído feliz. Había disfrutado de todas las alegrías de la vida mundana. ¿Qué más se podía desear en esta vida?

Alec Macpherson había aprendido el amargo precio de una vida así. Su propia prometida le había dado una muestra de lo que había dado a otros. Ahora se lo cuestionaba. ¿Con qué esposa se había acostado? ¿El corazón de quién había herido? ¿Qué hombre había pasado tantas noches en vela preguntándose de quién era el hijo que esperaba su mujer? Sí, entonces nunca había pensado en esas cosas. Esos detalles cómicos de la vida en la corte. Pero nunca había sido él. No hasta Kathryn.

De repente, temores que nunca antes habían existido ahora le atormentaban. Había tenido que huir. Por primera vez en su vida, se había encontrado revolcándose en un lodazal de fraude y engaño. Le pareció que le envolvía. Ahogándole.

Sí, era el tribunal. Personas, cargos, lugares.

Alec buscó la forma de hablarle del bombardeo constante al que se enfrentaría por parte de aquellos que le ofrecían promesas azucaradas y vacías mientras, al mismo tiempo, le chupaban la sangre de las venas. Cambiándola. Y habría algún que otro cortesano honesto, pero ¿cómo podría ella escogerlo de entre la manada?

—¿De qué tienes miedo? —preguntó Fiona con suavidad.

—¿Miedo?

—Sí. Puedo ver la discusión que se libra en tu interior. Y también veo que estás perdiendo. Pero eso no es todo lo que veo. Veo que no te defiendes. Tus miedos te frenan. Te has deshecho de tu armadura. No tienes espada. Ni escudo. No soy un guerrero, pero ni siquiera yo entraría desarmado en esta batalla.

—No creía haber dicho tanto —Alec sonrió.

Tocó sus manos empuñadas. Éstas se abrieron y tomaron las suyas. —Háblame, Alec. Dame una oportunidad. Quizá pueda ayudarte a ganar.

—Ojalá fuera tan fácil.

—Nunca lo sabrás hasta que me lo digas. Tal vez sea así. Tal vez estés sacando de esto más de lo que deberías.

—No creo que lo sea —dijo Alec, dejando que su mano recogiera la de ella —. Es tu futuro lo que me preocupa.

—¿Tan malo es? —ella sonrió, arrancándole una media sonrisa.

—No. No tiene por qué.

—Bien. Entonces ayúdame. Enséñamelo.

El rostro de Alec volvió a tornarse grave. —Puede que no sea el más indicado para ello.

—Pero yo digo que sí. Y no lo sabremos hasta que lo intentes, ¿verdad? —preguntó.

—¿Y tus futuras responsabilidades? ¿Las personas? ¿Los que te seguirán y admirarán? La vida te reserva muchas cosas. Quizá quieras esperar y ver.

—He visto adónde puede conducir esa admiración. Soy producto de ella. Y por ello, mi madre pagó un alto precio —¿Era ésta la causa de su retiro?—se preguntó. Tenía que hacerle comprender—. Alec, no quiero saber nada de eso.

—Lo que le ocurrió a tu madre no te va a ocurrir a ti, Fiona. Eres hermanastra del rey. Tu sangre es real. Tendrás posición, poder y riqueza —Alec pensó en los grandes emparejamientos que podrían hacerse para Fiona. Parejas con hombres que no corrieran a los confines de la tierra para escapar del engaño de falsos amantes. Con hombres que nunca hubieran faltado a su deber para con su rey. Con hombres dignos de ella. Hombres mejores que Alec Macpherson—. Después de que veas todo lo que eso conlleva, tal vez desees elegir a otro.

—No habrá otro, Alec. Y esas cosas no significan nada para mí sin ti. No me quedaré allí.

Alec contuvo una oleada de alegría ante sus palabras. Nada le gustaría más que construir una vida con ella lejos de la corte. Pero se contuvo. Ella aún no había visto esa vida, y Alec no estaba seguro de que siguiera sintiendo lo mismo después de haberla experimentado. ¿Cómo podría? ¿Y quién podría culparla? Miró su rostro inocente.

Entonces supo que la amaba como nunca antes había amado.

Pero no podía decírselo. Todavía no. No mientras su tío tuviera algo que decir sobre su futuro. Alec estaba seguro de que Lord Gray tendría sus propias ideas al respecto. Y esos pensamientos seguramente excluirían a Alec Macpherson.

—Sólo dime una cosa —dijo Fiona, apartándose y acercándose al hogar—. ¿Me quieres?

Alec contempló su esbelta figura mientras ella se volvía hacia él. Un golpe en la puerta llamó su atención, pero ninguno de los dos se movió.

—Más que la vida misma, Fiona.

Capítulo Doce

**En el vicio más vicioso sobresale
Que con el vicio de la traición mell...**

—William Dunbar, «Epitafio para Donald Oure»

MALCOLM SUPLICABA A FIONA, a lo que ella respondía, —Te lo he dicho cientos de veces. Me encantaría tenerte conmigo, pero no es el momento de que abandones Skye. Y lo que es más importante, no es seguro —miró al infeliz muchacho, sintiendo en su propio corazón la misma angustia que sabía que él sentía.

Definitivamente, no sería seguro, pensó Fiona. Hacía dos días que les habían comunicado que sus planes de viaje habían cambiado. En lugar de ir en barco hasta el castillo de Kildalton, hogar de Colin Campbell, conde de Argyll, amigo de Alec, y luego por tierra hasta Stirling, éste había decidido que lo mejor sería ir rápidamente por tierra hasta el castillo de Benmore. Pero esta información debía mantenerse en secreto. Había peligros, y Alec tenía la impresión de que no estaban lejos.

Había cambiado sus planes porque el nieto de Walter había regresado con noticias sorprendentes. En efecto, Adrián había ido al castillo de Dunvegan el día del ataque a Fiona. Al llegar a los establos principales, cercados por una empalizada, fuera de las murallas del castillo, había visto a Iain caminando hacia los establos con Neil. Reconociendo inmediatamente a Iain como el hombre que había atacado a su abuelo, Adrián les había seguido en secreto, escondiéndose en el desván y escuchando su conversación. Le había sorprendido oír algunas palabras sobre hacer daño a Fiona y Malcolm, pero por lo que había podido oír, estaba claro que Iain había actuado siguiendo las órdenes de Neil en el ataque al padre Jack. Luego, el muchacho había contemplado horrorizado cómo Neil asesinaba a sangre fría a su cómplice cuando el guerrero le había dado la espalda.

Adrián había permanecido escondido mientras los hombres del castillo se habían movido por abajo. Había escuchado mientras Neil mentía a Ambrose Macpherson sobre todo lo que había ocurrido, y cuando Neil cabalgó poco después, Adrián había salido sigilosamente, decidido a seguirle e impedir que hiciera daño a sus amigos.

Neil había cabalgado unos kilómetros hacia el norte y luego había girado hacia el este a través de la isla de Skye. Adrián le siguió, consiguiendo la ayuda de un pescador para que le llevara tras el líder de los MacLeod cuando abandonó Skye para dirigirse al continente. Durante cuatro días, Adrián siguió a Neil a pie hasta las Highlands. Finalmente, lo perdió en las tierras próximas a Ben Nevis, donde vive el clan Gregor. Adrián volvió entonces a la isla de Skye, hambriento y cansado, pero con la seguridad de que Neil no estaba lo bastante cerca como para hacer daño a nadie.

Debido a esta información, Alec estaba ahora ansioso por llegar al castillo de Benmore lo más rápido y silenciosamente posible. Su preocupación obedecía a dos motivos. Uno, se había corrido la voz de que Fiona había sobrevivido, y serían más vulnerables yendo en barco por mar abierto. Dos, Neil podría reunir suficientes tropas entre los Gregor para intentar tomar Dunvegan en ausencia de Alec.

Alec había dicho a Fiona y a la Priora que una fuerza pequeña, que viajara rápidamente y sin previo aviso, tendría más posibilidades de llegar al castillo de Benmore sin incidentes. Y también pensaba que, una vez en Benmore, podría conseguir que más hombres de Macpherson regresaran directamente a Skye, reforzando así a Ambrose. Logrado esto, se sentiría mucho más cómodo llevando a un grupo más numeroso de guerreros de Benmore para que les acompañaran en el resto de su viaje.

Ahora, con toda la incertidumbre sobre este viaje, lo último que quería Fiona era exponer a Malcolm a los peligros de lo que le esperaba.

—Podrías llevarme —afirmó Malcolm, levantando la cabeza del dibujo al carboncillo en el que estaba trabajando—. No tengo miedo. Alec me llama joven caballero galante y dice que soy tan valiente como cualquier guerrero que haya tenido.

Fiona sonrió al ver la carita angelical que brillaba de orgullo. Era increíble ver el efecto de las atenciones genuinas de Alec en el joven muchacho. Sintió que el corazón se le hinchaba en el pecho al pensar en aquel hombre.

Fiona sacudió la cabeza en un intento de despejarla de todas las ensoñaciones que sabía que vendrían a continuación.

—¿Qué te parece, Fiona? Podría ir a cuidarte.

—Gracias, Malcolm —dijo ella cariñosamente—. Pero no olvides que le prometiste a Alec que cuidarías de sus halcones por él. Y volveré en cuanto pueda. Te lo prometo.

—¿Lo prometes?

—Sí.

—¿Pero cuándo? —insistió Malcolm—. ¿Cuándo vas a volver?

Fiona se quedó mirando al chico. Tiró de él hacia su regazo y lo abrazó con fuerza. Volvería. Alec la traería de vuelta. Se aseguraría de ello. Sus pensamientos se dirigieron a lo que había más allá de su viaje... a la corte. Pero lo que vendría después de ese viaje la atormentaba. El castillo de Drummond. Sí, tenía que descubrir la verdad. Debía ir.

—Dime, Fiona. ¿Cuándo?—la voz del niño irrumpió en sus pensamientos.

—Malcolm, si crees que apartándome de mi trabajo conseguirás que deje de ir...

—Fiona, no quiero que te vayas —sollozó el niño. Todo el coraje que Malcolm había demostrado hasta entonces se desvaneció cuando la realidad de su partida cayó sobre él. Se levantó y le enterró la cara en el cuello.

Le abrazó con fuerza, con un nudo en la garganta, ante la idea de dejarle, de dejar todo lo que apreciaba. Bueno, casi todo.

Alec había enviado a Robert con un mensaje. Vendría a buscarla mañana al amanecer. No se habían visto desde el día en que ella había ido a Dunvegan. Los últimos días habían sido agitados para Fiona. No porque sus escasas posesiones fueran difíciles de empaquetar, sino por todas las cosas que tenía que hacer. Repartir sus tareas entre las monjas. Visitar las granjas de los alrededores del Monasterio. Ayudar a las dos jóvenes novicias que habían aprovechado la oportunidad de continuar su trabajo con los leprosos.

Pero su viaje a la casa del padre Jack había sido especialmente difícil. Cierto, la pierna de Walter ya no le causaba ningún dolor y mejoraba día a día. De hecho, aunque estaba ansioso por intentar ponerle peso encima, obedecía las órdenes del cura cascarrabias de permanecer quieto. Así que Fiona confiaba en que su viejo amigo siguiera curándose adecuadamente. Walter, al menos, volvería a andar.

Pero despedirse de aquellos dos buenos hombres había sido realmente doloroso, y ahora, sentada en su despacho, abrazada a Malcolm, Fiona sintió las lágrimas, húmedas, sobre su rostro.

ALEC SE ENCONTRABA en el patio abierto del Monasterio, en medio de una agitada multitud de hombres sometidos y caballos inquietos. Amanecía claro y fresco, y a pesar de que se esforzaban, por lo contrario, la excitación del viaje que se avecinaba impregnaba el aire. Los mozos de cuadra corrían entre los caballos que zapateaban con cubos de agua y pienso, mientras los aldeanos entraban en tropel en el patio, mezclándose entre los guerreros con una creciente cacofonía de voces. Las monjas y los sirvientes del Monasterio también circulaban entre los hombres, distribuyendo pan y odres de cerveza.

Malcolm había estado de pie a su lado, contemplando la bulliciosa escena, pero cuando Alec bajó la vista, vio que el muchacho había desaparecido. Examinó el patio y vio al chico hablando con Ambrose, que estaba agachado ante él, obviamente enfrascado en una conversación profunda y seria. Alec sonrió, preguntándose qué problemas estaría tramando ahora Ambrose.

Ambrose había acudido al Monasterio para comprobar que todo marchaba según lo previsto. Y su papel en el viaje era fundamental. Al mismo tiempo que Alec y Fiona atravesaban las Highlands, Ambrose enviaría un barco con varios Macpherson a bordo como señuelo por la costa hasta Kildalton. Alec y él habían decidido que aquello podría ser suficiente distracción para garantizar un paso seguro hasta el castillo de Benmore.

—Alec, ¿eres muy mayor? —gorjeó preocupada una vocecilla a su lado.

Alec miró los ojos redondos de Malcolm. El niño deslizó su mano en la de Alec.

—¿Qué te ha dicho ahora, Ambrose, Malcolm?

—Está preocupado por tu salud.

—¿Cómo es eso, muchacho?

—Acaba de decir que un viaje tan largo y duro con Fiona podría ser demasiado para tu viejo corazón. Dice que Fiona es joven y vigorosa, pero que tú te estás haciendo viejo y blando.

—¿Ah, sí? —Alec fulminó con la mirada a su hermano, que observaba inocentemente a los dos desde una distancia prudencial.

—Sí, dice que lo que nos puede aguardar no es como ir cogidos de la mano a la iglesia —Malcolm miró atentamente a su amigo—. ¿Fiona y tú os cogéis de la mano en la iglesia?

—No, muchacho —respondió Alec, sin apartar los ojos de su hermano—. Ambrose tiene un extraño sentido del humor.

—No, Alec, no bromeaba —respondió el muchacho—. Hablaba muy en serio cuando dijo que estaría encantado de ocupar tu lugar en un viaje así.

—Perdona, Malcolm —dijo Alec con los dientes apretados, dando unos pasos tras Ambrose que se retiraba—. Tengo que discutir algunas cosas con mi generoso hermano.

Pero todos los pensamientos sobre su hermano desaparecieron cuando el viejo portero se puso delante de Alec. El Laird había buscado a James cuando entraron a caballo, pero el lugar junto a la puerta había estado vacío.

—Hay un niño en el castillo, mi señor —se rió el anciano. Tenía los ojos vidriosos y el rostro severo.

—¿Qué? ¿Un niño? —La atención de Alec se clavó en el hombre—. ¿En Dunvegan?

—No. En un lugar donde espera el ángel. Un niño. Lleva a tu niño —el vidente miró vagamente más allá del hombro de Alec—. Una madre... atribulada... tan atribulada. Tan lejos.

—No lo entiendo, James —Alec apoyó suavemente una gran mano en el hombro del hombre. No había nada más que hueso bajo sus dedos—. Debes decírmelo.

El portero dirigió su mirada hacia el rostro de Alec. Sus ojos quemaron al guerrero. —Cuidado, mi señor. El ángel aguarda, el demonio acecha cerca —Girando la cabeza, el vidente se apartó del guerrero.

—James, espera. Yo...

—Cuida de tu hijo, mi señor —dijo el portero, alejándose—. Os contaré más cuando lo sepa.

—¿Pasa algo, Alec?

El Laird miró rápidamente a Ambrose, que se había unido a su hermano.

—No. Alec miró hacia donde estaba el antiguo portero, pero no había rastro de él. Abriéndose paso entre la multitud, el gigante no volvió a vislumbrar al anciano. Había desaparecido.

FIONA ABRIÓ de un empujón la pesada puerta de roble de la sala de trabajo de la Priora. Un pequeño fuego parpadeaba ya en el hogar, y pudo ver en la penumbra a la monja de pie, silueteada por la luz de la ventana.

La Priora estaba de espaldas a Fiona, con las manos juntas detrás de ella. Parecía contemplar la actividad del patio.

—Mi señora —llamó Fiona en voz baja, entrando en la habitación—. Estoy lista para irme.

La Priora se volvió parcialmente al oír su voz, y Fiona vio cómo se llevaba rápidamente la mano a la cara, secándose las lágrimas que rodaban por sus mejillas perfiladas.

—Sí, niña —respondió ella, con voz clara—. Veo que están preparados para ti.

—Gracias por dejar que David venga con nosotros —dijo Fiona. David se había ofrecido voluntario para acompañar a Fiona hasta que llegara al castillo de Drummond. Fiona creía que este ofrecimiento de última hora tenía mucho que ver con la preocupación de Alec por la conveniencia de que viajara con un

grupo de hombres. La hermana Beatrice, su compañera de viaje inicial, sencillamente no podía viajar debido al empeoramiento de su tos. Así que David se
había adelantado, la opción lógica y aceptable para todos.

—Hará lo que haya que hacer, hija —la Priora siguió mirando por la
ventana—. Te quiere como a una hija tanto como yo.

Fiona cruzó la sala, deteniéndose vacilante a un paso de la mujer mayor. La
Priora se giró y le extendió los brazos, y ambas se abrazaron afectuosamente.

—Te echaremos de menos, niña —exclamó entrecortadamente la Priora—.
Yo te echaré de menos.

—¿Me recibirás de vuelta si las cosas no funcionan?

—Éste siempre será tu hogar, Fiona —afirmó la Priora, cogiendo los brazos
de la joven y mirándola a la cara—. Siempre serás nuestro amado ángel. No lo
olvides nunca.

Fiona volvió a abrazar a la mujer con fuerza mientras las lágrimas empezaban a correr por su rostro.

Las dos permanecieron en silencio, cada una pensando en el pasado que
habían compartido, en los momentos de alegría y en lo que cada una había
aprendido de la otra. La Priora aún recordaba a la pequeña Kelpie salvaje que
corría por el campo, con las faldas subidas hasta las rodillas arañadas y magu-
lladas, el pelo alborotado por detrás y un morral a veces más grande que ella al
hombro. Y recordó a la jovencita sentada junto a las cloacas vacías de sus
halcones el día en que Fiona los había soltado a todos. La Priora sonrió, recordando a la muchacha sentada allí, temerosa y, sin embargo, valiente ante un
castigo seguro, pero con la convicción constante de que había hecho lo
correcto.

También los pensamientos de Fiona se detuvieron en recuerdos del
pasado. De las muchas veces que había permanecido despierta en su cama,
desterrada de la cena y en desgracia por algún disturbio que había causado,
haciéndose la dormida cuando la Priora acudía a ella, como siempre hacía, con
un plato de comida y una gentil palabra de perdón. Pensó en los constantes
recordatorios de la anciana sobre las cosas de las que había que preocuparse en
el perverso mundo que había fuera de las puertas del Monasterio, al tiempo
que animaba a Fiona a experimentar lo que pudiera y a aplicar todo lo que iba
aprendiendo.

La Priora palmeó la espalda de Fiona y la cogió de las manos. La monja la
miró enarcando una ceja.

—Pero no creas que estos continentales van a apresurarte antes de que te
dé una última sesión de asesoramiento.

Fiona sonrió a la Priora con los ojos empañados y la siguió obedientemente
por la habitación, sentándose en una de las dos sillas que había junto a la
chimenea.

—Quiero que sepas, Fiona —empezó la Priora, inclinándose hacia delante y cogiéndole de nuevo la mano—. No temo que te comportes de forma acorde con la sangre que corre por tus venas.

—Mi Señora, soy la misma persona —empezó Fiona. Se sentía incómoda por la referencia a su filiación.

La Priora la silenció con una mirada y un apretón de la mano de Fiona para darle énfasis.

—No puedes cambiar lo que eres, niña, pero lo que temo es ese pasado desconocido hacia el que cabalgas. Tienes un corazón grande, abierto y cariñoso. Pero no confíes en nadie, Fiona. Hubo una razón por la que tu madre quiso enviarte lejos, al poeta Henryson. Los que la hirieron, los que temía, podrían seguir ahí para hacerte daño.

—¿Hay algo más que sepas sobre aquella época, sobre mi madre? ¿Había alguien más a quien pudiera pedir ayuda?

La Priora reflexionó un momento. Quería dar a Fiona cualquier información que pudiera ayudarla, pero todo lo que había aprendido a lo largo de los años era de segunda mano, espigado de una procesión de viajeros y amigos.

—Por supuesto, siempre está Lord Alec y su familia. Alexander Macpherson, su padre, es un hombre bueno y decente, Fiona. Pero no estará en la corte para ayudarte —la Priora buscó en su memoria—. Sé muy poco de tu tío, Lord Gray, pero hay alguien más que podría ser un buen amigo.

—¿Quién, mi Lady? —Fiona miró a la monja expectante. Tenía la sensación de que iba a necesitar todos los aliados que pudiera encontrar para reivindicar la reputación de su madre.

—Lord Huntly. El hombre a quien envié la noticia de tu presencia aquí. Debes saber esto, Fiona. Como tu hermanastro, el rey, es sólo un niño, todo el poder de Escocia está en manos de un grupo de nobles... encabezados por Lord Huntly. Es el hombre más influyente de la corte. Más poderoso que la reina. Y aunque ya te ha prestado grandes servicios, creo que hará más si se lo pides.

—¿Por qué, Priora? —preguntó Fiona—. ¿Qué interés tiene en mí?

—Por lo que he oído, Lord Huntly era... bueno, un ardiente pretendiente de tu madre.

—¿Quieres decir que quería la mano de mi madre?

—Sí, Fiona. Quiero decir que estaba locamente enamorado de ella. No lo ocultaba, y siempre decía que algún día volvería a conquistarla.

—Pero nunca lo hizo.

—No, muchacha. Nunca lo hizo.

Capítulo Trece

**Allí vi que la Naturaleza le regalaba un vestido
Rico a la vista y noble de renombre,
De todas las tonalidades bajo el cielo...**

—William Dunbar, «El escudo dorado»

LA FAMILIARIDAD GENERA SATISFACCIÓN, pensó Alec.

Durante los primeros días, Fiona se había mostrado bastante complaciente. De hecho, se había comportado mejor de lo que él esperaba, le había seguido la corriente, había sido reservada y, de vez en cuando, había intercambiado alguna que otra palabra con Robert. Y Alec había estado tranquilo.

Luego, al empezar la segunda semana de viaje, se había vuelto inquieta y agitada. A media mañana de hoy, había galopado hasta la primera fila, donde ella y Alec habían discutido como caldereros sobre el hecho de que ella había querido cabalgar delante con él. En un tono demasiado brusco, Alec se había negado rotundamente, explicándole los peligros, la dificultad de protegerla allí.

Pero Fiona no había escuchado. Cuando Alec le había exigido que volviera, ella le había insultado. Finalmente, después de que la amenazara con amordazarla y atarla a su caballo, lo llamó matón y marchó de vuelta al centro de la caravana. Desde entonces le había ignorado.

Echaba de menos su acoso.

Alec sabía que su disposición había decaído desde el momento en que el grupo había abandonado las puertas del Monasterio. A lo largo de todo el camino había habido gente esperándoles a su paso; campesinos y pescadores, MacLeods y MacDonalds, incluso leprosos habían salido a desearle adiós. A cada paso, había habido una efusión emocional para ella. Pero su respuesta a esta atención se había vuelto progresivamente hosca. Después de todo, por la seguridad de todos los implicados, había querido abandonar la isla a escondidas, sin que muchos supieran por dónde planeaban viajar. Pero como todo el mundo en Skye parecía conocer su ruta, Alec estaba seguro de que toda Escocia también lo sabía.

Desde luego, parecía que había acertado. Tras cruzar a tierra firme en Kyle of Lochalsh, se habían visto sorprendidos por una multitud de simpatizantes que se habían reunido en el muelle. Pero los murmullos de apoyo que recorrieron la multitud no iban dirigidos a la hija de un rey. Alec había oído las voces, y había oído la palabra «ángel» una y otra vez, como un cántico. Como una plegaria.

Pero se había preocupado cuando se habían agolpado a su alrededor, acercándose, tocándola. Sabía que la creencia de sus compatriotas de las Highlands en lo sobrenatural estaba profundamente arraigada y era fuerte. Y Fiona era la encarnación viva de esa fe. Ahora sabía que sus hazañas se habían convertido en legendarias hacía mucho tiempo en esta parte del país y que era natural que las noticias sobre su verdadera identidad viajaran delante de ellos como un incendio por el páramo.

Pero no podía arriesgarse a futuras escenas como ésta. No tenía miedo. Ninguna reserva. En todos los casos, a pesar de la objeción de Alec, Fiona había desmontado y se había unido a los campesinos. Era increíble cómo la gente le entregaba su corazón y cómo ella respondía. Era todo compasión y bondad. Todo generosidad y ternura. Alec se sintió interiormente orgulloso al mirarla, pero se obligó a concentrarse en su tarea. Su seguridad estaba en juego.

¿Cuándo no había pensado en su seguridad? La preocupación le había perseguido durante todo el viaje, pero no sin razón. El ataque a Fiona no se había debido simplemente a que fuera una víctima disponible para los forajidos.

Poco después de que Neil MacLeod hubiera abandonado Skye, a Alec se le había ocurrido una idea inquietante. Al menos era posible que el propio Neil MacLeod hubiera instigado el ataque a Fiona. Pero Neil no era un hombre pensante. Seguía órdenes, y eso molestaba aún más a Alec. Y el oro que habían descubierto en los hombres muertos tras el ataque no había hecho más que confirmar la teoría de Alec.

Había poderes ahí fuera que querían destruirla. Los enemigos potenciales y la lista de motivos eran abundantes y estaban dispersos por toda Escocia. Estaba Kathryn que, al tener a Fiona con vida, perdería el castillo de Drummond y todo lo que conllevaba. Luego estaban los hombres que habían matado a la madre de Fiona. Era muy posible que siguieran vivos. ¿Podría Fiona reconocerlos? Mientras había estado en Skye, tras el ataque, Alec se había asegurado de que estuviera vigilada y custodiada todo el tiempo. Pero aquí, en campo abierto, era otra historia.

Así que, a medida que avanzaban, les había empujado a viajar a un ritmo vertiginoso. Habían cabalgado hasta altas horas de la noche cada noche, y habían empezado temprano, durmiendo y parando sólo las horas necesarias para descansar ellos y los caballos. Alec lo había planeado, de modo que bordearían los pueblos cuando pudieran, siguiendo las montañas y los lagos hacia el este de las Highlands y cruzando finalmente el lago Ness, donde se estrechaba bajo el impresionante perfil del Ben Nevis.

Ahora sólo les faltaban dos días de cabalgata para llegar al castillo de Benmore, y Alec era demasiado consciente del rostro cansado pero firme de Fiona durante todo el día. Lo último que quería era poner en peligro su salud presionándola demasiado.

Los guerreros y los escuderos estaban ocupados levantando el campamento al borde del resplandeciente Loch Lochy. Sobre ellos, un risco reflejaba la luz dorada del sol descendente. Alec se había alegrado mucho al ver el risco y la torre de piedra en ruinas que se alzaba sobre él, pues aquel punto de referencia le resultaba familiar. Por primera vez desde que habían abandonado la isla de Skye, Alec empezaba a sentirse a gusto.

Echando un vistazo a los bulliciosos grupos de hombres y caballos, buscó a su compañero de combate. Para Alec, este viaje estaba siendo eterno. Tantas noches contemplando el cielo estrellado, que había querido ir hacia ella. Tenerla tan cerca y a la vez tan inalcanzable le resultaba más intolerable cada día que pasaba. Y la noche.

Pero se había obligado a mantenerse alejado, negándose a ceder a un anhelo por su parte que pudiera comprometer el futuro de ella.

Esta noche, mirando a su alrededor, decidió que ya era suficiente. Necesitaba su compañía, su mordaz ingenio, el placer de estar cerca de ella. Es decir, si ella consentía siquiera en hablar con él.

David estaba sentado en un árbol caído junto al lago, comiendo con Robert su ración vespertina de tortas de avena y carne seca. Cuando Alec se acercó, los dos le miraron con cara de perplejidad.

—Bueno, ¿dónde está nuestra serena palomita? —preguntó Alec con una sonrisa— ¿Afuera reprendiendo a los guerreros por su maltrato a los caballos?

Se quedaron mirándole en silencio durante un momento, con la copa camino de la boca de Robert congelada en la mano.

—¿No está contigo? —soltó David, poniéndose en pie de un salto.

Alec miró fijamente a los dos.

—¿Por qué iba a estar conmigo?

—Mi Lord, se fue hace media hora —soltó Robert.

—Sí —intervino David—. Robert le dijo que conocías la conexión entre esa torre de ahí arriba y el difunto rey.

—Estaba preguntando... dijo que iba a averiguar más cosas —balbuceó Robert.

—Pensábamos que iba a preguntarte...

Alec se giró rápidamente, echando un vistazo al montón de piedras de la cima.

—Iré tras ella —dijo—. No se sabe con qué se puede encontrar aquí cuando se ponga el sol. No queremos poner a ningún león o lobo en peligro innecesario.

—¿Quieres que te acompañe? —preguntó David—. ¿Por seguridad?

—No —dijo Alec, palmeando la espada que llevaba al costado—. Estoy más armado que ella.

Caminando a grandes zancadas hacia donde Robert había atado a Ebon, Alec saltó sobre el lomo desnudo del corcel.

—Lord Alec —llamó David acercándose y lanzando al jinete un paquete de comida, apresuradamente—. Puede que esté más dispuesta a volver contigo si te tomas tu tiempo y le enseñas la torre.

Alec levantó el paquete con curiosidad. —¿Y esto para qué es, para sobornar?

Ambos rieron. Luego, haciendo girar al caballo hacia el empinado y sinuoso sendero que conducía a la cima, Alec desapareció en las sombras cada vez más largas.

Abandonando la tortuosa ruta que seguía el sendero, Fiona dirigió sus pasos hacia el camino más escarpado y abrupto que ascendía por la pared del acantilado. Abrigada por la subida, Fiona se había echado la capa sobre un hombro. Se sacudió el pelo de la trenza mientras miraba hacia su objetivo. A medida que se acercaba más y más a la cima, se sentía demasiado atrapada por su propia excitación como para prestar atención al sol que descendía tras ella. El viejo sendero que seguía estaba casi borrado por las hojas, las zarzas y los helechos que se aferraban a la pared rocosa del acantilado. Cuando sintió que el dobladillo de su vestido se enganchaba en una rama invasora, Fiona se levantó la falda, metiendo el dobladillo en el cinturón que rodeaba su cintura.

El sonido del agua al caer llegaba desde algún lugar más arriba, y Fiona continuó el tramo final de su viaje. La noche era cálida y el aire en las piernas le sentaba bien mientras subía.

Al llegar a un pequeño desfiladero justo debajo de la cima, Fiona se encontró frente a un estanque rocoso y poco profundo rodeado de grupos de abedules y helechos verdes. Respiró el frescor del aire y se arrodilló junto al agua clara y burbujeante. Se quitó los zapatos y metió los pies polvorientos en el frío estanque, sintiendo un leve escalofrío.

Fiona miró más allá de la pequeña cascada, hacia la torre, unos metros por encima de ella. Lo había conseguido, y una sensación de satisfacción la invadió. No había nadie alrededor, y la tranquila seguridad de la cañada ofrecía el momento de paz que Fiona había buscado.

Arrojando la capa y los zapatos a la orilla, la joven se desabrochó la parte superior del vestido. Tomando el agua con las manos, empezó a lavarse la piel desnuda de las piernas y los brazos. Luego se detuvo y se enderezó.

Esto es ridículo, pensó, volviendo a mirar a su alrededor. Vadeando hasta la orilla, Fiona se desabrochó el cinturón que sujetaba la daga que le había dado Alec. Luego se despojó rápidamente del vestido de lana suave, tirando de las mangas y empujando la prenda hacia abajo por encima de las caderas. De pie en la cañada, sintió un repentino estremecimiento de liberación cuando la cálida brisa le acarició los hombros desnudos. Volviendo al estanque, Fiona se dirigió a la zona más profunda bajo el agua que caía y sumergió su cuerpo tembloroso en las corrientes purificadoras del manantial.

Al salir a la superficie, Fiona sintió que se le ponía la carne de gallina ante el frío choque del agua, pero disfrutó de la sensación. Era una pausa refrescante tras los calurosos y exigentes días en la silla de montar y la extenuante escalada. Nadó de un lado a otro en el reducido espacio, preguntándose si los de abajo ya habrían descubierto su ausencia.

Levantándose para exprimir el agua de su larga melena, Fiona se detuvo y se encontró deseando que estuviera aquí.

Cierto que estaba cansada de cabalgar tras la mugrienta estela de Alec y sus guerreros, pero quería cabalgar con él, hablar con él. Había echado de menos su atención, su ingenio, las miradas persistentes que hacían que su piel cobrara vida mientras aquellos sentimientos cálidos y líquidos llenaban su interior de anhelos que nunca había conocido.

Y tenía muchas preguntas. Tantas que esperaba que Alec respondiera. Pero él se había mostrado hosco, malhumorado, y no se había mostrado muy receptivo a sus civilizadas insinuaciones.

Seguridad, ojo, pensó. Lo que ya había soportado era más de lo que se podía esperar que soportara cualquier persona razonable. En silencio, claro.

Hoy había llegado al final de su paciencia. Se sentía cansada, sucia y harta de que la trataran como a una vaca de camino al mercado.

Pero ahora se sentía diferente.

Vadeando de nuevo hasta el borde de la piscina, Fiona se pasó rápidamente la camisa mojada por la cabeza y se secó con la capa. Cuando volvió a ponerse el vestido, estaba temblando de forma incontrolable. Intentó secarse el pelo lo mejor que pudo y se pasó los dedos por la masa ondulada. Colgó la camisa en una rama cercana para que se secara. Luego se sentó sobre la capa, apoyada en las manos, con la cabeza inclinada hacia atrás y el pelo como una manta extendida a su alrededor. Se sentía bien, relajada.

Era cierto, ella le había insultado varias veces. Bueno. Todos parecían encajar. Bueno, pensó con una sonrisa, no exactamente.

Respiró hondo, inhalando el aire vigorizante. Desde luego, hoy no le había hecho la vida muy fácil. Suspiró, deseando de nuevo que estuviera aquí.

—Alec Macpherson —dijo en voz baja, sonriendo al oír el nombre en la serenidad del claro. El nombre le sentaba bien: fuerte, colorido, noble, hermoso.

—Sí, mi señora —respondió la voz desde el saliente rocoso sobre el estanque.

Se puso en pie de un salto. —Tú —soltó Fiona, observándole cómodamente encaramado a las rocas—. Me has dado un susto de muerte.

Alec se quedó dónde estaba, cautivado por la belleza de la mujer que tenía delante. Su duro viaje desde el lago había sido más rápido que la subida de Fiona, y había llegado a la base de la torre a tiempo para vislumbrar a Fiona subiendo por la cara del acantilado. Cuando ella no había llegado a la torre cuando él supuso que lo haría, Alec había empezado a bajar, sólo para encontrarla adentrándose en las cristalinas aguas del estanque.

Cuando empezó a nadar, consideró la posibilidad de llamarla, pero luego se había acomodado tranquilamente en las rocas, contento de observarla en sus sencillos placeres, embelesado por el exquisito encanto de la escena.

Pero entonces, cuando ella había salido del agua, con la camisa pegada de forma tan provocativa a su cuerpo perfectamente esculpido, Alec había dejado de respirar. Y cuando Fiona le quitó la fina y húmeda prenda interior, el joven Laird pensó que el corazón le iba a estallar en el pecho.

Era una visión. Como una ninfa del bosque, como un ser sobrenatural, una diosa, que adornaba las aguas del claro con su belleza, con su sola presencia.

De repente, involuntariamente, Alec apartó la mirada. La etiqueta le exigía que no mirara, que se apartara, que ofreciera a aquella Diana solitaria con forma humana la intimidad que obviamente había buscado. Pero entonces Alec miró hacia atrás, absorto en la escena. Se trataba de Fiona, la mujer que amaba, apreciaba y deseaba. Al diablo la soledad.

—No creo haber visto nunca a un hada en su elemento —dijo Alec—. Y estoy seguro de que nunca he oído a una decir mi nombre bajo un árbol.

Fiona se quedó mirándolo, con las manos a los lados, insegura de si debía negar la sugerencia o no.

—¿Has estado...? —Se sonrojó—. ¿Llevas mucho tiempo allí?

—Edades.

Con un ágil movimiento, el Laird saltó de su saliente a la orilla junto a la burbujeante cascada y se dirigió hacia donde estaba Fiona.

—No me estabas vigilando —declaró esperanzada—. No lo harías. ¿Verdad?

Alec la tomó rápidamente en sus brazos y la atrajo con fuerza hacia él, deteniendo sus preguntas con un beso duro y profundo. Retiró los labios de los suyos.

—Dímelo tú, amor.

Fiona jadeó, con el corazón acelerado por la brusquedad de su abrazo. Mientras él la sujetaba por la cintura contra su propio cuerpo, ella podía sentir su excitación contra ella.

—Eres un bribón despreciable, Alec Macpherson —susurró. Pero el sonido de sus palabras carecía de cualquier signo de convicción, incluso para Fiona. Algo en su interior se estremeció al pensar en sus ojos clavados en ella, en su virilidad endurecida, presionándola tan íntimamente. Sabía que se estaba ruborizando descontroladamente. Buscó algo que decir. ¿Dónde está ahora tu ingenio? Pensó para sí—. Se está... se está muy bien aquí, ¿verdad?

—Sí —respondió Alec, sin dejar de mirarla—. Es precioso, desde luego.

Los ojos de Fiona y los suyos se cruzaron en un intercambio de anhelo. Entonces comprendió la realidad del momento y se quedó atónita. Le deseaba. Y el deseo era más que espiritual. Le vino simple y llanamente. Era físico. Quería que la abrazara, que le recorriera el cuerpo con sus manos, que la besara... y más.

Tuvo que apartarse para despejarse, para calmar los violentos latidos de su corazón. Le empujó suavemente el pecho, y él la soltó.

Alec dio un paso atrás. Luego, con un rápido movimiento, se desabrochó la espada del cinturón de cuero que llevaba a la cintura, dejando caer el armamento envainado al suelo, junto a Fiona. Ella lo miró apresuradamente, sorprendida por lo repentino del acto.

—¿Qué haces? —preguntó ella.

—¿Qué crees que estoy haciendo? —Alec sonrió con picardía y se desabrochó el broche del clan que sujetaba su tartán. Dejó caer ambos sobre la espada—. Voy a nadar.

—¿Conmigo aquí? —soltó Fiona.

—Contigo aquí —repitió seductoramente.

—No harás tal cosa. Puedes encontrar tu propio lugar.

—¿Ni siquiera enseñan a compartir en ese convento?

—¿Qué? Ella observó cómo se quitaba las botas, dejando al descubierto sus musculosas pantorrillas.

—Compartir, Fiona —le robó un beso rápido. Luego, enderezándose, empezó a sacarse la camisa de la falda escocesa—. Compartir. Por supuesto, si quieres, puedes ir a nadar conmigo.

—¿Nadando? ¿Contigo? Su voz se apagó cuando Alec se quitó la camiseta y ella se encontró con su musculoso pecho.

Como un dios, se erguía enmarcado por la luz resplandeciente del sol a sus espaldas. Como Febo Apolo, se alzaba. Magnífico. Fiona ansiaba acercarse a él, recorrer con los dedos las ondulantes líneas de su poderoso cuerpo de guerrero. Se levantó como si le hubieran quitado el aliento. Sin aliento.

—Conmigo —empezó a quitarse lentamente el grueso cinturón de cuero que sujetaba su falda escocesa.

—¿Te desnudarás?

—Totalmente desnudo —susurró Alec—. ¿Te gustaría?

—¿Qué... qué pasa si viene alguien?

—Nadie lo hará —respondió, excitándose más de la cuenta ante la posibilidad de que Fiona aceptara su oferta—. Sólo hay una forma de subir aquí, y está bloqueada por mis hombres de abajo.

Fiona no podía creer que realmente estuviera contemplando su oferta. Y estaba tentada. Su boca volvió a posarse en la de ella para darle otro beso fugaz. —¿Quieres que te ayude a desvestirte?

Fiona negó con la cabeza, mirándole con los ojos muy abiertos. Tenía la garganta tan seca como un desierto. —Alec Macpherson, eres un... eres un granuja.

—Sólo cuando se trata de ti, amor.

Dio otro paso atrás, juntando las manos detrás de ella. —No puedo. No debería. Nadar... sin ropa.

—Supongo que si eres tímida, podrías ponerte esto —susurró, sacando la prenda húmeda de la rama y sosteniéndola en alto. El sol poniente brillaba claramente a través del material translúcido—. Y te prometo que no te veré ponértela.

Con los ojos muy abiertos, Fiona captó su expresión esperanzada y le arrebató infructuosamente la camisa. Mientras lo hacía, vio que su otra mano, con una floritura, se llevaba el cinturón.

Tentada como estaba de ver si su falda seguía en sus caderas, se giró y se dirigió rápidamente hacia el sendero de rocas que subía desde el estanque.

—¿Adónde vas? —preguntó sonriendo.

—Te veré en la torre —le dijo.

Se levantó las faldas y trepó por las rocas, deteniéndose a medio camino para mirar a Alec. Él volvía a colgar su camisa en la rama y le daba la espalda. La visión de su cuerpo desnudo la sacudió como un relámpago, y Fiona se quedó boquiabierta ante su físico impecablemente poderoso, ante las curvas musculosas de sus nalgas y piernas. Cuando él empezó a girarse, ella se dio la vuelta y corrió hacia la cima de la pared rocosa.

Fiona recorrió por un sendero cubierto de maleza la corta distancia que la separaba de la torre en ruinas. Al llegar al rellano, vio a Ebon, el caballo de

Alec, pastando en la suave hierba de lo que parecía haber sido un jardín cerrado. Al verla, el enorme corcel se movió en su dirección y le acarició suavemente.

—Menudo caballo de guerra eres —susurró Fiona, acariciando la suave crin del animal—. El tamaño de un gigante, pero la dulzura de un cordero.

Fiona se dirigió hacia la entrada de la torre a través de los jardines cubiertos de maleza. Desde su posición, la vista del estanque estaba bloqueada por los gigantescos sauces llorones que rodeaban el parámetro exterior de la cañada.

Al entrar en la oscura torre, apenas pudo distinguir los tramos de escaleras que subían, a lo largo de los muros de piedra.

Corrió hasta la cima, sin aliento cuando llegó. Las vistas desde la cima eran espectaculares.

Alec había acertado al decir que sólo había un camino fácil para subir a la torre. Encaramado en lo alto de un pico con escarpados farallones y acantilados rocosos en tres de sus lados, el edificio ofrecía vistas panorámicas del Great Glen y los lagos que lo atraviesan. El sol descansaba en una hendidura junto al magnífico perfil de Ben Nevis y, a cada vuelta, Fiona sentía que su corazón se estremecía ante la belleza de la escena.

Fiona se acercó al borde de la torre y salió entre los altos bloques del muro exterior. Mirando hacia la cañada que había debajo, sintió una punzada de decepción al ver que Alec no estaba a la vista.

Debería haber ido a nadar con él, pensó con un suspiro. Debería haberlo hecho.

De repente, la forma nadadora de Alec se movió despreocupadamente hacia el centro del estanque. Fiona se agarró a las piedras que tenía a su lado, estabilizándose contra el repentino temblor que amenazaba con doblarle las rodillas. Era realmente hermoso, y no podía apartar los ojos de él como no podía levantar esta torre de sus cimientos. Encaramada a la cornisa, con la brisa levantando sus ardientes cabellos, Fiona observó cómo él salía lentamente del estanque y desaparecía bajo las hojas que sobresalían de la orilla.

Respiró hondo y se sentó contra uno de los grandes bloques, cerrando los ojos momentáneamente. Todo lo que podía ver, todo lo que podía sentir, era a él. Le deseaba. Le necesitaba.

Ahora era una mujer y lo tendría.

Con el pelo escurriéndole por la espalda, Alec miró hacia arriba a través de la oscuridad desde el nivel del suelo de la torre en ruinas. Secciones de los dos pisos quemados colgaban precariamente sobre él. Extrañamente, sólo el último piso de la estructura parecía razonablemente intacto. Las escaleras de piedra que ascendían abrazaban los muros exteriores de la torre del homenaje.

Fiona no aparecía por ninguna parte.

—¡Fiona!

Al principio, sólo el silencio respondió al eco resonante de su llamada.

—Aquí, Alec —respondió ella desde algún lugar de arriba.

Sujetando sus capas y el paquete de comida bajo el brazo, Alec inició la larga subida de los cuatro pisos hasta el tejado.

El baño en el agua fría de abajo había hecho mucho más que enfriar el ardiente deseo de Alec. También había despejado sus pensamientos, su mente. Una de las cosas que le habían atormentado desde el momento en que descubrió la verdadera identidad de Fiona era la inevitabilidad de tener que revelar su pasada relación con Kathryn, su prima.

Tumbado en la piscina, con la luz del sol moteando la superficie, Alec había tomado una decisión. Ella tenía que saberlo, y él iba a ser quien se lo dijera.

Amaba a Fiona, y era importante que la confianza que depositaba en él no quedara injustificada. Estaba seguro de que, sabiéndolo todo, ella lo entendería, antes de que la verdad de lo ocurrido se convirtiera en otra mentira.

Trepando por las turbias sombras del último tramo de escaleras, Alec miró hacia la luz que se colaba como una niebla por la abertura del tejado de la torre.

Cegado momentáneamente por el brillo del sol poniente, se protegió los ojos al salir al aire fresco.

Justo delante de él, de pie sobre el parapeto de la torre almenada, una visión eclipsó los rayos cegadores. Sus cabellos rojos volaban a su alrededor en ondas interminables, enmarcando un rostro de perfección angelical.

Alec apenas podía distinguir sus ojos, pero eran claros y cálidos. Deslumbrantes. Irradiaban una cálida invitación. Le atraían hacia ella con una promesa de plenitud. Avanzó en silencio hacia ella, sintiendo de pronto como si toda su vida hubiera sido un movimiento constante hacia aquel momento. Hacia esta mujer.

Este ángel.

—Alec —dijo en voz baja, acortando la distancia que los separaba. Levantó los brazos y le rodeó el cuello, sonriéndole—. Nunca he visto un lugar más hermoso.

—Te queda bien —susurró roncamente, estrechándola entre sus brazos.

Miró a su alrededor sin dejar de abrazarlo, sin soltarlo—. Me siento como en la cima del mundo.

—Lo eres —susurró Alec.

Fiona le miró fijamente. —¿Es así como se siente un halcón?

—Sí, creo que sí —murmuró—. Justo antes de que levante el vuelo.

—Entonces ya sé por qué vuelve —levantó la mano y apartó un mechón de pelo que le había caído sobre la cara—. Por qué siempre lo hará.

—¿Y eso por qué?

—Amor —dijo ella con sencillez, con calidez, su mano trazando delicadamente la línea de la mandíbula de Alec, su barbilla, sus labios carnosos.

Alec se estremeció involuntariamente ante la erótica sensación de su tacto. No podía esperar más. Sabía que algo en su interior estallaría si no le decía lo que sentía. Lo que le producía su simple contacto.

—Te amo, Fiona.

Al oír sus palabras, su corazón alzó el vuelo, remontándose hacia los cielos dorados.

Sus labios se encontraron, y los de ella se separaron cuando la lengua de él penetró en los suaves recovecos de su boca. Su propia lengua se deslizó contra la de él, igualando sus acciones, aprendiendo y amando su sabor. Mientras se abrazaban, ella podía sentir cómo la brisa la elevaba, los elevaba cada vez más hacia el cielo del atardecer. Llevándoles a un reino, a una esfera, que ningún mortal había alcanzado jamás.

Alec rompió el beso y la miró profundamente a los brillantes ojos color avellana. Levantó las manos y entrelazó los dedos en su sedoso cabello. —Fiona, te amo. Quiero estar contigo... hoy, mañana, siempre. Al cruzar esa puerta, al verte aquí, ya te conocía. Estabas en mis sueños antes de conocerte. Estamos destinados a estar juntos. Para ser uno. Cásate conmigo, Fiona.

—Te amo, Alec —respondió ella, con el corazón rebosante de alegría. Las emociones surgieron en su interior mientras contemplaba el rostro que se había convertido en el mundo entero para ella.

Fiona se levantó todo lo que pudo, tirando de él hacia abajo hasta poder besarle la piel del cuello, donde podía ver su pulso acelerado. Con una mano tiró del cuello de su camisa de lino y acarició su piel caliente con los labios. Oyó el gruñido de su garganta y comprendió su aprobación tácita.

Las manos de Alec le acariciaron la espalda, apretando contra él su esbelto cuerpo. Deslizándose cada vez más abajo, hasta la sensual curva de su trasero, sus dedos tiraron con fuerza de las caderas de ella contra él.

Sus labios volvieron a encontrar los suyos, rozándolos con una ternura que sacudió a Fiona, haciendo que el calor de su interior estallara en llamas.

—Pero, Fiona —susurró—. Hay cosas que necesito contarte. Sobre el pasado.

Ella le puso el dedo en los labios. —Ahora no —murmuró entrecortadamente—. Él ahora es lo único que importa. No tengo pasado. Sólo tenemos este momento.

—Y el futuro —terminó.

—Y el futuro —respondió ella, agarrándole la parte delantera de la camisa con ambas manos y tirando de ella hacia arriba. Sus dedos se deslizaron bajo la prenda y se extendieron por el abdomen y el pecho de él. Podía sentir su corazón palpitante bajo la piel tensa de su cuerpo.

—Fiona, me estás volviendo loco —carraspeó. Estaba perdiendo el control —. Si no paramos ahora...

—No quiero parar, Alec —susurró ella, subiéndole la camisa y besándole el pecho.

—¿Estás segura, mi amor? —volvió a preguntar, subiendo las manos y rodeando con los pulgares los pezones endurecidos de sus pechos.

—Dime qué debo hacer —se estremeció cuando sus dedos avivaron las llamas de su interior.

Alec se quitó la camisa y la dejó caer junto a ellos.

Un deseo la invadió. Sus manos y sus labios estaban sobre él, sintiendo, tocando, explorando sus hombros y su pecho.

También experimentó la sensación del deseo. Retrocedió, extendiendo con un solo movimiento su capa sobre los maderos barridos por el viento. Rodeando de nuevo su cintura con un brazo, sus dedos tiraron suavemente de los cordones de su vestido mientras sus labios volvían a encontrar los de ella.

Abriendo la parte delantera del vestido, Alec se arrodilló mientras su lengua trazaba un erótico sendero desde la barbilla de ella hasta el valle entre sus pechos redondos y turgentes. La oyó jadear cuando apartó la tela y besó la suave carne.

Fiona sintió que sus manos le apartaban el vestido de los hombros, y sacudió los brazos para liberarse mientras él le bajaba la prenda por las caderas.

Ella estaba de pie bajo los últimos rayos de sol y, aún arrodillado, Alec la contemplaba amorosamente, con la cálida brisa veraniega lamiendo su piel de marfil. Sus ojos recorrieron su forma perfecta, la belleza resplandeciente que tenía ante él.

—Eres un ángel —susurró entrecortadamente.

—Soy tu ángel, mi amor.

Alec la atrajo hacia sí, apoyando la cabeza en sus pechos turgentes mientras sus manos acariciaban su espalda, las suaves curvas de su trasero, la carne firme de sus piernas. Sus dedos exploraron los contornos de la parte posterior de sus muslos y penetraron suavemente en los húmedos recovecos que había entre sus piernas.

Fiona jadeó sorprendida cuando la mano de Alec se deslizó hasta la unión de sus muslos. Su cuerpo se arqueó contra la mano de Alec mientras sus dedos avivaban suavemente el ardiente fuego de su interior.

La boca de Alec se movió sobre un pecho. Sintió que las manos de ella le agarraban el pelo y la espalda mientras Fiona impulsaba inconscientemente las caderas contra él.

—¡Alec! —jadeó. Sus dedos estaban enviando oleadas de calor hacia arriba a través de ella en ríos que amenazaban con estallar a través de ella.

—¡Vamos mi amor, vamos!

Sus palabras desgarradas la hicieron saltar por los aires.

Echó la cabeza hacia atrás cuando empezó a sentir una presión que nunca antes había experimentado. Sus respiraciones eran cada vez más cortas y, de repente, Fiona sintió que su cuerpo se estremecía incontrolablemente y se acurrucó sobre él.

Alec sintió que su cuerpo se estremecía y se cerraba contra el suyo mientras sus uñas le agarraban el pelo.

Se aferró a él, lo estrechó contra su pecho mientras la palpitante liberación disminuía lentamente.

Sujetando con fuerza a Fiona mientras su mente recuperaba el control sobre su cuerpo, Alec aplastó los muslos y el vientre de ella contra su abdomen y su pecho. Cuando oyó que su respiración se volvía más regular, aflojó el agarre y buscó su mano.

Se arrodilló ante él. Sus ojos nublados por la pasión dijeron mil palabras. —Alec —susurró—. Nunca pensé... que pudiera sentirme así.

—Hay más, mi amor... más —su boca se movió sobre la de ella. Buscando, saboreando.

—Quiero tocarte... sentirte —susurró Fiona mientras bajaba sus temblorosas manos por delante del duro abdomen de él, más abajo. Le acarició la rodilla levantada hasta que sus dedos llegaron al final de la falda escocesa y pasaron por debajo.

Oyó su rápida respiración mientras sus dedos lo rodeaban. Un deseo salvaje la llenó de nuevo valor. Con la otra mano tiró de su cinturón, abriéndole la falda.

—Fiona —gimió como si le doliera cuando las suaves manos de ella lo acariciaron.

Él palpitaba contra su tacto. Le pasó las manos por las nalgas, bajó entre las piernas y volvió a subir, acariciándole. Su piel le abrasaba las manos. Estaba ardiendo.

—Fiona, no puedo esperar más. Te deseo —susurró con voz ronca.

Fiona se sentó sobre la capa y tiró de él hacia abajo con ella.

Las manos de Alec estaban en su cintura. La tumbó suavemente y se elevó sobre su cuerpo. Instintivamente, las piernas de ella se abrieron para recibirlo. Él quería ir despacio, ser suave. Pero ella no se lo permitió.

Fiona se retorció bajo él. Lo deseaba. No podía contenerse. Su cuerpo se estremeció ante lo que estaba por llegar. Levantó la mano y se agarró a su cuello, acercándolo tanto que podía oír el latido de su corazón.

—Fiona —tenía que preguntar. Aunque sabía que no podía detenerse, Alec necesitaba preguntar. Mirándola a los ojos llenos de pasión, supo su respuesta incluso antes de que ella hablara.

—Alec, hazme tuya. Tómame ahora.

Entró en ella con un movimiento rápido, penetrando su virginidad. Fiona gritó, clavándole las uñas en los hombros, estremeciéndose ante el repentino dolor. Alec se enterró profundamente dentro de ella y se quedó quieto. Esperó, esforzándose por controlar su propio cuerpo, un cuerpo en llamas.

—Lo siento, amor —carraspeó—. Comprendo que duele.

Fiona se aferró a él, la conmoción del golpe adormeció la desgarradora sensación que la desgarraba. Luego, poco a poco, sintió que volvía a respirar. Empezó a ser consciente de su respiración rápida y contenida en su oído, de los débiles temblores que recorrían los músculos de su espalda, de su miembro palpitante en lo más profundo de ella.

—Alec —exhaló Fiona, sonriendo y besando la piel de su cuello, de su hombro. Ya estaba centrando su concentración en el placer mientras el dolor remitía.

En su interior se estaba formando otro ser. Sus caderas se movieron ligeramente, latiendo a un ritmo que Fiona conocía por instinto. El latido de la vida. La presión interior volvía a crecer. No podía creer que aquello le estuviera ocurriendo de nuevo. Seguramente no era eso lo que debía ocurrir. Arqueó la espalda y lo atrajo más hacia sí. Su necesidad era ahora urgente. Abrumadora, palpitante. Se esforzó por tenerlo aún más adentro.

Alec sintió que su disciplina se desmoronaba. Le resultaba físicamente imposible contenerse por más tiempo. Se retiró y volvió a penetrarla. Sujetando apasionadamente su cálido cuerpo, la besó hambriento mientras su ritmo se apoderaba de todo pensamiento consciente.

Cuando por fin estalló su clímax, dos almas alzaron el vuelo, dos cuerpos girando en una danza acrobática, en espiral siempre ascendente. Dos halcones elevándose hacia el cielo en un giro de amor eterno. Curvándose, doblándose, estallando en una esfera cristalina. Muy por encima. Lejos. Iluminada por el amor.

EL AZUL PÚRPURA DEL CIELO, cada vez más profundo, se extendía hacia el dorado oeste. Mientras la oscuridad se cernía sobre ellos, Fiona yacía con la cabeza apoyada cálidamente en el bíceps de Alec. Alec contempló su rostro satisfecho, y sus dedos acariciaron distraídamente el sedoso pelo rojo que le caía por el hombro hasta el pecho. Mientras su mano se movía lenta y amorosamente entre los suaves mechones, de vez en cuando sus dedos rozaban ligeramente la cálida piel que yacía bajo ella. El mero contacto de su piel con la de ella hizo que sus entrañas se agitaran. Llenó su pecho de aire, pensando que ya habría tiempo suficiente.

Le encantaba este lugar. Aquí, en esta torre, tan por encima del mundo, estaban a salvo. Protegidos del mundo. Protegidos del pasado y de un presente que Alec preferiría evitar. Si pudieran llevarse este lugar, pensó, su esencia con ellos. Sonrió a Fiona. Como si una simple torre pudiera impedirle experimentar el mundo.

Muy por encima, un pájaro giraba, un último rayo de luz se reflejaba en el rizo de algún plumaje, o en una garra o un pico. Fiona vislumbró el pájaro y se maravilló de su capacidad para elevarse por encima de toda la Tierra. Se preguntó qué podría ver mientras volaba en círculos a tanta altura. Acurrucándose más cerca de Alec, le miró tiernamente a la cara, sabiendo que no cambiaría esta vista por la del halcón que tenían encima.

—Éste es un lugar maravilloso, Alec —susurró ella, con los dedos acariciando la mano de él, que descansaba ligeramente sobre su pecho.

—Es tierra de la Corona —respondió, y añadió suavemente— la construyó tu padre.

Fiona se estremeció ligeramente cuando la brisa del atardecer recorrió su piel desnuda. Alec se agachó y le echó la capa por encima de sus cuerpos entrelazados.

—Creía que todo estaba viejo y mal traído —dijo ella, acurrucándose más.

—No, simplemente se dejó así después de que las obras de alquimia del abad explotaran y ardieran.

—¿Qué? —Ella sonrió, mirándole con escepticismo—. ¿Te lo estás inventando?

Alec se echó a reír. —¿Yo? ¿Inventar las cosas? —Se inclinó hacia ella y la besó, deteniéndose para mirarla amenazadoramente a la cara—. Yo no invento cosas.

—Muy bien, te creo —se rió—. Cuéntamelo.

—Bien —dijo Alec, rodando sobre su espalda y gruñendo de placer cuando ella se abalanzó inmediatamente sobre su pecho—. Tu padre construyó este lugar como puesto avanzado durante la Revuelta del Oeste. Estamos más allá de los confines de las tierras de los Macpherson, y necesitaba un lugar que pudiera vigilar los movimientos en la Gran Cañada, abajo y al oeste.

—Parece impresionante —interrumpió Fiona, apoyando la barbilla en su pecho—. Pero creo que sólo lo puso aquí por las vistas.

—Sin duda tienes razón —él asintió, alzando la mano y apartándole un mechón de pelo que le había caído en la cara.

—Cuéntame más, Alec.

Intentó volver a concentrarse en el relato, pero le resultó difícil. Sólo podía pensar en lo increíble que había sido hacer el amor y en lo pronto que tardaría el cuerpo de ella en superar el dolor, para que pudieran...

—¡Alec!

—Lo siento, amor, pero eres una gran distracción —continuó, intentando ignorar el cuerpo de piel suave que descansaba tan cómodamente sobre el suyo —. Después de que las cosas se calmaran en las Highlands y las Islas Occidentales, James dejó que el abad de Tungland viviera aquí... hasta que estuvo a punto de hacer volar la maldita cosa de este pico.

—El Abad de Tungl... ¿Quién es?

—Un charlatán al que tu padre encontraba, por alguna razón, entretenido. Decía ser alquimista. Decía que estaba a punto de convertir el plomo en oro.

—No me digas que mi padre le creyó.

—No, muchacha. Ya te he dicho que era medianamente entretenido. Pero también afirmaba que con un lugar tranquilo, y una buena suma para mantenerse en cuerpo y alma, no sólo produciría oro, sino que perfeccionaría un aparato volador con el que el rey podría visitar todos los rincones de Escocia en un solo día.

—¿Tenía un aparato volador? —preguntó entusiasmada.

Alec la miró con complicidad. —Eres, en efecto, la hija de tu padre.

Fiona le golpeó el pecho con el puño. —¿Lo hizo o no lo hizo?

—De hecho, lo hizo. Más o menos. James nos trajo aquí a unos cuantos después de que el abad llevara viviendo aquí unos seis meses. Había montado algo que parecían alas... hecho con un arnés de cuero y cera y plumas de ave. Fue más o menos un mes antes de que ardiera el lugar. Había estado enviando mensajes diciendo que los experimentos de alquimia necesitaban un poco más de tiempo y dinero del rey, pero que el aparato volador estaba casi listo. Así que salimos.

Fiona se levantó ligeramente del pecho de Alec y sus pechos rozaron ligeramente su piel. Cuando Alec no continuó inmediatamente, ella se acercó y le agarró la mandíbula. —Dime. ¿Qué ha pasado?

El brazo de Alec la rodeó con fuerza, aplastando sus pechos contra él. —Si no dejas de tomarme el pelo, nunca acabaremos esta historia.

—¿Yo? ¿Bromear? —preguntó sorprendida, antes de darse cuenta de a qué se refería. Entonces, con una sonrisa, le pasó el dedo por el costado del abdomen, complacida por la aguda respiración que le indicó su placer—. Dime —susurró tímidamente.

—Sólo si me prometes que no pararás.

—Te lo prometo. Pero dime, ¿voló?

—Sí, tuvo que hacerlo cuando sus sirvientes no quisieron hacerlo —respondió Alec apretando los dientes—. Directamente, desde lo alto de esta torre hasta el arroyo de la base.

—No.

—Sí —el guerrero se impulsó hacia arriba y la hizo rodar sobre su espalda, inmovilizándola con la pierna.

—Espera —gritó, mientras Alec la miraba, con sus intenciones claras—. ¿Qué le ha pasado?

Alec hizo una pausa.

—Cuando lo sacamos del agua, miró directamente al rey y le dijo que sabía lo que había hecho mal —Alec se inclinó y le besó el hueco del cuello.

—¿Qué, Alec? —respondió Fiona, levantando la barbilla para darle mejor acceso.

Alec levantó la cara y contempló su hermoso rostro—. Había usado plumas de gallina, y lo que debería haber usado eran plumas de halcón... y serían caras.

—¿Le ahogó mi padre?

—No, Fiona. Era un alma demasiado generosa para eso. Pero le dijo que su tiempo aquí se estaba acabando. Y así era.

—Así que voló el lugar.

—Y dejó las ruinas para nosotros.

Capítulo Catorce

Esta bella dama... pasó lejos de la ciudad
Una milla o dos, hasta una mansión
Construido muy bien...

—Robert Henryson, «Testamento de Cresseid»

—Dejemos dormir a los perros.

—¡Nunca!

Fiona sacudió la cabeza con enfado ante el comentario de Alec.

El sol estaba casi en lo alto cuando, codo con codo a la cabeza del grupo de guerreros, cruzaron una cresta cubierta de brezo y empezaron a descender hacia el valle que marcaba el comienzo de las tierras de Macpherson. Si todo iba bien, dijo Alec, llegarían al castillo de Benmore la tarde siguiente.

Fiona miró a través de las verdes y salvajes colinas de las Highlands, a través de un mosaico de espinos y pinares, hacia los altos picos de las montañas Grampian, al sur.

Habían estado hablando de matrimonio, de si el castillo de Benmore era el lugar adecuado para ello. No había nada que Fiona deseara más que una eternidad de dicha conyugal con Alec Macpherson, pero Fiona tenía algo que atender primero.

—Alec, tengo que ir al castillo de Drummond —repitió ella—. Antes de poder seguir adelante con el resto de mi vida, necesito hacerlo.

—¿Qué esperas conseguir allí? —preguntó—. ¿Por qué primero? ¿Por qué no podemos ir allí después de casarnos?

—Porque temo distraerme con las cosas maravillosas que me ofrecerá la vida contigo —dijo con sinceridad, y por la expresión de Alec supo que la creía—. Mi madre no se suicidó, Alec. Lo sé.

—Fiona, ¿de verdad has dedicado tiempo a pensar en esto?

—Claro que lo he pensado. Esto me ha perseguido toda la vida, Alec.

—Entonces dime. ¿Quién podría quedar allí para apoyar lo que dices, Fiona? Han pasado catorce largos años, y nadie habló cuando incluso el rey vino en busca de respuestas. ¿Qué te hace pensar que hablarán ahora?

Fiona pensó en las personas que habían servido a su madre. Ahora todos carecían de rostro... de nombre. Todos menos Nanna. ¿Y qué posibilidades había de que siguiera viva? Entonces parecía tan anciana. ¿Y por qué no había hablado?

—Fiona, hay otras cosas. Cosas que deberías considerar —el rostro de Alec era sombrío cuando le tendió la mano. Fiona le miró a la cara ante el gesto de apoyo.

—Supón, por un momento —continuó Alec—, que pudieras demostrar la verdad de lo ocurrido. ¿Y entonces qué?

—Entonces su nombre quedará limpio y se hará justicia con los responsables de su asesinato.

—¿Pero y si esos rumores sobre su asesinato fueran ciertos? ¿Y si ese acto se perpetró en la creencia de que la muerte de tu madre era la clave para la paz con Inglaterra? Que redundaba en beneficio de Escocia. Cuando tu madre murió, Fiona, el rey James, no tenía motivos para aplazar el matrimonio con la princesa inglesa.

—¿Estás defendiendo a esos animales? —preguntó con fiereza—. ¿Estás diciendo que merecía morir porque unos nobles querían hacer negocios con Inglaterra?

—No, muchacha. No defiendo la barbarie de nadie. Sólo digo que la venganza será difícil de llevar a cabo contra personas que pueden haber actuado creyendo que hacían lo correcto.

—Quizá para ti, pero no para mí. Ésta es mi madre, una mujer que simplemente amaba a un hombre.

—Un rey, Fiona —dijo Alec, mirándola fijamente a los ojos. Dondequiera que la condujera su camino, él estaba decidido a recorrerlo con ella. La amaba y la protegería con toda la fuerza e influencia de que fuera capaz, por muy alto que condujera el rastro hasta los asesinos de su madre—. Pero pase lo que pase, Fiona, tu lucha es mi lucha. Sólo digo estas cosas para advertirte de las dificultades que pueden acecharte. Y si quieres ir al castillo de Drummond antes de casarnos, entonces iré contigo. No volveré a perderte de vista, amor mío.

La brisa agitó sus rizos rojos y Fiona miró a sus cariñosos ojos azules.

—Te necesito, Alec —dijo en voz baja—. Todo esto puede ser en vano. Todas mis esperanzas respecto a mi madre pueden convertirse en polvo. Pero tengo que intentarlo. Tengo que saberlo.

Se llevó los dedos a los labios. —Encontraremos tu respuesta...

—Lord Alec, mira —gritó Robert desde su posición, una flecha disparada hacia delante.

El escudero señaló a lo alto de la cresta, más allá del valle. Al menos un centenar de guerreros montados habían salido de un bosquecillo de robles y se dirigían hacia el valle. Fiona pudo ver que los soldados se dirigían directamente hacia ellos y miró inquisitivamente a Alec, que estaba a su lado, mientras los jinetes que la rodeaban atajaban a sus animales. Al otro lado de ella apareció David, guiando a su caballo junto a ella.

—Ésos son los Macpherson, Fiona —le dijo David, señalando con la cabeza a la tropa que se acercaba.

—¿Cómo puedes saberlo? —preguntó a nadie en particular.

—David sabía que estábamos en tierras de los Macpherson —respondió Alec—. Pero desde luego sé cómo se sienta mi propio hermano en una silla de montar.

El estruendo de los cascos se hizo más fuerte a medida que los jinetes se acercaban. Parecía que en sólo un instante habían cubierto el terreno que les separaba. El aire se llenó de repente con el sonido de gritos de bienvenida y bromas amistosas. Los rostros rubicundos, las mantas escocesas y el destello del metal abarrotaron el valle con el enjambre de miembros del clan Macpherson.

Fiona se sentó erguida en su silla de montar, con el pelo llameante bajo la brillante luz del sol. Los recién llegados miraron con interés aquella belleza y se oyeron murmullos de aprobación de todas partes mientras corrían a su alrededor.

Un guerrero de pelo negro cabalgó directamente hacia Alec en el centro del tumulto, y Fiona observó cómo él y Alec se abrazaban a lomos de sus caballos. Era un hombre apuesto, casi tan grande como Alec, y cuando volvió hacia ella su rostro joven y sonriente, no cabía duda de quién era. Tenían los mismos ojos azules, pero mientras los de Alec hablaban de confianza y años de experiencia, los de su hermano hablaban de picardía.

—Bueno, Alec, dijeron que ibas a traer de vuelta a nuestra princesa, pero nunca dijeron que fuera una muchacha tan bonita.

Antes de que Alec pudiera responder, John espoleó a su caballo para acercarse a ella. Rodeó a su corcel, la miró detenidamente y se detuvo a su lado.

—Buenos días, mi Lady —dijo, tendiéndole amablemente la mano. Cuando ella le cogió la mano tímidamente, John se la llevó a los labios en señal de saludo cortés. Mientras hablaba, siguió cogiéndole la mano, sin apartar la mirada de su rostro—. Espero que mi hermano, teniendo en cuenta su característica terquedad, no haya hecho tu viaje demasiado arduo.

—Vaya, gracias por preguntar. Es muy considerado por tu parte —sonrió, volviendo sus brillantes ojos avellana hacia Alec mientras retiraba la mano y la colocaba entre los pliegues de su capa.

—Entonces supongo que tenemos que asumir que ha sido un viaje difícil.

—¿Por qué ibas a suponerlo? No lo he dicho.

—Mi Lady, no hace falta —respondió John, lanzando una mirada pícara en dirección a Alec—. Debes de estar muy cansada por el duro viaje... y por tan tediosa compañía.

—Eres bastante perspicaz, para ser un Macpherson —dijo pícaramente.

John echó la cabeza hacia atrás y se rió a carcajadas cuando Alec espoleó a su corcel junto a Fiona.

—Permitidme que os asegure, mi Lady, que Ambrose y yo no nos parecemos en nada a él. Es bien sabido por aquí que los vástagos de los Macpherson han mejorado con cada nacimiento.

—Por desgracia para John, era un huérfano —murmuró Alec en voz baja—. Ten cuidado con este rufián, Fiona. Tiene un alma que hace juego con su pelo negro. Te lo digo de verdad... porque le quiero como a un hermano.

Los hombres que los rodeaban se reían de las bromas.

—Pero los niños huérfanos siempre son los mejores —dijo, lanzando una mirada juguetona y desdeñosa a Alec—. Si recuerdas, resulta que yo soy uno de ellos.

—Sí, Fiona. Pero John no es como tú. Fue abandonado dos veces. No tuvimos más remedio que quedarnos con él.

—Ésa es otra de mis numerosas cualidades. Siempre encuentro el camino de vuelta —dijo a Fiona confidencialmente—. En ese sentido, mi Lady de incomparable belleza, ¿puedo acompañaros el resto del camino hasta el castillo de Benmore?

—Quieto ahí, canalla de lengua de plata —respondió Alec, empujando el enorme cuerpo de Ebon entre los corceles de Fiona y John—. Y no me tientes. Aunque eres un poco grande para meterte en una cesta de mimbre, dicen que a la tercera va la vencida.

—Me alegra verte admitir la verdad para variar, Alec —dijo, sonriendo ampliamente y tirando de su caballo hacia el lado libre de Fiona—. Siendo el tercero, yo soy el encantador.

—Pero, por desgracia, también eres el más canalla —Alec frunció el ceño, mirando al muchacho, que era tan alto y musculoso como él.

—No es con proezas de fuerza como pienso entretener a esta hechicera durante el resto del viaje, sino con palabras de homenaje que celebrarán su belleza.

—Me tiene a mí para recordarle esa belleza, bribona. Así que gracias por venir a nuestro encuentro y sigue tu camino.

Las carcajadas resonaron entre los hombres que los rodeaban, y el joven hermano de Alec se unió a ellas.

—Ah, así que así será —concluyó John afablemente, estabilizando su montura y dando una palmada a Alec en el brazo—. Bueno, éste va a ser un alegre regreso a casa, hermano mayor. ¿No se alegrará mamá? Estoy seguro de que piensa pasar mucho tiempo a solas contigo para ponerse al día.

John se volvió hacia Fiona. —Y mientras Alec cumple con su deber familiar, mi Lady, yo estaré a tu servicio para que tu estancia sea lo más agradable posible.

John se irguió sobre los estribos y se inclinó respetuosamente desde la cintura, y Fiona le devolvió la inclinación de cabeza. —Bienvenido a las tierras ancestrales de los Macpherson, Alteza.

—Muy bien, John —concedió Alec. Se volvió hacia Fiona, captó su sonrisa y estuvo a punto de sonreír él también—. Eres el más encantador del país. Pero si crees que vamos a pasar aquí todo el día mientras nos muestras lo caballero cortesano que eres, nos pondremos todos morenos como sarracenos por este sol. Nos vamos, así que si quieres acompañarnos... Oh, John, éste es David MacLeod, amigo del padre y hermano de la Priora de Newabbey.

—Encantado de... —empezó John.

Cuando su hermano menor se dio la vuelta, Alec golpeó el flanco de la montura de Fiona, y ambos avanzaron codo con codo a través de la masa despejada de guerreros Macpherson. Momentos después, Fiona miró feliz al sonriente Alec mientras se adentraban en campo abierto con John en su acalorada persecución. No había rastro de la nube que de vez en cuando ensombrecía el humor de Alec. Estaba contento. Estaba en casa. Fiona se preguntó si algún día se sentiría así en estas tierras. En cualquier tierra.

John no tardó mucho en alcanzarlos y, tres a la vez, condujeron a la tropa al galope por la lejana ladera del valle hacia el bosque que tenían delante.

—Bueno, John —preguntó Alec mientras seguían la cresta, bordeando la linde del espeso bosque—, ¿qué te ha traído hasta aquí? No habías cabalgado tan lejos para saludarme desde que tenías nueve años. Y recuerdo que aquella vez te llevaste un buen disgusto.

El recuerdo de Alec de la humorística secuela se interrumpió cuando John lanzó una mirada interrogativa en dirección a Fiona. El atractivo rostro del joven se volvió serio en un instante, y dirigió a Alec una mirada significativa por encima de la cabeza de Fiona.

—¿Qué ocurre, John? Preguntó Alec. No tenía sentido intentar ocultarle nada a Fiona. Era su alma gemela, su compañera, su amor.

—Hubo un ataque.

—¿En nuestro barco desde Skye?

—Sí —respondió John—. Hace tres días recibimos la noticia de que el barco que enviaste como señuelo hacia el castillo de Kildalton fue atacado.

—Maldita sea —dijo Alec sombríamente—. Aunque me lo temía.

—¿Se ha hecho daño alguien? —preguntó Fiona con preocupación. Todo esto era culpa suya. Iban tras ella. Nunca debería haber permitido que otros pusieran sus propias vidas en peligro por ella. Alec había hablado de peligros, y tenía razón.

—Ninguno de los nuestros —respondió tranquilizador John, al ver su angustia—. Uno de los barcos de Colin Campbell apareció justo cuando los bandidos disparaban sus cañones contra nuestro barco. Los asquerosos piratas se retiraron inmediatamente.

—¿Piratas? —soltó Fiona.

—Hay lobos de mar que trabajarán para quien pague, Fiona —respondió Alec. Se volvió hacia John—. ¿Los han atrapado?

—Sí —respondió John.

—Bien. ¿Dónde están ahora? —preguntó Alec.

—Algunos están en el fondo del Atlántico. Los cañones del barco Campbell hicieron saltar ese barco del agua.

—¿Algún superviviente?

—Unos cuantos. Pero ninguno sabía nada, excepto el primer oficial. Aunque estaba más que dispuesto a hablar —John y Alec intercambiaron una mirada cómplice. Los que asaltaban las costas occidentales y caían en manos de sus antiguas víctimas no tardaban en buscar oportunidades para salvar el pellejo—. El compañero está retenido en el castillo de Kildalton. Dice que estaban esperando a este barco. Y que había una recompensa por la princesa pelirroja.

—¿Quién ganaría teniéndome a mí?

—Cualquiera —dijo Alec—. Todos los Laird de Escocia darían su brazo derecho por ti, Fiona... pero por las razones equivocadas.

Fiona le tendió la mano, y Alec la agarró con fuerza antes de volver a mirar a su hermano.

—¿Quién puso la recompensa por su cabeza, John?

—El oficial no lo sabe. Pero dijo que el capitán había recibido por adelantado un cofre de oro de alguien de las Highlands. Eso es todo lo que sabe.

Fiona sintió que la invadía un adormecimiento. Era un vacío interior que llegaba con la rememoración de viejos y dolorosos recuerdos. De sucesos ocurridos catorce años antes. Un pensamiento fugaz relacionó los incidentes que estaban divididos por una tremenda distancia y por años aún más largos. De algún modo, supo que todos estaban relacionados.

—Así que por eso hemos venido a reunirnos contigo —concluyó John—. Quienquiera que pagara ese ataque pronto se enteraría de que no estabas en esa nave. Sólo que no estábamos seguros de lo pronto que le llegaría la noticia.

Fiona intentó recordar los acontecimientos de su viaje. —Los que están detrás de esto no pueden ser de Skye ni de las Hébridas Exteriores.

—¿No es un poco pronto para descartar a alguien? —preguntó John, volviéndose en su dirección.

—Tiene razón, John —dijo Alec pensativo—. A excepción de Neil MacLeod, que huyó de Skye unos días antes de que partiéramos, todo el mundo ahí fuera sabía que habíamos tomado la ruta terrestre. Habrían sabido que el barco era sólo un señuelo.

—¿No habría sido más inteligente mantener tu plan en secreto? —preguntó John críticamente.

—Créeme, no tuve elección —Alec se volvió, mirando el rostro sonrojado de Fiona—. Esta belleza no es sólo nuestra princesa que regresa a la tierra de los vivos.

—¿No?

—Fiona es mucho más. Es la princesa hada que rescata a los que están en peligro. Es la ninfa del bosque que protege a los leprosos. Es el Kelpie que nada en los lagos. Es la amada rebelde que rompe todas las reglas —Alec hizo una pausa—. Éste, John, es el Ángel de Skye.

John observó cómo las miradas de su hermano y de la belleza de ojos brillantes se fijaban la una en la otra, aislándolo a él y al resto del mundo. Sonrió ante la repentina idea de que Alec, por fin, estaba en casa. Y John sonrió, pues parecía que su hermano había encontrado a alguien tan raro y merecedor como lo era el propio Alec.

———

LA MAÑANA ERA clara y fría cuando cabalgaron hacia el gran valle que se extendía entre las montañas grises de cima redondeada que Alec llamaba «Monadhliath» y los elevados bosques de fragantes pinos de ramas rojas que se extendían hasta donde alcanzaba la vista hacia el sur. El gran río Spey serpenteaba como una brillante serpiente enjoyada a lo largo del ancho fondo del valle, y a Fiona se le cortó la respiración ante la belleza de la escena que se desplegaba ante ella. Las granjas y los pastos del valle eran verdes y exuberantes, y los trabajadores de los campos alzaban sus sombreros y gritaban de bienvenida a la tropa que pasaba.

Poco después de que el sol pasara por encima de ellos, doblaron un recodo del río y Alec señaló el gran castillo asentado sobre un montículo que dominaba la vía fluvial. Arboledas de altos pinos flanqueaban el lado norte del edificio, y puentes levadizos cruzaban la serie de fosos y zanjas que rodeaban protectoramente los altos muros de piedra. A la derecha, un puente de piedra cruzaba el río sobre siete arcos y conducía a un pueblo de aspecto amable, con edificios de madera y piedra, que se aferraba a la orilla sur del Spey.

Unos instantes después cabalgaron a través de la entrada arqueada y entraron en el castillo de Benmore. Fiona aminoró la marcha de su caballo y se quedó ligeramente rezagada respecto a los demás. Al entrar en el patio, rodeado de edificios que abrazaban los muros, Fiona se detuvo al ver el movimiento y el colorido de hombres y mujeres que se apresuraban a sus tareas. Su mirada se dirigió hacia arriba. En la pared de un gran edificio, al otro lado de la cortina, un gran medallón de piedra mostraba el escudo de la familia. Sus ojos se fijaron en el león de la parte superior del escudo.

Fiona inspeccionó todo el perímetro del patio. Con sus torres de tres cuadrados, el castillo de Benmore era de lo más impresionante. Pero agradablemente. Cierto que, desde fuera, tenía el aspecto de una fortaleza. Pero desde dentro, tenía más bien el aspecto de una cómoda residencia.

—Mis padres llevan unos dos años reconstruyendo este lugar.

Fiona miró a su lado y vio allí a John.

—Es absolutamente precioso —respondió ella.

—Todo es obra de Madre. Ella, al fin, nos convenció a los demás de que ya era hora de que viviéramos en un hogar y no en un barracón de piedra.

Fiona miró hacia delante, buscando a Alec con la mirada. Estaba cansadísima, pero eso no la angustiaba tanto como no haber tenido ni un solo momento a solas con él en los dos últimos días. Cabalgaría dos días más si eso significaba que él la llevaría de vuelta a su torre en ruinas. Anhelaba la intimidad, sentir su piel contra la suya. Deseaba sus besos, sus caricias, su pasión.

Sus ojos lo encontraron y él se volvió, sonriéndole. El corazón se le apretó en el pecho. Estaba de pie, por encima de un grupo de personas, junto a una escalera de piedra que conducía a una gran puerta.

Separándose del grupo, Alec se puso en marcha en su dirección, y Fiona desmontó rápidamente. Cada vez era más consciente de los ojos vigilantes y las miradas curiosas de la gente que la rodeaba. Del círculo donde había estado, una mujer alta y hermosa dio un paso hacia ella.

—Quiero que conozcas a mi madre, amor —susurró al llegar a su lado. Le cogió la mano—. Me han dicho que Lord Huntly llegó anoche.

—¿Lord Huntly? —repitió Fiona, sorprendida.

—Sí. Él mismo vino a saludaros. Pero no nos esperaban tan pronto. Él y mi padre han salido de caza esta mañana.

Mientras las dos caminaban una al lado de la otra, Fiona sentía un peso arrastrar cada uno de sus pasos. Tenía tantas ganas de causar una buena impresión a la madre de Alec. Pero todas sus inseguridades afloraron de golpe. Sabía demasiado bien que carecía de la sofisticación y el encanto de una dama noble. No era más que una simple muchacha de convento a la que el destino había arrancado de los campos y bosques de Skye. Sólo podía ser quien era.

Cuando llegaron a la escalera, a Fiona se le hizo un nudo en el estómago. La madre de Alec permanecía en silencio, con el pelo rubio oscuro, suelto trenzado y recogido detrás de ella. Sus ojos azules tenían el mismo color intenso que los de su hijo, y miró fijamente a Fiona mientras se acercaba. Fiona pensó en apartar la mano del agarre de Alec, pero él la sujetó con fuerza.

—Bienvenida al castillo de Benmore, Lady Fiona —le ofreció cortésmente Lady Macpherson.

Fiona retiró el brazo de Alec e hizo una reverencia a la señora de la mansión.

—Gracias por recibirme, mi Lady —susurró, con la cabeza inclinada—. Siento muchísimo importunaros hasta aquí.

Elizabeth Macpherson se quedó de pie, momentáneamente aturdida por el comportamiento de la incandescente belleza que tenía ante ella. Aquella joven modesta, tan educadamente recatada, no era en absoluto lo que ella había esperado. La había observado, sentada, tan erguida sobre su caballo, inspeccionando el castillo, y había pensado: allá vamos. Efectivamente, es la prima de Kathryn Gray.

Nunca le había gustado Kathryn, desde que la conoció en la corte. Pero respetaba la decisión de su hijo y había hecho un buen trabajo conteniendo la lengua. Había rezado para que las cosas salieran bien, y así había sido.

Pero esta muchacha era claramente diferente. Elizabeth miró su cabeza inclinada, el nerviosismo evidente en el rubor de sus rasgos perfectos.

Extendió la mano y agarró la barbilla de Fiona, levantándole ligeramente la cara y sonriendo cordialmente.

—No hace falta que me hagáis una reverencia, Lady Fiona —dijo suavemente—. Y tampoco es necesario que te disculpes.

Lady Macpherson era la mujer más impresionante que Fiona había visto jamás. Y entonces, al mirarla a la cara, vio la repentina calidez en aquellos profundos ojos azules y supo que todo iría bien entre ellas.

—¿Por qué no entras conmigo y dejas que los hombres traigan tus cosas?

—No puedo agobiar a estos hombres más de lo que ya lo he hecho en este viaje —dijo Fiona con franqueza—. Además, apenas tardaré un momento en ir a buscar mi morral y...

—Aquí está, Lady Fiona —gorjeó Robert desde detrás, con el morral en la mano.

—¿Eso es todo lo que has traído? ¿Quieres decir que este bestial hijo mío ni siquiera te ha dado tiempo a empaquetar la ropa?

—Ésta es mi ropa, mi Lady —respondió Fiona con sencillez—. No se necesita un armario muy grande en un convento.

La madre de Alec se rió a carcajadas. ¿Qué había sido de los baúles llenos de ropa que los criados de Kathryn habían traído y sacado cuando ella había llegado sin invitación hacía menos de un mes?

—Creo, querida, que puedo ayudarte en eso.

Elizabeth Macpherson cogió la mano de la joven y empezó a subir la escalera que conducía al Gran Comedor, con Robert detrás.

—¿Adónde la llevas, madre? —llamó Alec tras sus espaldas en retirada.

—¿Por qué no te dedicas a tus asuntos? —respondió la madre de Alec por encima del hombro antes de continuar en un tono más confidencial—, Nunca ha sido de los que comparten, Fiona, tengo que advertirte sobre eso.

Fiona se sonrojó. Estaba segura de que Alec no había tenido tiempo de contarle sus planes a su madre. Pero había algo en la cálida forma en que cogía la mano de Fiona, que decía que Lady Macpherson acababa de unirse a su conspiración.

Mientras las dos mujeres se abrían paso entre la multitud de gente hacia las puertas abiertas de par en par del gran salón, Fiona oyó que Lady Macpherson ordenaba a Robert que subiera el morral a la Sala Roundtower. Al entrar en el gran salón, Fiona se percató de un intercambio de palabras, tranquilo, pero firme, entre la señora de la casa y el escudero.

Fiona dejó que sus ojos recorrieran toda la estancia. Cada una de las paredes enlucidas estaba cubierta de coloridos tapices y colgaduras de fieltro bordado, terciopelo, seda y damasco. El suelo también estaba cubierto de esteras de junco cosidas en tiras. Por detrás de las dos mujeres, los guerreros que regresaban se agolparon en la sala y empezaron a llenar las mesas de caballetes. El gran surtido de perros que estaban cómodamente instalados bajo las mesas se estiró perezosamente y se desplazó hacia los espacios intermedios, mientras las sirvientas entraban y salían a toda prisa con bandejas de comida, verduras frescas y jarras de cerveza, y su brillante parloteo llenaba la sala de actividad y calidez.

Fiona se quedó mirando, asombrada por la felicidad que parecía impregnar el aire del castillo de Benmore.

—Si lo prefieres, querida, te prepararemos algo rico para comer en tu habitación—. Elizabeth puso su cara más maternal y lanzó una severa mirada de desaprobación a un grupo cada vez más ruidoso que, de buen grado, hacía sitio a Fiona entre ellos—. Debes de estar bastante cansada de estos rufianes, me imagino —dijo en voz alta, evocando las risas del simpático grupo. Cogiendo a Fiona firmemente del brazo, la condujo hacia la izquierda, hacia un arco y hacia la tranquilidad de un pasillo.

Mientras ambos avanzaban por el pasillo, Fiona preguntó a su anfitriona sobre la historia del castillo y las evidentes mejoras que se habían realizado recientemente.

Elizabeth Macpherson sonreía, llevando encantada a Fiona por las habitaciones por las que pasaban, mostrándole las últimas innovaciones; las ventanas emplomadas, las nuevas chimeneas de muchas de las habitaciones. La condujo a través de las nuevas cocinas y la cervecería, y subió un nivel hasta unas habitaciones de invitados más pequeñas situadas justo encima. Cuando llegaron al otro extremo del castillo, Fiona estaba asombrada del esfuerzo que había supuesto su renovación.

Pero lo más importante es que Fiona se dio cuenta de que, en un abrir y cerrar de ojos, las dos estaban charlando como viejas amigas, muy cómodas la una en compañía de la otra y ambas igualmente sorprendidas por esta incipiente amistad.

Momentos después, su anfitriona la condujo por una escalera de caracol, y Fiona contuvo la respiración al entrar en la Habitación de la Torre Redonda que iba a habitar durante su estancia en el castillo de Benmore.

Era glamuroso.

La habitación era grande y ventilada, con ventanas de cristal emplomado abiertas hacia dentro sobre bisagras. La base de cada ventana tenía un alféizar de roble en forma de arco lo bastante ancho para sentarse en él. Se había preparado una chimenea para el fuego nocturno, y una gran cama con dosel y cortinas lujosamente bordadas estaba adosada a una pared interior. El suelo también era de roble, y una ornamentada alfombra hecha a mano cubría sólo una parte de la madera bruñida.

—Esta habitación es digna de una reina —susurró Fiona, volviéndose en dirección a Lady Macpherson—. Desde luego, no querrás que me quede aquí, ¿verdad?

—Claro que sí —Elizabeth cogió la mano de Fiona y la atrajo hacia el centro de la habitación—. Pero tengo que decirte una cosa; eres la primera persona que se aloja aquí.

—¿Yo?

—Sí. Empezamos a construir esta torre hace unos dos años. Fue justo después de que Torquil MacLeod y ese inglés, Danvers, nos atacaran. La acabamos hace poco.

—Es precioso —felicitó Fiona—. El trabajo de albañilería en todo el castillo es muy fino. Pero esta torre, el detalle de la mano de obra, es absolutamente superior.

Elizabeth sonrió feliz. Era un placer que una joven como ella viera y apreciara las cosas en las que ella misma había trabajado tan duro.

—¿Cómo sabes tanto de estas cosas, Fiona?

—Bueno, la Priora lo incluyó en mi educación, pero siempre me ha interesado.

—Eso no me sorprende —dijo Elizabeth, haciéndola sentar a su lado en el banco cercano a una mesita—. Tu padre era un gran constructor, ¿sabes?

—Por desgracia, nunca le conocí —Fiona hizo una pausa, se desabrochó distraídamente la capa y la colocó a su lado—. Cada día aprendo cosas nuevas sobre él.

—Sentada aquí y hablando contigo, mi preciosa niña —dijo, apretando suavemente el brazo de Fiona—, puedo ver que su espíritu vive en ti.

Elizabeth le dio una fuerte palmada en la rodilla a Fiona para puntualizar su cambio de tono. —Pero hablemos de cosas felices. Me alegro de que estés aquí y de que vayas a ser la primera en dormir en esta habitación.

—Gracias, mi Lady —respondió Fiona agradecida. Miró el mobiliario a su alrededor—. Benmore es muy grande. ¿Por qué está tan ornamentado este extremo del castillo?

—Necesitábamos apartamentos para los muchachos —dijo, intentando parecer práctica—. Pero esta torre y los edificios contiguos de esta muralla occidental se hicieron en realidad pensando en Alec. Alexander y yo pensamos... bueno, él es el próximo Laird; debería tener algo más moderno que el viejo montón de piedras en el que vivimos. Queríamos que fuera algo especial, así que enviamos a Moray a los mejores albañiles que pudimos encontrar.

Fiona pensó en Alec y en el amor que sus padres sentían por él. Pensó en el amor que ella sentía por él. Tenía miedo. A Fiona aún le costaba creer que su vida futura estuviera con él. Verse a sí misma aquí, en Benmore, envejeciendo a su lado, era un sueño increíble que parecía casi inalcanzable. Sus pensamientos vagaron brevemente hacia otra pareja de amantes cuyos destinos se habían cruzado tristemente. Sabía muy bien que el destino era un misterio, y a menudo despiadado. Sus sueños de un futuro con Alec eran maravillosamente felices, pero ¿lo permitiría su destino?

Un golpe en la puerta sacó a Fiona de sus pensamientos. Mientras Lady Elizabeth se movía rápidamente para dejar entrar a la sirvienta con la bandeja de comida, Fiona se dio cuenta de que no había oído las últimas palabras de su anfitriona.

Las horas siguientes fueron muy ajetreadas para Fiona. Ni siquiera había terminado de comer cuando llegó una tropa de trabajadoras domésticas con una bañera y cubos de agua caliente.

Relajándose en el baño perfumado de jazmín, Fiona casi se quedó dormida mientras el dolor de sus días en la silla de montar se deshacía de sus cansados músculos.

Pero ése no había sido el final. Apenas se había puesto la bata de seda acolchada que Lady Elizabeth le había enviado, otro golpe en la puerta trajo la presencia de la costurera de su anfitriona. Fiona fue medida y observada con aprobación por la anciana, que desapareció sin decir apenas una palabra.

Ahora, de pie en medio de la habitación, apartando la humedad de su larga cabellera, Fiona contemplaba con nostalgia los profundos pliegues del colchón de plumas, brillantemente decorado. No recordaba haber dormido nunca en un mueble tan lujoso.

Fiona se acercó a un lado de la cama y se sentó. Pero, de nuevo, no recordaba haber dormido nunca sobre otra cosa que no fuera el duro suelo que había estado soportando durante la última semana.

Excepto, pensó con un suspiro, por las pocas y preciosas horas pasadas en lo alto de una torre en ruinas. Sonrió. Cambiaría mil noches sola en este colchón de plumas por aquella única noche en brazos de Alec.

Y sólo soñaba con Alec mientras se quedaba profundamente dormida.

Capítulo Quince

—¿Estás seguro de que no estás apresurando a Fiona? —le preguntó el padre de Alec.

Alec se pasó los dedos por el pelo y sonrió irónicamente mientras se apoyaba pesadamente en la parte superior de la chimenea. Sin duda la había apresurado. Desde el principio. Desde el momento en que sus caminos se cruzaron por primera vez. Ahora se daba cuenta de que la había deseado desde aquel momento, y se admitió a sí mismo que había utilizado todo lo que sabía sobre las mujeres, toda su experiencia con ellas, para hacer suya a Fiona. Y había sucedido. Pensó en la noche mágica que habían compartido como amantes en las ruinas de la torre. Ahora ella le pertenecía y Alec lo apreciaba mucho.

Lo había deseado, y ahora lo aseguraría. Lo que quedaba era sellar su amor, su futuro, casándose antes de que nada ni nadie pudiera interponerse en su camino. Y Alec no permitiría que nadie se interpusiera entre ellos.

Había pensado que lo apropiado sería dar primero a sus padres la noticia de su compromiso con Fiona. Pero debería haberlo sabido. Alexander Macpherson siempre tenía al menos cien preguntas para las que quería respuestas, y por cada respuesta tenía otras diez preguntas más.

—Padre... —Alec respiró hondo mientras continuaba—. Si al resto del mundo le parece que la estoy apresurando, que se joda el mundo. La quiero. Una vez estuve a punto de cometer un gran error, pero esto no es un error. Es la mujer para mí. Y sé que cuando la conozcas, todas tus preguntas tendrán respuesta.

—¿Pero has pensado en todas las ramificaciones de esa unión?

—Al diablo con las ramificaciones, padre. ¿De qué sirvió pensar así la última vez? Casi me caso con la amante del diablo.

Alexander Macpherson observó el intento de expresión serena de su esposa. Sentada al otro lado de la habitación, intentaba parecer ocupada con la labor de aguja que tenía sobre el regazo. Pero él la había estado observando, y ella no había completado ni una sola puntada. Estaba escuchando sus preguntas y, por el rubor de su bello rostro, Alexander supo que si no aflojaba pronto con Alec, ella se abalanzaría sobre él. Dios mío, ¡cómo amaba a aquella mujer! Treinta y dos años de matrimonio y aún se sentía como un colegial cuando ella volvía aquellos ojos azul cobalto en su dirección. Y ahora se daba cuenta de que su actitud inquisitiva estaba colmando su paciencia. Alexander sabía por experiencia que la próxima vez que ella levantara la vista, lo fulminaría con la mirada.

—No me malinterpretes, Alec —atronó el Laird—. No estoy cuestionando tu juicio. Pero aunque lo hiciera, ya sabes lo que opino del juicio de tu madre, y ella cree que esta Fiona Drummond Stuart es la mejor joven que jamás haya pisado suelo escocés.

Alexander se volvió hacia Elizabeth una vez más, y esta vez notó el cortante gesto de aprobación de ella.

—Lo es, padre —asintió Alec de todo corazón—. Pero aparte de eso, es lo más perturbador que me ha ocurrido nunca, algo que estoy bastante seguro de que madre aprobaría. Ninguna mujer ha sido capaz de meterse en mi piel como ella. Me desconcierta continuamente. Es una Kelpie rebelde, pícara y de espíritu alegre. Por fin, allí en Skye, pensé que mi vida estaba adquiriendo un propósito serio. Pero entonces ella entró en ella y de repente me di cuenta de que sólo estaba huyendo de la vida.

Alec notó el atisbo de una sonrisa que se dibujaba en las comisuras de los labios de su madre. Siempre había dicho que su hijo sólo sería verdaderamente feliz con una mujer de espíritu y temperamento extraordinarios. Una mujer capaz de irritarle.

—Sí que la quieres —dijo Elizabeth en voz baja desde donde estaba sentada. Ella asintió con satisfacción—. Bueno, probablemente no haga falta que te diga que ella también está enamorada de ti. Esta tarde, el tiempo que pasamos juntos, todo lo que le importaba, todas las preguntas que hacía, tenían alguna relación contigo. Recorrimos todos los edificios y su conversación no dejaba de referirse a ti. Y lo mejor de todo es que ni siquiera era consciente de ello.

Alec sonrió sólo de pensar en ella. Se preguntó si seguiría durmiendo. Se había asomado a su habitación antes de ir a ver a sus padres, y Fiona estaba acurrucada en la enorme cama, con el pelo desplegado como un mar de fuego a su alrededor. Tuvo que hacer acopio de todo su autocontrol para no estrecharla entre sus brazos.

—¿Le has hablado de Kathryn?

El rostro de Alec se ensombreció al oír el nombre de su padre.

—¿Tienes que soportar siempre pensamientos tan desagradables, Alexander Macpherson? —preguntó Elizabeth bruscamente a su marido. A decir verdad, era una pregunta que ella misma había querido hacerse. Fiona tenía derecho a saberlo antes de cualquier compromiso formal.

—No, mi amor. Es una simple pregunta.

—Pensaba decírselo una vez durante el viaje, pero no tuve ocasión. Pero se lo diré.

—Yo diría que, a la larga, sería una decisión acertada —añadió el Laird—. Basándonos en lo que sabemos ahora de tu antigua prometida, nunca se sabe cómo se contaría la desaparición de aquella relación si es la muchacha Gris la que lo cuenta.

—Bueno, por lo que veo, esa joven de arriba no creerá ninguna palabra que le digan personas como Kathryn... sea de la familia o no —Elizabeth miró fijamente a su hijo y a su marido—. Fiona es una mujer inteligente que no se dejará engañar por las palabras de doble filo de la zorra, ni por sus historias tergiversadas y unilaterales, ni tampoco por sus acusaciones abiertamente calumniosas.

—¿Has olvidado lo intrigante que puede llegar a ser Kathryn Gray, amor mío? —preguntó Alexander—. ¿Has olvidado ya las lágrimas, las palabras desgarradoras, la forma en que fingió derramar su corazón ante ti tras la ruptura?

—No, no lo he olvidado. Pero fui capaz de ver más allá de todo eso. Y Fiona también lo hará. Sé que lo hará.

Alec cruzó la habitación hacia la ventana que había detrás de su madre. Él también lo esperaba desesperadamente. Le hablaría a Fiona de su pasado, de Kathryn. Pero sabía que ni siquiera un relato completo de lo ocurrido sería suficiente. De algún modo, tenía que encontrar la forma de asegurarse de que Fiona viera a Kathryn Gray tal y como era en realidad. Dentro de poco, Fiona se encontraría con Kathryn, y cuando eso ocurriera, Alec no podía estar seguro de lo que pasaría. A pesar de la confianza de su madre, no sabía lo que Kathryn diría o haría.

Fuera, la luz había adquirido el tono dorado del atardecer, y Alec pensó vagamente en el buen tiempo. Se volvió y se sentó en el amplio alféizar, apoyando la espalda en el lateral de la ventana abierta y apoyando un pie en el borde más alejado. Sus pensamientos volvieron a Fiona. Tenía que hablar con ella antes de cenar. Alec sabía que sus padres no se interpondrían en su camino. Estaba claro que a su madre ya le gustaba Fiona. Con un poco de insistencia, su padre entraría en razón.

Alec estaba decidido. Tenía que conseguir que ella aceptara anunciar su compromiso esta noche a Lord Huntly y a los demás.

Lord Huntly. Qué sorprendente era que el hombre más poderoso de Escocia hubiera venido desde tan lejos para reunirse con Fiona y escoltarla de vuelta a la corte. Huntly siempre había sido amigo del padre de Alec, pero estaba claro que el propósito de su visita esta vez no era social. Sin duda, Huntly podría haber esperado a que Fiona llegara a Stirling, pero no lo había hecho.

Bueno, ésa era razón suficiente para que Alec quisiera que se anunciara su compromiso con Fiona. Amigo o no, si Huntly había venido al castillo de Benmore para proteger a Fiona de Alec, habría problemas. Alec no tenía intención de dejar que Huntly lo separara de Fiona. Permanecería a su lado hasta su matrimonio. Permanecería a su lado para siempre.

Miró más allá de su madre hacia donde Lord Alexander estaba sentado ante la pequeña mesa de caballete, afilando distraídamente la hoja de la nueva y ligera espada que había recibido como regalo de Huntly. Estaba ocupado en su tarea, pero Alec sabía por las largas pausas de su padre que estaba sumido en sus pensamientos.

Alec no pudo evitar sonreír ante aquellas dos personas, tan bien avenidas, tan obviamente comprometidas la una con la otra. Se preguntó si lo que sentían el uno por el otro, cuando empezó su relación, se parecía en algo a lo que él y Fiona sentían. Siempre habían apoyado a Alec y a sus hermanos en todo lo que habían hecho o intentado, pero sabía que sus padres nunca podrían entender realmente la dificultad de Alec para encontrar una mujer con la que pudiera comprometerse de verdad. De por vida. Alec suponía que siempre había buscado una relación como la que había visto en el matrimonio de sus padres. Había estado a punto de darse por vencido. Y había estado a punto de cometer un grave error.

Entonces había conocido a Fiona. Y supo que había encontrado a la compañera que siempre había buscado.

Los ojos de Alec recorrieron la habitación. Se parecía tanto a ellos.

La fina mampostería, los paneles de roble ornamentados, los pesados muebles tallados que adornaban la estancia, todo hablaba de sólidos gustos escoceses. De su padre, tan sólidamente norteño, tan orgullosamente un Highlander. Pero también había otros toques en la habitación, los toques femeninos; las coronas de flores tejidas, los tapices de colores que cubrían las paredes. Así era la madre de Alec, tan firme en su visión más suave y amplia del mundo. Habían llegado de mundos y orígenes diferentes. Y habían formado un hogar. Un hogar feliz. Eso era lo que Alec también quería. Para Fiona y para sí mismo.

—Bueno, yo digo que si tan enamorado estás de esta muchacha —proclamó Alexander Macpherson, levantando la vista de donde estaba sentado —, entonces cásate con ella. Olvídate de los esponsales públicos y de todas esas tonterías. Cásate con ella. Cásate con ella ahora. Inmediatamente.

Elizabeth volvió la mirada hacia su marido, totalmente sorprendida. Alec se levantó y se acercó de nuevo a la chimenea.

—¿Te importaría explicarlo? —preguntó Elizabeth, expresando la pregunta que Alec estaba a punto de hacer. Conocía a su marido y sabía que había algo que no les estaba contando—. ¿Qué sabes, Alexander?

—¿Qué te hace preguntar eso, amor? —respondió con indiferencia—. Estoy de acuerdo. Eso es todo.

—Padre —intervino Alec—. Acabas de pasarte una hora echándome la bronca por querer a Fiona y por apresurar a Fiona y por pensar primero y así una y otra vez. No me malinterpretes, me casaré con ella si está dispuesta...

—Mientras cazábamos hoy, Huntly y yo hablamos de Fiona —intervino el Laird—. Me dio cierta información que no creo que conozcas.

—¿Sobre Fiona? —preguntó Alec brevemente—. ¿Qué sabe Huntly sobre Fiona?

—No se trata tanto de ella como de su futuro. Huntly me ha dicho que el tío de Fiona, Lord Gray, ya está haciendo ruido acerca de las parejas apropiadas para ella.

—No —estalló Lady Elizabeth—. Ni siquiera ha visto aún a la muchacha.

—No obstante, reconoce una oportunidad de impulsar la estatura de su familia cuando la ve, y Huntly cree que la reina concederá a Lord Gray permiso para casar a Fiona, como considere oportuno, una vez que haya obtenido las garantías que desea de la muchacha sobre la Corona y la sucesión.

Alec miró fijamente a su padre. Si dejaba que Huntly se llevara a Fiona, podía perderla. Iba a perderla.

—Y no creas que Gray la casará con cualquiera —continuó Alexander—. Encontrará una pareja muy adecuada, tal vez incluso de la realeza. Pero será una que sirva muy bien a sus deseos hambrientos de poder.

El viejo Laird miró a su mujer y volvió a mirar a Alec.

—Y puedes apostar todas las ovejas de la tierra de los Macpherson a que Lord Gray nunca aceptará un matrimonio entre Fiona y tú, Alec. Después de todo, rechazaste públicamente a su propia hija, y él es un hombre que nunca olvida una injuria.

Alec chocó el puño contra la palma de la mano abierta y se volvió hacia la chimenea. Ése había sido su temor desde el momento en que conoció su verdadera identidad. Su mente se agitó, buscando otras posibilidades. No podía permitirlo. Se giró hacia su padre.

—¿Qué ocurriría si se casara antes de que Lord Gray la reconociera formalmente? ¿Antes de que llegue a la reina en Stirling?

—Exactamente muchacho. Ésa es la actitud —El Laird asintió, echando un vistazo a la mirada de afirmación de su esposa—. Huntly es hoy el hombre más poderoso de Escocia, y sabes que te apoyará. Lo dije antes y lo digo ahora; Cásate con la muchacha.

<hr>

FIONA SE MIRÓ en el cristal plateado que había contra la pared.

Nunca en su vida se había puesto un vestido tan fino. El vestido de color marfil, entrelazado con hilos de oro, se ceñía a su esbelta figura y luego se ensanchaba hasta formar una falda larga y amplia bajo las curvas de sus caderas. Las mangas ceñidas le abrazaban los brazos, mientras que los puños de terciopelo se extendían sobre sus dedos. Fiona miró el escote. Era demasiado bajo para su gusto. Agarró el escote de cuello de terciopelo e intentó subir el ribete de color burdeos por encima de la parte superior de sus pechos. Oh, Dios, pensó, todo el mundo podrá ver toda esta piel. Se acercó a un lado de la cama y retiró la cruz de su madre de la mesa auxiliar, colgándose el adorno enjoyado del cuello. Volvió a mirarse en el espejo, se recogió la larga melena pelirroja y se la echó por encima de un hombro, intentando ocultar parte de la piel que tenía al descubierto. Fiona captó la mirada curiosa de la joven criada en el espejo. Se estaba alterando por nada. Nadie se dará cuenta, se dijo. ¿Pero lo notaría Alec?

Se había despertado con el sonido de Claire, la joven criada, que llamaba ligeramente a la puerta antes de entrar en la habitación de Fiona. Al abrir los ojos, Fiona se había quedado asombrada ante la gran cantidad de hermosos vestidos, trajes y accesorios que de algún modo, en un lapso de tiempo increíblemente breve, habían sido creados con tanta maestría y entregados a su habitación.

Fiona miró a Claire mientras la muchacha reorganizaba afanosamente la habitación, colgando vestidos y poniendo rápidamente todo en orden. Fiona cogió un fino camisón de seda y se maravilló ante la suave flexibilidad del material y el fino trabajo de costura. Al pasarlo por su mano, notó la finura de la tela y cómo se amoldaba a sus dedos extendidos por debajo. Se preguntó, con un suspiro reprimido, si Alec querría verla así. Se preguntó si vendría a verla aquí, en Benmore, esta noche, y compartiría su cama. Sintiéndose de pronto avergonzada de sí misma por albergar tales pensamientos, Fiona empezó a doblar rápidamente el camisón y a guardarlo.

—¿Hiciste tú esta ropa, Claire? —preguntó en voz baja, mirando todas las galas que había por allí.

—Oh, no, mi Lady —respondió la joven—. La costurera de Lady Elizabeth y todas sus ayudantes han confeccionado estas ropas. Yo no tengo tanto talento con la aguja.

—Yo tampoco lo he sido nunca.

— Lady Elizabeth podría enseñarte, mi Lady. Tiene la paciencia de Job.

—¿«Job sabía costura»?

La joven criada empezó a reírse. —No lo creo, mi Lady. En la obra del gremio de la primavera pasada, dejaron a Job en harapos en el estercolero.

Esta vez fue Fiona la que se echó a reír, pero el enérgico golpe en la puerta interrumpió el momento. Claire corrió rápidamente y abrió la puerta. Desde donde estaba Fiona, no podía ver quién estaba en la puerta. Pero la rápida reverencia de Claire antes de desaparecer indicó a Fiona que la criada se le había solicitado que se retirara.

—¿Puedo entrar? Al oír la voz de Alec, Fiona corrió hacia la puerta.

Antes de que pudiera reaccionar, Fiona lo tenía cogido de la mano y estaba cerrando la puerta tras él.

—Mi Lady, considere mi reputación...

Incorporándose, Fiona se agarró a su cuello y detuvo las palabras de Alec con un beso abrasador, antes de retirarse rápidamente y deslizarse fuera de su alcance. Súbitamente consciente de su atrevimiento, retrocedió hasta la mesa, poniendo distancia entre ellos.

—¿Significa esto que me has echado de menos tanto como yo a ti? —preguntó Alec con ironía.

Ella le dedicó una media sonrisa, sintiendo que el calor le subía a la cara. Sólo pudo asentir lentamente. Mirar a Alec, muy elegante, con sus ropas impecablemente ajustadas y de pie, tan cómodo en medio de aquella habitación, fue suficiente para acelerar la respiración en su pecho. Dejó que sus ojos lo recorrieran, para saciar su sed. Hacía un momento se había sentido tan excitada al verle que había dejado a un lado el decoro. Ahora Fiona se sentía avergonzada de su propia audacia.

—Tuve que dar mi palabra de honor a mis padres de que... —Las palabras de Alec murieron en su garganta cuando Fiona echó inconscientemente hacia atrás su ardiente melena por encima del hombro. Sus ojos se fijaron en las curvas de carne que asomaban por el escote de terciopelo burdeos que la enmarcaba.

—Yo... les dije que me portaría bien y te acompañaría abajo.

—¿Te hicieron dar tu palabra sobre una tarea tan sencilla?

—De alguna manera creo que sabían que no sería tan sencillo.

—¿Pero por qué? —bromeó ella, apoyándose tímidamente en la mesa.

Bajo la luz dorada que entraba por la ventana, Fiona era más que seductora:

era hechizante. Alec cruzó la habitación hacia ella y la levantó en brazos. Su boca se posó en la de ella, aplastando sus labios en un beso que casi respondió a su pregunta.

—Les he hablado de nosotros —le susurró al oído, rozándole con la boca la piel del lóbulo de la oreja, el cuello. Mientras la besaba perezosamente en el hueco del cuello, pudo sentir su pulso agitándose salvajemente bajo sus labios, y el gemido silencioso que brotó de lo más profundo de ella despertó en él una tormenta de deseo que ya se estaba acumulando. La estrechó aún más.

—Te refieres a la torre —murmuró ella. Sus manos subieron por el pecho de él. Podía sentir los latidos fuertes y rápidos de su corazón.

—Sí, se lo he contado todo —la mano de él se dirigió a la parte delantera del vestido de ella y le acarició suavemente el pecho mientras se inclinaba y depositaba un beso en la oleada expuesta de carne blanca y lechosa.

—¿Todo? —preguntó ella, observando cómo él tiraba lentamente del escote de su vestido. Despacio, muy despacio, dejando al descubierto más piel.

—Te expliqué con detalle la vez que intentaste seducirme en mi propio estudio del castillo de Dunvegan —se inclinó hacia ella y saboreó su piel recién descubierta. Su mano se movió por el suave material de la prenda, tirando de ella aún más hacia abajo, hasta que finalmente un pecho quedó completamente al descubierto. Ella respiró agitadamente y le acarició el pelo con los dedos mientras él se lo estrechaba. Jadeó cuando su boca se apoderó del pezón.

—Eres una fiera, Alec Macpherson —dijo ella con voz ronca, el dulce tormento apoderándose de sus sentidos. Sus dedos trazaron las líneas de sus hombros y volvieron a moverse por su pelo—. Me estás volviendo loca... Alec. Pero es mejor que te detengas. Antes de que me deshonre ante tu familia.

—Es verdad, mi amor —se apartó sonriendo, sus ojos ahondando en la increíble profundidad de los de ella—. Les conté lo que pasó en la torre, cómo finalmente lograste aprovecharte de mí intachable inocencia —el pulgar de Alec prosiguió suavemente su movimiento circular alrededor del pezón excitado.

Fiona luchó por recuperar el aliento y luego, al darse cuenta de lo que acababa de decir, apartó suavemente su rubia cabeza de ella y le dio un puñetazo en el pecho.

Le lanzó una mirada juguetona y la estrechó tan fuerte que no pudo moverse.

—Inocencia inmaculada —gruñó ella, empujándole el pecho. Intentó volver a subirle el vestido por encima, pero él volvió a bajárselo. Esta vez le apartó las manos de un manotazo juguetón, mientras lo conseguía—. Bestia. Estoy seguro de que, sólo en este castillo, podría encontrar a unos cuantos que hablaran distinto de tu carácter caprichoso.

Alec se acomodó en la silla que había junto a la mesa y tiró de ella hacia su regazo. —¿Es tan importante?

—¿Qué es importante? —preguntó Fiona, intentando zafarse de su regazo. Sabía de qué estaban hablando, y estaba segura de que él había estado con muchas mujeres antes que ella. Pero no quería hablar de ello.

Se agarró con fuerza. —Mi inocencia.

—¿No eras virgen? —preguntó con fingida consternación.

—No —respondió con naturalidad.

—Estoy conmocionada, Alec —se inclinó hacia él y le dio un beso rápido en los labios antes de saltar de su regazo—. Pero, por favor, amor, no hablemos de ello. Lo pasado, pasado está. No quiero saber cuáles de las mujeres con las que podría cruzarme han compartido tu cama.

Alec miró a su espalda. Ella evitaba sus ojos. Pareció pasar una eternidad antes de que ella, por fin, se volviera y le mirara fijamente.

—No necesitamos ningún derramamiento de sangre innecesario, ¿verdad? —preguntó ella, cogiendo la daga que él le había dado y metiéndola en la cadena de eslabones de oro que rodeaba su cintura—. Nunca se sabe cómo puede actuar uno cuando se enfrenta a adversarios no deseados.

Alec la miró. A pesar de sus palabras juguetonas, pudo ver cómo brotaban lágrimas de sus ojos antes de que volviera a apartarse de él. No estaba dispuesta a escuchar las cosas que él ya no estaba dispuesto a contar. Sobre sí mismo. Sobre su pasado. Sobre Kathryn.

Ya tendrían tiempo después de casarse.

Cruzó la habitación y se colocó detrás de ella, abrazándola.

—Fiona —empezó suavemente—. Amor mío, más adelante, cuando estés preparada, quizá después de alguna tarde soleada de hacer el amor, mientras estás sentada amamantando a nuestro sexto o séptimo bebé, hay cosas sobre mí que me gustaría contarte.

Fiona se rió y se retorció entre sus brazos para mirarle a la cara.

—Deben de ser cosas increíblemente terribles, Alec —se burló ella.

—Sí. Quizá después del octavo hijo.

—¿Se refieren a otras mujeres? ¿De tu oscuro y lejano pasado?

—Sí —dijo él, con las manos, acariciándole suavemente los brazos—. Muy oscuro y muy distante.

—Entonces no quiero saberlo —ella apoyó la cabeza contra su pecho—. ¿Qué ha sido de tu «inocencia intachable»?

Alec enterró la cara en las trenzas perfumadas de jazmín de Fiona y le besó ligeramente la parte superior de la cabeza. —Cuando te conocí, mi amor, la vida empezó de nuevo.

—Así que ambos tenemos demonios en nuestro pasado.

—Sí, pero ese pasado ya pasó. Ahora nos concierne el presente. El presente y el futuro. Fiona, quiero que sepas que todo lo que he querido, cada camino que he recorrido, cada error que he cometido, cada aliento que he respirado, sólo me ha preparado para la vida que te pido que compartas. Tú, mi amor angelical, eres la respuesta divina e inmerecida a otra vida que he vivido, una vida que a veces parece sólo un sueño. Una vida que demasiado a menudo no ha sido más que una horrible pesadilla. Pero tú, mi amor, me has devuelto al mundo de la luz del día, de la luz del sol, de la bondad y la integridad. Me has enseñado lo que es amar y ser amado, Fiona. Cuidar y ser cuidado. Y ahora prometo mi vida, esta vida nueva, buena y dedicada, a ti, Fiona. Te quiero.

—Oh, Alec —exhaló, con un nudo en la garganta, mientras acercaba sus labios a los de él. Cuando sus labios se encontraron, las lágrimas se derramaron y rodaron por sus mejillas—. Oh, te quiero tanto. Tus palabras... son tan hermosas, tan... —Se detuvo, las lágrimas se apoderaron de ella. No había nada que pudiera decir para describir lo que sentía. Pero Alec lo sabía. Miró sus profundos ojos azules y vio que Alec lo sabía.

Suavemente, con ternura, besó las gotas brillantes. Podía sentir en sus labios la humedad salada de su emoción. Llenó de aire su gran pecho y continuó.

—Fiona, cásate conmigo —dijo Alec, cogiéndole la cara entre las manos. Sus ojos se clavaron en la profundidad de los de ella—. No esperemos. No quiero esperar. Podríamos casarnos aquí, en Benmore.

Sus palabras la atrajeron con su promesa. Aquí estaba la felicidad. Un futuro de felicidad que erradicaría las pesadillas de su pasado. Pero necesitaba pensar. Necesitaba hacer lo correcto. No podía negarse a su deber, a la promesa que se había hecho a sí misma de encontrar a los asesinos de su madre. Fiona tenía la mirada perdida en los hombros de Alec, intentando evitar sus ojos. ¿Cómo podía explicárselo? ¿Cómo podía renunciar a todo lo que él le ofrecía?

—Mírame, Fiona.

Fiona le miró a los ojos y buscó su respuesta.

—Te quiero, Alec —susurró—. Pero necesito limpiar el nombre de mi madre. Mi conciencia no me dejará descansar hasta que haya hecho todo lo posible.

—Cásate conmigo, Fiona. Cásate conmigo ahora —le persuadió—. Iré al fuego del mismísimo infierno por ti. Estaré a tu lado. Y lo que tengamos que hacer, lo haremos juntos.

Se levantó y le acunó la cara con la mano. —Alec, no puedo hacerte eso. Es mi batalla, no la tuya. No puedo dañar tu reputación. Lo que busco, lo que podría descubrir, la verdad sobre la muerte de mi madre, muy probablemente implicará a otros de tu clase. Quizá incluso a personas que conozcas bien. He pensado en las cosas que me contaste, en cuáles podrían haber sido las razones del asesinato de mi madre. Ya puedo verlo. Me convertiré en una marginada social por buscar la verdad y pedir justicia. Pero tú eres la esperanza de Escocia, tan importante para nuestro futuro. No puedes tener una esposa como yo. Sólo te deshonraría.

Alec empezó a hablar, pero Fiona lo silenció con sus finos dedos, con sus palabras.

—Alec, lo que ofreces —quedarme aquí y casarme contigo, intentando olvidar todos los demonios del pasado— no es una opción. No cuando se trata de mi madre. Mi conciencia no lo permitirá. Así que supongo que el matrimonio... tal vez no sea algo destinado a suceder entre nosotros. Al menos, todavía no.

Alec le cogió los dedos de la mano y se los besó suavemente antes de empezar a hablar. —Fiona, permanecer separados no es una opción. Y no es mi conciencia la que habla. Mi corazón, mi mente, todo mi ser clama por ti. Y créeme, aún hay más. Antes de irnos de Skye, tuve que dar mi palabra a ese pequeño guerrero tuyo de que te traería de vuelta.

—¿Malcolm?

—Sí, Malcolm. No querrás que su temible ira caiga sobre mi cabeza, ¿verdad?

Fiona sonrió, pensando en su amiguito. En sus maneras sonrientes y amables.

—Acéptalo, amor mío. La única pregunta que queda sin respuesta no es si íbamos a casarnos, la pregunta es cuándo. Y ahora, tras oír tus dudas, tus preocupaciones, te digo que la decisión está tomada.

—¿Lo has hecho? ¿Y cuál podría ser esa decisión?

—Nos casaremos antes de que acabe esta semana.

—¿Has perdido la cabeza? —preguntó ella, estupefacta—. ¿No has oído ni una palabra de lo que he dicho?

—Cada una de ellas —Alec le soltó la mano y se dirigió al arcón que había junto a su cama, abrió la tapa y rebuscó entre sus cosas.

—¿Y eso es todo lo que tienes que decir? ¿No te importa lo más mínimo cómo me sienta al respecto? —Fiona buscó a tientas alguna respuesta—. ¿Y qué ha sido de los esponsales, los compromisos largos y la unión de manos? Si no me equivoco, ésas siguen siendo tradiciones en las Highlands.

Volvió hacia ella con un chal de seda, tejido a cuadros Macpherson. Ella se quedó mirando con asombro cómo él le envolvía el cuello con la pieza y se la colocaba de modo que ocultara una parte de su pecho al descubierto.

—No, muchacha. Los compromisos en las Highlands duran tradicionalmente lo que se tarda en llegar del caballo a la casa —dijo, observando con aprecio su obra—. Y a veces ni siquiera tanto.

—Alec —dijo ella—. Sabes que eso no es cierto.

—Si tú lo dices.

—Sí, quiero.

—Pero debo recordarte —dijo Alec, cogiéndole suavemente la barbilla con la mano— que pasaste nuestro compromiso caminando hacia la torre.

—Entonces no estábamos prometidos —Fiona le apartó la mano con una mirada juguetona.

—Desde luego que sí. Y pienso contárselo a todos en la cena de esta noche.

—No admitiré tal cosa —amenazó ella suavemente—. No puedes mentir así.

—Hmmm —respondió—. Sabes, no hay límite a lo lejos que llegaré cuando me decida a querer algo.

Alec levantó su cuerpo, que no se resistía, entre sus brazos y aplastó sus labios con los suyos. Profunda, apasionada y minuciosamente, besó a su amada con un fervor que la dejó sin aliento. Volvió a ponerla en pie y, con una sonrisa, empezó a arreglarle la ropa una vez más.

—La cena está lista, mi prometida. Los festejos ya han comenzado. Todos nos esperan.

—Eres testarudo, terco y sordo, Alec Macpherson —exhaló ella cuando él enlazó su brazo con el de ella—. No me casaré contigo. No puedes obligarme.

—Sí, puedo —Colocó su mano sobre la de ella, apretándola contra su musculoso antebrazo mientras se dirigían hacia la puerta—. Casi se me olvida.

—¿Qué ha pasado? —preguntó ella con cautela.

—Has olvidado nuestro viaje.

—¿Y nuestro viaje? —preguntó, con los ojos desorbitados.

—Bueno, hasta ahora he conseguido que Robert no le cuente a todo el mundo... lo preocupado que estaba la noche...

—Me casaré contigo —suspiró, y su rostro se descompuso en una sonrisa irónica—. Y ahora sé que me casaré con el granuja más falto de escrúpulos de todas las Highlands.

Capítulo Dieciséis

FIONA SONREÍA ALEGREMENTE cuando entraron en la sala de fiestas.

A su alrededor, los sonidos del jolgorio de la víspera de San Juan llenaban el aire. Los gaiteros deambulaban por la sala y los niños de la aldea bailaban alegremente detrás de ellos. Habían retirado los juncos tejidos del centro de la enorme sala y los juerguistas, bebedores de cerveza, construían bulliciosamente una hoguera. Por todas partes, las risas y la alegría envolvían a los recién llegados, de modo que nadie se percató de su entrada.

Fiona vio a David, sentado con Robert, en la larga mesa más cercana a la puerta, disfrutando de la compañía de algunos de los guerreros con los que habían viajado y de sus damas. Liberándose del brazo de Alec, se inclinó hacia David y le susurró al oído las noticias. La expresión de su viejo amigo era de pura alegría al oír la noticia.

Cuando se enderezó, se había hecho el silencio en toda la sala. Los músicos habían dejado de tocar y todos los ojos estaban puestos en ella. Alec la cogió del brazo mientras ella retrocedía nerviosamente un paso. Miró el tartán Macpherson que le cubría los hombros y de pronto se preguntó si el silencio se debía a que una forastera vestía sus cuadros escoceses. Ni siquiera se había parado a pensar en lo apropiado del tartán. Su mente se apresuró a pensar qué otra cosa podría haber provocado semejante reacción.

—Considéralos de la familia, mi amor —susurró Alec para tranquilizarte—. Te han estado esperando, y no con demasiada paciencia, por lo que he oído.

—¿Por qué están tan callados? —le murmuró ella—. ¿Les he decepcionado de alguna manera?

—Los tienes hechizados, por lo que parece. Pero, ¿cómo puedes culparles? Dijo Alec, apreciando la increíble belleza de la mujer que llevaba del brazo. No era de extrañar que la respiración de todos los presentes pareciera detenerse por completo. La voz de Fiona había vacilado, pero permanecía de pie junto a él, con la cabeza alta y los ojos color avellana centelleantes. La suave piel de sus mejillas brillaba a la luz de las velas encendidas de las paredes. Nadie más que él conocería el sensual tacto de sus labios carnosos y esculpidos. Su sedosa melena caía en ondulantes ondas de fuego líquido sobre el tartán de sus hombros y sobre el vestido marfil que tan brillantemente resaltaba las perfectas líneas de su figura. Era una visión. Y él se sentía orgulloso de estar a su lado.

Con una estruendosa bienvenida, un gigante de pelo plateado cruzó ágilmente el piso, con Lady Elizabeth y otro hombre más pequeño detrás.

—¡Por fin! —gritó—. Por fin, el humilde Laird conoce a la princesa de las hadas.

El nerviosismo de Fiona desapareció al instante y una sonrisa se dibujó en su rostro cuando el padre de Alec se acercó a ellos.

—Por fin —respondió ella con una reverencia baja—. Por fin, la humilde muchacha del convento es honrada con una mirada al más noble jefe de las Highlands.

—¡Ja! —rió Alexander, ofreciéndole la mano—. La muchacha tiene espíritu para acompañar a su belleza. La hija del buen rey James no le debe ninguna reverencia a esta vieja mula.

Fiona aceptó amablemente la mano que le tendía mientras se enderezaba ante él. Mientras intercambiaban saludos, los presentes en la sala parecían estar pendientes de cada palabra.

—Antes de que me dejes completamente al margen de esta recién descubierta amistad tuya, padre, me gustaría presentarte a tu futura hija —dijo Alec, rodeando su esbelta cintura con una mano posesiva—. Ésta es Fiona Drummond Stuart.

Cuando Alec concluyó, la sala estalló de repente en vítores, y el anciano sonrió de alegría.

El Laird abrió los brazos y, poniéndose de puntillas, Fiona depositó un beso en la mejilla del jefe del clan, sólo para encontrarse aplastada en un abrazo de oso mientras sus poderosos brazos la envolvían.

—Me toca a mí, Alexander —intervino Lady Elizabeth, separando a la joven de su marido y recibiéndola calurosamente con un fuerte abrazo. Sus ojos brillaron cuando cogió ambas manos de Fiona y la miró a la cara—. Es una noticia maravillosa, querida. Mi hijo es un hombre muy afortunado por tenerte. Y no dejes que lo olvide nunca.

—No la asustes, Elizabeth —dijo el Laird—. Alec tiene una o dos buenas cualidades.

—Sí, viejo caballo de batalla, pero sólo si llamas cualidades a tener una lengua de plata y unos rasgos extremadamente apuestos —sonrió a su marido y se volvió confidencialmente hacia Fiona—. En realidad, Alec tiene más cualidades que ésas, pero esos dos proceden sin duda del lado de los Macpherson.

Fiona no tuvo que mirar a los hombres para estar de acuerdo con lo que se decía. Los apuestos rasgos de Alec habían sido su perdición desde el primer momento en que se habían conocido.

Los gaiteros empezaron a tocar de nuevo, y Fiona se vio rodeada de rostros amontonados de simpatizantes. Aquella gente tenía muchas preguntas, todos parecían querer saber mucho sobre ella. Y ella respondió lo que pudo.

Los que se acercaron quedaron encantados con las respuestas de la joven. No había falsedad, ni altanería, ni arrogancia presumida. Esta futura novia no se parecía en nada a la última prometida de los Macpherson. Fiona era ella misma. Con los pies en la tierra y realista. Y sólo esas cualidades cautivaron los corazones de todos los que la rodeaban.

Cuando dos niñas le regalaron una guirnalda de margaritas, Fiona se arrodilló inmediatamente entre ellas y, con gran alegría, las risueñas muchachas le colocaron la corona en el pelo, ante la apreciada aprobación de los espectadores.

Alec se cernía sobre ella, protegiéndola de los miembros del clan demasiado enérgicos. John fue uno de los últimos miembros del clan Macpherson en abrirse paso a través del círculo hasta llegar al lado de Fiona. Tras besarla en ambas mejillas y observar la atenta mirada de Alec, John decidió que no podía dejar pasar la oportunidad de provocar a su hermano enamorado.

Acercando a Fiona a su lado, John le susurró en tono confidencial lo bastante alto como para que todos lo oyeran. —Cometéis un grave error, mi Lady. Hay historias de locura en la familia. Y si tienes un momento, me gustaría explicarte...

—Muévete, John —gruñó Alec—. La única locura en nuestra familia, Fiona, está en el tercer hijo.

—Alec —rió Fiona.

—Como iba diciendo... —continuó John, agarrándola de la mano.

—Madre, ¿por qué no lo ahogamos al nacer? —preguntó Alec, acercando a Fiona a él.

—Nunca es demasiado tarde —intervino el padre de Alec, entrando en el grupo que reía.

Alec tiraba con fuerza de una de sus manos, mientras John sujetaba la otra burlonamente. Con un rápido movimiento, Alec tiró de Fiona hacia su otro lado, separando la mano de su pretendida del joven canalla.

Fiona miró a su alrededor, consciente de repente del brillo de felicidad que se había apoderado de su cuerpo. La calidez que sentía, la bienvenida, las alegres bromas, el tacto amoroso de la mano de Alec sobre la suya, todo se mezclaba en el interior de Fiona, produciendo una sensación que nunca antes había conocido realmente... una sensación de familia. A su alrededor, la fiesta continuaba bulliciosamente, la gente reía, gritaba y bailaba. Miró a Alec y sus miradas se cruzaron. Ella formaba parte de aquello, de ellos. Eso era lo que Alec le había prometido.

Tenía una familia. Y lo más importante de todo, le tenía a él.

En unos instantes, Fiona vio grupos de juerguistas que empezaban a volver a sus asientos. Por toda la sala, los sirvientes llevaban la comida a las largas mesas de caballete.

El padre de Alec empezó a conducir a Fiona a la mesa principal, y Alec y el resto de la familia le siguieron, manteniendo aún su animada conversación. Al llegar al estrado, Alexander se detuvo bruscamente.

—Ah, muchacha —me explicó—. Creo que aquí hay alguien a quien no conoces. Justo delante de ellos, apoyado en una de las mesas, había un hombre mayor, apuesto pero de rostro severo, con los brazos cruzados sobre su enorme pecho, y el Laird condujo a Fiona hacia la tranquila figura.

Fiona no tenía ninguna duda de que el hombre calvo que la miraba atentamente era un hombre de gran poder. Sobre su brillante camisa de lino blanco y el tartán blanco y negro, un enorme medallón de oro colgaba de una pesada cadena que le rodeaba el cuello. En él, el escudo del león rampante de Escocia, que significaba su posición como líder del consejo de nobles, brillaba a la luz de las velas y antorchas. Su expresión no cambió mientras se acercaban, y Fiona sintió un repentino escalofrío cuando los ojos azules del hombre estudiaron su rostro deliberadamente.

Lord Huntly sabía que estaba mirando fijamente a la joven, pero no hizo ningún intento por detenerse. Después de todos estos años, pensó. Cara a cara con la hija que debería haber sido mía. Margaret estaba allí, en sus rasgos, en la impresionante belleza de sus ojos, en el conjunto de la boca, en la grácil línea de la mandíbula. Él la había amado, pero ella había elegido a otro. Él se lo había ofrecido todo, pero ella había elegido un camino que la había llevado a su propia muerte. Pero él nunca había dejado de amarla. Jamás.

Cuando los dos estuvieron ante él, Huntly se enderezó y se inclinó ligeramente desde la cintura en respuesta a la reverencia de la joven.

—Fiona Drummond Stuart —dijo cortésmente Lord Alexander—, me gustaría presentarte a uno de tus mayores benefactores. Se trata del conde de Huntly.

—Es un placer conoceros, mi señor. Por fin tengo la oportunidad de agradeceros todo lo que habéis hecho por mí.

Fiona cogió las frías manos extendidas del hombre que tenía ante ella. Alexander se alzaba sobre ellos, pero ella podía sentir el aura de control que desprendía el conde. No había dejado de mirarla desde el momento en que se habían puesto en marcha hacia él, pero ella aún no había visto registrarse en su rostro una sola expresión identificable. Como una máscara, el rostro del hombre no mostraba ninguna emoción, ni placer, ni decepción. Estaba desprovisto de sentimientos. No había nada más que los fríos ojos azules que escudriñaban su rostro.

—Sólo he hecho lo que debería haberse hecho hace tiempo —dijo en tono uniforme.

—Has hecho mucho más de lo que podía esperar, mi Lord.

Su mirada nunca vaciló mientras sus fuertes dedos apretaban suavemente las manos de Fiona.

—Era amigo de tu madre, muchacha.

Fiona recordó las palabras de la Priora sobre el amor no correspondido. Miró al hombre que había jurado recuperar algún día la mano de su madre.

—¿Por qué no me llamas Andrew? —añadió.

Capítulo Diecisiete

Otro tipo de lobo voraz
Es el hombre poderoso, teniendo bastante...

—Robert Henryson, «El lobo y el cordero»

Andrew.

A Fiona se le heló la sangre en las venas. Lord Andrew.

Incapaz de moverse, se quedó mirando fijamente a los ojos de Huntly. Mientras lo hacía, los recuerdos de una noche malvada inundaron sus sentidos. Las palabras empezaron a afluir a su cerebro, golpeándola con los sonidos y temores de aquella lejana noche de otoño. ¿No debería bajar con Lord Andrew? La voz de Sir Allan estaba detrás de ella. Como en un sueño, Fiona oyó los ecos de las palabras del buen caballero... con Lord Andrew... Lord Andrew... ¡Andrew!

Las imágenes y los sonidos del Gran Salón de los Macpherson empezaron a arremolinarse en un caleidoscopio líquido de colores. Fiona se sintió caer, flotando en una pesadilla chillona de luces parpadeantes y voces apagadas. ¡Andrew! Empezaron a aparecer rostros ante ella, que entraban y salían entre nubes púrpuras que pasaban en un embudo de tormenta sin viento.

Andrew.

Fiona sintió el brazo de su madre alrededor de su cuerpecito. Sentía su aliento en la mejilla. No. Llévatela lejos. De él. De Andrew. Su habitación...

llena ahora, los hombres se cernían sobre ellas. Un dolor en sus brazos. En el aire, los ojos negros de un desconocido furioso. Torquil. ¿Vas a dejar que esta cosita te supere? Otro hombre, su boca burlona y su agarre mortal sobre su madre.

Mamá. Los ojos de su madre... desorbitados por el miedo... la desesperación. Las antorchas encendidas y luego la oscuridad... una manta cubriéndola... sofocándola. Los caballos. Las manos ásperas. Un agarre de acero. Cabalgando. Cabalgar para siempre.

Andrew.

—¿Por qué no me llamas Andrew?

Retrocediendo, Fiona chocó con Alec cuando el conde le soltó las manos.

—Veo que ya os conocéis —la voz de Alec hizo girar bruscamente la cabeza de Fiona. Al mirarla a la cara, le pareció que estaba repentinamente pálida, inestable sobre sus pies. Le puso las manos en los hombros y la atrajo hacia sí —. ¿Qué ocurre?

Sintió las fuertes manos de Alec alrededor de su cintura y tomó fuerzas de su contacto. Levantando la vista hacia él, se dio cuenta de los numerosos ojos que la miraban. Esperaban una respuesta. —Nada —dijo en voz baja—. Estoy bien.

—Tienes que cuidar mejor de ella, Alec —le reprendió Alexander. Se volvió hacia Huntly—. Alec trajo a la pobre muchacha de Skye dentro de una semana.

Fiona se acurrucó más cerca de Alec mientras seguía estudiando al conde. Mientras el noble intercambiaba palabras con el padre de Alec, Fiona vio que su mirada volvía continuamente a ella y a Alec. Le vio echar un vistazo al brazo de Alec que la rodeaba, a su mano que la sujetaba cómodamente por la cintura. Se preguntó qué podía estar pasando por la mente de aquel hombre.

—No os he dado la enhorabuena a los dos, Alec —dijo Huntly, y sus ojos pasaron de la cara de Fiona a la de Alec. Ni una sonrisa. Ni un atisbo de emoción en el duro rostro del hombre.

—Pues aquí tienes tu oportunidad —respondió Alec con seriedad. Quería que el conde aprobara su matrimonio, pero no permitiría que la frialdad de Huntly empañara la felicidad de Fiona esta noche. Alec conocía a Huntly lo suficiente como para ignorar la falta de emoción del conde, pero temía que Fiona lo interpretara de otro modo.

—Parece que eres el hombre más afortunado de Escocia, Alec —Huntly hizo una pausa y su mirada volvió a posarse en el rostro de Fiona—. Sólo he conocido a una mujer en mi vida cuya belleza igualara la de esta joven. Enhorabuena a los dos.

Un silencio incómodo se apoderó del grupo, y Huntly permaneció inmóvil, la única a la que no afectaba.

—Espero sinceramente, Fiona —dijo finalmente, rompiendo el hechizo— que tú y yo tengamos la oportunidad de conocernos en los próximos días.

—Bueno, Andrew, ya puedes empezar —intervino Lady Elizabeth—. Es hora de que nos sentemos todos.

—¿Puedo tener el placer de sentarme a vuestro lado en la cena, mi Lady? —preguntó Huntly, ofreciendo el brazo a Fiona.

—No —atronó Alexander—. Zorro criado en la corte. No me robarás mi polluelo recién salido del cascarón.

—Alexander —reprendió Elizabeth—. Tendrás toda una vida para sentarte al lado de nuestra nueva hija.

—Claro que sí —dijo el Laird mientras acompañaba a su esposa por delante de los demás hasta la mesa—. ¿Crees que no conozco a mi propio hijo? Tendremos suerte si le permite visitarnos en Pascua y Navidad.

—Que te empeñaras en retenerme sólo para ti no significa que Alec vaya a ser así —susurró Elizabeth a su marido.

—¿Por qué no iba a estarlo? —Alexander rodeó con las manos la esbelta cintura de su mujer y la atrajo cariñosamente hacia sí—. ¿Tengo que recordarte lo que hicimos durante aquellos tiempos en que te retuve para mí?

Elizabeth se sonrojó y miró a su alrededor para asegurarse de que nadie la escuchaba. —Recordar está bien.

El Laird se dio la vuelta, llevando consigo a su esposa. —Bueno, ya está. Estoy agotado. Me temo que esta fiesta tendrá que continuar sin nosotros.

—Alexander —dijo—. Tenemos compañía.

—Al diablo con ellos.

—Basta, Alexander —le riñó ella, intentando zafarse de su agarre.

—Pues que sirvan una cena rápida —gruñó, dejándose atraer hacia la mesa —. ¿Me oyes? Rápido.

Alec, sentado junto a Fiona y Huntly, intercambió sonrisas con su hermano John ante las acciones amorosas de sus padres. Algunas cosas nunca cambiaban en el castillo de Benmore.

—Ya ves —refunfuñó el Laird en voz alta, guiñándole un ojo a Fiona—. Ahora he perdido mi sitio al lado de mi hija.

Elizabeth palmeó el banco que había junto a ella. —Bueno, puedes sentarte aquí a mi lado y contarme otra vez cómo te ha ido hoy de caza.

CUANDO ALEC LLEGÓ a ella por la noche, la luna llena había extendido sus rayos por el suelo de la cámara en una alfombra de gasa azul. La pesada puerta de roble había oscilado fácilmente sobre sus goznes bien engrasados, y el guerrero se deslizó silenciosamente en la habitación. Sus ojos encontraron rápidamente la gran cama en el resplandor lunar. Colocando la pesada barra sobre la puerta, Alec se acercó al lado de la cama. Dentro de la semioscuridad de las cortinas de damasco, descorridas por el confortable clima veraniego, Alec buscó con nostalgia a Fiona.

La cama estaba vacía.

—¿Buscas a alguien? —llamó en voz baja, observándolo desde el asiento de la ventana. Fiona no había podido conciliar el sueño, así que, envolviéndose en el tartán Macpherson, se sentó a esperar en el asiento de la ventana, contemplando el cielo estrellado.

—**A alguien** no —dijo Alec, rodeando la cama—. Te busco a ti.

Esperaba que viniera. Le necesitaba; tenía muchas preguntas que esperaba que él pudiera responder. Preguntas sobre su madre. Sobre Andrew, Lord Huntly. Durante la cena, había seguido observando al conde. Era un hombre de pocas palabras cuando se trataba de sus propios asuntos, pero había hecho muchas preguntas a Alec, a ella. Se había interesado mucho por su crianza, por la educación que había recibido en el Monasterio. Y, sorprendentemente, se había mostrado muy atento al hablar de su relación con Alec. Aunque su expresión no mostraba nada, a Fiona le pareció que Lord Andrew sentía una gran curiosidad por ella y Alec. Sobre cómo se habían conocido y, en particular, sobre cuáles eran sus planes de matrimonio.

—¿Por qué ha hecho tantas preguntas el conde durante la cena, Alec? —susurró mientras él la apartaba y se sentaba a su lado.

—¿Sigues pensando en Huntly? —preguntó, tratando de acomodarse en el espacio limitado.

—Sí, así es —ella se levantó, intentando dejarle espacio suficiente para que se acomodara. Pero él se limitó a estirar las piernas, ocupando todo el espacio que ella había dejado libre. Fiona lo miró con los ojos muy abiertos. La acababan de sacar a la fuerza de su acogedor santuario—. ¿Estás contenta ahora?

—No, todavía no —dijo Alec mientras la agarraba de las manos. De un fuerte tirón, arrastró a Fiona hasta su regazo. Desplazó su peso y la acurrucó contra su pecho—. Esto está mucho mejor.

Fiona lo miró a los ojos y sonrió. Definitivamente, tenía una forma de hacerla olvidar las cosas.

—No has atrancado la puerta —sus palabras no eran ni una pregunta ni una admonición. Tenían una nota de sugerencia que hizo que Fiona se estremeciera de anticipación.

Ella dirigió una mirada indirecta hacia él. —Temía que no pudieras entrar.

—Una simple puerta nunca me alejará de ti, amor mío —los labios de Alec buscaron los suyos, la punta de su lengua saboreó su dulce plenitud. Se apartó, mirándola. El resplandor de la luna brillaba en sus ojos—. Esperaba que estuvieras esperándome.

La masa de pelo ondeaba sobre su hombro, y Alec pudo oler el aroma del jazmín en la suave melena en cascada.

—¿Qué habría pasado si hubiera estado durmiendo? —pronunció la última palabra mientras la mano de Alec empezaba a recorrer suavemente su cuerpo. Sus dedos mágicos hacían amplios círculos en sus brazos y espalda, acariciando la suave tela contra la piel que había debajo.

—¿Qué llevas debajo? —le preguntó con tono seductor, mientras su boca jugaba con los sensibles lóbulos de sus orejas.

Fiona se estremeció de excitación al sentir su aliento caliente contra su cuello, sus fuertes manos deslizándose bajo la gruesa tela del tartán y sobre la suave seda de su camisón. —Es un regalo de tu madre.

—Déjame verlo —Alec la empujó fuera de su regazo, colocándola en el ángulo abierto de sus muslos. Lentamente, muy lentamente, le quitó la tartana del hombro y la dejó caer al suelo. Apartándole el pelo del hombro, las manos de Alec bajaron por los brazos de Fiona, cogiéndole las manos. Contempló embelesado la creación que tenía ante sí.

—Eres una diosa —susurró, con la voz ronca por el asombro. La seda translúcida del camisón se amoldaba a las sensuales líneas de su cuerpo perfecto. Alec se inclinó hacia delante y sus manos se dirigieron a las caderas de Fiona. Sus dedos acariciaron suavemente las sutiles curvas de su vientre, y la sintió estremecerse cuando sus pulgares le cruzaron las costillas y se posaron en la base de sus pechos firmes y turgentes.

—Tengo que decir que éste es el mejor regalo que me ha hecho mi madre —contuvo la respiración cuando uno de los tirantes cayó de su hombro, revelando la carne blanca y lechosa de su pecho—. Me aseguraré de agradecérselo mañana.

—No —frunció suavemente el ceño, tirando de la correa hacia arriba—. No debes ver esta prenda hasta nuestra noche de bodas.

Alec levantó la mano y le bajó parcialmente las dos correas de los brazos antes de volver a atraerla hacia su regazo. —Creo que deberías saber algo sobre nuestros padres, amor. Mi padre ya tenía a mi madre embarazada de un niño antes de casarse.

—¿Lo hizo?

—Sí, lo hizo —depositó un beso sobre sus hombros descubiertos, saboreando su suave carne—. Nací siete meses después de que se casaran. Las familias de ambas partes quedaron bastante impresionadas con mi tamaño, teniendo en cuenta mi condición de prematura.

—Alec, me... me alegro de que nos casemos antes de que acabe la semana —le abrió la parte delantera de la camisa y apretó los labios contra la sólida calidez de su piel. Apoyó la cabeza en su hombro.

—No tanto como yo —rastreó el borde de su bata, donde la parte superior de sus pechos subía y bajaba con el más leve de los movimientos.

—Pero yo también tengo miedo —las manos de Fiona cesaron momentáneamente su viaje de descubrimiento.

Alec se echó hacia atrás, mirándola a los ojos ansiosos. —No de mí, espero.

—No —respondió ella, apartando los ojos—. De mí. De mí misma.

Suavemente, le cogió la barbilla con la mano y le devolvió la mirada. —¿Cómo es posible que tengas miedo de ti misma?

—¿Cómo podría no tener miedo? —susurró Fiona—. Todo lo que sé del amor y del matrimonio es lo que recuerdo de mis padres. Podían sentir todo el amor del mundo por el otro, pero no podían casarse —hizo una pausa y dejó que sus dedos acariciaran el rostro de Alec—. Quizá esas dos cosas no vayan juntas.

—Fiona —reprendió Alec con suavidad—. Deja de vivir en el pasado.

—¿No temes que me maldigan como a mi madre? —Ella lo silenció, posando sus dedos tiernamente sobre sus labios—. Fui hija ilegítima. Quizá esté destinada a vivir y amar como ella...

—No dejaré que lo hagas, Fiona —esta vez Alec la cogió firmemente por los hombros—. Ahora, escúchame. Antes de ir a la isla de Skye, antes de conocerte, si alguien me hubiera hablado seriamente de que el destino es la causa de los acontecimientos, me habría reído en su cara. Pero hoy creo en ello. Conocerte, ver al portero, a James... han ocurrido tantas cosas. La razón por la que digo esto es que conozco y comprendo tus miedos. Pero no voy a dejar que esos miedos impidan nuestra felicidad. Lo que les ocurrió a tus padres pudo ser su destino, pero fue su destino, no el nuestro. Nos tenemos el uno al otro. Nos queremos. Nos queremos.

—Pero Alec, ellos también tenían todas estas cosas.

—Sí, pero también tenían a los pueblos de dos países que se oponían a su matrimonio. Tenían fuerzas fuera de su control que les separaban. Nosotros no tenemos eso, Fiona. No lo tenemos.

Ella apoyó la frente en sus labios e intentó aceptar sus palabras.

—Por favor, dime que no tienes miedo.

Levantó la vista. —¿Oigo suplicar a Alec Macpherson?

—Suplicar. Puedes llamarlo como quieras. Necesito saber que estás contento. Qué crees. Eso es lo único que importa. Así que sígueme la corriente y dime que no tendrás miedo.

—Pero Alec, eso no es todo.

—¿No lo es? —Le acunó la cara con su gran mano—. ¡Dios mío, Fiona! ¿Qué más hay?

—Sigo sintiéndome como una mujer tonta e inexperta —hizo una pausa y luego le dio a conocer su otro temor—. Alec, no sé nada de ser una esposa. Ni lo más mínimo. Tengo miedo de hacerlo todo mal.

Una sonrisa arrugó el rostro de Alec.

Su mano bajó al costado y su dedo jugó inconscientemente con la suave lana de la falda escocesa de Alec. —Ni una sola de las cosas que aprendí en el Monasterio tenía como objetivo prepararme para esto.

—Fiona, dirigiste los asuntos de aquel lugar con tremenda habilidad. Los asuntos del castillo de Benmore y Dunvegan no son diferentes de lo que has estado haciendo en el Monasterio —Alec la miró tranquilizadoramente a la cara, esforzándose por ignorar el placer celestial de la mano de ella sobre el músculo tenso de su muslo. Ése era el tipo de preocupaciones de las que sería un placer ocuparse.

—Alec, el funcionamiento de los castillos no es lo que me preocupa —dijo ella en voz baja. Se sentía torpe e impotente, pero ¿qué palabras le harían comprender?

Sus dedos encontraron la suave piel de la mejilla de ella, y su tacto la calentó. Al darse cuenta de que ella no era consciente del efecto que su tacto estaba teniendo en él, supo exactamente lo que la preocupaba. —Fiona, ya nos pertenecemos el uno al otro. Todo lo que necesitas saber ya está dentro de ti.

—Pero apenas sé qué hacer —Fiona se quedó mirando los musculosos antebrazos que la sujetaban con tanta ternura, las manos que se movían con tanta pericia—. No sé cómo complacerte —su mano se agitó en señal de frustración y se posó en el brazo de él.

—¿Por favor? No puedo creer que hayas olvidado lo que compartimos en aquella torre.

—Oh, Alec. Recordaré lo que ocurrió allí hasta el día de mi muerte. Sé lo que sentí, pero ¿cómo... cómo puedo hacerte sentir así?

—Es fácil —dijo Alec mientras su mano acariciaba los costados de su pecho y subía hasta su cara. Rodeándole la cara con sus grandes manos, le susurró las palabras—. Sé quién eres, amor mío. No cambies nunca.

Fiona pudo ver un atisbo de lo que pensó que era tristeza brillando en sus profundos ojos azules, y entonces supo, más que nada en este mundo, que quería que fuera feliz. Se levantó y se giró en sus brazos hasta quedar frente a él. Sus miradas nunca vacilaron.

—Alec, es una promesa que tienes de mi parte —se inclinó hacia él y le besó los labios carnosos antes de continuar—. Pero si crees que puedes cambiar de tema tan fácilmente, se equivoca, mi Lord.

Allí de pie, contemplando su atractivo rostro, notó la punzada de una sonrisa que se dibujaba en sus labios cuando sus ojos se posaron en sus pechos. Entrelazó las manos en su pelo y, agarrando un puñado, tiró bruscamente de él hacia atrás. —Ahora dime qué debo hacer.

Alec extendió las manos y le agarró suavemente los firmes muslos. Luego, despacio, muy despacio, empezó a recogerle la ropa de debajo de las rodillas. —Usa tu imaginación, mi amor. Sólo usa tu imaginación.

Fiona se estremeció de excitación cuando las manos de Alec se deslizaron bajo el dobladillo levantado, moviendo las palmas por sus nalgas desnudas. Siguiendo su consejo, le abrió la camisa de un tirón hasta que le llegó a la cintura. Luego, agachándose, empezó a sacársela de la falda y a subírsela por los hombros. Dejando caer la prenda de lino a su lado, dejó que sus manos recorrieran su espalda, sus hombros, su pecho, trazando los contornos. Luego, incapaz de separarse de él, siguió el rastro de sus dedos con la boca. Sentía un gran placer al verle reaccionar visiblemente al efecto de su boca sobre su piel. Lentamente, bajó frente a él y, mientras su boca recorría su vientre, le oyó respirar hondo y contener la respiración.

Las manos de Alec se adentraron en la cascada de cabello de Fiona y se lo echaron hacia atrás. Mientras sus miradas se cruzaron.

Fiona miró profundamente en las brasas de su pasión y sintió que su espíritu se elevaba. Colocó sus dos manos sobre los muslos de él y las deslizó lentamente hacia arriba. Sintió que las manos de él se aferraban a su cabello y, cuando sus dedos encontraron la virilidad de él y la rodearon, lo vio cerrar los ojos e inclinar la cabeza hacia atrás. Acercándose más, se inclinó y, vacilante, frotó la cálida punta del grueso miembro contra su mejilla. Al oír su gemido contenido, se envalentonó y lo introdujo profundamente en su boca.

En un momento, Alec estaba dominando su deseo, y al siguiente estaba fuera de control. La pasión surgió en su interior, llenándole el pecho de una opresión que le impedía respirar. Sus manos volvieron a agarrar su suave melena y tiró de su cabeza hacia atrás hasta que su rostro se encontró con el suyo. Sus ojos se encontraron, e incluso en la habitación a oscuras, él pudo ver el deseo de ella. Un deseo que impregnaba el espacio que los separaba. Deseo que colgaba como una joya reluciente en sus miradas.

Su boca descendió sobre sus labios aún entreabiertos. Su lengua penetró profundamente en su calor. Saboreó todo lo que llevaba dentro. Las manos de Alec acunaron el rostro de Fiona y luego pasaron por sus delgados hombros. Levantó con cuidado la bata de seda y se la puso por encima de la cabeza. Cogiéndole las manos, Alec contempló la visión que le miraba. Ella se levantó lentamente, sin pronunciar palabra.

A la suave luz de la luna, Fiona brillaba como si estuviera iluminada desde dentro. Como una diosa de algún rito pagano, permanecía inmóvil en el resplandor luminiscente, el corazón humano de su amante latía febrilmente, su alma comprometida, todo su ser cautivado por la energía de su radiante perfección. Ella no le ocultó nada mientras sus ojos rendían homenaje a su resplandeciente belleza. Su mirada viajó desde su rostro, bajó por el vello que fluía sobre un pecho, pasó por las curvas de su vientre hasta el triángulo de suave vello que adornaba la unión de sus largas piernas. Levantó la vista hacia su rostro exquisito y sus ojos brillantes.

Fiona alargó la mano y le tocó la mejilla, y Alec le besó la palma. Luego, colocándole el brazo sobre el hombro, la levantó sin esfuerzo mientras se ponía en pie, moviéndose con facilidad hacia la cama y tumbándola suavemente sobre ella.

La miró mientras se desabrochaba el cinturón que sujetaba su falda escocesa. Desabrochándoselo, se quedó desnudo junto a la cama, y Fiona lo observó, con un hambre que se extendía como un incendio en su interior. Se movió inquieta contra la suave sábana, deseando su peso sobre ella.

Alec se agachó y agarró las piernas de Fiona, arrastrándola lentamente hacia él hasta que sus rodillas colgaron del borde del colchón ondulado. Empezó a levantarse, pero él se encontró con ella a medio camino, cogiéndole las muñecas y empujándolas hacia atrás, atrapándolas con una mano por encima de su cabeza. Su boca era áspera cuando se apoderó de la suya, y Fiona respondió con una pasión arrolladora que igualaba la suya.

Apartó la boca de la de ella y su ardor amenazó con desbordarse cuando la pierna de Fiona se levantó y se enganchó alrededor de su muslo. Besó el contorno de su garganta y sintió cómo su cuerpo se arqueaba contra él mientras su boca succionaba un pezón endurecido.

Cuando sus labios descendieron por la suavidad de su vientre, Fiona contuvo la respiración. Él le separó las piernas y su lengua encontró la dulce y húmeda oscuridad y penetró en su interior.

Fiona no podía llevar aire a los pulmones, pero ya no le importaba mientras la sangre rugía alocadamente en su cabeza. Sintió su peso sobre ella cuando Alec la tomó entre sus brazos y se deslizó dentro de ella. Como dos formas de arcilla, sus cuerpos se amoldaron con una plenitud que Fiona percibió más que pensó. Mientras yacían momentáneamente inmóviles, sintió los brazos de él rodeándola con fuerza, y se sintió querida, valorada, amada. Cuando Alec empezó a moverse, Fiona lo acompañó, y los ritmos palpitantes que cada uno sentía surgieron innegablemente en su interior. Mirando a través de la bruma que nublaba su visión, Fiona vio los ojos de Alec clavándose en ella con intensidad. Sus manos se movieron sobre el pecho de él hasta llegar a su rostro, pero las suyas se agitaron y luego se aferraron a su larga cabellera cuando él volvió a deslizar un calor fundido en el centro mismo de ella. Un gemido escapó de sus labios y una nueva urgencia se apoderó de ella.

Alec aumentó el ritmo de sus caricias. Dentro de su cerebro, el pensamiento racional se deshacía, mientras la sentía moverse hambrienta bajo él. Pero mientras intentaba concentrarse en empujarla ante él hacia ese momento de dicha, sintió que se expandía dentro de las paredes de su pasaje. Pero incluso cuando las piernas de ella le rodearon la cintura, tirando de él más profundamente dentro de ella, él se aferró con fuerza a su voluntad. Pero cuando Fiona le rastrilló la espalda, sus gemidos se convirtieron en intensos gritos de éxtasis, no pudo contenerse más.

La habitación que Fiona veía ahora estaba iluminada con los destellos blancos y rojos de un placer exquisito. Fiona no sentía nada debajo de ella, no veía nada por encima. Lo único que sabía que era real era el hombre al que amaba y las sensaciones salvajes que amenazaban con sacarla de sí misma y llevarla a otra dimensión. Fiona se aferró desesperadamente a él, y los ritmos palpitantes del trabajo sibarítico borraron la oscuridad de la cámara del castillo. Con mayor rapidez aún se elevó, cada vez más alto, hasta que su espíritu rasgó la cortina de la realidad. Con velocidad cegadora, el cielo se abrió sobre ella, y como un pájaro lanzado al vuelo, Fiona se elevó hacia una esfera cristalina, estirándose y dando vueltas, ascendiendo hacia los confines blanquiazules de un reino etéreo.

Cuando Alec sintió que su grácil cuerpo se arqueaba hacia arriba y hacia atrás, moviéndose armoniosamente en su dramática danza de amor, no pudo esperar más. Sintiéndola estremecerse, Alec se introdujo profundamente en ella, llenando a Fiona con todo lo que tenía.

***

PARALIZADOS, parecía que habían pasado una eternidad tumbados el uno en brazos del otro. Asombrado por la profunda pasión que habían compartido, la mente de Alec se detuvo en la experiencia. Aquella noche era algo que, ni en sus imaginaciones más descabelladas, habría creído posible. Él había sido el experimentado. Pero nada en su pasado se había acercado siquiera a esta unión de cuerpos y almas que había tenido lugar con Fiona. Estaban destinados a estar juntos. Lo sabía con una certeza feroz.

Apoyándose en el codo, trazó su hermoso rostro con los dedos. Ella se volvió y le dedicó una sonrisa que le dejó sin aliento.

—¿Alec?

—¿Sí, mi amor?

Se arrimó a él y apoyó la cabeza en las almohadas mientras miraba el azul profundo de sus hermosos ojos. —¿Qué sabes de Huntly?

—Creo que debería estar celoso —bromeó amenazadoramente—. Acabamos de hacer el amor más increíble desde el Jardín del Edén, y ahora las primeras palabras que salen de tu boca tienen que ver con Huntly.

—No lo hagas —le dijo ella, pasándole un dedo por los labios carnosos y mohínos—. Pero lo digo en serio.

—Muy bien —Alec suspiró, cogió a Fiona en brazos y tiró de ella para acercarla aún más—. ¿Qué es lo que quieres saber?

—Necesito saber algo sobre su pasado. Sobre el tipo de hombre que es. Sí, se ha casado alguna vez. Sí tiene hijos.

—Todo esto parecen preguntas muy personales.

—Alexander Robert Macpherson, será mejor que empieces a hablar o si no —intentó gruñir amenazadoramente las últimas palabras, pero Alec se echó a reír.

—Veamos, ¿cuál es el mejor lugar para empezar con Andrew, el conde de Huntly? —se tumbó bocarriba meditando un momento mientras ella se acurrucaba cómodamente a su lado—. Bueno, por lo que sé de él, Huntly ha sido un hombre de los Stuart toda su vida. Se puso del lado de tu padre cuando éste subió al trono y llevó la lucha del rey a las Highlands del noroeste, cuando Torquil MacLeod y los demás jefes renegados decidieron dar la espalda al resto de Escocia. Lord Huntly siguió siendo el consejero de mayor confianza del rey hasta que James decidió llevar el ejército a Inglaterra. Advirtió al rey de que no fuera, así que James le dejó para asegurar a la reina, al príncipe y el castillo de Edimburgo. El resto ya lo conoces.

Alec volvió la cara hacia la ventana abierta. Por primera vez en tres años, el sangriento campo de Flodden parecía tan lejano en el pasado, tan alejado del mundo en que vivía, tan distante del futuro que imaginaba con Fiona. Volvió la cabeza hacia ella y le besó la frente fría.

Fiona Drummond Stuart, hija de su rey muerto hacía mucho tiempo, le había traído la paz. Por fin, al entrar en su vida, en su corazón, en su alma, ella había matado a los demonios que habían estado atormentando su memoria. Demonios de culpa por una dura batalla en la que su rey había muerto mientras él aún vivía. Finalmente, el destino le había brindado la oportunidad de mitigar su culpa protegiendo a Fiona, y la protegería para siempre. Lo habría hecho, de todos modos. La amaba.

—Alec —susurró ella, pasándole la mano por el pecho—. ¿Y antes de Flodden? ¿Su vida personal?

—Huntly es un hombre extremadamente inteligente. Toda su vida ha sido soldado y político. Pero, sobre todo, ha sido gobernante. Incluso antes de Flodden, el rey le dejaba muchos asuntos de gobierno. Era el consejero más capaz del rey, por lo que era natural que tu padre lo involucrara en todos sus asuntos.

Entonces Huntly se habría enterado del retraso del rey en llegar al castillo de Drummond la noche en que su madre había sido asesinada. Fiona se estremeció involuntariamente. Alec la confundió con un escalofrío provocado por la suave brisa que empezaba a soplar en la habitación y les tapó con una manta.

—La forma en que ha actuado esta noche es la forma en que actúa siempre —continuó Alec—. Con los años, ha desarrollado un lado algo duro de su personalidad. No es lo que podríamos llamar sociable, ni siquiera amistoso.

—Creía que no le gustaba.

—Al contrario —dijo Alec apartándole un mechón de pelo de la cara—. Le gustabas mucho.

—¿Cómo podrías saberlo?

—Te hizo muchas preguntas, ¿verdad? Si no le gustaras, todas las glorias de este mundo y del otro no podrían hacerle hablar. El silencio sepulcral de Andrew es legendario —Alec recordó el trato que Huntly siempre había dispensado a Kathryn en la corte. Sus encantos no habían surtido efecto en el envejecido conde. Había sabido juzgar muy bien el carácter.

Silencio sepulcral, pensó. Mi madre está en silencio sepulcral.

—¿Nunca se casó? —preguntó en voz baja.

—No. Él nunca...

—¿Es verdad lo que dicen? —interrumpió ella—. ¿Fue por culpa de mi madre?

—Eso es lo que cree mucha gente —Alec miró sorprendido a Fiona. No había esperado que ella supiera lo del amor frustrado de Huntly por Margaret Drummond.

—Esta noche me ha dicho que ha estado muchas veces en el castillo de Drummond.

—Sí, tiene tratos con tu tío desde hace muchos años.

—No, me refiero a antes. Cuando mi madre vivía. Dijo que la había visitado muchas veces allí.

—Fiona, por lo que he oído, Huntly adoraba a tu madre. Pero cuando ella eligió a tu padre, Huntly se apartó. Siempre ha sido un hombre de honor.

Fiona se quedó callada un momento, buscando las palabras adecuadas. ¿Cuál era el precio de este honor? Pensó amargamente.

—¿Te habría guardado rencor, Alec?

Alec la miró a la cara. —¿Quieres decir si le haría daño? ¿A tu madre?

—La Priora me dijo que se sabía que había jurado recuperar a mi madre. ¿Es imposible pensar que haya actuado de forma irracional? —su voz se convirtió en un murmullo. No podía acusar al conde sin pruebas. Pruebas que podrían estar ocultas en el castillo de Drummond.

—Nunca, Fiona —respondió Alec con firmeza—. Le conozco de toda la vida y nunca haría algo así.

Fiona cerró los ojos preocupada. Alec era leal a su amiga. Y esa lealtad nunca se vería sacudida por ninguna acusación infundada que ella pudiera hacerle. No, tenía que hacerlo sola. Si el morral de cuero de su madre seguía oculta allí, sólo ella tendría que encontrarla. Y al encontrar la prueba, Fiona demostraría a Alec, a todos, la verdad oculta durante tanto tiempo.

Costará lo que costara; revelaría la verdad.

—¿Cuándo iremos al castillo de Drummond, Alec?

—¿Ya te aburres, mi amor? —bromeó suavemente.

—Aburrida, no —respondió ella, dándole un puñetazo juguetón en el costado—. Mimada. No llevo aquí ni un día entero y ya tengo un armario completo, duermo en una habitación mejor de lo que jamás pensé que existiera y tengo una familia.

—Oh, ¿eso es todo? —Alec la tiró encima de él, sonriendo con picardía—. ¿No te has olvidado de una cosita?

Fiona le devolvió la sonrisa y le besó la hendidura de la barbilla. —Oh, ¿me he olvidado de mencionarlo? Aunque no creo que hubiera llamado «cosita» a nada de lo que hemos compartido —se recolocó ligeramente.

Gruñó Alec, pasando las manos por su esbelta espalda y por la suave elevación de sus nalgas.

—Llévame al castillo de Drummond —suplicó—. Hay tantas cosas allí, sobre mi pasado, que necesito verlas por mí misma.

—Después de nuestra boda, mi amor —respondió él, y su rostro se ensombreció al pensarlo. Había dos personas en el castillo de Drummond que no quería que ella viera antes de la ceremonia. Y tampoco deseaba ver a Kathryn ni a su padre. Pero más tarde la ayudaría a reclamar lo que era suyo—. Pararemos en Drummond de camino a Stirling.

—¿Es un viaje largo?

—No, con buen tiempo como éste, podríamos llegar en menos de dos días.

—Entonces, ¿por qué no podemos irnos ahora? —insistió ella.

—Porque tengo que ir al castillo de Kildalton antes de la boda.

Fiona se levantó y apoyó los codos en el pecho de él. —¿Por qué?

—Porque los Campbell retienen al oficial del barco pirata que fue a buscarte. Necesito averiguar qué sabe antes de que vayamos a juicio.

Fiona empezó a calcular mentalmente la posibilidad de llegar al castillo de Drummond y volver en los seis días que faltaban para su boda. Alec la observó y sonrió.

—No te preocupes, amor. Volveré a tiempo. Nadie te dejará plantada en el altar.

Capítulo Dieciocho

COMO UN ESPÍRITU IRREDENTO, el humo rizado de la vela del altar flotaba inquieto en el aire de la pequeña iglesia.

Los ojos de Fiona se dirigieron hacia arriba, donde la tenue nube desaparecía en el rayo de sol. La luz de la ventana se proyectaba hacia arriba, iluminando el único adorno de la iglesia, una cruz tallada que colgaba oscura y pesada en la pared encalada, sobre el pequeño altar. Su mano se cerró inconscientemente en torno a la pesada cruz enjoyada que colgaba de su cuello. La cruz de su madre. Respirando hondo, se metió la cruz en el cuello del vestido.

—Quizá no lo entienda, Fiona. Pero desde luego no me estás ayudando en nada—. David se quedó mirando furioso a la joven sentada tan tranquilamente en el banco de la parte trasera de la iglesia del pueblo—. ¿Por qué, en nombre de Dios, tienes que irte ahora?

—Porque hay cosas en el castillo de Drummond que deben salir a la luz.

—Pero has dicho que Lord Alec piensa llevarte allí después de la boda —argumentó—. ¿Por qué no puedes esperar?

—Porque tengo miedo, David.

—¿Miedo? —repitió, desconcertado—. ¿Miedo de qué?

Fiona respiró hondo. Todo era tan complicado; ¿cómo podía explicarlo? Ella misma apenas lo entendía.

—Temo que el responsable del asesinato de mi madre sea un amigo de Alec —miró fijamente a los ojos de su antiguo camarada—. Un amigo íntimo.

Los dos giraron la cabeza al unísono cuando la pesada puerta de roble de la iglesia crujió al abrirse lentamente. La anciana que entró arrastrando los pies apenas los miró, pero sin mediar palabra, Fiona se levantó y condujo a David al soleado Marketcross.

Volviéndose hacia el puente que cruzaba el Spey bajo las imponentes murallas del castillo, David siguió en silencio a Fiona mientras caminaba enérgicamente hacia el arco de piedra y madera. Allí Fiona se detuvo. David miró a través de la corriente centelleante hacia un carro de calderero que se abría paso ruidosamente por el río hacia el puente. Incluso desde donde estaban, junto al muro debajo de la orilla, podía oír las maldiciones del conductor por encima del ruido metálico de las ollas y sartenes que colgaban de los altos laterales de madera del carro.

—¿Le has contado a Alec lo que sospechas? —preguntó David, volviendo por completo su atención hacia Fiona—. ¿Le has confiado algo?

—Claro que no —respondió ella escuetamente—. No tengo pruebas. Se reiría de mí. Todos se reirían de mí.

—¿Es tan ridículo? —sugirió—. Fiona, te conozco desde hace tanto tiempo como cualquiera. De lo que estás hablando aquí es más grave que casi cualquier cosa a la que te hayas enfrentado en Skye. Estás hablando de acusar a uno de los nobles más poderosos de Escocia de un crimen que ocurrió hace mucho tiempo. Estás a punto de casarte con el clan Macpherson. No puedes acusar al conde de Huntly sin hablar con tu pretendiente.

—No le he acusado por su nombre. Eres tú quien ha metido su nombre en esto. Pero precisamente por eso tengo que irme ahora. No puedo meter a esta buena gente en esto. No puedo implicar a Alec hasta que lo sepa con seguridad.

—En primer lugar, Fiona, no sé de qué te serviría ir al castillo de Drummond. Sea lo que sea lo que recuerdes, o creas que podrías recordar una vez allí, probablemente haya desaparecido. Tu tío y tu prima llevan tres años utilizando ese lugar como si fuera suyo, y es posible que ni siquiera te permitan cruzar su umbral. Nadie, salvo la propia reina, puede reconocerte como el verdadero heredero de esas tierras —David la acercó a su lado mientras el viejo carro retumbaba sobre el puente. El viejo calderero de aspecto feroz que conducía el demacrado buey viejo les miró con una mirada a través de unas pobladas cejas rojas que le cruzaban la frente sin interrupción. David le devolvió la mirada y el calderero azuzó a su bestia en un esfuerzo simbólico por dejarles a los dos un poco de espacio al borde del puente.

—Sólo te he pedido que me ayudes a coger mi caballo, David. Pero iré al castillo de Drummond aunque tenga que caminar.

—Muchacha, en la cena de anoche, oí que aceptas casarte dentro de seis días. ¿Vas a dejar ahora a Lady Elizabeth y salir corriendo? Siempre has sido impulsiva, pero no eres una irresponsable.

—Hablaré con la madre de Alec antes de ir...

La mano de David bajó bruscamente sobre el brazo de Fiona cuando el carro que tenían detrás se detuvo de golpe. Se volvió a tiempo de ver cómo el pesado garrote del conductor rozaba el cráneo de David mientras su amigo se agachaba ágilmente en un intento de esquivar el aplastante golpe. Con un grito agudo, Fiona alargó la mano horrorizada mientras David caía como una piedra sobre el muro bajo antes de desplomarse por el borde hacia las caudalosas aguas que había debajo.

—Una mano áspera le tapó la boca mientras la levantaban bruscamente por detrás. Luchando contra el que la sujetaba, Fiona vio entrar en su campo de visión a otro hombre, que retiró el puño y la golpeó con saña en el vientre. Fiona se dobló de dolor, hundiéndose en los brazos de su agresor.

Incapaz de aspirar una bocanada de aire en los pulmones, Fiona levantó la vista impotente cuando el siguiente golpe aterrizó brutalmente contra el costado de su cabeza. Unas luces amarillas parpadearon momentáneamente en su cabeza antes de que la oscuridad descendiera como un sudario a su alrededor.

Los dos hombres miraron nerviosos a su alrededor mientras arrojaban sin contemplaciones a la joven en la parte trasera del carro. Desde su posición elevada, el conductor miró por encima del borde del puente hacia las aguas, buscando alguna señal del anciano. Al no ver nada, rápidamente hizo un gesto a los dos para que subieran a la parte trasera del carro y puso en marcha a la antigua bestia. Con una sacudida, el carro siguió avanzando por el puente hacia la aldea, mientras los hombres de atrás bajaban la piel que cubría la abertura trasera. Unos instantes después, retumbaban hacia la arboleda de las estribaciones de la aldea.

—Ese cabrón me dejó plantada en el altar, ¿y ahora me dices que quiere casarse con este ratón de iglesia?

Fiona cerró los ojos con fuerza. La mujer que hablaba estaba inclinada directamente sobre ella. Inspeccionándola.

El suelo bajo ella era duro y húmedo, pero Fiona se había obligado a permanecer quieta incluso después de que la sensación de dar vueltas desapareciera y las voces amortiguadas se hicieran claras. Ahora continuaba fingiendo estar inconsciente mientras la mujer permanecía de pie sobre ella. ¿Altar? ¿Alec dejó a esta mujer en el altar? Pensó Fiona confusa. ¿Quién es?

—Tiene un bulto de buen tamaño en un lado de la cabeza.

—Sí, pero lo hizo bastante mejor que el viejo toro que la acompañaba.

No tardó ni un instante en comprender todo el significado de las palabras del hombre, y una ráfaga de dolor se clavó como una lanza en el corazón de Fiona. David. Oh, Dios, David.

—Mírala. Mira su ropa —se quejó la mujer—. Está hecha un desastre. ¿Por qué no puedes seguir mis órdenes? Te dije que la trajeras sana y salva. Te dije que sólo quería asustarla para que volviera al mismo estercolero del que salió. No quiero matarla, por el amor de Dios. Mírala. Tiene un aspecto paupérrimo.

—No estoy de acuerdo. En mi opinión, la chica parece muy guapa.

Fiona podía sentir los dos pares de ojos clavándose en ella. —Tal vez sientas debilidad por las mozas de campo pelirrojas —espetó la mujer. El filo de los celos en su voz era inconfundible.

—Es una mujer hermosa... comoquiera que la llames. Una monja, una princesa, una moza. Pero, francamente, me gusta más cómo suena «moza».

La voz del hombre le resultaba familiar a Fiona, pero no se atrevió a mirar al que hablaba. Sabía que era isleño por su acento, pero no lograba situarlo.

—Neil MacLeod, eres un cerdo —la mujer se rió estridentemente—. Como todos los demás hombres de este páramo dejado de la mano de Dios. Probablemente te la llevarías tal cual si yo no estuviera aquí para impedírtelo.

—No, Kathryn. Ella no merece la pena. Ahora bien, llevarte a ti... eso es otra historia. Ah, amor mío, su belleza no es nada comparada con la tuya.

El largo silencio de la mujer casi indujo a Fiona a echar un vistazo rápido a la pareja, pero entonces oyó que la mujer se alejaba.

—Claro que tienes razón —afirmó Kathryn con una risa arrogante—. Pero sigues siendo un cerdo, Neil.

—Por eso te gusta tenerme cerca, ¿verdad, mi cerda de lengua dulce? —respondió Neil, avanzando tras la mujer que se retiraba.

Fiona abrió parcialmente los ojos y miró a los dos al otro lado de la habitación. Junto a la puerta, bajo una antorcha humeante, Neil estaba de pie, de espaldas, a Fiona, abrazando a la otra mujer. Fiona miró desesperada por la pequeña habitación. Oía correr el agua y un ruido metálico que reconoció como el de la rueda de un molino. Parecía estar en la planta baja de un molino. Pero no tenía ni idea de dónde estaba el molino. No sabía cuánto tiempo llevaba inconsciente ni hasta dónde la habían llevado.

Tenía que salir. ¿Pero cómo? Sólo había una pequeña rendija de ventana cerca del techo, y el camino hacia la puerta del otro lado estaba bloqueado por los dos. Tenía las manos fuertemente atadas delante de ella con una cuerda de cuero. Intentó flexionar las manos y los dedos, pero estaban entumecidos.

—¡Ja! Dulce lengua. Por lo que recuerdo, la única razón por la que sigues por aquí es mi «dulce lengua» —la mujer se mofó antes de alejarse de él—. De hecho, creo que no serías más que un cadáver si no hubiera utilizado mi encanto sobre Alec Macpherson aquella noche espantosa en el castillo de Drummond. Creo que habría salido por la ventana tras de ti cuando nos encontró juntos. ¿Cuál fue el nombre que gritó mientras corrías por el prado? «Bribón cobarde», ¿no?

Fiona cerró los ojos rápidamente cuando la otra mujer se volvió en su dirección. Así que ésta era su querida prima, Kathryn Gray. ¿Era esto lo que Alec había intentado decirle antes? ¿Qué en algún momento había estado destinado a casarse con esta mujer? ¿Podría Alec haber amado de verdad a esta moza? Se esforzó por oír la respuesta del hombre, pero el silencio fue largo e ininterrumpido hasta que Fiona oyó a Kathryn continuar, con un tono regodeante y desagradable.

—Qué espectáculo eras, agarrándote la ropa con los brazos mientras huías. Dime, ¿le mencionaste alguna vez lo bien que funcionaba realmente ese brazo «tullido» al bajar por aquel muro? —Su risa era grave y sin gracia—. Debió de ser bastante degradante tener que recibir órdenes de Alec ahí fuera, en esa roca estéril, colgada como está sobre el borde del mundo. Y todo el tiempo sabiendo que tú te habías acostado conmigo. Que me había proporcionado placeres... placeres mucho mayores que los que tú jamás hubieras soñado darme. ¿Te he dicho alguna vez que siempre disfruté comparándoos en la cama? Sí. Siempre competíais. Siempre. Tú lo sabías, pero él no. Incluso aquella última noche. La noche que huiste. Huiste por tu miserable vida.

Fiona se encogió ante las palabras de la mujer. Oh, Alec, pensó. Qué tonto te habrá hecho sentir.

—Me dijiste que nunca debía saber lo nuestro —dijo Neil con rabia—. Me rogaste que guardara silencio. Y en cuanto a aquella noche, salté por aquella ventana para salvar tus preciosos planes. ¿Lo has olvidado? Lo hice por ti.

—No hiciste nada por mí. Sólo intentabas salvar tu miserable culo.

—Di lo que quieras. Me utilizaste como utilizas a todo el mundo para salirte con la tuya de forma egoísta. Sabías que te amaba y que nunca te negaría nada de lo que me pidieras. Pero Kathryn, tú y yo sabemos que actué como un hombre de honor. Y si te hubieras mordido la lengua, tu reputación podría haber resistido.

—¿Hombre de honor? —respondió ella, con una risa aguda y estridente—. Ahórrate la charla sobre el «honor». No sabes nada de eso. Por lo demás, no me hagas reír. Comparado con Alec, apenas mereces que te llamen hombre. Perdiste, Neil. Huiste. Tenías demasiado miedo para enfrentarte a él. Acéptalo; sólo eres un perdedor.

—Eres una puta, Kathryn Drummond —gruñó.

—Sí, Neil MacLeod. Una puta... como tú —respondió con descaro, haciendo una pausa para dejar claro su punto de vista—. Pero no sirvo a ningún amo, a diferencia de ti, que ha servido a muchos y los ha traicionado a todos. No olvides con quién estás hablando. Sé que no has traído aquí a esta moza sólo para complacerme, para recuperar mi afecto. Alguien te está pagando. Sigues sirviendo a otros, Neil. A otros y a ti mismo. Mírala. No apartes la mirada. Mírala. Sé lo que yace enterrado en tu alma ennegrecida. Sé qué gritos te persiguen en la oscuridad de la noche.

—Cierra tu sucia boca.

—Y sé por qué quieres muerta a esta moza —espetó Kathryn—. Al fin y al cabo, lacayo, te vio matar a su madre.

—Ella no vio nada, zorra —gritó—. Hacía tiempo que se había ido cuando Torquil y... —Neil se detuvo a mitad de la frase. Se apartó de Kathryn. No, no iba a entregar a su gallina de los huevos de oro. No después de tantos años.

El grito de Fiona se agolpó y se hinchó en su garganta. Su madre... su madre. Ese delincuente, ese animal. La ira, el odio, que empezó como una mancha blanca y fría en lo más profundo de su cerebro, se extendió como fuego helado, endureciendo la piel de su cara y de su cuello, acelerando su ritmo y luego recorriéndola a toda velocidad. Odio. Por ese hombre malvado y por los que estaban con él. Torquil. Torquil MacLeod. Después de tantos años. Después de vivir bajo la temible sombra de aquel hombre durante tantos años. Ahora conocía su identidad. Y sabía que se había hecho justicia. Pero, ¿y Neil? ¿Y quién era el otro al que casi había nombrado? Neil lo sabía. Ese criminal, Neil. Y en su mente podía ver ahora su rostro, su mano, dura sobre la muñeca de su madre, arrancándole el puñal.

Los dedos de Fiona se cerraron involuntariamente en un puño, pero jadeó de dolor cuando las ataduras le cortaron las muñecas doloridas. Cuando los dos se giraron para mirarla, los ojos de Fiona se abrieron lentamente y los enfocó. Intentó dar la impresión de que acababa de recobrar la conciencia. Una inconsciente del momento, el lugar o las personas.

—Bueno, parece que la princesa de las hadas se ha despertado —Neil la miró atentamente a la cara desde el otro lado de la habitación—. Sí, por fin, una cara brillante en esta monótona choza.

—Sal de nuestra vista —Fiona observó cómo la mujer escupía las palabras —. ¡Ahora! Fuera, Neil.

Fiona luchó por sentarse, pero un dolor en un lado de la cabeza hizo que la habitación volviera a dar vueltas mientras se empujaba hacia arriba. Le escocían los dedos, pero volvió un rostro ardiente hacia la pareja que se acercaba.

—Bueno —espetó Kathryn, volviéndose hacia el Highlander—, ¿no me has oído?

—¿Quieres que le corte las manos antes de irme?

—No, todavía no —la mujer se apartó un paso, evaluando aún al ser de aspecto vulnerable que tenía ante sí—. Tiene que ganarse su libertad. Ahora déjanos solas.

Fiona se levantó con dificultad. El pelo rojo le caía sobre un hombro y se llevó las manos atadas a la cara para apartarse los mechones sueltos de los ojos. Neil miró fijamente de la cara de Kathryn a la de Fiona. Ninguna de las dos reconoció que seguía en la habitación. Las dos mujeres se limitaron a permanecer de pie, una frente a la otra, escrutándose mutuamente, perdidas en una mirada eterna. Finalmente, Kathryn apartó la mirada, se llevó una mano al pelo y acarició con letargo los hilos dorados que se entretejían en sus mechones sueltos.

—No dejarás que esta cosita te supere, ¿verdad, Kathryn? —la expresión divertida de Neil se agrió cuando Fiona le dirigió una mirada escalofriante. Se dirigió hacia la puerta—. Estaré fuera, me llamas cuando quieras.

Cuando Neil cerró la puerta de tablas tras de sí, el silencio llenó la pequeña habitación como una presencia amortiguadora.

Fiona miró escrutadoramente a su captor. Su prima. Era alta, voluptuosa y rubia, con los ojos del azul del aciano descolorido por el sol. Su vestido color carbón estaba ribeteado de seda, y la tela escocesa que le cruzaba el pecho cubría un escote profundamente redondeado. Sí, la mujer era hermosa. Pero su belleza era fría, como la capa de hielo de un lago invernal. Sus movimientos eran lentos, indolentes, incluso lánguidos. Pero Fiona intuyó que Kathryn tenía recursos que mantenía en reserva, ocultos.

Fiona buscó rápidamente una forma de escapar. No estaba segura de lo que Kathryn y Neil habían planeado exactamente para ella, pero no confiaba en ellos. Ahora sabía que eran personas capaces de cualquier crimen. Los ojos de Fiona evaluaron rápidamente la fuerza de Kathryn. Pensó que podría dominar a la mujer más alta, derrotarla físicamente e intentar salir del molino. Pero entonces Neil, y quienquiera que estuviera esperando fuera, seguiría creando una barrera infranqueable. Sabía que no podría salir de ésta luchando, aunque fuera una guerrera. Pero tenía que intentarlo. Era su única oportunidad. Fiona no sabía si el puñal que le había dado Alec seguía guardado en el bolsillo de la falda, pero de todos modos no le servía de mucho con las manos atadas. Mirando a su prima, esperando a que hablara, Fiona supo que tenía que utilizar todos los recursos de que disponía. Se decidió. Si iban a matarla, no iba a someterse pasivamente.

¿O no? Pensó.

Kathryn se acercó impaciente a la mujer más joven.

La postura erguida de Fiona empezó a resbalar mientras ella, casi imperceptiblemente, comenzaba a transformarse. Bajó un poco la barbilla y pareció replegarse sobre sí misma, mientras sus ojos recorrían la habitación con aprensión. Mordiéndose el labio, levantó la mano y empezó a enroscarse el pelo en una gruesa cuerda. Cambiando de un pie a otro, miró nerviosa a su prima.

¿Quiere un ratón de iglesia? Le daré un ratón de iglesia.

Kathryn alargó la mano y agarró la cadena de oro que rodeaba el cuello de Fiona. Al sacar la cruz incrustada de joyas, sus ojos se iluminaron de deseo ante la belleza del adorno. Fiona permaneció en silencio mientras su prima miraba con codicia la exquisita joya y las brillantes gemas. Un brillo apareció en los ojos de Kathryn cuando dirigió una mirada desdeñosa al rostro de Fiona.

—¿A quién se lo has robado? —se mofó.

—Es... es mío —balbuceó Fiona con la voz más tímida que pudo.

—¿Tuyo? —Kathryn se rió con desprecio—. Esto se hizo para adornar a una gran dama.

—Es cierto, mi Lady —la barbilla de Fiona tembló un poco mientras permanecía con los ojos entornados.

—Entonces, si es verdaderamente tuya, quizá quieras regalármela —Kathryn miró la pieza con detenimiento—. Me quedaría muy bien, ¿no te parece?

—Bueno... sí. Lo sería, mi Lady —respondió la cautiva, con el pánico evidente en su voz—. Pero... mi madre... bueno... ¿Quién sois, mi señora?

La mujer alta miró con desconfianza a la tímida criatura que tenía delante. ¿De verdad había estado inconsciente mientras ella y Neil habían discutido? Al ver a la mujer temblando incontrolablemente, Kathryn estuvo a punto de reírse de la ridículamente improbable pareja que habrían formado Alec y Fiona. Pero ya no. No permitiría que eso ocurriera.

—Soy Kathryn Gray.

—Kathryn Gr... Lady Kathryn —todo el cuerpo de Fiona pareció energizarse al oír aquel nombre—. Lady Kathryn. Mi prima. Lord Macpherson y la Priora, que Dios la bendiga, me dijeron que vendrías a verme.

Fiona se detuvo bruscamente, como aturdida por una revelación. Miró hacia abajo, a sus muñecas atadas, y hacia arriba, a la expresión altiva del rostro de Kathryn. Su prima soltó la cruz y giró imperiosamente sobre sus talones.

—Pero, ¿por qué... dónde estamos, mi Lady? —preguntó Fiona, buscando rápidamente la daga entre sus faldas en cuanto su captor volvió la cara. Sí, sigue ahí, pensó exultante, volviendo a meterse en su personaje al instante.

—¿Dices que Alec te dijo que vendría a por ti?

—Lo hizo, mi Lady —dijo Fiona, asintiendo repetidamente.

—¿Me ha echado de menos? La mujer se interrumpió. Kathryn se preguntó momentáneamente si Fiona había detectado aquella nota de vulnerabilidad en su voz.

Mientras Kathryn se daba la vuelta y caminaba hacia el otro extremo de la habitación, Fiona volvió a meter la mano en el bolsillo e intentó cortar la cuerda de sus muñecas con el extremo afilado de la daga.

—¿Cómo es posible? —preguntó Kathryn, volviéndose para mirar con desagrado a la saltarina Fiona—. ¿Cómo es posible que vayas a casarte con Alec Macpherson?

—Por qué... Realmente no lo sé, mi Lady. Dijo que estaría «dispuesto a tenerme». Pero yo no... mi Lady... yo no... —Fiona metió las manos en el bolsillo en forma de morral, bajando la cara mientras empezaba a llorar. Las lágrimas le corrían por las mejillas y su cuerpo se agitaba entre sollozos.

Kathryn se quedó mirando, sorprendida por el estallido y asqueada de la lamentable criatura. Mientras Fiona seguía llorando a lágrima viva, la expresión de aversión de Kathryn se endureció rápidamente hasta convertirse en una de abierta repugnancia hacia la debilucha de su prima.

—Contrólate —le ordenó tajantemente—. No quiero quedarme en esta ratonera todo el día. Eres patética.

Fiona tragó aire y se secó la cara manchada de lágrimas con la manga. Aun sollozando en silencio, miró más allá de la mujer de rostro duro, hacia la puerta cerrada.

—¿De verdad crees que podrías ser la señora de un lugar tan grandioso como el castillo de Benmore? Por supuesto, eso será después de que la vieja bruja, su madre, sea encerrada.

Fiona la miró, con los ojos muy abiertos y sin habla. Acababa de deshacer las cuerdas. Sus manos, que descansaban en el profundo bolsillo delantero, estaban libres.

—Y no vuelvas a empezar esa asquerosa exhibición —añadió.

—No, Lady Kathryn —resopló Fiona—. Sólo sirvo para ser monja. Sólo pensar en que un hombre me toque... —Se estremeció visiblemente.

La boca de su prima se torció en una sonrisa burlona mientras las lágrimas empezaban a correr de nuevo por el rostro de Fiona.

—Sólo quiero volver al Monasterio de Skye —se lamentó la cautiva—. Sólo quiero volver a casa.

Kathryn le dio la espalda a Fiona, frustrada. Se suponía que ésas eran sus palabras. Se suponía que era su exigencia. Quería que Fiona se opusiera. Y entonces se imaginó a sí misma dándole órdenes, obligándola a obedecer. La zorrita le estaba estropeando la diversión.

—¿Cómo es posible que tengamos la misma sangre en las venas? —dijo, volviéndose hacia su cautiva.

—No creo que tengas sangre en las venas, Kathryn Gray —la voz de Fiona era fría y controlada. La punta del puñal presiono la garganta de su prima.

Capítulo Diecinueve

FIONA SÓLO NECESITÓ un rápido empujón para inmovilizar a Kathryn contra la pared. La mujer más alta no emitió ni un murmullo de protesta. La mano izquierda de Fiona agarró la tráquea de su prima mientras la derecha sostenía el cuchillo en su rostro impecable.

—Es la voluntad de Dios, no mi valentía, la que está a punto de cortarte el cuello —dijo Fiona en un susurro—. ¿Quieres retractarte de lo que acabas de decir?

Kathryn gimoteó impotente en respuesta.

Fiona aumentó la presión sobre la garganta de la mujer, haciendo que sus ojos se abrieran de par en par y su tez palideciera tan blanca como la nieve recién caída.

—Ahora quiero que escuches, y muy atentamente, todo lo que tengo que decirte—. Fiona agitó el cuchillo de un lado a otro ante los ojos de Kathryn, y luego lo apoyó lentamente en la mejilla de la mujer rubia—. Lo que hiciste al traerme aquí contra mi voluntad estuvo muy mal. Lo que le hiciste a un buen anciano fue un pecado mortal. Por eso, más que por nada, pagarás. Y pagarás con tu sangre.

Kathryn sacudió la cabeza desesperadamente, haciendo que el afilado cuchillo le arañara la propia piel. Gritó agudamente mientras una fina línea roja le recorría la mejilla y le goteaba por la barbilla. Temblaba de miedo cuando Fiona levantó la daga y vio su propia sangre en el cuchillo.

—Estás condenada al infierno, Kathryn Gray. Pero todavía no, prima, y más te vale hacer lo que te diga, o tu cara ensangrentada parecerá un cuadro de los Macpherson. Pero, sabes, tal vez ése sea un destino mejor para ti. Quizá cuando estés horriblemente llena de cicatrices, Alec se apiade de ti y no te encarcele en Dunvegan.

susurró Fiona sombríamente mientras la mirada horrorizada de la mujer no se apartaba de la daga. —Y escucha esto; Alec y yo nos amamos. Y sabiendo cuánto te odia, y sabiendo cómo le hervirá la sangre cuando se entere de lo que intentaste hacer aquí, ambos sabemos que no descansará hasta capturarte. Y entonces, si pudiera convencerle de que no te mate, te espera una estancia de por vida en las mazmorras de Dunvegan. ¿Sabes cómo son esas mazmorras, Kathryn?

Fiona hizo una pausa, esperando a que la mujer cerrara los ojos para asentir en silencio. —Actualmente, están muy infestadas de ratas. Pero estoy segura de que a esos roedores les encantaría tu compañía —vaciló un momento—. Eres una criatura repugnante, Kathryn, pero ¿cómo podrían oponerse a una compañera tan deliciosa?

Fiona esbozó una sombría sonrisa de satisfacción, sabiendo que tenía toda la atención de su prima. —Ahora, tengo un trato para ti. Responderás a todas mis preguntas. Y harás exactamente lo que te diga. Entonces, cuando termine esta prueba, te dejaré marchar a lejanas y dulces cortes en el extranjero. Pero escúchame, Kathryn. Eso con la condición de que no vuelvas nunca más. ¿Qué te parece?

Fiona aflojó el agarre sólo lo suficiente para que Kathryn tragara aire y asintiera.

—Muy bien. ¿Quién mató a mi madre?

Fiona dejó que el cuchillo le rozara la mejilla cuando Kathryn tardó en contestar. La mujer más alta tembló de terror mientras balbuceaba la respuesta.

—Los hombres de Tor-Torquil MacLeod.

—Lo he comprobado por mí misma. ¿Quién más estaba allí?

—Sinceramente, no lo sé. Por favor... por favor, créeme. Neil me lo había dicho. Él es el indicado para preguntar. Él sabe lo que pasó. Estuvo allí. Pero nunca diría quién estaba detrás de todo.

—Estás mintiendo.

—No lo hago. Lo juro —Kathryn empezó a llorar—. Por favor, créeme. No me lo diría. Por favor. Siento lo que ha pasado aquí. Por traerte aquí. No fue idea mía.

Sus ojos miraron desorbitados a los de Fiona. —Era de Neil. Sé que todavía le paga otra persona. Quizá el mismo hombre. Tiene órdenes de matarte. Quiere hacerlo. Pero...

Fiona apretó la mano en la boca de la mujer al oír que alguien se movía al otro lado de la puerta. Pensando rápidamente en una forma de escapar, agarró la tartana de la mujer y tiró de ella para acercarla a la puerta.

—¿A qué distancia estamos de Benmore?

Fiona dejó que la mujer recuperara el aliento.

—Está a poco más de una hora de aquí.

—¿Por dónde es? ¿Cómo vuelvo allí? —preguntó Fiona.

—Este... este arroyo desemboca en el río Spey pasado el siguiente recodo. El castillo está río arriba. Está muy cerca. No me matarás, ¿verdad? Te lo ruego, Fiona. Por favor, no vuelvas a cortarme. Te ayudaré. Por los huesos de San Andrew, juro que...

La fría mirada de Fiona, unida a la mayor presión de la hoja contra la piel de su cuello, hizo que Kathryn cesara en sus frenéticas súplicas. Empujando a Kathryn contra la pared de detrás de la puerta, Fiona cogió la antorcha de la pared y la arrojó al montón de paja vieja que había al otro lado de la habitación. Al instante, las llamas se propagaron y nubes de humo empezaron a llenar los espacios del techo entre las vigas. Agarró a la temblorosa mujer que tenía a su lado y acercó los labios a su oído.

—Vendrás a por mí voluntariamente —amenazó Fiona en tono áspero—. O pagarás por tus crímenes a la manera druida.

Mientras Kathryn seguía asintiendo enérgicamente a su prima de ojos desorbitados, Fiona ordenó —Quiero que pidas ayuda, Kathryn. Quiero que grites «¡Fuego!» ahora.

—¡Neil! —gritó Kathryn sin vacilar—. ¡Ayuda, Neil! Fuego!

Fiona se agachó y tiró de su prima hacia abajo, a su lado. El humo era cada vez más denso bajo las vigas y podía ver las llamas lamiendo las paredes de madera sobre los cimientos de piedra. Respiró hondo y se preparó para el enfrentamiento que se avecinaba.

Neil tardó sólo un momento en atravesar la puerta. Sólo vaciló un instante en la abertura, cubriéndose la boca y la nariz con la tela de su tartán. —¿Dónde estás? —gritó—. ¿Dónde demonios estás? ¡Kathryn!

Mientras Neil avanzaba entre el humo hacia el lugar donde antes habían arrojado a su cautiva, Fiona tiró de Kathryn para rodear la puerta y salir al patio. Un semicírculo de hombres permanecía cerca, boquiabiertos, mientras Fiona tiraba de la puerta de tablones y la atrancaba.

Giró sobre ellos cuando los hombres se acercaron.

—Diles que retrocedan, Kathryn —ordenó Fiona con frialdad, clavándole la daga en la espalda.

—Ya la has oído —graznó Kathryn—. Alejaos todos.

—¡No! ¡Abre esto! —se oyeron los gritos de Neil desde el molino en llamas.

Fiona escuchó un momento al asesino a sangre fría. Dudó, y luego se armó de valor para escuchar sus gritos. Detrás de ellos, Neil empezó a aporrear la puerta. Éste era el hombre que había participado en el asesinato de su madre, y este día había planeado matarla por dinero. Pero ella no iba a darle esa oportunidad.

Los golpes continuaron mientras Fiona empujaba a Kathryn sin decir palabra a lo largo de la pared del molino, con el puñal aún presionándole la espalda. Los hombres se apartaron de la pared, haciendo sitio, y las dos mujeres se dirigieron por el pequeño claro hacia el grupo de caballos atados al borde del bosque. Fiona podía oír cómo Neil seguía gritando desde el interior del edificio en llamas y se lanzaba contra la puerta. Miró a su alrededor en busca de un camino hacia el río. No podía ver el arroyo, pero sabía que tenía que estar a su derecha y más allá del borde erizado de pinos invasores.

De repente, Fiona oyó el crujido de la madera y, al volverse, vio que la puerta se partía por la bisagra superior mientras Neil arrojaba los trozos al patio.

A medio camino de la abertura, Fiona observó cómo su enemigo se arrastraba tosiendo por la puerta llena de humo. Ninguno de los hombres de Kathryn, ni ninguno de sus propios secuaces a sueldo, hizo ademán de ayudarle mientras permanecía encorvado, expulsando humo de sus pulmones. Fiona intentó mover más deprisa a la sollozante Kathryn, pero su prima tropezó y cayó sin contemplaciones sobre la hierba, con las piernas abiertas ante ella. Tras recuperarse, Neil empujó a la docena de hombres y se detuvo al ver a la ensangrentada Kathryn tendida sobre la hierba, con Fiona arrodillada tras ella, con un cuchillo en la garganta.

Fiona se encogió interiormente al ver la expresión de odio en el rostro del guerrero renegado.

—Intentaste matarme —espetó acusadoramente, acercándose un paso más.

—Para —ordenó, mirando fijamente a su enemigo—. Mereces morir, carnicero... asesino de mujeres. Dime, ¿cuántas veces has intentado matarme? ¿Esperas que espere a que lo consigas? ¿Propones que me tumbe como un cordero de sacrificio y que me degüelles? Levántate, Kathryn.

Cuando las dos mujeres se levantaron del suelo, Neil dio otro paso adelante. Los hombres que se encontraban entre la humeante llamarada del ardiente molino y los tres adversarios observaban impotentes, sin saber qué hacer.

—Para, tonto —le espetó Kathryn a Neil—. ¿No lo ves? No deberíamos haber hecho esto. Debemos dejarla marchar. Es nuestra única salida.

—No, Kathryn —sacudió lentamente la cabeza—. Tenías razón la primera vez. Ésta es tu única salida. Pero desde luego no es la mía.

—¿De qué estás hablando, idiota? Te digo que me matará.

Neil se acercó de nuevo mientras Fiona y Kathryn retrocedían un paso. Fiona podía sentir el calor del infierno en su cara. Con la expresión más feroz de que era capaz, levantó la barbilla de Kathryn con la espada.

—Un paso más y morirá, Neil MacLeod.

—Hazlo —gritó.

—¡Neil! —gritó Kathryn—. Soy yo. No dejes que esto ocurra. Por todo el amor que compartimos...

El guerrero intervino de nuevo, desenvainando su espada.

—¡Neil! —gritó Kathryn, mirando salvajemente más allá de él, hacia su propio séquito—. Detenedle. Te recompensaré. Mi padre... Neil, me casaré contigo. Mi padre te dará una dote, Neil... tierras y riquezas, Neil. Detente, Neil.

—Adelante. Mátala —su voz tenía el filo del frío acero que muerde la carne y el hueso—. Si no lo haces, lo haré yo. Estoy harto de ti, Kathryn. De ti y de todos los de tu clase. Estoy harto de la sangre sucia y «noble» que corre por tus venas. Y tú eres la siguiente, Ángel. Nuestra princesita. ¡Ja! ¡Mujerzuela! Eres la próxima en morir. Ninguna mujer me engaña. ¿Me oyes? Ninguna. Adelante, mátala... si puedes.

Fiona sintió que se le erizaba la piel de miedo ante sus palabras. Se estaba marcando un farol. Estaba acabada.

La protesta descontenta que estalló entre los hombres de Kathryn hizo que Neil se volviera hacia los guerreros contenciosos. Con una rápida mirada a sus hombres, levantó la espada, haciendo un gesto para que guardaran silencio.

—Idiotas —empezó—. Ella es...

La explosión hizo saltar por los aires el tejado de la fábrica en una lluvia de chispas y astillas de madera. La explosión tiró al suelo a todos los que estaban en el claro. Pero Fiona, la más alejada y la más protegida, se levantó y echó a correr antes de que el eco de las colinas pudiera devolver el estruendo de la detonación.

Corriendo por la abertura de la derecha hacia el sonido de un arroyo, se adentró en la línea de árboles. Rodeando el edificio en llamas, rezó por haber elegido la ruta más rápida hacia el río. Rezó para que Neil no pudiera alcanzarla. Levantándose las faldas, corrió a toda velocidad. Finalmente, llegó al arroyo que había detrás del edificio, con la rueda del molino inclinándose precariamente sobre el agua. Al llegar a la orilla, se lanzó a la corriente sin dudarlo un instante. Aunque la frialdad del agua la conmocionó al verse arrastrada bajo la agitada superficie, Fiona se impulsó rápidamente hacia la superficie. Jadeando, trató de dirigirse hacia el terraplén del otro lado, pero la corriente la arrastró de nuevo hacia la espuma blanca y luego hacia el agua clara y rápida que se movía por encima de la corta cascada y justo debajo de la imponente rueda.

Mientras nadaba bajo las cenizas del molino que caían, se preparó para la caída, pero entonces vio la ruda mano que la esperaba. Fiona golpeó con su daga, pero el agua la desequilibró. Se sumergió, buscando desesperadamente una forma de eludir el alcance de Neil. Pero lo siguiente que sintió fue la mano de Neil cogiéndole por la cabellera.

Neil arrastró con saña el cuerpo agitado de Fiona fuera del agua. Arrancándole el puñal de la mano, el guerrero la arrojó ferozmente al pedregoso terraplén. Apoyando con fuerza la rodilla en el pecho de Fiona, el bruto la abofeteó salvajemente.

La cabeza de Fiona pareció abrirse de golpe cuando su mano cayó sobre su rostro. Saboreando la sangre que tenía en la boca, miró a los ojos malévolos del hombre que se cernía sobre ella.

Neil no pudo reaccionar con la rapidez suficiente para evitar que la roca se estrellara contra el costado de su mugrienta mandíbula. Cuando la vio coger otra a su lado, desenvainó la espada con un rápido movimiento y se la sitúo con fuerza en la garganta.

—Si mueves esa mano, estás muerta.

—De todas formas estoy muerta, asqueroso bastardo —replicó ella, escupiéndole sangre a la cara.

Neil se limpió la saliva con el dorso de la mano. —Me aseguraré de decirle a tu amante que, incluso en el momento de la muerte, no fui capaz de aguarte la fiesta.

—Eres un demonio del infierno, pero asegúrate de decírselo. ¿Y sabes qué, demonio? Estás maldito en esta vida y en la vida del más allá. Alec te va a dar caza, Satanás. No habrá una roca lo bastante grande para que te arrastres bajo ella, ni suficiente oro en el mundo para velar por tu protección. Vendrá a por ti cuando menos te lo esperes. No podrás dormir, ni cerrar los ojos. Porque te aterrorizará que, cuando los abras, su espada esté en tu garganta. Te ensartará en un asador, Neil MacLeod. Te matará lenta y dolorosamente —Fiona vio que el rostro del hombre se crispaba ante sus palabras—. Te lo hará pagar. Te doy mi palabra de que te lo hará pagar.

Neil levantó el codo mientras se preparaba para atravesarle la garganta. Fiona cerró los ojos, sintiendo el filo del arma. Incluso en aquel momento de muerte, la rabia, no el miedo, era la sensación que dominaba su cuerpo.

—No. Nunca sabrá lo que le pasó a su hada. Así que reza tus últimas oraciones.

Fiona pensó en lo corta que es la vida. Pensó en Alec, en el breve tiempo que habían compartido. Pensó en lo mucho que le quería y sintió dolor por lo herido que estaría. En su mente, le oyó llamarla por su nombre. Estaría con ella en esta vida y en la siguiente. Ella le esperaría.

Fiona sintió que la punta de la espada empujaba bruscamente su garganta, y entonces dejó de sentir el peso de Neil sobre ella.

¿Qué he hecho, Señor, para merecer una muerte tan indolora? Pensó en oración.

Capítulo Veinte

Recurre a tu amigo, no creas a tu enemigo.
Ya que debes partir, prepárate en la puerta.
Enmiéndalo a tiempo y no lo lamentes cuando sea demasiado tarde...

—William Dunbar, «Vanitas Vanitatum»

ALEC ENTRÓ al galope en el claro, adelantándose a John y a los demás, y observó rápidamente la escena en torno al molino en llamas. Cuatro hombres, que sujetaban cinco caballos a una distancia segura de la furiosa conflagración, se quedaron estupefactos ante la visión de los Macpherson que se acercaban. Alec y sus hombres se les echaron encima antes de que pudieran montar sus nerviosos corceles, y el que fue lo bastante insensato como para desenfundar su arma contra ellos, pagó rápidamente el precio de su falta de juicio.

Alec envainó su espada y, saltando de su semental negro, cogió al más cercano por el cuello.

—¿Dónde está? —gritó Alec por encima del ruido de la llamarada. Los forajidos a sueldo que tenía detrás intercambiaron miradas furtivas hasta que uno de ellos señaló temeroso hacia el molino.

—Por el río, mi señor —gimoteó—. Pero no tenemos nada que ver con él.

Alec tiró al hombre al suelo y corrió por el lateral del edificio en llamas. Dios, que no llegue demasiado tarde. Que esté viva. Aquellas palabras acudían a él una y otra vez. El destino había estado de su lado cuando se encontró con

Hugh Campbell y el prisionero pirata a menos de medio día de camino de Benmore. Iba de regreso cuando, antes de llegar a Benmore, se topó con David, quien, ensangrentado y tembloroso, consiguió informarles del ataque. Y entonces, siguiendo el rastro de la carreta, habían visto el humo que se elevaba sobre el molino.

—¡FIONA! —gritó Alec mientras se abría paso entre el humo y la sombra del molino en llamas. Al doblar la esquina, vio la rueda del molino colgando amenazadoramente sobre una figura arrodillada. Casi le estalla el corazón cuando vio a Neil levantando su larga espada sobre la mujer pelirroja que mantenía inmovilizada en el suelo.

Lanzándose hacia ellos, Alec arrebató a Neil del cuerpo inmóvil de Fiona como un halcón que arranca una liebre del suelo. Arrojándolo a la tierra pedregosa, Alec desenvainó el puñal y se lanzó tras él.

La sorpresa de Neil duró poco, y antes de que el guerrero pudiera saltar sobre él, rodó y se acercó rápidamente, con su espada, cortando un arco mortal en el aire entre ambos.

Alec también se recuperó rápidamente y sacó su espada de la vaina. Su furia se reflejaba en cada línea de su rostro y, a medida que avanzaba hacia Neil, el asesino retrocedía, cambiando rápidamente su expresión de sombría beligerancia a la de un miedo descarado.

—Perro cobarde. ¿Para eso salvaste tu brazo lisiado? ¿Para matar a una mujer indefensa?

De repente, desde detrás de él, Alec oyó la voz de Fiona. Al girar la cabeza instintivamente, la vio de pie junto a la corriente del molino.

Ésa era toda la oportunidad que Neil necesitaba. Su espada centelleó en el aire hacia la cabeza desprotegida de Alec. Gritó Fiona cuando el arma de Neil descendió. Pero los reflejos felinos de Alec respondieron, y su espada desvió el golpe en una lluvia de chispas. Luego, girando su propia espada hacia lo alto, Alec la estrelló contra el cuello de su tembloroso enemigo, hendiendo huesos y tendones con resolución letal.

Neil se hundió de rodillas en un charco de sangre, con la mirada perdida, mientras la horrible conciencia de su destino daba paso al impacto de la muerte inminente. Cuando su cerebro dejó de funcionar, oyó el eco cada vez más débil de la maldición de una joven... «en esta vida y en la otra».

Alec clavó su espada ensangrentada en el suelo mientras Fiona corría hacia él. Cuando la levantó en sus brazos, ella temblaba por el tumulto de alivio y exultación que se agitaba en su interior.

Vino a por mí.

Gracias, Dios, por salvarla.

Alec se puso en pie, cerró los brazos en torno a ella con fuerza mientras el calor de la batalla desaparecía lentamente de su conciencia.

Su rostro se inclinó hacia el de él, con lágrimas de alegría cayendo por sus mejillas. Le besó las lágrimas saladas y abrazó su cuerpo tembloroso hasta que pensó que sus cuerpos se fundirían el uno con el otro. Ella respiraba entrecortadamente mientras despegaba los labios, buscando los suyos y el consuelo que le ofrecían.

Hambriento de sentir su boca suave y dócil, Alec apartó con un tierno beso el recuerdo de su horrible experiencia.

—Fiona —susurró—. Creí que te había perdido, mi amor —levantó la mano y le acarició la cara, evaluando sus heridas. Le limpió suavemente el coágulo de sangre que se le había secado junto a la boca y, al sentir el gran bulto que tenía en un lado de la cabeza, se maldijo furiosamente por no haberla protegido como debía. Se maldijo por dejarla sola.

Fiona se levantó y le agarró la mano mientras le acunaba la cara. —Mi madre no se suicidó, Alec. No lo hizo.

—¿Qué ha pasado aquí, Fiona? ¿Te ha hecho daño?

Puso los dedos en los labios de Alec y silenció sus palabras. —No, amor mío. Una simple bofetada es todo. Pero tengo que decirte algunas cosas.

La visión de John y algunos de los guerreros Macpherson al doblar la esquina interrumpió las palabras de Fiona. Se acurrucó contra Alec mientras los hombres examinaban el cadáver de Neil.

El tono airado de John transmitía su disgusto. —Nuestros hombres divisaron a un grupo de hombres y a una mujer que atravesaban la cresta hacia el oeste. Uno pensó que era Kathryn Gray.

Alec miró a Fiona. —¿Estuvo aquí?

—Sí, estaba con él —señaló con la cabeza el cadáver.

—Ve tras ella —ordenó Alec tajantemente—. Quiero que la traigas de vuelta.

—No, Alec —suplicó Fiona—. Por favor, no lo hagas. Quiero que la dejes marchar.

Alec la miró sin comprender. —Fiona, ella estaba detrás de todo esto. ¿Por qué dejarla escapar?

—Alec, déjala ir. Te lo explicaré todo. No planeaba matarme. Sólo quería que volviera al Monasterio. Hay alguien más. A Neil le pagaba otra persona.

—¿Quién si no Kathryn?

—Tengo una idea. Pero sé que no fue ella. Alec, le di mi palabra de que tendría la oportunidad de abandonar Escocia. Pero tenía que prometerme que no volvería jamás.

Alec miró fijamente su rostro serio.

—Por favor, Alec.

El joven Laird se volvió hacia su hermano.

—Haz que la sigan, John. Asegúrate de que zarpe, aunque tengamos que pagarle el pasaje.

Mientras John se alejaba para transmitir las órdenes de su hermano, Alec se volvió hacia la temblorosa mujer que tenía en brazos. —Tenemos que hablar, Fiona.

—Por favor, sácame de aquí primero. No soporto más la visión de este lugar.

Los hombres arrastraron el cuerpo de Neil por el edificio en llamas, y Fiona y Alec estaban a punto de seguirlos cuando uno de los guerreros trotó por detrás.

—Señor Alec, se te ha caído esto.

Fiona se acercó y cogió el puñal de la mano del guerrero. Sonrió a Alec mientras guardaba el arma en su funda empapada de agua, en el bolsillo de su vestido. —Empieza a gustarme llevar esto conmigo.

***

ENVUELTA en la cálida capa de Alec, Fiona se sentó en sus brazos mientras Ebon los llevaba lentamente de vuelta hacia el castillo de Benmore. John se había adelantado para difundir la noticia del regreso de Fiona. Alec quería que todos estuvieran preparados para su regreso, y quería alertar a los otros grupos de búsqueda que habían salido del castillo. Cuando le habló de la supervivencia de David a manos de sus atacantes, Fiona lloró de alivio. Ahora sentía una fuerte inclinación a dormir, y sólo luchó a medias contra el impulso.

Cabalgaron en silencio durante un rato, con el veloz Spey a su derecha. Alec se lamentó de que Kathryn hubiera sido quien le contó a Fiona su pasado. Se preguntó qué imagen le había dado. Había sido un tonto por esperar tanto. Debería habérselo contado antes. Aún quedaban algunas horas de luz, pero el sol anaranjado se veía tapado de vez en cuando por las nubes cada vez más densas que llegaban del noroeste.

—¿Te lo ha dicho? —preguntó Alec en voz baja, interrumpiendo su ensueño satisfecho.

Fiona se puso alerta ante su pregunta.

—¿Te ha hablado de nuestro compromiso?

—La oí hablar de ello con Neil.

La mano de Alec agarró la barbilla de Fiona y levantó sus ojos para que se encontraran con los suyos. —¿Podrás perdonarme algún día por no haberte hablado del pasado? ¿Sobre mí mismo?

—Alec, lo he visto y la he oído. Yo misma he tenido ocasión de juzgar su carácter, de primera mano, y también comprendo por qué no has querido sacar a relucir el pasado.

—¿Te dijo la verdad?

—A mí no. Le estaba recordando a Neil la verdad.

Alec se encogió de hombros con indiferencia. —Nunca tuve ni idea de que se conocieran. De hecho, aún no sé cuál es la conexión entre ellos.

—Sí que había una conexión. Neil era el hombre que estaba con ella, Alec, la noche en que descubriste su infidelidad.

Alec hizo una pausa mientras asimilaba la información. Luego, agachándose, rozó sus labios con los suyos. —La verdad, mi amor, es que no me importa quién estaba con ella. Tampoco me importan los demás engaños que cometió mientras estaba prometida a mí. Lo único que importa es que pude alejarme del mayor error de mi vida y ser bendecido con el don de encontrarte.

—Alec la abrazó con fuerza contra sí—. Fiona, siento no haberte hablado de ella. Pero la verdad es que... tenía miedo. Miedo de perderte.

Fiona comprendió su preocupación. Sus dedos le acariciaron la cara. Era un gesto sencillo. Pero era de aceptación. De comprensión.

—Durante la mayor parte de tu vida, has estado sin padres ni familia de ningún tipo. Temía que no pudieras ver la verdadera cara de tu primo y de tu tío. El padre de Kathryn, Lord Gray, sigue más furioso que una cabra por haber roto el compromiso con ella. Sabía que no daría su bendición a nuestro matrimonio. Quería casarme contigo antes de que te involucraras con ellos, y fue un error por mi parte. No te di suficiente crédito. Temía que te cautivara tanto su falso encanto, que te alegrara tanto la idea de tener una verdadera «familia», que los prefirieras a ellos antes que a mí. Que permitirías que tu tío te sacase de mi vida.

Fiona le miró tiernamente a los ojos. —Alec, esas personas son extrañas para mí. Nunca aceptaría lo que dicen, ni siquiera les escucharía. Alec Macpherson, tú eres mi amor. Eres el hombre con el que pasaré el resto de mi vida. No lo olvides nunca.

El mundo que les rodeaba desapareció de su vista a medida que sus sentimientos crecían, anulando todo lo demás. Como un arroyo de montaña al calor de la primavera, las aguas de sus emociones se elevaron a nuevas alturas, amenazando con desbordar los bancos que las contenían. Perdido en la profundidad de los ojos de Fiona, Alec vio claramente un halcón en vuelo, volando alto y majestuoso. Magnífico. Hermoso. Y que le elegía libremente.

—Nunca lo olvidaré, amor mío. Nunca lo haré —la boca de Alec tomó la suya en un beso que prometía plenitud, confianza, fe y, sobre todo, amor eterno.

Momentos después, cuando se separaron, Fiona supo que ahora le tocaba a ella, confiar a Alec lo que sabía, lo que sospechaba. Ninguno de los dos podía permitirse que nada se interpusiera entre ellos. Tenía que confiar en él.

Así que le contó lo que había aprendido escuchando a Kathryn y Neil en el molino. Le dijo que los hombres de Torquil MacLeod, entre ellos Neil, habían asesinado a su madre.

—No tiene ningún sentido —dijo Alec pensativo—. No entiendo la conexión entre Torquil y tu madre. Era un hombre malvado, pero no tenía cerebro propio. Me cuesta creer que pudiera planear y ejecutar un crimen así, uno que pudiera quedar sin resolver durante tantos años.

—Creo que tienes razón en eso, Alec, pero recuerdo que Torquil estaba allí, en la habitación. Fue él quien hizo que sus hombres me llevaran. Y todos estos años, viviendo en la misma isla, nunca nos vimos cara a cara. Por culpa de la Priora, nunca le vi, y nunca vi a Neil hasta aquel día junto a la cabaña del padre Jack.

—Fuiste muy afortunada —dijo Alec, pensando en el peligro del que había estado tan cerca durante tantos años—. Puede que tu memoria haya desaparecido por el momento, pero si Torquil hubiera puesto alguna vez sus ojos en ti, se habría asegurado de que nunca lo recordarás.

—Quieres decir que me habría silenciado, como silenció a mi madre.

Alec consideró la información que le había transmitido Fiona. Todavía había algo que no encajaba. Faltaba una pieza importante de este rompecabezas.

—Esta mañana, en su charla, ¿se dijo algo sobre otra persona? Dijiste que a Neil le pagaba otra persona.

—Sí, pero no sé con certeza quién. Neil no lo nombró. Y más tarde, Kathryn juró que ella tampoco lo sabía.

—¿Y te crees lo que ha dicho?

—Teniendo en cuenta el tamaño del tajo que le hice en la cara, diría que no tuvo más remedio que decir la verdad.

Alec rió a carcajadas mientras estrechaba entre sus brazos a su pequeña guerrera. —¿Es ésta la misma mujer que, el día que le ofrecí el puñal, se encogió ante mí, diciendo que nunca sería capaz de usarlo con otro ser humano?

Le miró a los ojos azules, orgullosos y profundos. —Soy la misma mujer, Alec. El énfasis estaba en «ser humano». No creo que los seres humanos de verdad sean capaces de hacer algunas de las cosas que estas criaturas hacen a los demás.

Apartó el mechón de pelo suelto de su hermoso rostro y la subió más a su regazo. —Tienes razón, mi amor. Ciertamente, nadie a quien te hayas enfrentado ha sido digno de ese nombre.

Tenía que decírselo. Sabía que tenía que contarle lo de Huntly. Tenía que tener fe y confiar en él.

—Alec, hay algo que...

—¿Qué pasa, Fiona? —Él podía percibir que ella se sentía incómoda por lo que fuera que intentaba decirle.

—Aquella noche en el castillo de Drummond, antes de que me llevaran —respiró hondo. Tenía que contar los hechos tal y como habían sucedido. No podía moldear los hechos para adaptarlos a sus propios sentimientos acusadores hacia Huntly. Quería que Alec llegara a la misma conclusión por sí mismo—. El caballero de mi madre, Sir Allan.

—Dime, Fiona. ¿Qué es lo que recuerdas?

—Vino a ver a mi madre mientras yo estaba con ella. Dijo que Lord Andrew estaba abajo. Alec, mi madre quería que su caballero me alejara de ese hombre. Me di cuenta de que le tenía miedo.

Fiona pudo ver cómo el rostro de Alec se ensombrecía al considerar esta información.

—Así que este Andrew aún podría ser el que está detrás de todo esto.

—Tú también lo ves, ¿verdad? —exclamó—. ¿Es posible, verdad, que ese mismo hombre, que ordenó la muerte de mi madre hace tantos años, esté ordenando ahora la mía? Debe de estar poniéndose muy nervioso porque su oscuro secreto está a punto de ser revelado.

Alec lanzó una mirada a Fiona. La habían atacado en Skye. Luego los piratas mercenarios. Y ahora esto. Lo que decía era cierto. —Sea quien sea ese Andrew —musitó Alec, es persistente. Pero nunca le viste, ¿verdad? ¿No pudiste identificarle?

—No tengo que verle para saber quién es.

—¿Conoces su identidad? —preguntó Alec, sorprendido por sus palabras. El tono de Fiona decía que lo sabía desde hacía mucho tiempo.

Fiona miró a Alec directamente a los ojos mientras pronunciaba el nombre del conde.

—No puede ser, Fiona. No puede ser en absoluto.

Le golpeó el pecho con el puño mientras miraba su expresión de negación.

—¿Por qué no puede ser, Alec? Mira los hechos. Y sé justo. ¿Quién más se habría opuesto al matrimonio de mis padres?

—Todo el país, en aquella época, Fiona —argumentó Alec—. Huntly amaba a tu madre. Nunca le habría hecho daño por ningún motivo, ni en este mundo ni en el otro.

—Pero estás hablando de un hombre a punto de perder a la mujer de sus sueños. A punto de perderla para siempre.

—Ya la había perdido, Fiona. La había perdido cinco años antes, cuando dio a luz al hijo del rey —Alec sostuvo el rostro de Fiona entre sus manos—. Fiona, cuando te dieron por perdida, cuando encontraron el cadáver de tu madre, él estaba más disgustado que el propio rey. Meses después, cuando el rey abandonó la búsqueda, Huntly siguió adelante. Fiona, a pesar de lo que presenta por fuera, es un hombre con sentimientos. Es un hombre de honor.

—¿Y el nombre? Lord Andrew. Sir Allan dijo que abajo había un hombre llamado Andrew.

—Fiona, sabes tan bien como yo que todas las familias de Escocia tienen un hijo llamado Andrew. Probablemente la mitad de los nobles de las Low

Lands de la corte en aquella época se llamaban Andrew. Tu propio tío, Lord Gray, se llama Andrew.

Se quedó muda en sus brazos.

—¿Has pensado, Fiona, que tal vez sea tu tío quien está detrás de todo esto? Es quien más tiene que perder ahora que te han encontrado viva. Es quien ha asumido la administración de tus tierras y riquezas tras la muerte de tu abuelo. Ahora tiene que renunciar a todo.

—Alec, estamos hablando de hace catorce años. Entonces no tenía motivos para hacer daño a mi madre, ¿verdad? Mi abuelo aún vivía. Mi madre tenía hermanas que aún vivían. No estaba en posición de ganar nada haciéndole daño.

—Cierto. Pero del mismo modo, ¿por qué querría Lord Huntly hacerte daño hoy? No tienes pruebas de que sea culpable.

—Creo que sí, Alec.

—¿Sí? —preguntó él, sujetándola por el hombro y mirándola a los ojos.

—Sí. Un paquete. Un morral de cuero que vi esconder a mi madre en mi habitación del castillo de Drummond. La noche en que fue asesinada. Dijo que mostrara el contenido de ese morral a mi padre. Que entonces castigaría a los hombres malvados que habían venido aquella noche.

Fiona sintió que se le formaba un nudo en la garganta. Cuando el brazo de Alec se movió a su alrededor, pudo sentir el brazo de su madre rodeándola. Una lágrima se derramó de su ojo y resbaló por su mejilla. Pudo ver a su madre señalando. A cinco piedras de la abertura de la chimenea. Cinco. Se preguntó si la prueba seguía allí después de tantos años. Los animales inmundos.

—El único problema es que no estoy segura de que...

—¿Temes que ya se haya descubierto el morral? —preguntó con dulzura.

Ella asintió con la cabeza.

—Pero sólo hay una forma de averiguarlo, ¿no?

—¿Me llevarás al castillo de Drummond?

Alec estiró la mano y apartó la única lágrima que brillaba en su mejilla. —Te llevaré allí. Pero lo primero es lo primero. Tendremos que casarnos. Huntly le dijo a mi padre que tu tío ya está organizando matrimonios adecuados para ti.

—No puede —soltó ella, volviéndose para mirarle a la cara—. Voy a casarme contigo. No puede hacer tal cosa.

—Pronto llegarás a conocerle, amor mío. No es de los que entienden los asuntos del corazón. Supongo que ahí es donde Kathryn aprendió su perspectiva de la vida.

—Entonces nos casaremos antes de ir a Drummond.

Al llegar a un recodo del río, Fiona pudo ver a lo lejos las murallas del castillo de Benmore, que se alzaban sobre el río.

—La aldea está justo delante, más allá de la siguiente arboleda —le dijo

Alec. Alzando la voz, ordenó a sus hombres que cabalgaran hacia delante—. Fiona, ¿tenemos que invitarle a nuestra boda?

Cuando giró la cara para responderle, su boca la atrapó tan rápidamente que ella no tuvo oportunidad de escapar. Sólo pretendía besarla ligeramente, para asegurarse su cooperación, pero la respuesta de ella le tomó desprevenido.

Sus manos se enredaron en el pelo de él, tirando de su cabeza hacia abajo mientras su suave boca se abría a la presión de la lengua escrutadora de Alec. Se besaron profundamente, íntimamente, reafirmando la pasión y el deseo que sentían el uno por el otro.

—Eres muy persuasivo —arrulló ella cuando rompieron suavemente su intimidad.

—Bien —respondió él, pasándole la mano por el pecho, dentro de la capa que la ocultaba—. Pero esto es sólo el principio.

Capítulo Veintiuno

Porque como viniste así pasarás.
Como una sombra en un vaso...

—William Dunbar, «Momento Homo quod cinis es»

CUANDO LE DIJERON que Celia Muir Campbell, Lady Argyll, estaba en el castillo y deseaba conocerla, Fiona casi se muere. Al fin y al cabo, había oído a los invitados que llegaban que ésta era la mujer que había transportado al niño rey James por toda Escocia y lo había puesto a buen recaudo de Colin Campbell, el mejor amigo de Alec. Era una mujer aclamada por el mundo, una mujer de valor, belleza e ingenio.

Fiona miró con pesar su imagen en la ventana. Su salvaje melena pelirroja volvía a estar fuera de control. Recogió los rizos que se habían escapado de su trenza y se pasó las manos por la falda, intentando alisar los pliegues. —Ya es hora, Fiona —susurró a su imagen—. No tiene sentido hacer esperar a la dama.

Fiona cerró la pesada puerta de roble de su habitación y caminó penosamente por el pasillo de piedra. Clair había traído el mensaje de que Lord Alec y Lord Colin estaban abajo con el resto de los invitados, pero que Lady Celia seguía en su cámara y esperaba que pudieran reunirse allí.

Cuando Fiona llegó a la puerta de la habitación de Lord y Lady Campbell, la recorrió un arrebato de incertidumbre. Ya se había enterado de que Alec era muy querido en aquella familia, así que, por encima de cualquier otra cosa, no quería llevarse una decepción. —Ponte a ello, Fiona —murmuró para sí misma —. Ponte a ello.

AL OÍR el suave golpe en la puerta, Celia se echó suavemente el chal sobre el hombro y cubrió la cabeza de su hija, que estaba mamando. —Entra, por favor —llamó en voz baja, procurando no molestar a la niña casi dormida.

Vio cómo la puerta se movía suavemente sobre sus suaves goznes y se abría para revelar a la joven que había al otro lado.

—Tú debes de ser Lady Fiona —susurró, mirando a la figura angelical que permanecía vacilante en el vestíbulo.

Fiona se sintió incómoda y sin habla. No se esperaba la escena que tenía ante sí. Allí, en un rincón de la habitación, junto a la ventana, una belleza de pelo oscuro, no mayor que la propia Fiona, estaba sentada con un sencillo vestido blanco y un bebé cómodamente acurrucado en su regazo. Fiona contempló la apacible imagen de la madre y su hija y supo, en ese mismo instante, que Lady Celia Muir Campbell le iba a gustar inmensamente.

DOS DÍAS más tarde y dos horas antes de la ceremonia del mediodía, Fiona y Celia se abrazaron con emotivamente mientras se preparaban para la alegre caminata hasta la pequeña iglesia del pueblo.

—Listo con tiempo de sobra —susurró Fiona con entusiasmo.

—Estás impresionante, mi radiante amiga —susurró Celia con asombro, moviéndose detrás de ella mientras Fiona se echaba un último vistazo en el espejo—. Dejarás boquiabierto a Alec.

—¿Quieres decir de la misma forma que le diste un golpe en el trasero la primera vez que os visteis? —preguntó Fiona, recordando el relato de Colin sobre el primer encuentro de Celia y Alec.

Intercambiando una mirada de complicidad, las dos empezaron a reír al unísono. Fiona y Celia habían sido inseparables desde el primer día que se conocieron. Habían pasado la mayor parte del tiempo en la cámara de Fiona, debido a la costumbre de las Highlands que obligaba a mantener separados a los novios hasta la ceremonia nupcial. Pero eso no había impedido que el conde de Argyll viniera a visitar a su esposa cada hora en punto.

Observar el amor que compartían aquellos dos era una fuente constante de asombro para Fiona. Y no había tardado en darse cuenta de lo especiales que eran sus nuevos amigos.

Sentadas juntas aquel primer día, las dos mujeres se sintieron a gusto desde el mismo momento en que Fiona entró en la habitación de Celia. Ninguna sabía quién había dado el primer paso ni quién había levantado la mano de bienvenida a la otra. Lo único que importaba era que enseguida se sintieron como viejas conocidas. Como amigas perdidas hacía mucho tiempo que, por fin, se habían encontrado. Y las horas pasaron volando mientras charlaban cómodamente.

Por fin fueron conscientes de que habían perdido completamente la noción del tiempo. Celia se acercó a la cuna para ver cómo dormía su bebé cuando un suave golpe hizo que Fiona se dirigiera a la puerta mientras la pesada puerta de roble empezaba a abrirse. Ante la puerta abierta, Fiona se encontró con un gigante de pelo negro y rostro fiero y belicoso que llenaba el marco de la puerta. Avanzando con una mano levantada combativamente hacia su pecho, Fiona pidió al hombre que dijera a qué se dedicaba. Una profunda risita retumbó en el pecho del gigante al ver que la belleza pelirroja lo retenía, antes de mirar esperanzado a Celia, que se acercaba.

—No pasa nada, Fiona —dijo Celia, cogiendo del brazo a su ruborizada amiga—. Está conmigo. Y será mejor que le dejes entrar; echará la puerta abajo.

—No sólo se parece a su padre, también actúa como él —dijo el conde de Argyll a su esposa con una risita divertida y besándola profundamente—. Alec me aburre soberanamente. Te he echado de menos.

El tirón que Celia le dio en los brazos hizo que Colin pusiera fin al abrazo y se volviera en dirección a la joven. Pero seguía manteniendo un brazo protector sobre su mujer.

—Encantado de conocerte, Fiona Drummond Stuart. Soy Colin, el hombre que mi mujer y mi hija tienen cerca para entretenerse. Y me alegra el trabajo —susurró confidencialmente—, siendo un poco grande en cuanto a bufones.

Sentados de nuevo, los tres disfrutaron de una tarde muy cordial de charla y risas, y Fiona aprendió muchas cosas, serias y de otro tipo, sobre su amado. Las historias que Celia y Colin le contaron sobre Alec fueron fascinantes y divertidas. Colin y Alec habían sido mejores amigos durante toda su vida, así que, ni que decir tiene, Colin Campbell tenía un puñado de historias de advertencia sobre Alec que se moría por contar a Fiona.

Pero Fiona sólo necesitó aquel primer día para darse cuenta de que las historias de Celia tenían algo más de credibilidad que las de Colin. —Mi marido —como dijo Celia, poniendo una mano sobre la boca del conde—, sólo intenta vengarse de Alec y de su maltrato cuando se enteró de que nos casábamos.

Los días eran plenos y productivos, pero Fiona echaba de menos a Alec. Lady Elizabeth informó a Fiona de que su hijo estaba un poco irritado porque no le dejaban acercarse a su prometida.

Celia le susurró la tarde siguiente en que aquella mañana había estallado casi una guerra. Fiona sonrió al saber que Alec no cejaba en su empeño de verla. Pero Colin, como buen amigo que era, y en consonancia con las bromas que Alec le había gastado, le hacía de sombra en cada momento en que el novio estaba despierto. Pero durante la noche, Alec, bien consciente de la incapacidad de su amigo para mantenerse alejado de Celia, había pensado escabullirse de su habitación e ir a ver a Fiona. Al encontrar su puerta atrancada desde fuera, había estado dispuesto a empaquetar a Colin y enviarlo a Kildalton por la mañana.

Durante aquellos días, Fiona también había podido conocer a algunos de los otros Campbell. Lord Hugh, el suegro de Celia, era un adorable oso de hombre inseparable de su nieta. Y Fiona también conoció a Agnes, el ama de llaves de los Campbell, que era claramente una figura materna tanto para Colin como para Celia. Fiona sonrió para sus adentros al recordar cómo Agnes había interrogado a Fiona en todo momento para asegurarse de que merecía lo suficiente a Alec. Por lo que Lady Elizabeth le había contado a Fiona, Agnes también quería a Alec como a un hijo.

Ahora, mientras el brillante sol entraba por la ventana, la mañana de la boda, Fiona contemplaba complacida el precioso vestido largo hasta el suelo que habían creado las costureras de Lady Elizabeth. Su melena pelirroja, trenzada con finos hilos de perlas, caía sobre uno de los hombros del vestido de seda color marfil. El escote redondo estaba exquisitamente bordado con un delicado dibujo de hojas doradas entrelazadas y flores plateadas. Las grandes mangas acampanadas eran cortas, dejando al descubierto el forro y unas mangas interiores de seda más ajustadas. El corpiño se ceñía firmemente a la esbelta figura de Fiona, ensanchándose en pliegues satinados bajo el cordón de oro y plata entretejido que rodeaba su cintura. De la piel blanca del hombro descubierto, la tela escocesa Macpherson, sujetada por un elegante broche enjoyado, se extendía oblicuamente hasta la cadera opuesta, y del cordón de la cintura de Fiona colgaba el puñal de Alec en una funda de roble y oro relucientes.

El elaborado broche, que representaba un león rampante sobre un escudo rodeado por diez flores de lis, las armas reales de los Stuart, se lo había regalado Huntly la noche anterior. El regalo simbolizaba el reconocimiento de la reina a Fiona como verdadera hija de James IV.

Al mirarse en el espejo, Fiona vio la muestra de su nobleza Stuart, pero ningún recuerdo material de la mujer que le había dado la vida.

Cruzó hasta la cabecera de la cama, cogió la cruz de su madre y se la colgó del cuello. Al girarse, Fiona miró los ojos que le devolvían la mirada en el espejo. Los ojos de su madre. No te lamentes por las sombras temerosas de la felicidad que se llevó mi alma. Vive tu propia vida, Fiona.

Fiona miró en el espejo a Celia, que jugaba con su hija en una silla al otro lado de la habitación. La niña sujetaba en ambos puños los hermosos rizos castaños de su madre y se los metía en la boca a Celia. Escuchar las risitas de la niña y la risa de Celia le trajo recuerdos. Cerrando los ojos con un suspiro,

Fiona pensó en aquellos tiempos lejanos. Supuso que habían jugado a esos mismos juegos. Habrían compartido la misma alegría que ellas dos compartían ahora.

Incontrolablemente, una lágrima brotó del ojo de Fiona y resbaló por su mejilla. Celia acudió en un instante, girando a su amiga y dándole un cálido abrazo.

—Ya, ya. Hoy es un día para alegrarse. Para la felicidad —murmuró Celia, limpiando la humedad de la mejilla de Fiona—. Los problemas del mundo pueden esperar. Piensa en el hombre que te estará esperando en el altar. El que se está volviendo loco de dolor por no verte. ¿No es maravilloso que te quieran? ¿Ser amada? ¿Te he contado lo que pasó cuando intentó acercarse a ti anoche?

Fiona se animó a través de las lágrimas y se echó a reír. —¿Qué? ¿Qué ha hecho ahora?

El suave golpe llamó la atención de los dos.

—Si ése es Alec, ahora soy viuda. —Celia sonrió a la novia mientras cruzaba la habitación para recoger a su hija—. En cualquier caso, creo que es hora de que vaya a ver cómo está mi marido.

Fiona sonrió y acercó la mano a la niña que arrullaba los brazos de Celia. La niña rió de alegría y se lanzó hacia ella. —Yo te cuidaré a la pequeña Constance.

—No, amiga mía. Sé el daño que esta pequeñaja puede hacer a un vestido fino —Celia abrió la puerta y dijo en voz baja—, Vendré a buscarte cuando sea la hora.

Fiona vio cómo su amiga sonreía a quienquiera que estuviera en el pasillo mientras salía de la habitación. La puerta se quedó abierta, pero no entró nadie.

Inexplicablemente, el corazón de Fiona dio un vuelco mientras se dirigía vacilante hacia la puerta abierta. Al asomarse al pasillo poco iluminado, Fiona pudo distinguir la sombra de una mujer. Dando un paso atrás, sonrió alentadora a la reticente visitante.

—¿No quieres entrar?

Cuando la anciana entró tambaleándose, apoyándose pesadamente en su nudoso bastón, Fiona se detuvo momentáneamente, con la incertidumbre grabada en el rostro. Creía haber conocido a todos los Macpherson, pero aquella anciana...

—Nanna —gritó, ahogándose con las palabras mientras saltaba hacia su vieja amiga. Las lágrimas corrían por su rostro mientras abrazaba con fuerza a la pequeña mujer de pelo níveo.

—Oh, Fiona, muchacha —Nanna lloró—. ¡Oh, mi querida y bonita niña!

Durante muchos años, la anciana había creído muerta a su angelito. Muchos días había encendido velas en la capilla, rezando por las almas de la pobre madre y la niña perdida. Y entonces Lord Andrew le trajo la noticia. Apenas se atrevió a permitirse esperar que sus palabras fueran ciertas. No, esperaría y lo vería por sí misma. Contempló el rostro de su niña crecida. Era su amada Fiona. Sin duda era ella.

—Nanna... ¿has...? —Fiona atrajo a su querida amiga hacia la cama y la sentó—. ¿Dónde has estado, Nanna? ¿Cómo es que estás aquí?

Nanna se secó las lágrimas de la cara y agarró con fuerza las manos de la joven mientras estudiaba cada centímetro del rostro de la novia.

—Te has convertido en una belleza, niña. Tienes lo mejor de tus dos padres —Nanna abrazó a Fiona y tiró de ella—. Ah, muchacha, nunca pensé que viviría para ver el día en que pudiera volver a tenerte en mis brazos.

Por un momento se quedaron sentados, envueltos en los brazos del otro, mientras los años se desvanecían como la bruma de la mañana.

—Nanna —preguntó Fiona, observando lo reveladores que habían sido los años para la mujer mayor—. ¿Acabas de llegar del castillo de Drummond? Dime qué...

—No, muchacha —intervino Nanna sacudiendo la cabeza—. Abandoné el lugar tras la muerte de tu abuelo. No viviré en ella mientras tu prima esté allí.

—Oh, Nanna —preguntó Fiona alarmada—, ¿no te habrá echado? ¿Adónde has podido ir?

—No. Ella no me echó. No quise darle esa satisfacción. Me marché. Acudí al hombre que me ofreció cobijo años atrás. Acudí a Lord Huntly.

Fiona se quedó mirando a la mujer que la miraba con tanta franqueza.

—No tenía a nadie más, muchacha —explicó Nanna—. Pero sabía que él me acogería.

—¿Por qué, Nanna? —preguntó Fiona, confundida por la afirmación de su vieja amiga—. ¿De qué le conoces? ¿Es pariente?

—No. Pero le conocía desde hacía mucho tiempo, mucho antes de que nacieras. Fue pretendiente de tu madre antes de que ella conociera al rey. Y luego, más tarde, se convirtió en un amigo devoto. Siempre estuvo a su lado. Es un buen hombre. Lo es de verdad. Pero, sabes, Fiona, aunque nunca mostró sus sentimientos abiertamente, es un hombre que imparte justicia cuando lo considera oportuno. Y nunca olvida. Cuando acudí a él en Stirling, se ocupó de mí. Sabes que mandó que viniera aquí.

—No. No lo sabía —Fiona miró con ternura a los ojos de Nanna—. ¿Podrías decírmelo? ¿Por favor? Sobre...

—Lo sé. Lo sé, querida. Conocí a Lord Alec antes de venir aquí. Me dijo que querrías preguntar sobre ello. ¿Quieres oír hablar de aquella noche malvada en la que me hirieron?

—¿A ti también te han hecho daño? —preguntó Fiona apresuradamente—. ¿Qué ha pasado? Cuéntame todo lo que ha pasado.

—Hija mía. Hay tiempo de sobra para esto después de tu boda. Deberías estar pensando en tú...

—Por favor, Nanna. Debo saberlo ahora.

La anciana miró ansiosamente el rostro de la joven. Tanto de la impulsividad de su padre, tanto de la intensidad de su madre.

—De acuerdo —aceptó. Respiró hondo y empezó—. Aunque me temo que lo que tengo que decir puede no tener sentido. Veamos, fue unos días antes de aquella malvada noche. Recuerdo que me llamaron a la habitación de Margaret, una tarde temprano. Acababa de volver de visitar a alguien.

—¿A quién visitó?

—Nunca me lo dijo. Pero estaba bastante alterada cuando la vi. Cuando entré en su habitación, estaba entregando a Sir Allan una carta sellada.

—¿Una carta? ¿A quién?

—El conde de Huntly. Recuerdo que Margaret insistió repetidamente en la urgencia y confidencialidad de la correspondencia antes de que él partiera.

—¿Te dijo alguna vez lo que había ahí dentro?

—No, nunca lo hizo.

Fiona miró por la ventana mientras intentaba recordar el morral que estaba escondido en su habitación. ¿Podría contener una respuesta a la carta de su madre? No, era demasiado pequeño.

—¿Qué tenía que ver la carta con el ataque? —preguntó Fiona.

—Tal vez nada. Quizá mucho. Tendrás que decidirlo tú. En cualquier caso, la noche en que iba a venir tu padre, te dejé con tu querida madre cuando me envió a buscar a Sir Allan. Me encontré con él justo al salir del Gran Salón y lo envié por la escalera trasera a la guardería, tal y como me pidió tu madre. Tu pobre madre...

Fiona apretó suavemente las manos de Nanna mientras la voz de la mujer se entrecortaba al recordar a su señora, muerta hacía mucho tiempo. —Por favor, Nanna —la animó con ternura.

—Sí, ¿dónde estaba? —la triste mujer hizo una pausa mientras intentaba ordenar sus pensamientos—. Cuando salí por la puerta trasera hacia el cierre del castillo, me esperaban algunos de esos desdichados bárbaros. Uno de ellos golpeó a tu vieja Nanna en la cabeza, y no recuerdo nada más hasta que recobré la conciencia un par de horas después. Me dejaron morir en el estercolero —se secó una lágrima de los ojos enrojecidos.

—Lo siento —dijo Fiona en tono consolador.

La mujer palmeó la mano de su joven amiga. —No, muchacha. No tienes por qué sentirte triste por mí. Sobreviví a aquella terrible noche. Pero algo murió dentro de mí cuando me hablaron de tu madre y de ti.

—¿Quién te lo ha dicho? —preguntó Fiona, mirando atentamente a su querida amiga—. Oh, no. Primero, dime, ¿quién estaba en el Gran Salón, Nanna? Cuando fuiste a buscar a Sir Allan.

La anciana miró perpleja a su bella inquisidora. —¿En el gran salón? No lo sé, Fiona.

—Bueno, cuando más tarde recuperaste la consciencia, ¿quién estaba allí en el castillo?

Nanna pensó a través de la bruma de largos años. —Cuando desperté, Lord Gray estaba allí. Encontró a tu querida madre. Y Lord Huntly...

—¿Lord Huntly estaba allí cuando te despertaste?

—Sí, muchacha. Ambos llegaron esa noche. Lord Huntly se adelantó a tu padre. El rey se retrasó y envió por delante a Lord Andrew. Tu padre no llegó hasta el día siguiente.

Fiona apretó los puños. —Cuéntame más. Por favor, dime qué estaba pasando cuando volviste a entrar.

—Todo el lugar era un caos. Habían encontrado el cadáver de tu madre y la nota que había dejado. Lord Gray estaba preparando a sus hombres para buscarte. Y Lord Huntly... Lord Huntly...

—¿Qué pasa con él? Por favor, dímelo.

—El conde enloqueció aquella noche. Tan loco como una cabra. Debía de estarlo, pues no es propio de él actuar como lo hizo. Nunca hasta hoy he visto a un hombre más alterado que él. Oí que corría por el castillo como un loco, buscando algo. No puedo evitar preguntarme si tuvo algo que ver con la carta que le envió tu madre.

El morral. La prueba de su culpabilidad. Estaba buscando el morral, pensó Fiona.

Veintiocho años antes, 1488

SEPARADO DE SUS SOLDADOS, el rey James III yacía ante la cabaña del molinero en el fangoso callejón del pueblo de Bannockburn. Con la gran espada de «Robert the Bruce» aún atada a su costado, el rey se amasaba las costillas y la pierna, evaluando con cautela las heridas que había sufrido al caer del caballo.

El molinero, reconociendo al rey, movió rápidamente su grueso cuerpo hacia el noble caído y le ayudó a entrar en su choza.

En el exterior, dos hombres frenaron a sus caballos cuando el molinero reapareció, corriendo en busca de ayuda. Saltando al suelo, uno de ellos cogió al fornido hombre bruscamente por el brazo, mientras el otro clavaba sin piedad su espada corta en la espalda del molinero.

Sin mostrar ninguna emoción, el líder pasó junto al cuerpo crispado y se metió en la cabaña. Sobre la paja del rincón yacía el rey, mirando débilmente a los dos hombres.

—Te conozco, Andrew —susurró el rey James, divisando el broche del clan que llevaba el joven noble—. ¡No eres de ayuda!

—No, mi señor —respondió; sus ojos azules, tan pálidos que eran meros reflejos del hielo de su alma, brillaban malévolamente—. Pero estoy aquí para ayudarte a entrar en el otro mundo.

Detrás de él, su compinche entró en la visión del rey.

—Torquil MacLeod... Debería haberte ahorcado cuando tuve la oportunidad.

Con una mirada a su compañero, el Highlander retrocedió un paso, y una sombra de miedo cruzó su rostro.

—No te inquietes, Torquil —dijo el guerrero de ojos azules por encima del hombro—. Este viejo sabe que hay que agarrar la oportunidad por el mango.

Andrew cruzó la sala hacia el rey y miró con codicia el reluciente anillo de «Robert the Bruce», el símbolo de la realeza escocesa, que rodeaba el dedo del monarca. —Y eso, viejo rey, es exactamente lo que haremos —susurró con dureza—. Cuando hayas muerto, tu hijo James será rey. Sí, le haremos rey. Pero no por mucho tiempo. El poder pertenece a los fuertes y a los rápidos... y pronto gobernaré Escocia.

Luego, levantando la espada, Andrew clavó una y otra vez la hoja ensangrentada en el pecho de su rey.

EDIMBURGO TEMBLÓ con la noticia de que James III había sido hallado muerto en la cabaña del molinero, y que el anillo ancestral del monarca, símbolo de su poder, había desaparecido de su mano.

Pero no había información sobre la identidad del asesino.

Capítulo Veintidós

Su vestido debe ser de Bondad.
Bien encintado con renombre.
Adornada de placer en todo lugar.
Recortado en el más fino estilo...

—Robert Henryson, «El traje de las buenas damas»

A ALEC se le cortó la respiración cuando Fiona entró por las puertas abiertas de par en par.

Desde detrás de ella, la brillante luz del sol irradiaba en mil torrentes luminosos, brillando al dispersarse en la tenue penumbra del interior de la iglesia. Alec se dirigió al espacio anterior al presbiterio, contemplando con orgullo y abierta admiración a la mujer de sus sueños.

La multitud del interior, ataviada con sus coloridas galas, se había mostrado jovial e inquieta, pero ahora se apaciguó en un silencioso silencio mientras todas las miradas se centraban en la belleza pelirroja que cruzaba el umbral.

Al mirar más allá de ellos, Alec sintió que todos los demás sentidos se desvanecían a medida que el encanto de la visión que tenía ante él se hacía más fuerte. Incluso el majestuoso sonido del músico solitario, que canalizaba la aproximación de Fiona al altar, se convirtió en un vago fondo ante la mirada de amor que se dirigía hacia él. Una mirada de amor de un ángel, que flotaba serenamente a través de la multitud hacia él.

Cuando Alec había bajado a caballo del castillo hacía una hora, los aldeanos y campesinos que habían bordeado la ruta bañada por el sol eran una multitud festiva, que vitoreaba y cantaba junto a los grupos itinerantes de gaiteros. Los niños, que corrían de un lado a otro entre las amas de casa que repartían comida y dulces, corrían continuamente hacia el novio y su escolta de guerreros armados. Alec sonrió cuando los fieros combatientes vestidos de tartán, con sus pulidas armaduras brillando al sol, se agachaban constantemente y recogían a los chillones chiquillos para dar pequeños paseos por el camino. Incluso su escudero Robert, vestido con su nueva cota de malla y la espada reluciente a su lado, parecía muy varonil mientras bromeaba con los demás guerreros y con las doncellas que arrojaban flores a su paso.

Al cruzar el puente hacia la aldea, Alec estrechó la mano de las alegres personas mientras sonaban los gritos que anunciaban su entrada en la boda.

Los edificios de la ciudad se engalanaron para la celebración, luciendo nuevas capas de brillantes azules y amarillos, rojos y verdes. De todas las ventanas se colgaban pancartas y tartanas, y los habitantes se arriesgaban a caer desde los pisos superiores sobre sus vecinos en las calles, en su excitación y jolgorio.

Por todas partes había risas, música y exultación, y el corazón de Alec se desbordó al pensar en cómo transportaría este jubiloso saludo a su amada novia cuando trazara esta alegre ruta hacia la iglesia.

Cuando el joven Laird se volvió con un gesto de la mano en lo alto del corto tramo de escaleras que conducía a la iglesia, el abarrotado Marketcross estalló de nuevo con tumultuosos sonidos de alegría y júbilo, y los gaiteros siguieron añadiendo sus melodiosos acordes a la bulliciosa alegría del acontecimiento. De repente, un momento de pesar golpeó a Alec por el hecho de que su hermano Ambrose no hubiera podido estar presente en la celebración, y pensó que probablemente Fiona sentía lo mismo por la ausencia de la Priora. Sin embargo, había llegado el mensaje, de ambos, de que se estaba preparando un gran acontecimiento para celebrar el matrimonio de Fiona y Alec una vez que regresaran a Skye.

Pero el desfile extemporáneo de gaitas y gente bailando que empezó a moverse por la plaza del pueblo arrancó una amplia sonrisa al novio y, mientras observaba, muchos de los invitados e incluso su hermano John se unieron a los alegres juerguistas. Volviendo a bajar los escalones ante la estruendosa ovación de la multitud, Alec también se unió a los festivos marchantes dando una sola vuelta al Marketcross. Luego, con una carcajada y un grito como respuesta a su clamor de aprobación, volvió a subir los escalones y desapareció en el interior de la iglesia.

Ahora, embelesado por la visión de la belleza que se deslizaba hacia él, Alec sintió que el corazón le retumbaba en el pecho mientras contemplaba embelesado a su novia de hadas.

Fiona tampoco vio nada más que a su amado.

Sus ojos recorrieron al magnífico guerrero que tenía ante ella. Y era magnífico. Alec llevaba el pelo largo y rubio recogido de forma ordenada. Ataviado con su mejor falda escocesa y una camisa de reluciente seda blanca, con un tartán cruzando su enorme pecho, el novio se mostraba audaz y gallardo mientras la esperaba ante el altar. La luz de mil velas brillaba sobre la empuñadura de su larga espada y sobre las armas del clan inscritas en su broche de oro.

Pero fue la mirada de su apuesto rostro lo que la cautivó. Sus ojos azules brillaban con tanto amor, que Fiona sintió que se derretía por dentro. Y su propio amor brillante, fluido y fundido, amenazó con atravesar su piel cuando sus ojos se clavaron en los de él.

Colin Campbell, conde de Argyll, sentado en el mismo banco que la familia Macpherson, rodeó con una suave mano el hombro de su esposa y la atrajo con fuerza a su lado. Inclinándose, apartó con un beso la lágrima de alegría que brillaba en el hermoso rostro de Celia.

El padre de Alec intercambió una mirada feliz con su esposa mientras ambos recordaban su intercambio de votos.

El conde de Huntly sintió un nudo en la garganta al llorar una vez más a la única mujer que había amado. Levantando la vista, observó cómo la hermosa hija de Margaret se acercaba al altar y ofrecía su mano al joven Laird.

El sonido de las arpas que sustituyó al gaitero cuando los dos amantes se unieron en el altar, los cantos en latín de los sacerdotes y los acólitos y el silencioso intercambio de votos dieron paso a la aclamación jubilosa de la congregación cuando Alec y Fiona se volvieron para saludar a sus amigos y familiares como marido y mujer.

FIONA, demasiado absorta en su excitación, no esperó la señal de Alec. Bajó la colina a toda prisa, a pesar de su gruñido amenazador desde atrás. Corrió, tropezando, junto a los dos sabuesos ladradores y excitados, por la ladera de la empinada colina. Las hojas, los matorrales y los helechos rastreros le rozaban las piernas. Levantándose la falda por encima de las rodillas desnudas, con el pelo alborotado por la brisa del lago de la ladera, corrió con la velocidad de una cierva, como llevada por el viento.

Éste había sido su primer día fuera del castillo, completamente solos, desde que se habían casado. El día era caluroso y el sol estaba alto cuando Alec la había atraído hasta los establos con la promesa de mostrarles a los campesinos Macpherson y sus esfuerzos. La gente de la región que rodeaba el castillo de Benmore la había acogido y deleitado, pero cuando se dirigían a casa, Alec la había arrebatado del caballo y la había plantado en el suyo, dejando atrás a la yegua y a sus dos sabuesos.

Y luego la había traído aquí. El cielo no podía ser más perfecto, pensó, que lo que estaba viendo, de pie en la cornisa, contemplando el apacible lago que había debajo. Altas colinas, cubiertas de brezo en flor, rodeaban el agua por tres lados, mientras una playa blanca de arena y piedra les hacía señas al pie de la ladera. Todo lo que Alec tuvo que hacer fue sugerir una carrera hasta la playa. Fiona, sin esperar siquiera a que completara su desafío, se quitó los zapatos de una patada y salió disparada hacia el lago de un azul resplandeciente.

Frenó al llegar al agua y, mirando a Alec, se subió las faldas por encima de las rodillas y vadeó las frías aguas del manantial. El frío de las pequeñas olas lamiéndole las piernas hizo que Fiona se estremeciera ligeramente. El sol aún estaba alto, y sus rayos eran cálidos y suaves en su rostro.

—El fondo desciende rápidamente, no muy lejos de donde estás —llamó Alec desde la orilla. Fiona se volvió para ver a su marido, dejando caer su tartana y un morral sobre un lugar liso de la playa. Mirándola, se quitó rápidamente la camisa por encima de la cabeza.

—Gracias, pero tengo fama de ser buena nadadora —respondió ella, ruborizándose ligeramente al ver sus músculos, tensos y brillantes por el calor de la carrera.

Fiona se dio cuenta de lo tonto que era sentir la más mínima vergüenza al ver el cuerpo de Alec. Después de todo, el tiempo que habían pasado desde la boda les había dado a ambos amplias oportunidades de experimentar los placeres del cuerpo del otro. Fiona nunca había sabido que cuatro días y cuatro noches pudieran ser tan sensualmente plenas, tan físicamente estimulantes, tan sexualmente satisfactorios.

Pero todo aquello había ocurrido en la intimidad de su habitación: la puerta atrancada, el profundo colchón de la enorme cama, elevándose como el mar del Oeste a su alrededor. Fiona volvió a estremecerse, pero esta vez no era el frío del lago lo que lo provocaba.

Alec sonrió, quitándose las botas de una patada. —Si no te quitas ese vestido, mi encantadora esposa, estarás mojada durante todo el viaje de vuelta a Benmore.

Fiona retrocedió hacia la orilla mientras Alec se desabrochaba el cinturón. Desabrochándose la falda escocesa, se quedó desnudo a la luz del sol, como un Apolo visitante, dispuesto a emprender el vuelo como un águila dorada hacia el cielo bañado por el sol. Su corazón tamborileaba ruidosamente en su pecho mientras vacilaba y luego se acercaba a él.

—¿Crees que podrás salvarme? —susurró Alec cuando Fiona se acercó un paso.

—¿Salvarte de qué, mi amor? —Ella se quedó mirándole el pecho, sintiéndose demasiado cohibida para dejar que sus ojos bajaran más.

—De ahogarme —Alec alcanzó los cordones de la parte delantera del vestido y empezó a desabrocharlos muy despacio. Sus nudillos acariciaron suavemente la suave piel que aparecía ante su esfuerzo continuo—. No soy el mejor nadador.

—Celia, me dijo que solías marearte —dijo Fiona mientras sus dedos se acercaban con dolor a tocar los rizos dorados de su pecho—, pero que ahora estás curado.

—Puede que aún necesite ayuda —le quitó el vestido de los hombros y se lo bajó hasta las caderas.

—Te vi nadar en el estanque junto a la torre —Fiona salió del monte de sus faldas—. No parecías falto de habilidad.

—Lo sabía. Estabas espiando.

—Tartamudeó cuando los dedos de Alec desataron los dos lazos superiores de su fina blusa, dejando parcialmente al descubierto su pecho.

—Bien. Porque yo también te estaba observando. Mientras nadabas —se inclinó y rozó con los labios la redonda perfección de uno de sus pechos—. Y desde aquel día, he soñado con hacer precisamente esto.

Fiona sintió que se le cortaba la respiración, sólo de oír sus palabras.

—Ven —Alec le subió la correa de la «chemise» al hombro y la cogió de la mano. Los dos se adentraron en el cristalino lago hasta que el fondo se desvaneció y el agua se elevó a su alrededor.

Nadaron uno al lado del otro, chapoteando y flotando, riendo y sumergiéndose en la oscuridad y el frío. A Fiona le encantaba el tacto de las manos de Alec cuando la rodeaba, acariciándola, abrazándola con fuerza en un momento y tirando de ella bajo la superficie en el siguiente.

Respirando hondo, Fiona se sumergió en la oscuridad del estanque, abrió los ojos y miró hacia arriba mientras su amor la seguía hacia abajo. Propulsándose unos metros más cerca de la orilla, salió a la superficie, irrumpiendo en la cálida luz del sol con el pelo colgando como una gruesa cuerda tras ella.

Se volvió y se quedó de pie, con los pies tocando la arena donde caía el fondo, esperando a que Alec saliera a la superficie. El agua que la rodeaba era suave y silenciosa a medida que pasaban los momentos. Un destello de ansiedad la recorrió mientras sus ojos escrutaban rápidamente la playa y la superficie ininterrumpida del lago.

—¡Alec! —gritó, y su voz resonó en las colinas cubiertas de brezo.

Fiona respiró hondo, preparándose para zambullirse, cuando de repente sintió debajo de ella las fuertes manos de él que la agarraban por la cintura y la elevaban por encima del agua. Sujetándola en brazos, la empujó sonriente hacia los bajíos que le llegaban hasta la cintura, y Fiona le dio un puñetazo juguetón en el pecho por su travesura.

—No vuelvas a asustarme así.

—No lo intentaba —dijo él, mirando la ropa mojada que se pegaba provocativamente a sus pechos—. La vista de ahí debajo era demasiado increíble como para renunciar a ella.

—¿Qué vista? —dijo ella tímidamente, sabiendo muy bien lo que él quería decir.

—Tendré que enseñártelo.

Cuando la boca de Alec descendió sobre la suya, sus manos la atrajeron con fuerza contra su pecho. De repente, Fiona quiso enterrarse en él, perderse, ahogarse en él. Sus dedos se enredaron en las hebras de su pelo mojado mientras tiraba de él para acercarlo. Sólo un breve segundo de pérdida, de no saber dónde estaba él, la había vuelto loca sin medida. Y ahora esa locura se había convertido en deseo, en necesidad de su contacto, de sentir su cuerpo contra el suyo. Arqueó la espalda mientras se apretaba contra él, con los pechos deseosos dentro de la tela húmeda, deseosos de que la tocara.

Mientras sus bocas se acariciaban escrutadoramente, las manos de Alec recorrieron sus pechos, encontraron el tirante de su lencería y tiraron de él hacia abajo por encima de un hombro.

—Abrázame —dijo roncamente, apartándose de ella mientras ella le rodeaba la cintura con las piernas.

Mientras la abrazaba con fuerza y ella le acariciaba los músculos del pecho y el cuello con los dedos, los ojos de Alec se posaron lentamente en el vestido transparente que se ceñía provocativamente a la perfecta silueta de su amada. Tirando de ella hacia arriba, le besó ligeramente la barbilla y, al pasar la punta de la lengua por el hueco de su garganta, sobre la humedad marfil brillante de su pecho y en el valle entre sus pechos, la oyó jadear y sintió que su cuerpo se ponía rígido.

Fiona sintió su aliento en los pechos cuando su boca llegó a la parte superior de su camisa parcialmente desabrochada. Abrió los ojos e intentó concentrarse en el cielo, azul y profundo, con rayas blancas que desaparecían tras el verde de las colinas circundantes. Volvió a cerrar los ojos cuando una de sus manos se movió hacia abajo, subiendo el dobladillo de la prenda que ondeaba alrededor de su cuerpo. Los colores azules que Fiona tenía en su mente se convirtieron en remolinos de amarillos y rojos cuando los dedos de él se introdujeron suavemente entre sus cuerpos. Olas de calor atravesaron su cuerpo, elevándola hasta que dejó de ser consciente del agua que los rodeaba. Estaba ingrávida, embelesada, flotando en una nube dorada. Con él.

Se aferró a él, su boca buscó la suya vorazmente y la encontró.

—Me toca a mí —susurró seductoramente, sonriendo tímidamente a su apuesto rostro. Alec dejó que lo empujara hacia la playa. A pocos metros de la orilla, la atrajo hacia sí. Fiona le recostó la cabeza contra la arena, justo debajo de la superficie. Lo miró, su cuerpo brillaba al sol mientras las pequeñas olas le lamían los costados.

Se echó el pelo hacia atrás, por encima del hombro, y se arrodilló junto a él, mientras su mano recorría cariñosamente los músculos de su vientre. Le besó el pecho y bajó la boca.

—Quieta ahí, mi amor —carraspeó Alec, levantándose y tirando de ella hacia arriba—. Si sigues así, puede que me descontrole.

Mirando su rostro sonriente, se tumbó de nuevo en el agua y, levantando el dobladillo de su blusa mojada, le subió las rodillas hasta que quedó a horcajadas sobre sus caderas.

Fiona bajó la cara y lo besó. Retrocediendo, se acomodó suavemente contra la punta de su excitación y jadeó cuando él la bajó para que se posara sobre él. Se deslizó profundamente dentro de ella y, envolviéndolo con fuerza, Fiona volvió a sentir la perfecta unión del amor verdadero.

ESTIRANDO las piernas junto a las de él, Fiona movió las caderas y sintió cómo él se movía contra ella en armonía. Un deseo punzante empezó a crecer de nuevo en su interior mientras las manos de Alec le apretaban el trasero, enterrándose aún más profundamente.

Alec apartó la correa de la camisa de uno de los hombros de Fiona. Levantando de nuevo la boca, le chupó el pecho expuesto mientras ella empezaba a emitir pequeños gritos, aumentando el ritmo de sus pulsaciones.

Cuando los gritos de Fiona se hicieron más fuertes y Alec sintió que su cuerpo se ponía rígido, supo que no podía esperar más. Poniéndola bocarriba en el agua poco profunda, Alec la penetró. Fiona levantó las rodillas y le rodeó con una pierna mientras él penetraba más profundamente, tocando su centro. Finalmente, con un estruendoso rugido que bloqueó todos los demás sonidos, un sol estalló en su interior.

Cuando Alec arqueó su cuerpo sobre ella, Fiona contempló el rostro divino de su amado. Y cuando él depositó su semilla vital dentro de ella, pareció como si se creara un nuevo universo.

Capítulo Veintitrés

Ayer justo brotaron las flores.
Este día todos son asesinados con lluvias...

—William Dunbar, «Este mundo inestable»

—Estoy embarazada, Alec.

Se rió con ganas antes de levantarla en brazos. Sonriendo a los ojos llenos de lágrimas de Fiona, Alec la estrechó contra sí. —¿Eso explica las arcadas? ¿El mareo? ¿El quedarse dormido durante la cena?

—Sí, mi amor. ¿Estás preparada para ocho meses más de tan deliciosa compañía? Por no hablar de mi presencia cada vez mayor.

—Por supuesto. Apreciaré cada momento, incluso las arcadas —Alec la miró juguetonamente—. De hecho, yo también me he sentido un poco mareada. Me pregunto si...

—Si buscas compasión por mi parte...

Alec la hizo girar entre sus brazos mientras sus labios devoraban su boca sonriente.

—Pero, a decir verdad, lo sabía.

—¿Y cómo puede ser eso?

—Me lo dijo Nanna.

—¿Antes de que me lo dijera? —Fiona lo cogió por la barbilla—. ¿Es otra mujer a la que has engatusado para que se desmaye a tus pies?

260

—Nadie más que tú importa —Alec le quitó la mano de la barbilla y le besó tiernamente la palma—. Pero, ¿cuándo vas a desmayarte a mis pies?

Fiona se puso de puntillas y le rodeó el cuello con los brazos. —Teniendo en cuenta lo que llevo, yo diría que ya lo he hecho —arrulló, besándole la barbilla.

—¿De buena gana? —preguntó él, rozando sus labios con los de ella.

—De todo corazón.

Nunca antes le había importado tener un hijo, un heredero para las posesiones Macpherson. Muchas cosas nunca le habían importado. Pero ahora, con Fiona, la vida ya no era la misma. Ella había capturado su corazón y su alma. Quería tener hijos con ella. Quería niños concebidos en su vientre. Una descendencia que floreciera y creciera. Una parte de ambos que pudiera llevar su amor hacia la eternidad.

Mientras Fiona se acurrucaba cómodamente contra su pecho, podía oír los fuertes latidos de su corazón. Pensó en lo mucho que había cambiado su vida desde que dejó Skye. Pensó en los amigos que había dejado atrás. En la Priora, cuyos consejos habían sido tan valiosos, tan verdaderos, para evitar que se convirtiera en monja. Ahora sabía que pertenecía al lado de Alec, dondequiera que estuviera. Pero aún quedaba el asunto del castillo de Drummond.

Los dedos de Fiona acariciaron los músculos del brazo que le rodeaba.

—¿Alec? —preguntó ella, echando la cabeza hacia atrás y mirándole a los profundos ojos azules—. Aun así me llevarás allí, ¿verdad?

Fiona se había emocionado al darse cuenta de que estaba esperando un hijo. Tanto Nanna como Elizabeth habían sido tan positivas y afirmativas aquella mañana en su acuerdo y sus consejos. Pero cuando Fiona consideró la perspectiva de tener un bebé, aquella emoción se vio atenuada por una pizca de ansiedad ante lo que aún tenía que afrontar.

Después de todo, su viaje al castillo de Drummond se había retrasado hasta que pudieran resolverse los detalles del acuerdo de la reina con Lord Gray. En realidad, a Fiona no le importaba que su tío se quedara con sus posesiones. Desde luego, no quería tener una disputa entre manos. Lo único que le interesaba era volver en busca de la verdad. Pero por todo lo que estaba oyendo sobre la política de la corte, las cosas se estaban complicando bastante. Se había hecho evidente que Fiona necesitaba aceptar formalmente su legítima herencia, pues si no lo hacía, la pregunta de cuánto más quería seguiría sin respuesta. Como hija del rey, ahora casada con uno de los guerreros más poderosos de toda Escocia, Fiona simplemente tenía que poner fin a tales especulaciones. La Corona no era lo que ella buscaba.

Alec había estado ocupado hablando con su padre cuando llegó el mensajero de la corte. Tras leer la carta, se había dirigido directamente a Fiona con el mensaje doblado y metido en el cinturón.

Ahora, de pie en su habitación, con la brisa de finales de verano flotando perezosamente a través de las ventanas abiertas, se sentía a la vez aliviada y entusiasmada por sus noticias y por el futuro. Lo único que quedaba era resolver el asunto del castillo de Drummond para poder seguir adelante con sus vidas.

—¿Estás segura de que estarás en condiciones de viajar, amor? —bromeó.

—Estoy sano como un caballo. Alec, es importante que yo...

—Nos vamos al castillo de Drummond dentro de dos días.

Fiona se detuvo y miró su atractivo rostro. Al hacerlo, la aprensión que había sentido sobre si el embarazo interferiría en su deseo de ir allí simplemente se desvaneció. Sus ojos azules eran cálidos y tranquilizadores.

—Este mensaje ha llegado hace unos instantes —dijo Alec, sacando la misiva doblada de su cinturón.

Fiona cogió la carta que él le tendía y miró el sello de cera. Un águila bicéfala, rodeada por un círculo de puntos en relieve. Miró inquisitivamente a Alec mientras desdoblaba el documento.

— Lord Gray —dijo él, respondiendo a su pregunta sin respuesta. Fiona escudriñó el contenido mientras Alec seguía hablando—. Parece que va a organizar un banquete para celebrar tu regreso. Te entregará oficialmente el castillo de Drummond y sus tierras. Y, al parecer, la reina estará presente en el acto.

—¡Y vamos a ir! —dijo sobriamente. Por fin tendría la oportunidad que había estado esperando. Quizá por fin se hiciera justicia. Fiona volvió la mirada hacia Alec—. ¿Crees que mi tío me odia? ¿Después de lo que pasó con Kathryn? ¿Y ahora de quitarle su casa?

—Drummond nunca fue suyo, Fiona. Ese lugar siempre te ha pertenecido. Tu abuelo lo dejó muy claro antes de morir. Y en lo que respecta a tu tío, tiene su propia riqueza. Y, en mi opinión, tanto él como su hija reciben más de lo que merecen. Kathryn Gray debería estar consumiéndose en alguna mazmorra por lo que intentó hacer.

—Por favor, Alec, olvidémonos de ella —suplicó—. Está fuera de nuestras vidas para siempre —Kathryn no era la única que la preocupaba. Aún quedaba ese otro, la persona que pagaba a Neil para que la secuestrara. Pero no quería pensar en eso ahora. Fiona sabía que todas esas preguntas tendrían respuesta cuando tuviera el paquete oculto de su madre.

—Alec... —Fiona hizo una pausa, buscando las palabras adecuadas—. ¿Puedes llevarte bien con él? ¿Con mi tío?

—No, amor mío. No en esta vida.

—¿Podrías intentarlo? ¿Por mi bien? Es la única conexión familiar que tengo con mi pasado.

Alec se encogió ante la idea de tener que ser cortés con aquel hombre. Su último encuentro casi había acabado con las espadas desenvainadas. Había sido Huntly quien había salvado el cuello del hombre, evitando a duras penas un derramamiento de sangre seguro.

—¿Alec?

—Lo intentaré. Sólo por ti.

Cuando la luz de la luna moribunda los bañó, Alec salió de las profundidades de su sueño sólo el tiempo suficiente para estrechar a su amada contra él.

De nuevo los sintió a su alrededor. Empujándole. Y entonces se detuvieron. Se apartaron y miraron con aire ausente. Rostros. Las mismas caras, familiares y sin nombre. Alec empujó para pasar y entonces el camino se abrió a través de ellos.

Caminaba con el rey. Alec se volvió para hablar con el rey James, pero no pronunció palabra alguna. Miró detrás de ellos. No quedaba nada de donde había estado. Todo había desaparecido. Los rostros. El pasado. Desaparecido. Una espesa niebla, como el rocío de la marejada de un océano, había borrado todo rastro.

El rey sonrió al guerrero y asintió con la cabeza. Una puerta.

Alec oyó la voz. Era la voz del viejo portero.

—Tu ángel te espera.

Alec se volvió y miró al rey. El anciano estaba junto a él. Siguió su mirada hasta donde la puerta se abría, haciéndole señas. La luz del más allá se derramaba a través de ella.

—El mal está cerca, Alec Macpherson. Líbrala del enemigo. El demonio está al acecho.

Alec miró a los dos hombres, sin saber quién pronunciaba las palabras. Pero echó a correr.

EL CASTILLO de Drummond se alzaba sobre la primera y más alta de las dos crestas, y la comitiva de los Macpherson rodeó hacia el este la pequeña aldea con muros de piedra y techos de paja, rodeando los altos muros grises hasta la imponente entrada arqueada. Inclinando el cuello desde su estudio del belicoso edificio, Fiona contempló el amplio y ondulado valle que se extendía hacia el sur, y el manto de niebla gris que se extendía pesadamente sobre él.

Aquí, en la cresta, los brillantes rayos habían atravesado la niebla y el cielo se mostraba azul pálido en torno a un sol cálido y brumoso, pero Fiona tenía las manos húmedas y frías. Después de todo lo que había ocurrido, después de toda la espera, no sentía emoción alguna por volver al hogar de su infancia, sólo la angustia de enfrentarse a lo vagamente desconocido, y una aguda sensación de ardor justo debajo del corazón que no desaparecía. Fiona se mordisqueó el labio mientras los caballos subían trabajosamente la colina hacia el castillo.

Durante la última hora, había estado esperando algún atisbo de reconocimiento del lugar de su primera infancia, pero nada le había llamado la atención hasta este momento. Aquella vista la invadió de una sensación de familiaridad, pero Fiona aún no podía decir realmente que recordara nada de ella. Se removió en la silla de montar, inquieta y desconcertada, pero se dijo a sí misma que las cosas serían diferentes una vez que estuvieran dentro de las puertas del torreón.

Al llegar al gran espacio llano entre el castillo y la cresta boscosa que lo rodeaba, los viajeros se encontraron con tiendas de campaña, soldados y el humo de los fogones. La zona estaba animada por las actividades de los guerreros en su tiempo libre, de los hombres que pasaban el tiempo practicando deportes amistosos y compitiendo, y los sonidos de las gaitas y las risas se mezclaban con el repiqueteo del acero.

Fiona contempló los ruidosos y generalizados festejos. Todo esto, sólo por dar la vuelta a un lugar que sólo guardaba un recuerdo. Un recuerdo muy triste para una niña muy pequeña.

Apartándose de los amables gritos de saludo y desafío, la comitiva de los Macpherson subió la colina hacia las puertas. Mirando a Fiona, Alec se acercó y le apretó la mano húmeda y helada. Ella le miró, con un matiz de incertidumbre en el rostro.

—Todo irá bien —le dijo tranquilizándola, al notar su malestar.

Juntos cruzaron el foso seco por encima del pesado puente levadizo de madera y se adentraron en el recinto del castillo; los cascos de sus caballos repiquetearon con fuerza al entrar en el gran patio abierto pavimentado con adoquines. El selecto número de guerreros Macpherson que habían sido elegidos para acompañarles llenaba el espacio a su alrededor, y todos desmontaron cuando un pequeño grupo de hombres salió al recinto para recibirles.

Fiona no reconoció a nadie más que a Lord Huntly. Y entonces vio a un hombre alto y fornido, con un mechón de pelo blanco, que cruzaba rápidamente hacia ellos. Sonrió ampliamente y abrió los brazos a los recién llegados. Su tartán llevaba un broche de oro; un águila bicéfala, rodeada por un círculo de rubíes rojos.

Su tío. Éste era su tío.

—Bueno, la pequeña Fiona, la de los cabellos de fuego, ha vuelto por fin a casa —exclamó Lord Gray con voz cálida mientras se acercaba a ella y la estrechaba entre sus brazos—. Bien hecho. Viéndote subir por la cresta, supe que habría reconocido a mi hermosa sobrina, en cualquier lugar, en cualquier momento. ¿Te acuerdas de mí, pequeña?

Fiona dio un paso atrás y contempló el rostro robusto del hombre. Sus ojos reflejaban el cielo claro del verano y brillaban mientras la miraba.

—Me temo… que han pasado demasiados años.

—No temas. Tendremos mucho tiempo para ponernos al día de esos años perdidos. Bienvenida de nuevo, querida. Bienvenida a tu nuevo hogar.

—Gracias, tío —dijo, sintiendo las manos de Alec posarse en sus hombros.

—Como su madre, una mujer realmente hermosa —dijo Gray en voz baja, casi para sí mismo. Mirando a Alec, asintió con la cabeza, y su voz se volvió más fría —Bueno, Macpherson, te guste o no, supongo que esto significa que tú y yo somos parientes después de todo. Bienvenido al castillo de Drummond.

Alec asintió con la cabeza.

De reojo, Fiona sintió el calor de la mirada de Lord Huntly sobre ella, y se volvió para reconocerle.

—Hola, Fiona —dijo Huntly, inclinándose rígidamente con una mano sobre la larga espada que colgaba a su lado—. Bien, Alec. Veo que el matrimonio está de acuerdo contigo. Pero tenemos que hablar de unos asuntos, si a Fiona no le importa concederte un breve espacio de tiempo.

Miró tranquilizadora a su marido. Tenía que estar tranquila y serena. Por fin habían llegado. No podía permitirse despertar las sospechas de Huntly. Todavía no. —Por favor, vete, Alec. Te esperaré dentro.

—¿Estás…?

—Estoy segura —Fiona vio a Nanna unos pasos detrás de ellos—. Nanna cuidará de mí hasta que volváis.

—Ahora está en familia, Macpherson —dijo Lord Gray en tono firme—. Estará a salvo. Tenlo por seguro.

Alec se contuvo para no gruñir al hombre. Pero conociendo a Huntly, Alec estaba seguro de que no solicitaría una reunión así ahora, a menos que se tratara de algo de extrema importancia, así que se inclinó y besó suavemente la mejilla de su esposa antes de seguir a Huntly. No sin antes indicar a sus hombres que permanecieran junto a ella en su ausencia.

El resto del grupo se dirigió hacia los escalones de piedra que conducían a la puerta abierta del edificio principal del castillo. Fiona contempló el edificio, pero no recordaba nada.

La voz de Gray irrumpió en sus pensamientos. —Las cosas deben parecerte un poco diferentes.

—Lo hacen —admitió ella mientras subían los escalones.

—No debería sorprenderte —dijo—. Los dos edificios que hay a ambos lados de este edificio principal se añadieron hace unos diez años. Después del incendio. Pero espera a ver el interior.

Fiona le miró, sobresaltada. —¿Fuego? —Miró a su alrededor, buscando a Nanna.

—Sí, muchacha —dijo la anciana, poniéndose a su lado—. Tu abuelo, que en paz descanse, residía aquí cuando ocurrió.

—Sí, y le reconozco el mérito —añadió Gray—. Hizo un buen trabajo renovando el lugar. Prácticamente reconstruyó las zonas habitables desde cero. Te gustará. Es muy elegante. Muy confortable.

Aturdida, Fiona entró en el Gran Salón de un Castillo Drummond irreconocible para su nueva dueña. En un Castillo Drummond que nunca había conocido.

Y a través de la niebla, Fiona supo que su búsqueda había terminado. Fuera lo que fuera lo que su madre había escondido, fuera lo que fuera por lo que había muerto, había desaparecido.

Había desaparecido para siempre.

Capítulo Veinticuatro

**Tu propio fuego, amigo, aunque no sea más que un carbón.
Calienta mejor y vale oro para ti.**

—Robert Henryson, «Los dos ratones»

—POR FAVOR, no alborotes, Nanna.

—Es mi trabajo, Fiona. Y no estás comiendo como deberías —la anciana se dirigió hacia la puerta, al otro extremo de la sala de estar—. Deberías escuchar más a menudo a tu marido, querida.

—¿Quieres que pese tanto como un jabalí y que no salga nunca de la cama? —Sonrió ante sus propias palabras. Oír hablar de comer empezaba a cansarla. Pero quedarse en la cama... bueno, eso era el paraíso, siempre que Alec se quedara allí con ella.

—Sé que el cocinero está preparando un buen guiso en la cocina. Estará a punto... —Las últimas palabras de Nanna se perdieron al desaparecer por la puerta abierta.

Fiona sonrió tras ella. Dejó el libro de cuentas de la granja sobre la mesa, junto a la silla en la que estaba sentada, se recostó y miró satisfecha a su alrededor. Tras enterarse inicialmente del incendio de Drummond, no había creído posible querer quedarse en aquel lugar. Pero una vez más su destino le había dictado lo contrario.

El día de su llegada, Alec había sido convocado por la reina y los nobles gobernantes. Todos ellos querían que se implicara en la futura tutela del rey infante, hermanastro de Fiona. La reina Margaret estaba en disposición de casarse de nuevo, por lo que era crucial que se elaboraran planes para la custodia del trono.

Así que, con el rey a poco más de un día de camino hacia el sur, en Stirling, Alec y Fiona habían permanecido en el castillo de Drummond.

Durante los dos últimos meses, la reina y su séquito habían hecho incluso varias excursiones a Drummond, por lo que Fiona había tenido muchas ocasiones de visitar y abrazar al pequeño Kit, su hermano. Le llamaban Su Majestad James V, Rey de Escocia y de las Islas Occidentales. Ella lo llamaba el pequeño feliz, y él se conformaba con que lo abrazaran y lo quisieran.

Así que lo hizo. Incluso ayer había tenido aquí a Kit, corriendo y jugando alegremente frente al fuego. La reina se había mostrado muy dispuesta a permitir que Fiona y su hermanastro estrecharan los lazos entre ellos. Así que durante toda la semana, una fila constante de mensajeros, cortesanos y nobles del Consejo de Regentes gobernante había estado entrando y saliendo por las puertas del castillo.

El salón era grande y espacioso, amueblado con sillas y bancos suficientes para una reunión del clan. La extraña idea de su abuelo de instalar largas hileras de estanterías para libros a lo largo de la pared, a ambos lados de la chimenea, fue una verdadera genialidad, pensó. Los libros eran cosas valiosas, pero tenerlos al alcance de la mano demostraba una maravillosa perspicacia. Dejando vagar los ojos hacia el pequeño fuego que crepitaba en la chimenea al fondo de la larga habitación, Fiona pensó en lo acogedor y alegre que sería estar aquí este invierno.

Y luego, para colmo, esta mañana Alec había mencionado que quería que Malcolm pasara el invierno con ellos. Fiona se había alegrado tanto por la noticia que apenas había sentido su mareo matutino. Malcolm estaría aquí.

Estos días, Fiona brillaba con sentimientos de amor maternal. Primero Kit, y ahora dentro de unas semanas Malcolm. Suspiró y se pasó las manos por el vientre aún plano. Llevaba más de un tercio del embarazo, pero aún no se le notaba nada. De todos modos, le encantaba aquella sensación. Y sabía que a Alec también. Cada noche, después de hacer el amor, se tumbaban en la cama y hablaban por turnos con su bebé. Ella se lo imaginaba como un niño, de ojos azul oscuro, y se dirigía a él como tal. Alec estaba seguro de que era una niña, con el pelo rojo fuego, y se dirigía a ella de ese modo.

Alec debía volver pronto. Su tío, Lord Gray, y el conde de Huntly llegarían esta noche para pasar unos días discutiendo con Alec. A Fiona le había complacido el intento de su tío de entablar amistad con su marido. Parecía como si, en ausencia de su hija, el hombre se hubiera propuesto captar el afecto de su sobrina. Fiona respetaba a su tío por intentarlo, pero más allá de eso, seguía reservándose su juicio. Era difícil acostumbrarse a la familia cuando nunca la había tenido durante la mayor parte de su vida.

Estaba anocheciendo y la habitación empezaba a oscurecerse. Esperaba desesperadamente que Alec llegara antes que sus invitados. Por mucho que lo intentara, Fiona no podía superar su incomodidad por tener al conde de Huntly como invitado. No podía dejar atrás el pasado. Nunca.

Fiona se levantó y se acercó a la ventana abierta. Aunque el día había resultado seco y bastante cálido, el otoño había traído consigo tiempo frío y húmedo. Pero no era nada comparado con el duro clima otoñal de Skye. Cerró los ojos y respiró el suave aire del atardecer. La brisa traía consigo una pizca de humedad al recorrer sus mechones desatados. Se dio la vuelta y volvió a sentarse, cerrando los ojos y pensando distraídamente en cómo podría decirle a Nanna que esperaría a que llegara Alec antes de comer.

El brazo frío la rodeó acariciadoramente por los hombros. El cuerpo de Fiona se puso rígido, helado, y no pudo ni abrir los ojos cuando sintió la suave piel de la mejilla helada presionando tiernamente contra su frente.

Y entonces desapareció.

Atónita, Fiona permaneció sentada, demasiado conmocionada incluso para gritar. Pero entonces, el sonido de los cascos de los caballos, atronando a través del puente levadizo abierto, le heló la sangre como nunca pudo hacerlo el espíritu de su madre.

Los ojos de Fiona se abrieron de golpe, y un miedo terrible la recorrió con la mirada. Agarrándose a los brazos de madera tallada de la silla, saltó de su asiento y corrió hacia la ventana. Ya no era la rendija sin acristalar que había sido en su infancia, pero al mirar por la abertura pudo ver los caballos zapateando mientras el grupo de hombres desmontaba apresuradamente en el patio de abajo. Era la misma vista.

Sucedió aquí, pensó, con un extraño pánico ardiendo en sus venas mientras se giraba y miraba alrededor de la habitación.

—Madre —gritó en la habitación vacía. Pero estaba sola.

Está aquí, pensó.

Fiona se presionó las sienes con los dedos para aliviar el martilleo de la cabeza, pero cuando sus ojos recorrieron la habitación, estaba claro que nada era igual a lo que recordaba. Estas habitaciones habían sido reconstruidas. Este salón era mucho más grande de lo que había sido hacía tanto tiempo, cuando era su cuarto. Ahora todo era diferente.

Y entonces su mirada se posó en la chimenea. Rodeada por las largas estanterías de libros, parecía tan diferente. Pero no era diferente. ¿Podría serlo? Pensó. En su mente, podía ver a su madre contando... tirando de la piedra...

Arrimándose al hogar abierto, empezó a sacar los libros de las estanterías situadas a la derecha de la chimenea. Tanteando detrás de los libros, los dedos de Fiona rozaron la piedra rugosa de la pared. Su prisa se convirtió casi en frenesí, y los volúmenes volaron y cayeron al suelo a su alrededor.

Con un estante libre de la chimenea encima, Fiona se apresuró a contar las piedras. Una. Dos. Tres. Cuatro. Cinco. ¿Es ésta la altura correcta? Se preguntó. Hurgando con los dedos, Fiona tiró apresuradamente de una esquina de la piedra.

Se movió.

Arrancando la piedra de la pared, la dejó caer con un ruido sordo junto con los libros en el suelo.

El corazón de Fiona latía con fuerza mientras permanecía de pie, paralizada, ante el hueco abierto en la pared. Todos estos años. Todo lo que había ocurrido. A su madre. A ella. A Escocia. Al propio castillo de Drummond. Aquí, enterrado tras una piedra, estaba el final de la búsqueda de Fiona. Tanto si el morral de cuero estaba allí como si no, Fiona sabía que su búsqueda había terminado.

Respirando hondo, introdujo la mano en la penumbra de la pared.

Andrew se quedó de pie en la puerta abierta, viéndola meter la mano con cuidado en el escondite. Había sabido que estaba aquí. Dios sabe que lo había buscado. Pero la zorra lo había escondido bien. Entonces no lo encontraría, por mucho que buscara. Tras el incendio y la reconstrucción, pensó que había desaparecido para siempre. Pero no, aquí estaba ella, y había sabido todo el tiempo dónde yacía escondido.

Tuve una buena idea, pensó, al pagar a Neil y a esos chacales marinos para que la mataran. Si no fueran tan ineptos... Había llegado el momento de ocuparse él mismo de esto. Había llegado el momento de conseguir lo que era suyo.

Y tendré mi venganza final, pensó, sus ojos azules pálido brillando de odio.

Fiona giró el cuerpo para acceder mejor a la abertura. El espacio era profundo, pero apenas podía sentir algo con la punta de los dedos. Respiró hondo e introdujo la mano todo lo que pudo, y luego sus dedos se cerraron en torno a ella. El morral.

Y entonces le vio mirándola.

—No te he oído entrar —jadeó sorprendida.

—Vi que la puerta estaba abierta —dio un paso tranquilo hacia el interior y cerró la puerta tras de sí—. Podrías coger un resfriado si te quedas parada en las corrientes de aire. Tu marido debería cuidar mejor de ti. Sobre todo, teniendo en cuenta tu estado.

—No hay necesidad de criticar a Alec —respondió Fiona, retirando suavemente el paquete de la pared. Lo sostuvo frente a ella y observó cómo sus ojos azules pálido se centraban en él—. Quiero que haya paz entre vosotros.

—Tu marido es un tonto por dejarte sola así —sus ojos recorrieron la habitación. Las ventanas abiertas llamaron su atención. La dura piedra del patio empedrado proporcionaría un aterrizaje adecuado para su futuro cuerpo golpeado—. De hecho, me recuerda a otro tonto que conocí hace mucho tiempo. Tu padre.

Fiona contempló estupefacta el anillo y el broche que tenía en la palma de la mano abierta. Por un momento, el mundo dejó de girar y el silencio reinó en el universo, pero la habitación giraba en la visión de Fiona y el martilleo de su cabeza retumbaba.

—Fuiste tú —susurró ella, alzando el broche enjoyado. El círculo de piedras rojas que encerraba el águila bicéfala aún brillaba a la luz de la habitación. Eran idénticas a las del broche que adornaba el tartán de Lord Gray, que estaba ante ella.

—Sí, Fiona. Fui yo —se burló su tío, acercándose a donde ella se encontraba, bastante inestable, entre los libros. Inclinándose, cogió uno de los libros que yacían esparcidos a sus pies. Miró el título con indiferencia afectada y dirigió su fría mirada hacia la joven, observando cada uno de sus movimientos.

—¿Pero por qué?

Andrew tiró el libro al suelo y se rió, pero sin diversión. —Me preguntas ¿Por qué? No te preocupes por las costumbres de los hombres. Al fin y al cabo, tú también eres una tonta, querida.

Fiona retrocedió un paso hacia la ventana. No permitiría que se apoderara de lo que tenía en sus manos. Era la prueba de un crimen.

—¿Cómo? —Necesitaba ganar tiempo. Si se acercaba a la ventana, tal vez podría pedir ayuda—. ¿Cómo pudiste hacerlo? Tu propia sobrina. ¿Qué mal puede poseerte para que mates a tu propia familia? ¿Para matar a mi madre?

El anciano guerrero echó hacia atrás su capa, descubriendo la empuñadura de su espada. —Tenía algo que me pertenecía —Andrew extendió la mano donde estaba. Ya podía sentir el chasquido del cuello de ella entre sus dedos. Sus fríos ojos se clavaron en los de Fiona. Eran como el hielo. Y los utilizó como armas de miedo e intimidación—. Lo tienes en la mano. Dámelo.

Fiona miró el anillo mientras retrocedía, alejándose de él. El anillo estaba adornado, incluso para ser un anillo de sello. Tenía un león rampante sobre una cruz. Sobre el león había una corona.

—Sí —gruñó—. Es el anillo de «Robert the Bruce». El símbolo del poder real. Sólo puede llevarlo el rey de Escocia. Tu madre me lo robó.

—Mi madre sabía que eras malvado. Hizo lo correcto.

—El mal es una parte necesaria del universo, querida. Es la fuente del poder. Es lo que separa a los gobernantes de los gobernados, a los grandes de los humildes, a los fuertes de los débiles. El depredador de la presa —Andrew dejó caer los guantes sobre el libro de cuentas. Quería que ella sintiera su fuerza cuando sus dedos aplastaran el último vestigio de vida de su cuerpo.

—Eso está mal. El mal roba la felicidad a los humanos. El verdadero poder emana de la bondad y la decencia. ¿Hablas de depredadores? Es el poder de Dios el que mantiene en alto al halcón. El depredador no se complace en matar. El halcón no mata a los suyos.

—No sabes nada de estas cosas, mujer. Como tu madre, que no escuchaba nada de lo que yo le decía. Ella sólo quería huir. Derramar mis secretos por amor —se mofó—. Ese anillo es mío. Esos cobardes de Stewart nunca merecieron tenerlo. Se lo quité a tu abuelo, James III. ¿Sabías que fui yo quien convenció a tu padre, ah, era un niño tan crédulo, para que cabalgara con mi ejército contra su propio padre? ¿Para reclamar el trono para sí? ¿Por el bien de Escocia? Nos hizo prometer que no le pondríamos la mano encima a su viejo. Quince años y ya era tan tonto.

Fiona sacudió la cabeza al sentir el borde del asiento de la ventana a su espalda.

—Tu abuelo era un rey tan débil que me ponía enfermo. Así que le quité el anillo... mientras huía de las tropas de su hijo. En una choza miserable, el día que lo asesiné. Tu padre nunca supo cómo murió su padre, pero se sintió responsable. Así que el rey infante llevaba una cadena bajo la camisa. Incluso añadió un eslabón a esa cadena cada año a partir de entonces.

Fiona recordaba el tacto del duro metal. Ahora sabía que era un recordatorio constante de su propia culpa.

—Y fui yo quien le presentó a tu madre. Y como esperaba, los imbéciles se enamoraron. Le tenía donde quería. A mi merced. En la palma de mi mano. Bajo mi control. Entonces la zorra de tu madre me espió. Encontró el anillo. Le ofrecí un trato. Tendría un hogar y una forma de mantener a su miserable bastardo, pero era una tonta testaruda. Hablaba en términos muertos y vacíos como honor y verdad. Y entonces me traicionó. Margaret robó lo que era mío, y la hice pagar por su crimen.

Castillo de Drummond, octubre de 1502

PERDONA A MI HIJA, rezó Margaret. Santa Madre, no culpes a mi inocente hija de mis pecados. Sé que no soy digna de tu favor. Pero, por favor, concédeme esto. Protégela de este mal.

El bruto que sujetaba las muñecas de la madre se las retorcía con saña, y Torquil MacLeod cruzaba la habitación hacia ella cuando se abrió la puerta de la guardería. Margaret volvió la cabeza y vio cómo su tío, alto y frío, se deslizaba en la habitación. Todo en su visión era tan claro, cada sensación aumentada, cada detalle grabado con precisión cristalina. Llevaba en la mano un frasquito azul que colocó despreocupadamente sobre la mesa.

—Margaret —empezó él, volviéndose bruscamente, fijando en su rostro sus ojos azules como el hielo—. Tu casa está acabada, tu hijo está a nuestra merced, y tu hombre está a un día de cabalgata de aquí.

La expresión de alarma que ella no pudo evitar en su rostro provocó una sonrisa malévola en el de él. —Sí, de acuerdo con mi propio plan inteligentemente concebido, el rey ha sido engañado para que se detenga, esperando mientras hablamos, a un emisario de Inglaterra que nunca aparecerá. Un tonto siempre es un tonto. Simplemente confía en mí.

Una risa malvada retumbó en Torquil MacLeod mientras el Highlander se movía detrás de su líder. Andrew ni siquiera lo miró, sino que cruzó hacia Margaret y le quitó la mordaza que le tapaba la boca.

—Ahora, sobrina —le ordenó, cogiéndole la barbilla con la mano—. Dame lo que es mío, y dámelo ahora.

—Nunca —susurró desafiante—. Traidor. Asesino.

Andrew levantó la mano para golpearla, pero se contuvo, bajando el puño. —No creas que puedes escapar a mi ira, Margaret. Me darás lo que es mío.

—Puedes torturarme hasta que...

—No, muchacha —interrumpió, sus ojos reflejaban la malicia de su alma—. No es a ti a quien torturarán. Será tu hija bastarda.

—No lo harás —gritó Margaret, con el terror reflejándose en su rostro—. Es sólo una niña. Incluso un monstruo como tú...

—Ah, sí. Un monstruo como yo —Andrew hizo una pausa y la miró sombríamente—. ¿La traigo aquí arriba? Teníamos intención de quedárnosla. Un instrumento más para aguijonear al rey. Pero si tiene que morir, y tan dolorosamente, sólo porque su propia madre no quiso darme una baratija que me había robado...

Dejó que sus palabras se desvanecieran en el silencio mortal de la habitación. Margaret cerró los ojos ante el dolor abrasador. En el fondo de su corazón sabía que, pasara lo que pasara, las posibilidades de que Fiona sobreviviera a aquello eran prácticamente nulas, y pensar en ello le hizo sentir una punzada en el corazón.

—Perdona a tu hija. Ahórrale el...

Al oír los golpes en la puerta, Gray se giró hacia el sonido. El caballero que entró sin aliento en la habitación se detuvo ante la visión que tenía delante.

—¿Qué quieres? —espetó Andrew.

—Mi Lord. Una tropa de jinetes. Suben por la cañada. Por las antorchas, parecen más de cien.

—Andrew —jadeó Margaret, con las lágrimas corriéndole por las mejillas. Su tío se giró hacia ella.

—Sí, Huntly —le dijo desafiante—. ¡Estás acabado, demonio! Lo que James es demasiado confiado para ver, Andrew lo vengará. No podrás escapar. Esta vez no. Le he mandado llamar. Te lo hará pagar.

Andrew Gray la miró vagamente durante un brevísimo instante, y luego el brillo volvió a sus ojos.

—Todavía no, zorra —espetó—. Para cuando llegue el tonto entrometido, Torquil y sus hombres se habrán ido. Y yo estaré apesadumbrado por haber encontrado tu cadáver.

—No...

—Estás a punto de encontrar la muerte por tu propia mano, sobrina —quitó el tapón de la botella.

Cogiéndole la barbilla con la mano, la levantó bruscamente y le vertió el veneno en la garganta. Retrocediendo, observó cómo el rostro de Margaret se volvía blanco y sus ojos brillaban de repente.

—Dios me perdonará, Andrew Gray. Pero tú... —las piernas empezaban a temblarle. Le costaba respirar—. Perdona a Fiona, tío.

—¿Dónde está el anillo? —Su rostro era de acero. Sus ojos eran de hielo.

Margaret se hundió en el suelo, con el cuerpo entumecido. —Pagarás por tu maldad. Mi amigo me vengará.

—¿Dónde está el anillo?

Tenía la lengua hinchada y oía cómo arrastraba las palabras.

—Andrew. Mi amigo av...

Lord Gray levantó la mano hacia Fiona. —Dámelo.

Cuando ella negó con la cabeza, la mano de él subió y le agarró la garganta como una vara, casi levantándola del suelo.

El movimiento junto a la puerta atrajo la mirada de Fiona, que sintió cómo se aflojaba su agarre al girar la cabeza y ver a Huntly avanzando hacia. Fiona le apartó el brazo de un manotazo con todas sus fuerzas y se apartó de él mientras Gray desenvainaba la espada para enfrentarse a Huntly.

—¡La has matado! —rugió Huntly, estrellando su espada contra el acero del hombre más corpulento. Fiona, jadeante, contempló el pálido rostro del conde, lívido de rabia, mientras volvía a blandir la espada contra el asesino.

Esta vez Gray se esquivó, girando hacia la pared, alejándose de Fiona. En una lluvia de chispas, la espada de Huntly se hizo añicos al chocar contra la pared, y el golpe de vuelta de Gray derribó al aturdido conde al suelo. Moviéndose sobre él, Andrew Gray colocó la punta de su espada contra la garganta de su enemigo.

—Esto será aún mejor —gruñó—. Atacar a mi sobrina. Lástima que no pudiera llegar a tiempo para impedir que la empujaras por la cornisa. No tuve oportunidad de detenerte, pero al matarte, al menos pude vengarla. Era sólo justicia.

Cuando levantó el brazo para golpear, Fiona se abalanzó sobre él con el puñal en la mano. Con un movimiento del brazo, Fiona desvió el golpe, haciéndolo tambalearse por la habitación. Al caer, el anillo voló ruidosamente por el suelo y aterrizó a los pies de su tío.

Andrew, Lord Gray volvió sus pálidos ojos azules codiciosamente hacia abajo, hacia donde yacía el anillo. La corona sobre los leones brillaba para él. De nuevo, sus planes avanzarían. Sin Huntly, otro paso más hacia el poder absoluto que tanto merecía. A la corona. Su corona. Una sonrisa insana y malévola se dibujó en su rostro cuando quiso a alcanzar el anillo. Su anillo.

Fue su último error.

La habitación se abrió de golpe cuando Alec irrumpió por la puerta abierta. La expresión de Lord Gray pasó del triunfo al terror cuando vio al joven Laird escudriñar la habitación, deteniendo momentáneamente los ojos en su esposa caída.

La rabia brilló en el rostro de Alec mientras dirigía su mirada hacia Andrew. Gray levantó la espada para desviar la hoja que se acercaba, pero la fuerza del golpe de Alec cortó su arma y desgarró los huesos y tendones del atacante, haciendo que Gray cayera al suelo en las últimas respiraciones ante la muerte.

Fiona vio cómo el asesino de su madre se crispaba y sus dedos se estiraban desesperadamente hacia el anillo que estaba fuera de su alcance.

Y luego estaba muerto, con sus ojos azules vidriosos en una fría mirada hacia la eternidad.

Capítulo Veinticinco

...aunque bajo las flores yazcan espinas en ti, amigo mío, siempre he tenido un protector... un campeón para arrancar de raíz esas púas inicuas. Ay, que yo merezca un amigo así...

—Margaret Drummond, «Carta a Huntly»

—Acudí a ella —dijo Huntly a Fiona y Alec—. Pero llegué demasiado tarde. Estaba muerta... y tú te habías ido.

Los tres se sentaron en la sala de trabajo de Alec, y Huntly se inclinó hacia delante en su silla, mirándose las manos mientras hablaba. En la mano sostenía la carta cuidadosamente doblada que había llevado junto al corazón durante tantos años. La carta de la madre de Fiona.

Margaret Drummond había escrito a Lord Huntly, sabiendo que era el único hombre en el mundo que podía hacer caer la justicia sobre su tío traidor. Le había pedido que acudiera al castillo de Drummond, donde le proporcionaría pruebas de la identidad del asesino del rey James III. Por temor a que interceptaran la carta, Margaret no se había atrevido a mencionar el nombre del asesino.

—Mirando su cuerpo sin vida retorcido en el suelo, a sus ojos que hablaban incluso en la muerte, enloquecí de rabia y de pena. Me sentí frustrada por haber sido demasiado lenta para detener lo que había ocurrido. Destrocé el viejo castillo, buscando algún rastro de la prueba de la que Margaret había

276

hablado. Las pruebas que demostraran que no se había quitado la vida. Que había sido asesinada. Durante mucho tiempo había tenido mis sospechas de la implicación de Gray en la traicionera muerte del viejo rey Jamie, pero no tenía nada que llevarle a tu padre. Estaba angustiado por tu pérdida y la de tu madre, y no se atrevía a creer que algún pariente de Margaret pudiera ser capaz de hacer algo malo. De hecho, probablemente no sospechaba de nadie más que de mí. Al fin y al cabo, lo que yo sentía por tu madre no era un secreto para nadie.

Fiona se acercó y le cogió una mano. —Por favor, perdóneme, mi Lord. Verás, yo también sospechaba de ti.

Huntly le sonrió y le apretó la mano. —Quería a tu madre, Fiona. Y sé que ella se preocupaba por mí. Confiaba en mí. Me valoraba como amigo. Espero que tú también lo hagas.

La sonrisa de Fiona fue brillante cuando sus ojos color avellana encontraron los suyos. —Lo atesoraré siempre.

La cálida brisa que acarició el rostro del conde surgió de la nada. Fue la más suave de las caricias. Una suave señal, que le trajo una sensación de gran paz que le llegó directamente al corazón. Y entonces oyó la voz de Margaret, que se dirigía hacia él a través de una bruma plateada. —Gracias, amigo mío. Gracias a ti.

Se volvió hacia el sonido, pero ella ya no estaba.

Epílogo

Castillo de Dunvegan, Isla de Skye, 1526

EL HEREDERO de los MacLeod levantó el cuerno de Rory Mor con las dos manos.

Un silencioso silencio llenó la abarrotada sala. Lord Macpherson vertió el clarete en el cuerno. Hizo falta una jarra y media entera para llenar la ancestral copa. Malcolm apartó su largo cabello castaño de su apuesto rostro y se llevó el antiguo recipiente a los labios. Sabía lo que tenía que hacer, todo de una vez, sin dejarlo caer, sin que se le escapara ni una gota.

Respiró hondo y vació la copa ritual de un trago.

El clan enloqueció con vítores y risas.

Alec levantó las manos para pedir silencio.

—Tu nuevo Laird —gritó el Laird.

La sala estalló de nuevo en vítores y la gente corrió hacia el estrado, dando fuertes palmadas en la espalda a Malcolm MacLeod. Pero en aquel momento el joven líder sólo tenía ojos para dos personas. Se volvió y miró al hombre y a la mujer, a quienes apreciaba más que a la vida misma.

Abrazó a Alec, que había sido un padre para él. Que le había enseñado los valores de la vida, del gobierno benevolente. Alec, que había cumplido sus promesas de llevar la prosperidad y el comercio al pueblo de Skye, sin dejar de guiar a su propio clan.

Entonces Malcolm se volvió hacia Fiona, que estaba sentada sonriendo tranquilamente en medio del alboroto. El joven pudo ver el orgullo que irradiaban sus hermosos ojos color avellana, y ella se levantó cuando él la atrajo hacia sí.

Fiona sintió que sus fuertes brazos la rodeaban. Era tan alto y ancho. Tan diferente del niño asustado que habían traído al Monasterio hacía tantos años. Aquél era su lugar. Los tiempos estaban cambiando y Malcolm estaba preparado, física y mentalmente, para los retos que le esperaban.

Volvió a mirar al padre Jack, que se adelantó y depositó la caja oscura sobre la mesa. Se separó del abrazo de Malcolm y miró a su marido, que miraba atentamente a la multitud.

Siguiendo sus ojos, Fiona vislumbró la túnica azul del anciano, desapareciendo tras una multitud de jóvenes altos y bulliciosos. Siguió mirando, pero sabía que el viejo James se había ido. Hacía mucho tiempo que se había ido.

Fiona volvió a mirar a Alec.

—Malcolm se pondrá bien —dijo Alec en voz baja—. El viejo James vela por él.

Ella sonrió suavemente y asintió.

El padre Jack levantó la mano hacia el clan reunido e hizo una seña a Fiona. Ella se acercó a la mesa y abrió la caja.

El silencio en la sala era profundo y contemplativo, y todos los ojos estaban puestos en ella mientras sacaba el antiguo estandarte de su lugar de descanso.

Se oyeron exclamaciones de sorpresa cuando los miembros del clan reconocieron la desaparecida y oculta «Am Bratach Sith», la bandera de las hadas.

Envolviendo los hombros de Malcolm con el paño amarillento, Fiona sonrió ampliamente cuando la sala volvió a estallar de entusiasmo, y Malcolm fue alzado a hombros de los suyos y llevado triunfalmente por la sala.

Por encima del sonido de las gaitas y de la multitud que cantaba, Alec rodeó a Fiona con el brazo y le habló al oído. —Bueno, mi amor. ¿Es hora de volver a casa?

—Sí, Alec —respondió ella, apretándole con fuerza—. ¿Crees que nuestros angelitos ya han arrasado el castillo de Benmore?

—Si te refieres a los mismos diablillos que dejamos allí, lo más probable es que el lugar esté en ruinas.

—Nuestros chicos no son diablillos, Alec Macpherson.

—Tienes razón, Fiona. Son como su madre —Alec sonrió al rostro cariñoso de Fiona—. Sólo me pregunto cuántos de mis halcones se habrán liberado... esta vez.

Gracias por dedicar tu tiempo a leer **Ángel de Skye**. Si te ha gustado, por favor, díselo a tus amigos o publica una breve reseña. El boca a boca es el mejor amigo de un autor y se agradece mucho.

A continuación, prepárate para **Corazón de Oro**, la segunda entrega de la Trilogía de los hermanos Macpherson, la historia de pasión y pérdida de Ambrose.

Elizabeth Bolena ha recibido la orden de ceder a un rey lascivo lo que más aprecia: su inocencia. Ahora, en el torneo de dos reyes, su belleza ha atraído no sólo los ojos de Henry Tudor, sino también los del apuesto guerrero escocés Ambrose Macpherson, cuya audaz oferta de acostarse con ella podría ser su única salvación...

Ambrose Macpherson siente deseo por la exquisita hija del diplomático inglés. Que el odiado rey inglés la persiga convierte a Elizabeth en un premio aún mayor, que envuelve el alma misma de Ambrose con fuego y furia. Pero de repente, tras presenciar un acto de traición que podría derribar la corona, Elizabeth ha desaparecido. Ambrose sabe que el destino no le permitirá descansar hasta que encuentre a la única mujer que ha amado...

Nota del Autor

Muchos de vosotros nos pedisteis la historia de Alec después de leer **El Cardo y la Rosa**. Esperamos que hayáis disfrutado de **Ángel de Skye**, nuestro primer libro de la Trilogía de los Hermanos Macpherson.

Corazón de Oro y **La Belleza de la Niebla** siguen las aventuras románticas de Ambrose y John Macpherson, respectivamente. Y la novela que les sigue, **Los Prometidos**, cuenta la historia de Malcolm mientras encuentra su propio camino. Por supuesto, hay otras historias sobre la siguiente generación de Macpherson. Lo has adivinado. No podemos dejar marchar a nuestros personajes.

Si te interesa seguir al Clan Macpherson y más aventuras en las Highlands escocesas, aquí tienes la lista completa de la serie:

Una Boda de Verano— La precuela de todos los cuentos de la serie Macpherson. Alexander Macpherson, el patriarca de la familia, encuentra a su media naranja en Elizabeth Hay.

El Cardo y la Rosa— Mientras aún perdura el humo de la batalla de Flodden Field, se presentan Colin Campbell y Celia Muir, una mujer-guerrera que tiene en sus manos el destino de Escocia. Esta historia está en la lista de "Los mejores romances históricos de todos los tiempos". *El Cardo y la Rosa* presenta a Alec Macpherson, hijo mayor de Alexander y Elizabeth.

Ángel del Skye— Alec Macpherson ha servido al rey Jaime con su espada. Ahora daría hasta su alma por proteger a Fiona Drummond del pasado que la persigue y de la intriga que podría cambiar el futuro de Escocia.

Corazón de Oro— Ambrose, el hermano menor de Alec, segundo hijo de la familia Macpherson, siente un ardiente deseo por Isabel Bolena, la exquisita hija natural de un diplomático inglés. Pero el odiado rey inglés también la desea, y no se detendrá ante nada para tenerla. Ambrose fue presentado en *Ángel de Skye*.

La Belleza de la Niebla— John, el hermano menor de los Macpherson, ha recibido el encargo de traer a casa a la prometida de su joven rey, pero su destino cambia cuando rescata a la misteriosa María, a la deriva en el mar.

Los Prometidos— Malcolm MacLeod, pupilo de Alec Macpherson en *Ángel de Skye,* y Jaime Macpherson, hija de Mary Boleyn (*Corazón de Oro*), tienen que encontrar el camino de vuelta a Escocia desde las mazmorras del rey Tudor.

Fuego— Gavin Kerr, introducido en *Corazón de Oro*, descubre que el castillo que le han adjudicado encierra más de lo que espera, el "fantasma" de la anterior propietaria, Joanna MacInnes, que ronda las torres quemadas y los pasadizos secretos.

Tess y el Highlander (Finalista del Premio RITA©)— Colin Macpherson, el hijo menor de Alec y Fiona (*Ángel de Skye*), llega a una remota isla de la costa de Escocia, donde encuentra a una joven solitaria, Tess Lindsay.

La Trilogía del Tesoro de las Highlands:

La Soñadora— Cuando su difunto padre fue tachado de traidor al rey, Catherine Percy encuentra refugio en Escocia. Pero un error de identidad la pone en una situación comprometida con John Stewart, el conde de Athol (*Fuego*).

La Encantadora— Laura Percy (la segunda hermana de los Percy) se refugia en las Highlands, pero cuando es secuestrada por William Ross, el temible Laird de Blackfearn, todos sus planes bien trazados se vienen abajo.

La Firestarter— Adrianne Percy (la menor de las hermanas Percy) está escondida en las Islas Occidentales, a salvo de los enemigos de su familia, hasta que sus hermanas envían a Wyntoun MacLean para que la devuelva a las Highlands. Colin Campbell y Celia Muir (*El Cardo y la Rosa*) hacen su aparición en este emocionante final de trilogía.

La Trilogía de la Reliquia Escocesa:

***El Problema de los Highlanders*—** Alexander y James Macpherson, los dos hijos mayores de Alec y Fiona (*Ángel de Skye*) se encuentran con más problemas de los que esperaban. Alexander quiere recuperar a su novia fugitiva, pero un secreto mortal del pasado de Kenna Mackay ha salido a la luz y un villano despiadado se está acercando.

Domar al Highlander (Finalista del premio RITA©)— Innes Munro tiene la capacidad de leer el pasado de una persona con sólo tocarla. Conall Sinclair, el conde de Caithness, lleva cicatrices cortesía de los captores ingleses. Ambos se resisten a dejar que el otro se acerque, pero ninguno puede negar su creciente atracción.

***Tempestad en las Highlands*—** Miranda MacDonnell naufraga en la mítica Isla de los Muertos con el notorio corsario Black Hawk. Alexander Macpherson y Kenna Mackay (*El Problema de los Highlanders*) desempeñan un papel importante, y Gillie the Fairie-Borne (*La Firestarter*) aparece en la novela mientras busca a su familia perdida.

***Amor y Caos*—** Una divertidísima adaptación medieval de *Arsenic and Old Lace*, ambientada en parte en las islas occidentales, con la aparición de Alec y Fiona (*Ángel de Skye*).

Si te ha gustado **Ángel de Skye**, por favor, deja una reseña. No olvides suscribirte **para recibir noticias y actualizaciones**.

Sobre el autor

Nikoo y Jim McGoldrick, autores superventas del *USA Today,* han creado más de cincuenta novelas trepidantes y llenas de conflictos, junto con dos obras de no ficción, bajo los seudónimos de May McGoldrick, Jan Coffey y Nik James.

Estas populares y prolíficas autoras escriben novelas románticas históricas, de suspense, misterio, westerns históricos y novelas para jóvenes adultos. Han sido finalistas del Premio Rita en cuatro ocasiones y han ganado numerosos galardones por sus obras, como el Premio Daphne DuMaurier a la Excelencia, el Medallón Will Rogers, el Premio de los Revisores de la revista *Romantic Times*, tres Premios Golden Leaf de la NJRW, dos Medallones Holt y el Premio del Club de Prensa de Connecticut a la Mejor Ficción. Su obra está incluida en la colección Biblioteca de Cultura Popular del Museo Nacional de Escocia.

Also by May McGoldrick, Jan Coffey & Nik James

NOVELS BY MAY MCGOLDRICK

16TH CENTURY HIGHLANDER NOVELS

A Midsummer Wedding *(novella)*

The Thistle and the Rose

Macpherson Brothers Trilogy

Angel of Skye (Book 1)

Heart of Gold (Book 2)

Beauty of the Mist (Book 3)

Macpherson Trilogy (Box Set)

The Intended

Flame

Tess and the Highlander

Highland Treasure Trilogy

The Dreamer (Book 1)

The Enchantress (Book 2)

The Firebrand (Book 3)

Highland Treasure Trilogy Box Set

Scottish Relic Trilogy

Much Ado About Highlanders (Book 1)

Taming the Highlander (Book 2)

Tempest in the Highlands (Book 3)

Scottish Relic Trilogy Box Set

Love and Mayhem

18TH CENTURY NOVELS

Secret Vows

The Promise (Pennington Family)

The Rebel

Secret Vows Box Set

Scottish Dream Trilogy (Pennington Family)

Borrowed Dreams (Book 1)

Captured Dreams (Book 2)

Dreams of Destiny (Book 3)

Scottish Dream Trilogy Box Set

REGENCY AND 19TH CENTURY NOVELS

Pennington Regency-Era Series

Romancing the Scot

It Happened in the Highlands

Sweet Home Highland Christmas *(novella)*

Sleepless in Scotland

Dearest Millie *(novella)*

How to Ditch a Duke *(novella)*

A Prince in the Pantry *(novella)*

Regency Novella Collection

Royal Highlander Series

Highland Crown

Highland Jewel

Highland Sword

Ghost of the Thames

CONTEMPORARY ROMANCE & FANTASY

Jane Austen CANNOT Marry

Erase Me

Tropical Kiss

Aquarian

Thanksgiving in Connecticut

Made in Heaven

NONFICTION

Marriage of Minds: Collaborative Writing

Step Write Up: Writing Exercises for 21st Century

NOVELS BY JAN COFFEY

ROMANTIC SUSPENSE & MYSTERY

Trust Me Once

Twice Burned

Triple Threat

Fourth Victim

Five in a Row

Silent Waters

Cross Wired

The Janus Effect

The Puppet Master

Blind Eye

Road Kill

Mercy (novella)

When the Mirror Cracks

Omid's Shadow

Erase Me